Unterwegs in die Welt von morgen

Unterwegs in die Welt von morgen

Utopische Geschichten
und Science-fiction-Romane

Verlag Das Beste
Stuttgart · Zürich · Wien

Die Texte in diesem Buch
erscheinen mit Genehmigung der Verleger

145

Printed in Germany
ISBN 3 87070 557 4

DIE WAFFEN-
SCHMIEDE
VON ISHER
ALFRED ELTON VAN VOGT
INS DEUTSCHE ÜBERTRAGEN VON RAINER EISFELD

1. KAPITEL

EIN VOLLES Jahr hatte er verloren. Die Spur, dachte Neelan, war mit Sicherheit erkaltet. Er lehnte sich zurück, ließ den beruhigenden Rhythmus des wunderbar schnellen Flugzeugs auf sich wirken. Daß er jetzt erst zur Erde zurückgelangt war, lag nicht an ihm. Der Meteorit, auf dem Carew und er „schweres" Beryllium geortet und mit dessen Abbau sie begonnen hatten, hatte eben seinen erdfernsten Punkt auf der anderen Seite der Sonne erreicht, als feststand, daß Gilbert tot war.

Beinahe ein Jahr lang hatte der Meteorit, der fast so schnell um die Sonne kreiste wie die Erde, seine abgelegene Position beibehalten. Zu guter Letzt war es gelungen, für Carew und seinen primitiven Frachter einen halbwegs passablen Kurs zu berechnen.

Carew hatte ihn an einem der zweitklassigen Raumhäfen abgesetzt – die Berylliummine mochte ihr Gewicht in Platin wert sein, aber noch warf sie nichts ab –, und so war er, zwölf Monate verspätet, unterwegs nach Imperial City, um herauszufinden, wie sein Bruder gestorben war.

In seiner Tasche steckten hundert Kredite, der Rest der stattlichen Summe, die er in das Bergwerk gesteckt hatte. Er würde sich entweder vorübergehend eine Arbeit suchen oder – er verzog das Gesicht – an den Spieltisch zurückkehren müssen.

Eine Weile starrte Neelan in die Tiefe auf das ferne grüne Land, auf Städte und Metropolen, die aussahen wie hinreißende Edelsteine in einer endlosen smaragdenen Fassung.

Plötzlich zitterte er. Sich vorzustellen, daß er das alles zehn Jahre lang entbehrt hatte. Zehn Jahre! Wirklich und wahrhaftig die blühende Erde aufgegeben zu haben für den wüstenhaften Mars, die öden Monde des Jupiters, einen atmosphärelosen Meteoriten.

Was für Toren die Menschen doch waren!

Sachte, dachte Neelan grimmig. Es konnte kaum schaden, sich in Erinnerung zu rufen, daß das Leben auf der Erde unter dem Regiment des glanzvollen Hauses Isher nicht nur eitel Sonnenschein war. Schließlich hatte er seine Gründe gehabt, warum er gegangen war.

Der Gedanke war unerquicklich. Er wirkte wie ein Signal auf seine Überlegungen. Die Erinnerung an die jähe Leere draußen im Raum kehrte zurück und damit an die erstmalige Erkenntnis, daß Gilbert tot war. Mit einem Schlag war der nervliche Druck abgerissen, der trotz der weiten Distanz die Verbindung zwischen seinem Bruder und ihm gewesen war.

Es war schmerzhaft gewesen, entsann Neelan sich unbehaglich. Gilbert war qualvoll ums Leben gekommen, unerwartet, ohne mit seinem Tod gerechnet zu haben. Die Schmerzen hatten die Abermillionen Meilen zwischen der Erde und dem Meteoriten überbrückt und sich seinen eigenen Nerven ungemildert mitgeteilt.

Sie hatten sich oft gefragt, Gilbert und er und auch die Eugeniker, wie es wäre, wenn einer von ihnen stürbe. Mit fünf Jahren hatten die Wissenschaftler sie übernommen, eineiige Zwillinge mit ausgeprägter Empfindsamkeit für die Regungen des anderen, und hatten die Empfindsamkeit gesteigert, bis ein Austausch der Lebensimpulse einsetzte, eine Welt zwiefacher Wahrnehmung entstand.

So ausgeprägte Gestalt hatte die Wechselbeziehung angenommen, daß Gedanken über einige tausend Meilen wechselseitig von ihnen aufgefangen wurden mit der Präzision des Elektronenflusses bei einer Holosendung.

Diese frühen Jahre hatten sie als ungetrübte Freude einer innigen Beziehung erlebt; dann, im Alter von zwölf, setzte der Versuch ein, ihre Unterschiedlichkeit zu entwickeln, ohne die nervliche Verbindung abreißen zu lassen. Wie ein Kind, das man ins Wasser stieß, damit es schwamm oder versank, wurde er der ungemilderten Einwirkung der Zivilisation Ishers ausgesetzt, während man Gilbert von der Umwelt abkapselte und zur Gelehrsamkeit anhielt.

Mit den Jahren ließ ihre geistige Nähe nach; Gedanken

konnten zwar noch übertragen, aber auch abgeschirmt werden. Neelan begann Gilbert gegenüber eigenartigerweise die robuste Haltung eines großen Bruders an den Tag zu legen, wohingegen dieser . . .

Es war Neelan, dem aufging, wie zaghaft Gilbert in die Erwachsenenwelt hineinwuchs. Gilberts Leben hatte ihn schüchtern gemacht, zurückgezogen. Für seine Forschungsarbeit konnte er sich begeistern, was aber soziale Kontakte anging, besonders Beziehungen zu Frauen, blieb er ein hoffnungsloser Fall, der nicht damit leben konnte, daß sein Bruder jede emotionale Erfahrung unweigerlich mit ihm teilen würde.

Wer von beiden die Erde verlassen würde, stand nie zur Debatte. Noch an dem Tag, an dem sein Vertrag mit dem Institut für Eugenik ablief, kündigte Neelan seinen Weggang zum Mars an. Gilbert sollte Gelegenheit haben, sein Leben zu leben. Nur . . .

Nur hatte er statt dessen den Tod gefunden.

NEELAN hörte auf zu grübeln. Seine innere Anspannung löste sich angesichts des Schauspiels, das sich unter ihm entfaltete – der Peripherie von Imperial City. Meile um Meile zogen die Vorstädte vorüber, helle Farbflecke inmitten ihrer Grünanlagen, durch ein Filigranwerk von Straßen mit dem Kern verbunden.

Minuten später betrat er das Wolkenkratzerdach, auf dem die Maschine zum Stillstand gekommen war. Er vergeudete keine Zeit, sondern rief unverzüglich die Informationsstelle an. Mit erheblicher Verzögerung erhielt er Auskunft: „Der Sterbefall eines Gilbert Neelan ist in Imperial City nicht registriert, weder an dem Tag, den Sie genannt haben, noch während der zurückliegenden zwei Jahre. Eine Rückfrage beim Planetarischen Statistischen Amt hat zu keinem anderen Ergebnis geführt. Andererseits müssen unsere Unterlagen unvollständig sein, weil sein Name im diesjährigen planetarischen Einwohnerverzeichnis nicht aufgeführt ist. Die Unterlagen für das vergangene Jahr weisen als letzte gemeldete Anschrift 1674, 210. Avenue, Zentrum, Imperial City, aus. Wenn Sie uns bitte mitteilen würden, wodurch Sie vom Tod Ihres Bruders erfahren . . .“

„Ich melde mich wieder“, sagte Neelan hastig.

Er unterbrach die Verbindung, schritt zum nächstgelegenen Dachrand und starrte lange auf die gewaltige Stadt hinunter.

Eines zumindest stand fest: Die Adresse auf Gilberts letzten besprochenen Mikrobändern war identisch mit der, über die die Informationsstelle verfügte. Er würde sie als erstes aufsuchen und danach . . .

Bedrückt stellte er fest, daß er ein Ziel hatte.

2. KAPITEL

Die Dunkelheit setzte ein, als Neelan einen öffentlichen Flugwagen verließ und seine Umgebung musterte. Er stand in einer Straße mit einstmals imposanten Villen. Das Haus, auf das es ihm ankam, verfügte über eine Leuchtreklame, die eben zu glühen begann und in alle Richtungen verkündete: „Zimmer zu vermieten".

Auf sein Summzeichen hin erschien ein Hausmädchen, das einen Augenblick später mit einer gutaussehenden, üppigen Frau von vielleicht fünfunddreißig Jahren zurückkehrte.

Die Frau hörte mit nachdenklich gefurchter Stirn zu, während Neelan sein Anliegen erläuterte. Dann schüttelte sie den Kopf. Den Namen meinte sie zwar schon einmal gehört zu haben, doch an einen Gilbert Neelan, der bei ihr gewohnt haben sollte, konnte sie sich nicht erinnern. Sie war aber gern bereit, einen Blick in ihre Datei zu werfen. Daß es sich um Zimmer Nummer 3 und die Zeit bis zum 17. Juli 4790 Isher gehandelt hatte, würde ihr dabei zustatten kommen.

Und natürlich konnte er auch selbst ein Zimmer haben. Die Räume waren behaglich eingerichtet und kosteten nur einen Kredit pro Nacht. Er würde sich hier wohl fühlen. Es herrschte ein ständiges Kommen und Gehen neuer Gäste; so hielt sie es, seit sie vor drei Jahren Witwe geworden war. Das Leben bot zu viel, war zu bunt, um lange zu trauern. Sie liebte die Vielfalt, die Abwechslung . . .

Sie plapperte weiter, während sie das Sichtgerät einschaltete. Neelan gab sich keine Mühe, ihre flinke Zunge zum

Schweigen zu bringen. Den Mund zu einem gezwungenen Lächeln verzogen, saß er resigniert da. Er wußte, daß er hier nicht fündig werden würde.

Dieses geschwätzige Geschöpf war an jedem Gast nur soweit interessiert, wie er dazu beitrug, daß das entsprechende Zimmer seinen Ertrag abwarf.

Diese bedauernswerte Person mit ihrem Wunsch nach immer neuen Gästen, neuen Gesichtern – welche innere Unruhe sie erfüllen mußte. Wie hatte in dem Waffenladen auf Io der Verkäufer dieses ständige Getriebensein noch bewertet – als unterdrückte, unbegriffene Auflehnung gegen die herrschende Stabilität, Symptom der Unzufriedenheit einer Gesellschaft, die ihren Drang nach Abenteuern nicht mehr ausleben konnte.

Neelan hob bedrückt die Schultern. Möglicherweise hatte die Frau recht. Das Leben war zu bunt, um die Toten lange zu betrauern oder ihnen nachzuforschen.

Und Gilbert war tot. Es handelte sich nicht um vertauschte Unterlagen oder um die Aufklärung eines Rätsels. Er, Neelan, hatte den kurzen, schrecklichen Schmerz verspürt und dann das gänzliche Erlöschen des nervlichen Kontakts. Binnen Sekunden war alles vorbei; keine Krankheit konnte so schnell zugeschlagen haben.

Der Tod war eingetreten durch Unfall – oder durch Mord.

Der Gedanke kam ihm nicht zum erstenmal. Während der langen Monate, die er auf dem Meteoriten abwarten mußte, hatte er immer wieder darüber nachgedacht. Bereits die Vorstellung, Gilbert könnte in irgendeiner düsteren Seitenstraße umgebracht worden sein, genügte, um . . .

Ein Ausruf der Frau lenkte seine Aufmerksamkeit mit einem Ruck wieder auf sie. „Aber ja“ , sagte sie, „jetzt fällt es mir ein.“

Neelan starrte sie mit großen Augen an, während sie weiterredete. „Der war es. Kein Wunder, daß ich nicht gleich daran gedacht habe.“

Sie machte eine Pause, und Neelan fragte sich unvermittelt, ob es ein Gesetz dagegen gab, Vermieterinnen auf den Kopf zu stellen und die Worte aus ihnen herauszuschütteln . . . Doch bevor er die Idee noch weiterspinnen oder den Mund öffnen konnte, fuhr Mrs. Dendley fort: „Er hat mir erklärt, er brauche eine Privatanschrift. Deshalb hatte er auch immer einige Sachen hier stehen. Er gab mir aber ausdrücklich die Genehmigung, sein Zimmer für Übernachtungen zu vermieten, allerdings nie über einen längeren Zeitraum, wenn Sie wissen, was ich meine. Ich . . ."

„Sie wollen damit sagen" – Neelan war konsterniert –, „er hat gar nicht hier gewohnt?"

Die Frau nickte lebhaft. „Richtig. Er kam einmal im Monat vorbei, um seine Post abzuholen und die Miete zu bezahlen. Er hat erklärt, sein Beruf mache es erforderlich, daß er im Betrieb schlafe."

Sie schaute auf den Bildschirm. „Wo er tätig war, hat er nie erwähnt, und ausgezogen ist er am . . ., warten Sie . . ., am 17. Juli. Letzte Woche vor einem Jahr."

Neelan nickte, doch seine Muskeln waren so verkrampft, daß die Bewegung ihn im Nacken schmerzte. Schließlich richtete er sich auf und nahm sich zusammen.

Gilbert hatte also mit Vorbedacht sein Zimmer hier aufgegeben – an dem Tag, an dem er den Tod gefunden hatte.

EIN ERSTER Anfang schien gemacht. Doch anstatt breiter und ausgeprägter wurde die Spur schmaler und undeutlicher. Beim Institut für Eugenik erfuhr er, daß sämtliche Angaben über seinen Bruder bei der Außenstelle Lakeside abgerufen werden mußten. Deren Rechnerzeit aber war so weit im voraus ausgebucht, daß es Wochen dauern konnte, an die Unterlagen heranzukommen. In der Zentraldatei existierte kein Schriftwechsel mit seinem Bruder.

Der Auskunftsbeamte bei der Polizei fragte zurück: „Wissen Sie, daß wir allein in den beiden letzten Jahren fünftausend ungelöste Mordfälle aufzuweisen haben? Wir leben in einer der eigenartigen Epochen, in denen es geradezu schick zu sein scheint, einen Menschen aus dem Weg zu räumen, und ein Mord mehr oder weniger einem Stein gleichkommt, den jemand im Finstern wirft. Vor einem Jahr, haben Sie gesagt? Vergessen Sie's!"

Bei keiner einzigen Bank in der Hauptstadt hatte Gilbert Neelan ein Konto unterhalten. In Lakeside allerdings existierte ein Aktivsaldo von einigen tausend Krediten. Falls er einen Gerichtsbeschluß erwirkte . . . Aber das konnte sechs Monate dauern.

Bei der Nuklearforschungs-AG teilte man ihm mit, daß Gilbert seine Stellung in der Zweigniederlassung Lakeside vor zwei Jahren gekündigt hatte, um in eine Privatfirma in Imperial City einzutreten. Um welches Unternehmen es sich handelte, wußte man nicht. Nach Referenzen hatte sich niemand erkundigt.

Seine Tätigkeit? Er hatte daran gearbeitet, zwischen Materie und Antimaterie stabile Beziehungen herzustellen, ein detailliert erforschtes Gebiet, in dem es schon lange keine sensationellen Durchbrüche mehr gab.

Zwei halbminütige Holoanzeigen führten lediglich dazu, Neelans schrumpfende Barschaft um weitere sechzig Kredite zu reduzieren. Nach drei Wochen hatte er einundzwanzig Kredite an Mrs. Dendley gezahlt und weitere sechzehn für Verpflegung, Flugwagenkosten sowie Hologespräche verbraucht.

Am Morgen des einundzwanzigsten Tages rief eine Angestellte aus dem Institut für Eugenik an, um ihm mitzuteilen, daß die Unterlagen über Gilbert aus Lakeside durchgegeben worden waren, ohne weitere Aufschlüsse zu erbringen. Neelan möge jedoch um fünf Uhr nachmittags selbst vorbeikommen. Der Institutsleiter, Professor Nad Rayburn, hätte ihn gern gesprochen.

Nachdem er die Verbindung unterbrochen hatte, verharrte Neelan mit gerunzelter Stirn neben Mrs. Dendleys Holoset. Von seinem ersten Anruf her erinnerte er sich an den Wissenschaftler, einen liebenswürdigen, kultiviert wirkenden Graubart.

Hingehen würde er, beschloß er grimmig. Unterwegs aber würde er sich die Zeit dafür nehmen, etwas Dringenderes zu erledigen. Jemand, der nur noch drei Kredite sein eigen nannte, tat besser daran, sich übers Geldverdienen Gedanken zu machen – und zwar schleunigst.

Er verließ das Haus – und vergaß, daß er etwas essen wollte.

Ruhelos schritt er aus. Der Nachmittag war halb verstrichen, ehe ihm seine Absicht wieder in den Sinn kam. Während er in einem kleinen Selbstbedienungsrestaurant aß, empfand er von neuem seine tiefe Unentschlossenheit, das leere Gefühl der langen Zeit, die verstrichen war, die Monate, die die Spur des Todes mit so vielen Schleiern zugedeckt hatten.

Und jetzt mußte seine Suche noch länger warten – während er Geld verdiente.

Welche Ironie des Schicksals! In ungefähr drei Monaten würde die „schwere" Berylliummine hunderttausend oder mehr Kredite monatlich abwerfen, während er in ernster Gefahr schwebte, Sozialhilfe zu benötigen und damit automatisch die Voraussetzungen für die Verbannung zum Mars oder zur Venus zu erfüllen, wo an härtester Arbeit nie Mangel herrschte.

An der nächsten Straßenecke warf Neelan eine Münze in einen Annoncenautomaten. „Technische Berufe", sagte er, als die Züge einer jungen Frau auf dem Schirm erschienen.

Ein älterer Mann löste das Mädchen ab, und Neelan fuhr fort: „Ich verfüge über folgende Qualifikation . . ." Er umriß Ausbildung und Werdegang: Abschluß als Nuklearingenieur, drei Jahre Schürfarbeit auf einem Meteoriten. „Betonen möchte ich", schloß er, „daß der übliche Zweijahresvertrag für mich nicht in Frage kommt. Ich suche eine vorübergehende Tätigkeit, längstens für zwei Monate. Können Sie mir etwas Passendes anbieten?"

„Ich fürchte", erwiderte der Mann, „daß solche Stellungen durchweg niedriger eingestuft sind. Der Standardvertrag, wonach das Unternehmen Sie auf sechs Monate einstellt, Sie sich dagegen für zwei Jahre verpflichten müssen, hat eine lange Tradition. Außerdem würde die einflußreiche Ingenieursgilde andere Einstellungsbedingungen kaum akzeptieren."

„Was", wollte Neelan wissen, „meinen Sie mit niedrigerer Einstufung?"

„Ich habe hier", erwiderte der Angestellte, „eine Anzeige, die seit fünf Tagen läuft und heute früh über automatische Holoschaltung ein weiteres Mal aufgegeben worden ist. Ich lese sie Ihnen vor:

Gesucht: Fähiger Kerntechniker zur Instandsetzung großer Triebwerksblöcke. Kräfte aus vollautomatisierten Reparaturbetrieben unerwünscht. Persönliche Vorstellung Raum 1874, Trellis Minor Building. Guter Verdienst.

„Diese Anzeige", erläuterte der Angestellte in sachlichem Tonfall, „fällt deswegen aus dem Rahmen, weil sie Kenntnisse verlangt, die Sie bei Ihrer Ausbildung erworben haben müßten, in einem Beruf, der in Großstädten aber kaum noch existiert. Das Aufkommen der automatisierten Instandsetzungswerke, die schnell und billig arbeiten, hat die Tätigkeit des klassischen Reparaturtechnikers seit mindestens sechzig Jahren verdrängt. Anscheinend ist dem Auftraggeber an besonders gründlicher Ausführung gelegen. Diese Annonce dürfte am ehesten auf Sie passen. Folgende Stellenangebote kämen außerdem noch in Frage . . ."

Neelan machte sich kurze Notizen. Als der Automat schließlich abschaltete, fühlte er sich besser. Irgend etwas sollte sich eigentlich aufgrund der Liste ergeben; und wie der Angestellte geäußert hatte, war die erste Anzeige die vielversprechendste. Am nächsten Vormittag würde sich erweisen, wieviel oder wie wenig sie ihm weiterhalf.

DAS INSTITUTSGEBÄUDE sah aus wie ein weißgrauer dreihundert Meter hoher Pfeil.

Neelan trat im neunzigsten Stock aus dem Aufzug und wurde unverzüglich zum Institutsleiter vorgelassen. Der Wissenschaftler erhob sich hinter seinem Schreibtisch und streckte ihm leutselig die Hand entgegen. „Ich bedauere wirklich, daß wir Ihnen nicht direkt behilflich sein konnten. Leider hat sich herausgestellt, daß Ihr Bruder sich letztmalig im Zusammenhang mit einer unklaren vegetativen Störung an unsere Außenstelle in Lakeside gewandt hat, die keine Berührungspunkte mit unseren außersinnlichen Forschungen aufwies. Das war vor fünf Jahren."

„Vielen Dank für die Mühe, die Sie sich meinetwegen gemacht haben", sagte Neelan.

Plötzlich schien es ihm eigenartig, daß er nur um einiger

höflicher Worte des Bedauerns willen hergebeten worden sein sollte. Er warf seinem Gegenüber einen prüfenden Blick zu und stellte zu seiner Überraschung fest, daß der Institutsleiter ihn unter buschigen Brauen hervor durchdringend musterte.

Der bejahrte Gelehrte bemerkte seinen Blick und lachte auf. „Ich frage mich", bemerkte er kühl, „ob Sie noch ebenso zuverlässig sind wie vor einem Jahrzehnt, als wir Sie aus unserer Zuständigkeit entlassen haben."

Neelans Herz begann zu klopfen, denn hinter dieser Einleitung verbarg sich ein noch unbekannter Sinn.

„Ich möchte Ihnen einen Fingerzeig geben", fuhr der Wissenschaftler fort, bevor Neelan antworten konnte, „in strengstem Vertrauen, aus Entgegenkommen gegenüber einem früheren Zögling."

Neelan unterdrückte seine Anspannung und erwiderte: „Sie können mir trauen; ich gebe Ihnen mein Wort."

Er wartete begierig, während Rayburn ihn mit seinen grauen Augen durchdringend anstarrte.

„Weshalb", fragte der Institutsdirektor, „wenden Sie sich nicht an die Waffenläden? Der Umstand ist zwar nicht allgemein bekannt, aber sie verfügen über eine Auskunftszentrale, die nicht ihresgleichen hat. Und nun leben Sie wohl, und viel Glück."

Er wandte sich ab, ohne Neelan noch eines Blickes zu würdigen, und machte sich an seinem Rechner zu schaffen.

NEELAN schwirrte noch immer der Kopf, als er auf der Straße anlangte. Und ich habe geglaubt, die Waffenläden würden einzig und allein Waffen verkaufen, überlegte er. Dabei hätte ich es besser wissen müssen. Schließlich bin ich im halben Sonnensystem gewesen, habe die Läden mehrfach aufgesucht, mich lange mit dem Verkäufer auf Io unterhalten.

Er fühlte sich hin- und hergerissen. Seine Verzweiflung wich für kurze Zeit der Ahnung gewaltiger Vorgänge, des immensen Ausmaßes der Organisation der Waffenschmiede, deren Läden in Zehntausenden von Städten und Orten des weitgespannten Isherreichs standen, souveräne, verfemte, unangreifbare, uneigennützige Widersacher jeder Despotie.

Er hätte sich denken können, daß hinter dem äußeren, sichtbaren Apparat ein innerer, verborgener wirken mußte. Seine Stimmung hob sich bei der Überlegung. Die Bürde seiner Suche schien geringer auf ihm zu lasten.

Der Waffenladen erhob sich in einer kleinen Parkanlage inmitten von Büschen und Blumenrabatten. Zwischen zwei Wolkenkratzern gab er ein friedliches, idyllisches Bild ab. Die große, überall gleiche Leuchtschrift des Ladens verkündete ihre uralte Botschaft jedem, der sie wahrnehmen wollte:

DAS RECHT AUF WAFFEN
BEDEUTET DAS
RECHT AUF FREIHEIT

Auch das Schild im Fenster glich denen, die er in anderen Läden gesehen hatte, aufs Haar. Die Buchstaben waren kleiner, doch die Aussage ebenso bestimmt:

DIE BESTEN ENERGIEWAFFEN
IM BEKANNTEN UNIVERSUM

Neelan blieb stehen und starrte regungslos auf die blitzenden Büchsen und Handfeuerwaffen, die ausgestellt waren. Der Anblick war ihm nicht neu. Seit Jahren trug er eine der fabelhaften Defensivwaffen. Auch jetzt steckte sie unter seiner linken Achsel, exakt in ein Halfter eingepaßt.

Siebenmal hatte diese überwältigende Waffe zu der Zeit, als er von seinem Spielerglück lebte, ihre unglaubliche Kraft unter Beweis gestellt. Nein, ungewohnt war ihm das Bild nicht. Und dennoch . . .

Der bloße Anblick eines Waffenladens flößte ihm regelmäßig sonderbare Gefühle ein. Es bedurfte einiger geistiger Anstrengung, um sich klarzumachen, daß jede Waffenhandlung ein unbezwingbares Bollwerk darstellte und daß es den Herrschern des Isherreichs mehrfach blutiger Ernst mit dem Versuch gewesen war, die Waffenschmiede zu vernichten.

Neelan schüttelte sich und strebte auf die Tür zu. Sie widerstand seinem Griff. Befremdet zog er daran. War es denkbar, daß die empfindliche Tür negativ auf ihn reagierte, weil er gerade aus einem Regierungsinstitut kam? Wie es hieß, sprach sie auf Gedanken an, und keinem Gegner der Waffenläden, niemandem, der im Dienst der Isherkaiserin stand, gewährte sie jemals Zutritt.

Sie ging ganz sacht auf, einer Blüte gleich, die ihre Blätter entfaltete, nur rascher. Schwerelos, wie gefertigt aus unsagbar feinem, substanzlosem Material, lag sie in seiner Hand. Und als er hindurchtrat, schloß sie sich unmittelbar hinter ihm, ohne seinen Absatz zu berühren, mit der Lautlosigkeit eines Körpers, der durch den Weltraum gleitet.

Neelan durchquerte zögernd das kleine Foyer und gelangte in einen weiten Raum. Matt erhelltes Terrain war dies, mit Wand- und Bodenvitrinen, die nicht sehr zahlreich, aber kunstvoll angeordnet waren.

Ein schlanker Verkäufer mittleren Alters trat nach einem Augenblick aus einer Tür, die in einen hell erleuchteten, flüchtig sichtbaren rückwärtigen Teil führte.

Neelan erläuterte sein Ansinnen. Der Mann wandte sich einer Rechnerkonsole an der Rückwand zu und gab die erhaltenen Daten über Gilbert ein.

Sofort tauchte auf dem Schirm eine neue Zeile auf. Der Verkäufer studierte sie mit gerunzelter Stirn, sah dann hoch und äußerte: „Notieren Sie bitte: 1997, 232. Avenue, Zentrum."

Neelans Stimme zitterte, während er die Angaben in seinen Mikrorecorder sprach. Seine Gedanken wirbelten. Die Knie drohten ihm nachzugeben. Als er fertig war, brach es aus ihm hervor: „Wollen Sie mir wirklich erzählen, Sie hätten seine letzte Anschrift? Was für Hexenmeister sind die Waffenschmiede? Wie . . .?" Die Stimme versagte ihm.

„Der Fall weist einige ungewöhnliche Züge auf. Als Ihr Bruder nach Imperial City kam, trat er dort seine Tätigkeit an und lebte auch am selben Ort. Das Gebäude gehört Derd Kerschaw, einem brillanten und völlig integren Wissenschaftler. Es war und bleibt unsere Politik, den Angelegenheiten solcher Leute grundsätzlich nicht im einzelnen nachzugehen. Deshalb wurde seinerzeit lediglich registriert, daß Ihr Bruder sich dort aufhielt.

Doch in Anbetracht der Tatsache, daß Ihr Bruder tot ist, wurde jetzt beschlossen, den Sachverhalt genauer zu prüfen. Leider wird mindestens eine Woche vergehen, bis wir einen Beobachter für diese Aufgabe abstellen können. Ich würde Ihnen raten, in der Zwischenzeit nichts zu unternehmen, weil wir unvergleichlich gründlicher nachforschen werden, als Sie selbst dazu in der Lage wären."

Er sah Neelan eindringlich an. „Ich muß betonen, daß wir uns Ihres Falles nicht in einem der Polizei vergleichbaren Sinne annehmen. Wir bestrafen keine Verbrechen. Wir mischen uns in den Alltag des Isherreichs nicht ein, abgesehen von bestimmten Formen der Wirtschaftskriminalität. Kommen Sie in acht Tagen wieder, dann können wir Ihnen mehr sagen. Das wäre einstweilen alles."

Neelan stand auf der Straße, ehe ihm einfiel, daß er kein einziges Wort des Dankes geäußert hatte.

AUF DIE Stadt vieler Träume senkte sich die Nacht herab, als Neelan den öffentlichen Flugwagen vor seiner Unterkunft verließ. Er blieb stehen und verfolgte, wie die Lichter des Flugwagens kleiner wurden, wandte sich dann um und betrat das Haus.

In seinem Zimmer begann die Erregung über seinen Erfolg einer anderen Einsicht zu weichen. Er kannte jetzt also Gilberts Arbeitsplatz bis zum Tage seines Todes. Und weiter?

Er wußte, wo ein Toter tätig gewesen war!

Der veränderte Blickwinkel beeindruckte ihn nachhaltig. Er dachte: Bin ich denn verrückt? Wonach suche ich eigentlich? Soll ich mich bei dem Bemühen ruinieren, einen Leichnam zu finden, nur weil Gilbert und ich zwei Facetten derselben Persönlichkeit verkörpert haben? Er ist tot. Ich muß mir das immer wieder klarmachen.

Der Gedanke störte ihn zutiefst. Er empfand plötzlich die grenzenlose Unwichtigkeit eines Lebens, eines einzelnen Menschen, dessen Körper sich einen kosmischen Augenblick lang gegen den Horizont der Zeit abhebt und dann in der Nacht untertaucht, ein Sandkorn unter den Legionen irdischer Toter.

Unruhig schritt er zum Fenster. Das Haus stand auf einer Anhöhe, so daß er über einen Ozean von Gebäuden hinweg das Lichtermeer des Stadtzentrums zu erkennen vermochte, die Allee des Glücks, den Boulevard der Kurzweil, die Chaussee der Showtheater.

Weiter zur Rechten konnte er den kaiserlichen Palast wahrnehmen. Wochenlang hatte das blendende, kristallen schimmernde Bauwerk seine Aufmerksamkeit allenfalls am Rande erregt. Nun plötzlich fesselte es seinen Blick und seine Phantasie.

Die Kaiserin! Im Geiste stellte er sie sich vor: eine gebieterische junge Frau auf der Höhe ihrer Macht und ihrer Jugend. Die glorreiche Innelda Isher, kein Engel, nach allem, was er gehört hatte, aber sie verkörperte das überschäumende Leben auf den sechshundert Quadratmeilen funkelnder Lichter, die Imperial City bildeten.

Und er stand hier und dachte über den Tod nach.

Langsam richtete Neelan sich auf. Die Suche ist vorüber, dachte er. Morgen würde er sich um eine Stelle kümmern. Danach würde er einen Blick auf das Gebäude werfen, dessen Adresse er in der Waffenhandlung erfahren hatte.

Er würde es nicht betreten, sondern sich die acht Tage gedulden, wie der Verkäufer ihm geraten hatte, abwarten, was man ihm eröffnen würde.

Mit diesem Gedanken ging er zu Bett und träumte, daß Gilbert noch am Leben war, in einer sengenden Wüstenhölle, erstickend, mit dem Tode ringend im Heulen außerirdischer Stürme.

Schweißgebadet wachte er auf und gewahrte, daß freundlicher Sonnenschein durch das große Fenster fiel. Langsam, unter der Wirkung einer belebenden Dusche und des hellen Morgens, entspannte er sich. Innerlich bekräftigte er, was er sich abends vorgenommen hatte.

Es war kühl im Freien, fast frisch auf der überschatteten Seite des langen, breiten Boulevards. Neelan wechselte die Straßenseite und überlegte flüchtig, ob der Mechanismus der Bürgersteige vielleicht zu schnell umgestellt worden war. Je mehr Licht die Straßen tagsüber aufnahmen, desto mehr gaben sie bei Nacht ab, aber nötigenfalls wurde Kernenergie zugeschaltet.

Beim Gehen wurde ihm wärmer, und er vergaß die Temperaturfrage gänzlich, als ein riesiges, hundertstöckiges Gebäude vor ihm aufragte: TRELLIS MAJOR BUILDING.

Einen Augenblick lang fiel Neelan nicht auf, daß mit dem Namen etwas nicht stimmte. Er beschleunigte seine Schritte und blieb erst stehen, als er, dem überwältigenden Bauwerk direkt gegenüber, das kleinere, fünfzehnstöckige, spitz zulaufende Ungeheuer erblickte, auf dem Trellis Minor Building stand.

Der Anblick frischte seine Erinnerung auf. Natürlich! Trellis Major und Minor waren zwei Asteroiden, die irgendwo jenseits der Marsbahn umeinander kreisten. Der größere bestand aus positiv geladener Materie, der kleinere aus Antimaterie. Beide wurden von einem einzigen Konzern ausgebeutet; und die beiden Kolosse, die sich hier erhoben, waren nur zwei der Nebenprodukte des nach wie vor endlosen Reichtums, der stetig aus den fernen Regionen des solaren Raums zur Erde floß.

Eines nicht zu fernen Tages mochte ihr Meteorit von drei Meilen Durchmesser ihm und Carew ein ebensolches Gebäude einbringen.

Das angenehme Wunschbild beschäftigte ihn derart, daß er bereits den Fahrstuhl betreten hatte, ehe ihm ein ganz anderer Gedanke kam.

Reparaturen an Kerntriebwerken konnten unmöglich hier durchgeführt werden. Die Bestimmungen über Wand- und Bodenisolierung und über Sicherheitsabstände auf allen Seiten waren rigoros. Es konnte sich also nur um ein Büro handeln; der Ort seiner Tätigkeit würde anderswo liegen. Nachdenklich drückte er auf den Summer neben der Tür des Raums 1874 und wartete.

Zwei Minuten wiederholten Läutens führten zu keinem Ergebnis. Stirnrunzelnd trat Neelan zurück und musterte den Eingang, hinter dem sich nichts regte. Er glich aufs Haar der langen Reihe anderer Türen auf der achtzehnten Etage, und Neelan dachte nicht daran, ohne weitere Bemühungen aufzugeben.

Doch bevor er den Summer erneut betätigen konnte, sagte eine schroffe Stimme: „Herein!“

Neelan drehte den Knauf und stieß die Tür auf, ehe ihm einfiel, daß sie verschlossen gewesen war, als er sich zuvor daran versucht hatte.

Der Öffnungsmechanismus wurde also ferngesteuert.

Unmittelbar hinter der Tür hielt Neelan abrupt inne. Vor sich sah er einen großen Raum mit massiven gewölbten Fenstern. In einer Ecke stand leblos ein Holoset. Er gewahrte einen Schreibtisch, vier Sessel – sonst nichts.

Niemand befand sich in dem Raum.

Neelans Blick fuhr unverzüglich zu der einzig möglichen Quelle der barschen Stimme, die er gehört hatte.

Direkt an das scheinbar uneingeschaltete Holoset in der Ecke gerichtet, fragte er: „Was soll das?“

Schweigen trat ein. Neelan wollte schon erneut ansetzen, als die Stimme, die ihn zum Eintreten aufgefordert hatte, aus dem Holoset fragte: „Wer sind Sie? Was wollen Sie?“

Neelans erste Regung war, auf der Stelle kehrtzumachen. Der scharfe Ton des Mannes verdroß ihn. Die ganze Angelegenheit kam ihm plötzlich außerordentlich zweifelhaft vor.

Aber er brauchte dringend Geld, und er konnte es sich nicht leisten, einfach das Feld zu räumen. Ärgerlich auflachend nannte er seinen Namen.

„Was wollen Sie? Weshalb sind Sie hier? Was hat Sie auf diese Adresse gebracht?“

Erstmals fühlte Neelan sich von echter Ungeduld erfaßt. Was sollten die idiotischen Fragen? Wiederum aber bewirkte seine Zwangslage, daß seine Stimme ruhig blieb, als er die Anzeige erwähnte, seine Qualifikation beschrieb und zuletzt darauf zu sprechen kam, wie lange seine Tätigkeit höchstens dauern sollte.

Er erwähnte weder Gilbert noch die Gründe für seinen Aufenthalt auf der Erde. Als er geendet hatte, herrschte eine Weile Stille. „Tauglich scheinen Sie zu sein“, sagte die Stimme schließlich.

„Danke“, gab Neelan trocken zurück.

„Wahrscheinlich", fuhr die Stimme aus dem Holoset fort, „wundern Sie sich über die sonderbare Einstellungsmethode."

Neelan zuckte die Achseln. „Ein bißchen schon. Aber im Grunde schert sie mich wenig."

Das Lachen des Mannes klang alles andere als sympathisch. „Das freut mich zu hören. Die Arbeit, für die ich Sie brauche, dürfte ziemlich genau zwei Monate in Anspruch nehmen. Sie erhalten wöchentlich hundert Kredite und brauchen nicht zu befürchten, ausgefragt zu werden. Was meinen Sie dazu?"

Immer dubioser, dachte Neelan. Selbst wenn man in Betracht zog, daß Reparaturtechniker selten geworden waren, lag die Vergütung um das Doppelte über der Norm. Er hob die Schultern und antwortete: „Ich werde mit den Triebwerken genug zu tun haben, um mir im übrigen groß den Kopf zu zerbrechen."

Er fühlte sich weitab von der banalen Machenschaft, die hinter dem Ganzen zu stecken schien. Plötzlich merkte er, daß der Fremde weitergesprochen hatte, ohne daß er zuhörte.

„. . . so daß Sie am besten gleich vorbeikommen. Ich erkläre Ihnen dann bis Mittag die Anlage. Einverstanden?"

„Wiederholen Sie bitte die Adresse, damit ich sie notiere."

„Fünf Häuserblocks in nördlicher Richtung von der 131. Straße aus, dann etwa einen Block nach Osten. Nummer 1997, 232. Avenue, Zentrum. Das Gebäude ist groß und schmal. Sie können es nicht verfehlen. Läuten Sie am Eingang. Haben Sie alles mitbekommen?"

Ein unbestimmtes Gefühl überkam Neelan, eine vage Assoziation, die aber verschwand, als er begriff, daß der Mann auf eine Antwort wartete. Ungeduldig blickte Neelan auf.

„Ja, ja", erwiderte er, „ich finde hin."

Er hatte die Straße bereits wieder erreicht, als das verschwommene Empfinden sich zu einer deutlichen Erinnerung verdichtete.

Er hielt inne. Seine Vernunft protestierte gegen den Gedanken. Dann hatte er seinen Mikrorecorder zur Hand und suchte wie im Fieber nach der Adresse, die der Verkäufer in der Waffenhandlung ihm genannt hatte.

Einen Augenblick lang wollte ihm scheinen, sein Begriffsvermögen reiche nicht aus, um zu fassen, was keinem Zweifel mehr unterlag, und er müßte den Verstand verlieren.

Denn die beiden Anschriften – jene, zu der er unterwegs war, und jene andere, die der Arbeitsstätte Gilberts vor seinem Tod entsprach – waren identisch.

ER KAM nicht darüber hinweg. Der Schock zerrte an ihm, während er mechanisch weiterging. Und er ebbte nicht ab, sondern nahm noch zu. Nach zwei Häuserblocks lehnte Neelan sich zitternd an eine Gebäudewand.

Er fühlte sich so schwach, daß ihm schlecht war. Der Mann hatte ihn erkannt. Oder hatte zumindest seine Ähnlichkeit mit Gilbert bemerkt. Deshalb hatte seine Stimme so unverhältnismäßig scharf geklungen. Das erklärte die langen Pausen, in denen er geschwiegen hatte. Er mußte nachgegrübelt haben, was hinter Neelans Auftauchen stecken mochte, weshalb er sich um eine Tätigkeit bewarb, deren Auftraggeber sich derart geschickt getarnt hatte.

Nicht zuletzt mußte er es mit der Angst zu tun bekommen haben. Aber der Fremde hatte seine Beherrschung zurückgewonnen und ihn engagiert. Ihn geradezu gedrängt, sich unverzüglich einzufinden.

Ein unheimliches Gefühl, in Gefahr zu schweben, meldete sich an diesem Punkt und traf ihn mit geradezu physischer Wucht. Sein ganzer Körper verkrampfte sich.

Gehe ich das Risiko wirklich ein, dachte er kraftlos, ohne einen einzigen Menschen zu unterrichten? Sicher, ich kann mich mit meiner Waffe verteidigen, aber . . .

Zusätzlich galt es in Betracht zu ziehen, daß der Mann Argwohn schöpfen mochte, falls er nicht innerhalb einer bestimmten Zeit eintraf. Dennoch, ein einziger Umweg dürfte da kaum etwas ausmachen.

Mit entschlossenen Schritten begab er sich zum nächsten Flugwagenhalt und drückte auf den Knopf. Eine Maschine schoß aus dem Himmel herunter.

Die Tür des Waffenladens öffnete sich unter seiner Berührung, ohne auch nur einen Augenblick lang Widerstand zu leisten. Der Verkäufer, der ihn wiedererkannte, kam auf ihn zu. Er hörte Neelans Schilderung nachdenklich zu, dann schüttelte er entschieden den Kopf.

„Es tut mir leid", meinte er, „daß Sie meine Worte nicht so aufgefaßt haben, wie sie gemeint waren. Die Waffenläden mischen sich in die Angelegenheiten von einzelnen nicht ein, ausgenommen unter ganz bestimmten Voraussetzungen, die hier nicht vorliegen. Wir befassen uns in allererster Linie damit, Menschen Waffen zu verkaufen, die den Willen und den Mut besitzen, sich selbst und ihre Rechte gegen Gewaltherrscher zu verteidigen. Letztlich geht es uns um nichts anderes, als bei jeder Generation, in jedem Jahrhundert diesen Widerstandsgeist am Leben zu erhalten. Ich rate Ihnen nach wie vor: Warten Sie, bis wir einen unserer Beobachter mit dem Fall betrauen können. Bedauerlicherweise sind unsere sämtlichen verfügbaren Leute mit einer Aufgabe von äußerster Wichtigkeit befaßt und können unter keinen Umständen abgezogen werden. Das heißt nicht, daß ich Ihre Darstellung nicht für wichtig hielte. Der Mann, mit dem Sie gesprochen haben, macht nicht den Eindruck, als handle es sich um Kerschaw, aber" – er hob die Schultern –, „es tut mir leid."

Die Waffenläden konnten ihm gestohlen bleiben, entschied Neelan grimmig, während sein Flugwagen den Rückweg antrat. Eine ganze Woche noch, bis sie jemanden abstellen konnten, und unternehmen würden sie ohnehin nichts. Soviel kosmischer Gleichmut mochte langfristig praktische Früchte tragen, gegenwärtig nutzte er nichts.

Und für längeres Zögern blieb keine Zeit. Seine einzige Stärke beruhte auf dem Umstand, daß der Mann eine Aufgabe erledigt haben wollte. Mit gerunzelter Stirn stieg Neelan einen Häuserblock vor seinem Ziel aus dem Flugwagen. Auf der anderen Straßenseite lag ein passendes Geschäft. Er erstand ein Mikroband und besprach es mit einer kurzen Mitteilung für Professor Rayburn. Darin schilderte er die Tatsachen so knapp wie möglich und schloß: „Sollten Sie bis morgen mittag nichts von mir gehört haben, benachrichtigen Sie bitte die Polizei."

Er verschloß das Band und warf es ein. Als er sich zum Gehen wandte, sah er, daß seit seinem Gespräch mit dem Inserenten genau einunddreißig Minuten verstrichen waren. Nicht zu lange.

DAS ALSO war das Gebäude! Neelan starrte daran in die Höhe. Es war eine eigenartige, unelegante Konstruktion, viel zu hoch für ihre Breite. Einer langen stumpfgrauen Nadel ähnlich, bohrte sie sich hundertzwanzig Meter hoch in den Himmel und wirkte auf sonderbare Weise unheilvoll.

Kein Anzeichen verriet von außen, was im Innern vorging. Lediglich ein schmaler Weg führte vom Bürgersteig zu einem einzigen, nicht sonderlich imposanten Eingang, der mit der Straße auf einer Ebene lag.

Er stellte sich Gilbert vor, wie er am Tage seines Todes diese Straße entlangkam, zu der Tür schritt, dahinter verschwand. Bei dem Gedanken standen Neelan die Haare zu Berge. Trotzdem betätigte er den Summer.

Ein Augenblick verstrich; dann sagte die vertraute Stimme aus dem verborgenen Lautsprecher über dem Eingang: „Sie haben sich Zeit gelassen."

Neelan erwiderte beherrscht: „Ich bin direkt hierhergekommen."

Wieder trat ein kurzes Schweigen ein. Neelan dachte: Der Mann muß meine Behauptung abwägen, muß sich im Geiste die Entfernung zum Trellis Minor Building vergegenwärtigen.

„Warten Sie eine Sekunde."

Die Tür ging auf. Neelan gewahrte eine große, hohe Eingangshalle – wie hoch, konnte er von seinem Standort aus nicht erkennen. Er sah eine zweite, nicht ganz geschlossene, massive Tür vor sich, die aus einem dunklen, melierten Metall gefertigt war. Die gesamte Innenwand, in die sie eingelassen war, bestand aus demselben Material.

Neelan trat eben durch den Außeneingang, als ihm mit erschreckender Gewißheit aufging, worauf der unerwartete, unnatürliche Gesamteindruck beruhte.

Das Metall der Innenwand war Ferschingstahl, die superharte Legierung, die fast ausschließlich für Raumschiffe benutzt wurde.

Bei dem bizarr anmutenden Gebäude handelte es sich um einen Raumschiffhangar. Und das Schiff stand in der Halle.

Der Schock der Entdeckung traf jeden Nerv in Neelans Körper. Er wich zurück wie jemand, der einen unscheinbar anmutenden Stab aufgehoben hatte, um dann festzustellen, daß er weißglühend war.

„Was ist los?" wollte die brüske Stimme wissen. „Worauf warten Sie?"

Die Worte rissen Neelan aus seiner Starre. Er versuchte sich zum Weitergehen zu zwingen. Und brachte keinen Schritt zuwege. Gilbert war umgekommen – aber nicht auf der Erde, sondern bei einem Raumflug. Er hatte . . .

Erneut, schärfer diesmal, drang die Realität der Fragen des Mannes in sein Bewußtsein. Er begriff, daß sein Zögern ihm zum Verderben gereichte. Für jeden Täuschungsversuch war es zu spät. Nur die Wahrheit konnte ihm noch helfen. Er fand seine Stimme wieder.

„Mir ist eben klargeworden, daß ich vor einem Raumschiff stehe."

„Ach!" Schweigen; dann sagte die Stimme mit drängendem Unterton: „Augenblick! Ich komme sofort und demonstriere Ihnen, daß Sie keinen Grund zur Unruhe haben."

Die massive Innentür, die nur einen Spalt offengestanden hatte, schwang auf. Sie enthüllte einen dritten, gleichfalls offenen Zugang. Dahinter schwebte ein mobiles Energiegeschütz in der Luft, auf Antischwerkraftplatten montiert und leicht beweglich.

Die drei Wülste der Mündung wiesen mit mechanischer Stetigkeit auf Neelan. Über einen Innenlautsprecher erscholl die harte Stimme des Mannes: „Wer sich wie Sie auf den Planeten aufgehalten hat, dürfte die Waffenläden in Anspruch genommen haben. Ich hoffe, Sie machen sich klar, daß eine Handfeuerwaffe gegen ein 90 000-Zyklen-Aggregat nichts vermag. Werfen Sie Ihre Waffe durch die Tür!"

Ihm blieb nichts anderes übrig. Und als seine Waffe drinnen auf dem Boden aufschlug, tauchte zum erstenmal ein hagerer Mann auf. Er bückte sich nach dem glitzernden Instrument und wandte sich dann, immer noch durch das schwebende Aggregat gedeckt, Neelan zu.

„Kommen Sie herein!" befahl er.

Ohne ein Wort ging Neelan durch die beiden Innentüren, die mit dumpfer Endgültigkeit hinter ihm zufielen.

3. KAPITEL

FAST hätte Hedrock den Spähstrahl vergessen. Er glühte weiter, während der Schirm den kaiserlichen Kabinettssaal wie immer technisch perfekt wiedergab.

Immer noch neigten Männer sich über die Hand der jungen Frau mit den kalten Zügen im Thronsessel, und ihre Stimmen drangen deutlich an sein Ohr. Alles schien wie sonst, nur . . .

Jegliches Interesse an dem prächtigen Raum, an der prunkvollen Szene hatte sich für Hedrock schaudernd in nichts aufgelöst. Die einzigen Worte der jungen Frau wollten ihm nicht aus dem Kopf, obwohl sie bereits vor Minuten gefallen waren.

„Unter den obwaltenden Umständen", hatte sie erklärt, „können wir mit dem Renegaten aus den Waffenläden kein Risiko mehr eingehen. Was sich ergeben hat, ist zu wichtig. Deshalb, General Grall, werden Sie als pure Vorsichtsmaßnahme Captain Hedrock eine Stunde nach dem Mittagessen festnehmen und hinrichten lassen. Die Einhaltung der Frist ist wichtig, weil er wie üblich an meiner Tafel sitzen wird und ich außerdem bei seiner Hinrichtung zugegen sein möchte."

„Sehr wohl, Majestät . . ."

Hedrock schritt vor seinem Sichtgerät auf und ab. Körperlich und geistig fühlte er sich angeschlagen, unschlüssig; aber dennoch begannen ein Gedanke, eine grimmige Absicht sich zu formen, eine Entschlossenheit, sich nicht abzufinden mit einem Scheitern, das endgültig schien.

Er wandte sich wieder der Spähstrahlanlage zu, die in ihrem gegenwärtigen materialisierten Zustand eine ganze Ecke des Appartements einnahm.

Mit gerunzelter Stirn nahm er wahr, daß die junge Frau allein in dem Saal zurückgeblieben war. Ihr charakteristisches längliches Gesicht zeigte ein leichtes Lächeln. Es verschwand, als sie eine Vorrichtung am Thronsessel berührte und mit klarer Stimme zu diktieren begann.

Einen Augenblick lang dachte Hedrock an die Routineangelegenheit, der ihre Anweisungen galten, dann wandte er seine Aufmerksamkeit ab und machte sich daran, die Einstellung des Geräts bedachtsam zu verändern. Die Szene, die die junge Kaiserin zeigte, verblaßte. Formlose Lichtkaskaden zuckten über den Bildschirm, verdichteten sich zum Gesicht eines Mannes, hielten es fest.

„Ich rufe den Rat der Waffenschmiede", sagte Hedrock.

„Es wird eine Minute dauern", gab der Mann auf dem Schirm zur Antwort, „bis alle Mitglieder angeschlossen sind."

Hedrock nickte förmlich. Er war nervös. Seine Stimme hatte ruhig geklungen, nun aber hatte er das Gefühl, sie könnte beben, wenn er sich nicht zusammennahm.

Er stand ganz still und kämpfte gegen die Schwäche an. Als er wieder auf den Schirm blickte, hatte ein Dutzend Gesichter das eine ersetzt, ausreichend für ein Quorum. Er begann unverzüglich mit seinem Bericht über das gefällte Todesurteil und schloß: „Zweifellos braut sich etwas Wichtiges zusammen. Seit vierzehn Tagen werde ich regelmäßig dann, wenn Kabinettssitzungen bevorstehen, von höheren Offizieren in langweilige Gespräche verwickelt und daran gehindert, meine Räume aufzusuchen. In persönlicher Hinsicht bedeutsam ist aber meines Erachtens der Zeitpunkt der geplanten Hinrichtung. Es muß doch auffallen, daß ich erst eine Stunde nach dem Mittagessen, also in drei Stunden, festgenommen werden soll. Und ich durfte rechtzeitig genug in mein Appartement zurückkehren, um das Urteil mitanzuhören. Wer die Waffenläden aber kennt, dem dürfte klar sein, daß drei Stunden Frist zu meinem Entkommen völlig ausreichen. Deswegen . . ."

„Wollen Sie damit andeuten", unterbrach Ratsmitglied Peter Cadron scharf, „daß Sie vorhaben zu bleiben?"

Hedrocks Entschluß stand noch nicht fest. Ihn in Worte gefaßt zu hören, beraubte ihn einen Augenblick lang der Fassung. Das fröstelnde, angespannte Gefühl kehrte zurück; und als er wieder sprach, zitterte seine Stimme kaum merklich, obgleich seine Worte bestimmt und in ihrem Kern zuversichtlich klangen.

„Wie Sie sich erinnern werden, Mr. Cadron, haben wir uns über die Wesensart der Kaiserin eingehend unterhalten. Die enormen sozialen und technischen Spannungen unserer Epoche haben bewirkt, daß sie ihren neunzehn Milliarden Untertanen an Ungeduld und Risikobereitschaft in nichts nachsteht. Sie ist versessen auf Wandel, Dramatik, neue Eindrücke, aber vor allem repräsentiert sie als personifizierte kaiserliche Macht die konservative, gegen jede Veränderung sich sträubende Kraft. Die Folge ist Zerrissenheit, ein gefährlicher Zustand innerer Wankelmütigkeit, der sie zu der schwierigsten Gegnerin macht, mit der es die Waffenläden je zu tun gehabt haben."

„Für Nervenkitzel würde Ihre Hinrichtung bestimmt sorgen", stellte jemand anders kalt fest. „Während der wenigen Augenblicke, die Sie in der Schlinge zappeln, würde der Kaiserin das Leben weniger eintönig vorkommen."

„Woran ich gedacht habe", sprach Hedrock ruhig weiter, „ist die Möglichkeit, einem unserer Psychoprognostiker die verschiedenen Faktoren zu unterbreiten und seine Empfehlung einzuholen, ob ich bleiben soll."

„Wir werden Edward Gonisch zu Rate ziehen", entgegnete Peter Cadron. „Gedulden Sie sich jetzt bitte, während wir die Angelegenheit unter uns besprechen."

SIE ZOGEN sich zur Beratung zurück, obwohl ihre Gesichter auf dem Bildschirm sichtbar blieben. Aber wenn ihre Lippen sich auch bewegten, drang doch kein Wort an Hedrocks Ohr.

Die Debatte schien sehr lange zu dauern, und die Erläuterungen, die jemandem gegeben wurden, der nicht auf der Mattscheibe zu sehen war, dauerten fast endlos. Es zog sich derart in die Länge, daß Hedrock schließlich mit zusammengebissenen Zähnen und geballten Fäusten vor dem Gerät stand. Er stieß den Atem hörbar aus, als Peter Cadron sich endlich wieder an ihn wandte: „Leider müssen wir Ihnen sagen, daß nach Ansicht unseres Psychoprognostikers Edward Gonisch nicht genügend bekannte Tatsachen vorliegen, um ihm eine intuitive Lösung zu ermöglichen. Uns bleibt nur die Zuflucht zur Logik. Deshalb möchten wir Sie fragen: Zu welchem Zeitpunkt werden Ihre gegenwärtigen Aussichten, lebend aus dem Palast herauszukommen, sich drastisch verschlechtern? Können Sie bis zum Mittagessen bleiben?"

Hedrock zwang sich mit unnatürlicher Gewalt, gefaßt zu bleiben, wartete, bis der Schock abgeklungen war, den das mitgeteilte Urteil des Prognostikers ihm versetzt hatte. Keine Sekunde lang hatte er sich Rechenschaft abgelegt, wie sehr er auf die Entscheidung dieses intuitiven Genies gesetzt hatte, die sein Leben betraf – oder seinen Tod. Ein einziger flüchtiger Augenblick hatte ihn in völlige Ungewißheit gestürzt, ihm klargemacht, daß seine Lage gefährlicher war, als er geglaubt hatte.

Er schüttelte sich und erwiderte schließlich: „Nein, wenn ich zum Essen bleibe, begebe ich mich in ihre Gewalt. Die Monarchin spielt gern Katz und Maus, und sie wird mir mit Sicherheit mein Schicksal bei Tisch eröffnen. Ich habe allerdings einen Plan, der von ihrer Gefühlsreaktion abhängt und auf dem Umstand basiert, daß sie meinen wird, sich rechtfertigen zu müssen."

Er brach ab, runzelte die Stirn und starrte auf den Bildschirm. „Zu welchen Ergebnissen sind Sie bei Ihrer Erörterung gelangt? Ich brauche jede nur mögliche Unterstützung."

Ratsmitglied Kendlon, ein Mann mit fleischigem Gesicht, der bis dahin geschwiegen hatte, ergriff das Wort. „Wie Sie selbst wissen, sind Sie aus zwei Gründen im Palast. Erstens, um zu verhindern, daß die Waffenläden noch einmal in derart tödliche Gefahr geraten wie vor sieben Jahren, als nur die Opferung eines Mannes aus dem siebentausend Jahre zurückliegenden zwanzigsten Jahrhundert uns vor der Vernichtung bewahrt hat. Zweitens verwirklichen Sie damit natürlich Ihre eigene

Lieblingsidee, einen Kontakt herzustellen zwischen den Waffenläden und der kaiserlichen Regierung. Ein Spion sind Sie deshalb höchstens in zweiter Linie. Die Kleinigkeiten, die Sie erfahren, interessieren uns nicht. Aber überlegen Sie: Ist Ihnen irgendein Anhaltspunkt zu Ohren gekommen, der Ihre These erhärten könnte, daß etwas Entscheidendes im Gange ist?"

Hedrock schüttelte wortlos den Kopf. Ganz plötzlich empfand er keine Gefühlswallung mehr. In einem fast körperlichen Sinne war ihm zumute, als sei er weit weg. Seine Stimme klang wie aus kalter Ferne, beherrscht, nachdrücklich, endgültig.

„Ich sehe, meine Herren, daß Sie zu keiner Entscheidung gelangt sind. Ebensowenig können Sie leugnen, daß Sie es höchst ungern sähen, wenn meine Verbindung hier abrisse. Schließlich sind Sie begierig zu erfahren, was die Kaiserin vor uns verbirgt. Ganz zu schweigen von, wie Sie es nennen, meiner Lieblingsidee. Folglich habe ich beschlossen zu bleiben."

Auf rasche Zustimmung stieß er nicht. Die eigentümliche, unstete Wesensart der Kaiserin ließ befürchten, daß das geringste falsche Wort ihm zum Verhängnis werden könnte. Diese Details – und andere – erörterten sie mit gewissenhafter Gründlichkeit.

Wie beispielsweise den Umstand, daß er der erste scheinbare Überläufer in der Geschichte der Waffenläden war – und sich dennoch weigerte, der Herrscherin auch nur ein Sterbenswort zu verraten. Seine beeindruckende Erscheinung, ausgeprägte Intelligenz und starke Persönlichkeit hatten sie bereits fasziniert und würden vermutlich ihre Wirkung auch weiterhin nicht verfehlen.

Deshalb, mit der einen gefährlichen Einschränkung, daß die Kaiserin einen unbekannten Plan verfolgte, konnte man annehmen, daß die Drohung, ihn hinrichten zu lassen, ein Test war, Resultat ihres Argwohns. Aber Vorsicht; lieber, falls notwendig, geheime, möglichst allgemeine Tatsachen über die Waffenläden preisgeben, damit ihren Appetit wecken, als . . .

An diesem Punkt unterbrach der Türsummer die Überlegung mit der Endgültigkeit eines detonierenden Geschosses. Hedrock fuhr zusammen, schaltete das Gerät aus und unterbrach die Energiezufuhr. Dann, sich seiner nervösen Reaktion bewußt, zog er ohne Hast die Nadel aus seiner Krawatte und beugte sich über den Tisch.

Dort lag der Ring, klein und funkelnd, der Stein eine miniaturisierte Nachbildung der Spähstrahlanlage, ausgestattet mit einem perfekten winzigen Generator, der die nötige Energie erzeugte, um der Anlage materielle Wirklichkeit zu verleihen.

Jetzt mußte seine nervliche Verfassung den Ausschlag geben. Hatte er sich bei diesem Unterfangen genügend in der Gewalt, dann . . .

Dreimal bebten seine Finger kaum merklich und verfehlten die fast unsichtbare Vertiefung, die berührt werden mußte. Beim viertenmal hatte er Erfolg. Die Spähstrahlanlage erlosch wie eine zerschlagene Lichtquelle, doch anstelle von Scherben blieb nichts zurück als leere Luft.

Einen Moment lang verharrte Hedrock unschlüssig mit dem Ring in der Hand. Schließlich legte er ihn zu drei anderen in eine Kassette. Die Kontrollen stellte er so ein, daß der Inhalt zerstört wurde, wenn jemand sich am Schloß zu schaffen machte.

Nur der Waffenring steckte an seinem Finger, als er auf das hartnäckige Summen hin öffnete.

Hedrock erkannte in dem schlanken Mann, der auf dem Korridor stand, eine Ordonnanz der Kaiserin. Der Uniformierte nickte grüßend und sagte: „Captain, Ihre Majestät läßt Ihnen ausrichten, daß das Mittagessen serviert ist, und bittet Sie zu Tisch."

Einen fassungslosen Augenblick lang glaubte Hedrock, die Kaiserin hätte schon jetzt begonnen, ihren bösen Spott mit ihm zu treiben. Mittagszeit! Dabei war es noch nicht . . .

Der Gedanke brach ab, als er mit einer automatischen Bewegung auf seine Uhr starrte. Die winzigen Zeiger standen auf halb eins, und der Anblick traf ihn wie ein Schlag. Es war eine volle Stunde vergangen, seit er das Todesurteil aus dem Mund der Kaiserin gehört hatte.

Mit einiger Anstrengung unterdrückte Hedrock seine aufsteigende Bestürzung, kämpfte gegen das ungute Gefühl, daß die Zeit ihm den einzigen Ausweg versperrt hatte.

Die Frage, ob er bis zum Essen ausharrte oder nicht, hatte in Wirklichkeit nie zur Entscheidung gestanden. Während er noch mit dem Rat gesprochen hatte, war die Spanne verflogen, die eine Flucht erlaubt hätte.

Endgültig klar wurde ihm seine Lage, als er an Dutzenden von Soldaten vorbeischritt, die auf seinem Weg zum kaiserlichen Speisesaal in jedem Flur standen. Er hatte keine andere Wahl – er mußte bleiben.

Derart unabänderlich war seine Situation, daß Hedrock auf der Schwelle zu dem großen, hellerleuchteten Raum innehielt, einen Augenblick lang stehenblieb, sardonisch lächelte – und wieder er selbst war.

Gelassen, immer noch mit leisem Lächeln, bahnte er sich seinen Weg zwischen den Tischen voller schwatzender Höflinge und nahm vier Stühle entfernt von der Kaiserin seinen Platz an der obersten Tafel ein.

4. KAPITEL

Die Aperitifgläser waren geleert und die Suppenteller abgetragen worden. Während er auf den nächsten Gang wartete, hing Hedrock seinen Gedanken nach. Er musterte die Männer am Tisch, die sportlichen, klugen, hochmütigen Dreißigjährigen, aus denen das persönliche Gefolge Ihrer Kaiserlichen Majestät bestand.

Er spürte plötzliches Bedauern, empfindlich, fast heftig. Die sechs Monate in dieser brillanten Umgebung hatten ihm gefallen. Nach vielen Jahrhunderten des Umgangs mit den gesetzten, vernünftigen Waffenschmieden boten sie willkommene Abwechslung. Etwas an den jungen Leuten, die ihre Machtfülle genossen, die das Leben unbefangen auskosteten, hatte ihn an längst vergangene Zeiten erinnert.

Hedrock lächelte schief. Der Unterschied bestand darin, daß er sich auf ein derart hohes Risiko wie bei seiner Übersiedlung in den Palast noch nie eingelassen hatte.

Er hatte natürlich gewußt, daß er sich früher oder später tiefer verstricken würde, als es selbst seine verborgenen Fähigkeiten zuließen. Die Unsterblichkeit brachte eine Haltung mit sich, die er anfangs nicht einkalkuliert hatte; eine zunehmende Geringschätzung für Risiken, bis die kritische Situation sich tatsächlich ergeben hatte; die Neigung, Gefahren leichtzunehmen, solange sie nicht eingetreten waren. Jetzt wie früher zählte, im Unterschied zu den Absichten, die andere ihm zuschrieben, einzig sein eigenes, umfassendes Ziel.

Die honigsüße Stimme der Kaiserin durchdrang zum erstenmal das gedämpfte Gemurmel der Unterhaltung, riß ihn aus seiner Versunkenheit.

„Sie wirken sehr nachdenklich, Captain Hedrock."

Hedrock wandte langsam den Kopf und schaute sie an. Er hatte ihr mehr als nur den flüchtigen Blick gönnen wollen, den er sich bis jetzt gestattet hatte, aber er war sich bewußt, daß ihre grünen Augen von dem Augenblick an auf ihm geruht hatten, als er Platz genommen hatte.

Ihre Züge waren ausdrucksvoll, schön, fast edel geformt. Sie besaß den länglichen Gesichtsschnitt und das feste Kinn der Isherdynastie, und es bestand kein Zweifel daran, daß hier zwar der jüngste, keineswegs jedoch der letzte Sproß einer außergewöhnlichen Familie saß.

Eigenwillige Leidenschaft und schrankenlose Macht hatten das makellose Gesicht gezeichnet. Immer noch aber rief es den Eindruck hervor, daß die glänzende, unberechenbare Innelda – darin den bemerkenswerten Frauen und Männern gleich, die ihre Vorfahren waren –, charakterlicher Schwächen ungeachtet, sich gegen Korruption und Intrigen behaupten und die große, außergewöhnliche Tradition des Hauses Isher fortsetzen würde.

Jetzt, überlegte Hedrock wachsam, kam es darauf an, sie soweit zu bringen, unter den für ihn günstigsten Umständen aus sich herauszugehen. Er gab zur Antwort: „Ich mußte an Ihre Urahnin denken, Innelda, an die liebliche Ganeel, die goldblonde Kaiserin. Abgesehen davon, daß Ihr Haar brünett ist, ähneln Sie ihren Jugendbildnissen sehr."

Ein verwunderter Ausdruck trat in die grünen Augen. Die Kaiserin schürzte die Lippen, öffnete sie dann, wie um etwas zu sagen. Hedrock kam ihr zuvor, indem er fortfuhr: „Die Waffenläden besitzen natürlich eine Filmaufzeichnung von Ganeels Leben. Und unwillkürlich kam mir der wehmütige Gedanke, daß auch Sie eines Tages nur noch auf halb verblichenen Filmen in staubigen Archiven existieren werden."

Der Pfeil saß tief. Er wußte, daß diese vor Leben sprühende junge Frau den Gedanken nicht ertragen konnte, eines Tages altern und sterben zu müssen. Ihr Blick funkelte vor Zorn, und wie immer sprach sie in dieser Stimmung aus, was sie dachte.

„Sie zumindest", fauchte sie mit spröder und doch vernehmlicher Stimme, „werden nicht in die Verlegenheit kommen, einen solchen Film zu betrachten. Es dürfte Sie interessieren, Captain, daß wir hinter Ihre Agententätigkeit gekommen sind und daß Sie noch heute nachmittag gehängt werden."

Für ihn selbst unerwartet trafen die Worte ihn im Innersten. Im vorhinein ließ sich leicht spekulieren, daß es sich um einen abgefeimten, brutalen Test handelte, um den zielbewußten Versuch, ihn auszuforschen. Nun aber, da er der Despotin leibhaftig gegenübersaß, die gnadenlos und grausam sein konnte, deren bloße Laune Gesetz war – nun dünkten ihm solche Spekulationen ausgefallen, unsinnig, phantastisch.

Plötzlich konnte er kaum fassen, daß er so aberwitzig gewesen war, sich in diese gefährliche Lage zu begeben. Er hätte mühelos eine, zwei oder mehr Generationen warten können, bis wieder eine Frau den Isherthron bestieg. Sicher, biologisch wie historisch war dies der gegebene Zeitpunkt, aber . . .

Mit einer bewußten Willensanstrengung unterdrückte Hedrock seine depressive Anwandlung. Er entspannte sich, zwang sich schließlich dazu, grimmig zu lächeln.

Letzten Endes hatte er ihr die Antwort entlockt, ehe sie vorgehabt hatte, das Urteil wirklich bekanntzugeben. In einem makabren Sinne konnte man das einen psychologischen Sieg nennen. Aber noch ein oder zwei Erfolge dieser Art, und er war reif für eine Nervenkrise . . .

An den anderen Tischen ging die Unterhaltung weiter, nicht aber an der Tafel der Kaiserin. Und es war dieser Umstand, der Hedrock seine Umgebung wieder zu Bewußtsein brachte.

Einige der jungen Männer saßen da und starrten die Kaiserin an. Andere ließen den Blick zwischen ihr und Hedrock hin und her huschen.

Alle waren offenkundig betreten; niemand schien zu wissen, ob es sich um einen schlechten Scherz handelte oder um eines der blutig ernsten Dramen, die die Herrscherin von Zeit zu Zeit arrangierte, scheinbar einzig und allein in der Absicht, jedermann den Appetit zu verderben.

Zumindest, überlegte Hedrock angespannt, konzentrierte sich jetzt die ungeteilte Aufmerksamkeit derjenigen auf die Situation, von denen er sich seine Rettung erhoffte.

Schließlich war es Innelda selbst, die das lastende Schweigen brach. Spöttisch sagte sie mit leiser Stimme: „Einen Cent für Ihre letzten Gedanken, Captain."

Besser hätte sie es nicht ausdrücken können. Hedrock unterdrückte ein erbittertes Lächeln und entgegnete: „Was ich eben gesagt habe, trifft immer noch zu. Sie sind der schönen, temperamentvollen und aufbrausenden Ganeel sehr ähnlich. Der Hauptunterschied besteht darin, daß sie als Sechzehnjährige keine lebende Schlange mit ins Bett genommen hat."

„Wie war das?" fragte ein Höfling erstaunt. „Innelda mit einer Schlange im Bett? Ist das symbolisch oder wörtlich gemeint? Aber sie wird ja rot!"

Es ließ sich nicht leugnen. Hedrocks kühler Blick registrierte frappiert das tiefe Erröten der Kaiserin. Keine Sekunde lang hatte er erwartet, daß sie derart betreten reagieren würde.

Er runzelte die Stirn. Noch ein kurzer Augenblick, und sie würde ihrem Zorn freien Lauf lassen. Die meisten der selbstbewußten jungen Leute würde ihr Ausbruch allerdings wenig anfechten. In der einen oder anderen Art hatte jeder von ihnen gelernt, auf dem schmalen Grat zwischen Liebedienerei und Eigenständigkeit zu balancieren, den die impulsive junge Frau von ihren persönlichen Gefolgsleuten erwartete.

„Kommen Sie, Hedrock", sagte der schnurrbärtige Prinz del Curtin, „spannen Sie uns nicht auf die Folter. Wahrscheinlich entstammt dieser Leckerbissen doch auch der Auskunftszentrale der Waffenläden."

Hedrock schwieg. Sein bestätigendes Lächeln schien dem prinzlichen Vetter der Kaiserin zu gelten, tatsächlich aber nahm er den Mann kaum wahr. Sein Blick, seine ganze Aufmerksamkeit konzentrierte sich auf die einzige Person im Saal, die letztlich wichtig war.

Die verlegene Röte der Isherkaiserin wich langsam einem ärgerlichen Ausdruck. Sie erhob sich mit einem gefährlichen Glitzern in den Augen, aber aus ihrer Stimme sprach nur ein Bruchteil des Grimms, auf den Hedrock gehofft hatte. Mit schneidender Stimme bemerkte sie: „Ihr Schachzug war klug, Captain Hedrock, mit dem Sie dem Gespräch die gewünschte Wendung gegeben haben. Sie können aber sicher sein, daß er Ihnen nichts nutzen wird. Ihre schnelle Reaktion beweist nur, daß Sie im voraus über meine Absicht informiert gewesen sein müssen. Sie sind ein Spion, und wir werden Sie unschädlich machen."

„Kommen Sie, Innelda", protestierte jemand, „Sie werden uns doch kein derart jämmerliches Schaustück zumuten."

„Hüten Sie Ihre Zunge", fuhr die Frau hoch, „oder Sie hängen neben ihm!"

Die Männer an der Tafel warfen sich bedeutungsvolle Blicke zu. Mehrere schüttelten mißbilligend den Kopf, dann begannen sie leise miteinander zu reden und ignorierten die Kaiserin.

Hedrock wartete gespannt. Auf diese Reaktion hatte er hingearbeitet, doch jetzt, nachdem sie eingetreten war, dünkte sie ihm gänzlich unzureichend. Die Mißbilligung durch Männer, deren Gesellschaft sie schätzte, hatte ihre Gefühle bei anderer Gelegenheit erheblich beeinflußt. Zweimal hatte er erlebt, wie die Herrscherin dadurch anderen Sinnes geworden war.

Nicht so dieses Mal. Die endgültige Gewißheit kam Hedrock, als er verfolgte, wie die Frau sich mit spöttischer Miene in ihren Sessel zurücksinken ließ. Ihr Lächeln schwand. Ernst erklärte sie: „Meine Herren, ich bedauere, daß Sie anderer Meinung sind. Es tut mir auch leid, falls mein Gefühlsausbruch den Eindruck erweckt haben sollte, meine Entscheidung gegen Captain Hedrock wäre persönlich motiviert. Die Entdeckung, daß er ein Spion ist, hat mich außerordentlich empört."

Das klang überzeugend, und die Unterhaltung der Männer, die verstummt war, während sie sprach, setzte nicht wieder ein.

Hedrock lehnte sich auf seinem Stuhl zurück. Mit jeder Sekunde, die verstrich, wurde das Empfinden stärker, daß er unterlegen war. Was immer als Motiv hinter dem Hinrichtungsbefehl steckte, war offenkundig zu enorm, zu gewichtig, um durch ein kunstfertiges Manöver überspielt zu werden.

Er mußte handeln – drastisch, riskant, tödlich.

NUR EINEN Moment lang hing er diesem Gedanken nach. Die glänzende Tafel mit ihrem weißen Tischtuch, ihren gleißenden Tellern, den zwei Dutzend distinguierten jungen Leuten trat zurück bei der Intensität seines Grübelns, wurde zur Kulisse für ein grimmiges Ziel.

Er wurde gewahr, daß Prinz del Curtin das Wort ergriffen hatte. „Sie können nicht einfach behaupten, Innelda, der Mann sei ein Spion, und von uns erwarten, daß wir Ihnen das abnehmen. Wir wissen zu gut, wie gerissen Sie schwindeln können, wenn es Ihnen ins Konzept paßt. Wie wäre es also mit Beweisen?"

Hedrock war sich seiner Ungeduld bewußt. In Wirklichkeit hatten diese Männer bereits versagt, hatten das Urteil akzeptiert, auch wenn sie sich dessen nicht bewußt schienen. Je rascher er das Gespräch wieder an sich selbst zog, desto besser.

Aber sachte – erst mußte die Kaiserin Farbe bekennen, gleich, wie geschickt sie es anstellte. Er sah, daß sie sich ganz gerade aufgerichtet hatte und jedes Lächeln aus ihren Zügen gewichen war. Äußerlich ruhig erwiderte sie: „Ich fürchte, ich muß Sie alle bitten, mir zu vertrauen. Eine außerordentlich ernste Situation hat sich ergeben, die das einzige Thema der heutigen Kabinettssitzung war. Ich versichere Ihnen, daß die Entscheidung, Captain Hedrock hinzurichten, einstimmig gefällt wurde, und ich persönlich bedauere die Notwendigkeit außerordentlich."

„Innelda, ich habe Sie wirklich für klüger gehalten", warf

Hedrock ein. „Planen Sie wieder einen Ihrer sinnlosen Angriffe auf die Waffenläden, und befürchten Sie, ich könnte ihn den Waffenschmieden verraten?"

„Ich werde mich hüten, ein Wort zu sagen, aus dem Sie Ihre Schlüsse ziehen können. Auf welchem Weg Sie sich mit dem Rat der Waffenschmiede in Verbindung setzen, weiß ich nicht, aber ich weiß, daß ein solcher Weg existiert. Meine Physiker haben mehrfach ultrakurze Wellen mit ihren Meßgeräten registriert."

„Die aus meinem Appartement stammten?" fragte Hedrock leise.

Sie starrte ihn an, die Lippen ärgerlich verzogen. Widerwillig antwortete sie: „Sie hätten sich nie hierhergewagt, wenn Sie auf solche durchsichtigen Methoden angewiesen wären. Nehmen Sie zur Kenntnis, daß ich an einer Fortsetzung dieses Gesprächs nicht interessiert bin."

„Obwohl es Ihnen entgangen ist," sagte Hedrock in seinem ruhigen Tonfall, „habe ich meine Unschuld in dem Augenblick unter Beweis gestellt, als ich enthüllt habe, ich wüßte, daß Sie als Sechzehnjährige eine lebendige Schlange mit ins Bett genommen haben."

„Aha!" rief die Kaiserin. Ihr ganzer Körper bebte im Gefühl ihres Triumphs. „Jetzt kommen wir zu den Geständnissen. Sie haben also damit gerechnet, sich verteidigen zu müssen, und haben sich Ihre Argumente vorher zurechtgelegt."

Hedrock zuckte die Achseln. „Ich wußte, daß etwas gegen mich im Gange war. Seit einer Woche sind meine Räume täglich durchsucht worden. Die eminentesten Tröpfe in der Armee haben mich mit stundenlangen Monologen gelangweilt. Ich hätte begriffsstutzig sein müssen, wenn ich mir nicht meine Gedanken gemacht hätte."

„Was ich nicht verstehe", warf jemand ein, „ist die Episode mit der Schlange. Wieso wird dadurch angeblich Ihre Unschuld belegt? Das ist mir zu hoch."

„Denken Sie doch nach, Maddern", sagte del Curtin. „Damit ist klar, daß selbst intime Vorgänge bei Hofe den Waffenschmieden lange vor Captain Hedrocks Eintreffen bekannt waren. Wir wissen jetzt aber auch, daß wir genauer ausgespäht werden, als wir je geahnt haben, und die eigentliche Anschuldigung gegen Captain Hedrock müßte sich auf sein Versäumnis beziehen, uns darüber zu unterrichten."

Noch nicht, dachte Hedrock, noch nicht. Gleich – gleich mußte der kritische Augenblick kommen, und dann galt es, präzise und entschlossen zu handeln. Aber noch nicht.

„Weshalb sollte Sie das kümmern?" fragte er kühl. „Dreitausend Jahre haben bewiesen, daß die Waffenläden nicht die Absicht hegen, das Herrscherhaus zu stürzen. Der Spähstrahl wird zurückhaltend angewendet und nachts grundsätzlich nicht eingesetzt. Als Ihre Majestät sich heimlich die Schlange aus dem Palastzoo bringen ließ, waren die beiden zuständigen Wissenschaftlerinnen so erstaunt, daß sie aus Neugier die Überwachung fortgesetzt haben. Die Geschichte war natürlich zu gut, als daß sie sich nicht herumgesprochen hätte. Und vielleicht interessiert es Sie, Majestät, daß sie in zwei internen Veröffentlichungen psychoanalytisch interpretiert worden ist. Eine davon hat unser größter Psychoprognostiker verfaßt – Edward Gonisch."

Aus dem Augenwinkel gewahrte Hedrock, daß die schlanke, geschmeidige Kaiserin sich vorbeugte. Sie hatte die Lippen leicht geöffnet, und ihre geweiteten Pupillen verrieten ihr intensives Interesse. Jede Faser an ihr unterstrich ihre Worte.

„Was", flüsterte sie, „hat er über mich geschrieben?"

Wie ein Schock durchzuckte Hedrock die Erkenntnis, daß sein Augenblick gekommen war. Jetzt, dachte er, jetzt!

ER ZITTERTE. Er registrierte seine eigene Erregung, und sie erschreckte ihn. Doch er vermochte nichts gegen seine körperliche Reaktion zu tun, und sie kümmerte ihn auch nicht. Jeder, dem der Tod drohte, mußte Schwäche zeigen, sonst galt er als unmenschlich, kalt und erweckte keine Sympathie.

Seine Stimme erhob sich über das Geplapper an den entfernteren Tischen. Sie klang laut und leidenschaftlich, aber auch das konnte nicht schaden, denn eine Frau starrte ihn mit geweiteten Augen an, die halb noch Kind war, halb schon talentierte Persönlichkeit und deren ganzes gefühlsbetontes Naturell nach dem Ausgefallenen und Exotischen hungerte. Ihre Augen funkelten, als Hedrock erklärte: „Sie müssen allesamt nicht bei Trost sein, oder Sie würden nicht ständig die Waffenläden und ihre technischen Fortschritte unterschätzen. Was für ein kindischer Gedanke, ich könnte als Agent hierhergekommen sein, um irgendein lächerliches Regierungsgeheimnis auszukundschaften. Mein Hiersein hat einen einzigen Grund, den Ihre Majestät sehr genau kennt. Läßt sie mich töten, zerstört sie damit bewußt ihr besseres, größeres Ich, und wenn ich das Haus Isher nur annähernd kenne, dann ist es bis jetzt vor einem solchen Selbstmord noch immer zurückgeschreckt."

Die Kaiserin richtete sich auf, ihre Miene verfinsterte sich. „Ihre Anmaßung", zischte sie, „wird nur noch übertroffen von Ihrer Raffinesse!"

Hedrock konnte sich nicht leisten, auf ihre Unterbrechung zu achten, durfte nicht wagen, die Initiative auch nur einen Augenblick aus der Hand zu geben. Rasch sprach er weiter. „Um Ihnen die wissenschaftlichen Errungenschaften der Waffenschmiede vor Augen zu führen, will ich Sie nur darauf hinweisen, daß die Waffenläden ein Gerät entwickelt haben, mit dem sich die Todesstunde jedes Menschen voraussagen läßt. Ehe ich vor sechs Monaten hierhergekommen bin, habe ich mir zum Zeitvertreib die entsprechenden Angaben für die Mitglieder der kaiserlichen Familie und für die meisten Anwesenden in diesem Saal besorgt."

Jetzt hatte er sie. Er konnte es an den Mienen ablesen, die ihn mit fiebernder Faszination anstarrten – aber immer noch dachte er nicht daran, sich das Wort wieder nehmen zu lassen. Er zwang sich zu einer Verbeugung vor der blassen Herrscherin und fuhr rasch fort: „Ihnen, Majestät, kann ich zu meiner Freude ein langes und immer ehrenvolles Leben ankündigen. Leider jedoch . . ." Seine Stimme nahm einen unheilvollen Klang an, während er hastig weitersprach: „Leider jedoch befindet sich unter den übrigen Anwesenden jemand, den der Tod ereilen wird – binnen weniger Minuten."

Er wartete die Wirkung dieser Worte nicht ab, sondern

drehte sich mit tigerhafter Schnelligkeit auf seinem Stuhl um, denn es galt keine Zeit zu verlieren. Jede Minute, jede Sekunde konnte sein Bluff auf ihn zurückfallen, mit seiner ebenso blamablen wie verhängnisvollen Entlarvung enden.

Seine Stimme überbrückte den Abstand, der ihn von einem Tisch trennte, an dem ein Dutzend Männer in Uniform saßen: „General Grall!"

„Wie?" Der Offizier, der den Exekutionsbefehl ausführen sollte, fuhr herum. Er wirkte befremdet, als er erkannte, auf wen er reagiert hatte.

Hedrock registrierte, daß nach seinem lauten Ruf im Saal Schweigen eingetreten war. An jedem Tisch hatte man aufgehört zu essen, sich zu unterhalten, beobachtete man die kaiserliche Tafel – und ihn.

Sich seiner Zuhörerschaft bewußt, holte Hedrock tief Atem und forschte mit hallender Stimme: „General Grall, wenn Sie in dieser Minute sterben müßten, woran könnte das Ihrer Meinung nach liegen?"

Der bullige Mann, der zwei Tische entfernt saß, erhob sich langsam und kam zur kaiserlichen Tafel herüber. „Ich bin völlig gesund", knurrte er. „Wovon reden Sie überhaupt?"

„Ihrem Herzen fehlt nichts?" fragte Hedrock.

„Selbstverständlich nicht."

Hedrock stieß seinen Stuhl zurück und stand auf. Er durfte sein Ziel nicht durch ungünstige Körperhaltung verfehlen. Ruckartig hob er den Arm und deutete mit dem Finger auf den Offizier.

„Sie sind doch General Lister Grall?"

„Richtig. Und falls Sie sich einbilden, Captain . . ."

Hedrock schnitt ihm das Wort ab. „General, ich muß Ihnen leider eröffnen, daß Sie nach den Unterlagen der Waffenläden um genau ein Uhr fünfzehn an Herzschlag sterben werden, und zwar heute, noch in dieser Minute – dieser Sekunde."

Jetzt gab es kein Zurück mehr. Mit einer einzigen, gleichgerichteten Bewegung krümmte Hedrock seinen Finger, wölbte seine Hand, um die Waffe aufzunehmen, die der Ring, den er trug, auf unsichtbarer Ebene materialisiert hatte.

Kein normales Erzeugnis war dieses dem Auge entzogene, fast schon magische Produkt, sondern ein Mittel, das die selbsterrichteten Schranken der Waffenläden durchbrach; das nie verkauft, nie ausgestellt, nie eingesetzt wurde außer in äußersten Zwangslagen.

Es feuerte auf einer Vibrationsebene, die das menschliche Auge nicht wahrnahm; und während die lähmende Energie den Herzmuskel des Offiziers erfaßte, öffnete Hedrock die Hand und entmaterialisierte die unsichtbare Waffe.

IN DEM ausbrechenden Tumult schritt Hedrock zu dem Thronsessel an der kaiserlichen Tafel und neigte sich über Innelda. Er vermochte einen Anflug von Bewunderung nicht zu unterdrücken, denn sie blieb gänzlich, unnatürlich gefaßt.

Erotisch erregbar mochte sie wirken, doch in entscheidenden Augenblicken setzte die Beherrschung sich durch, die ihr dynastisches Erbe war.

An diese Fähigkeit zur Selbstbesinnung hatte er appelliert, und wie ein zurückgewonnenes Kleinod spiegelte sie sich in ihrem leidenschaftslosen Blick. Dann sagte sie: „Sie sind sich doch wohl darüber im klaren, daß Sie mit Ihrem Mord an General Grall ein stillschweigendes Geständnis abgelegt haben?"

Hedrock war zu klug, um in diesem Augenblick, der den Kern ihres Wesens wie ein Brennglas einfing, zu leugnen. Er antwortete: „Ich habe von dem Todesurteil erfahren, und ich habe auch gehört, wer es vollstrecken sollte."

„Dann geben Sie die Tat zu?"

„Ich gebe zu, was Sie wollen, solange Sie akzeptieren, daß ich in Ihrem ureigensten Interesse handle."

Ihre Miene verriet Unglauben. „Das sagt ein Mitglied der Gilde der Waffenschmiede, die jeden meiner Pläne zu durchkreuzen sucht."

„Ich bin nicht, war nie und werde niemals ein Mitglied der Gilde sein", antwortete Hedrock.

Sie bedachte ihn mit einem überraschten Blick. „Fast bin ich geneigt, Ihnen zu glauben. Sie haben etwas Fremdartiges an sich, das ich noch herausfinden muß . . ."

„Ich werde es Ihnen eines Tages erklären. Das verspreche ich Ihnen."

„Sie scheinen sehr sicher zu sein, daß ich nicht jemand anderem befehle, Sie hinzurichten."

„Wie ich schon gesagt habe – das Geschlecht der Isher pflegt keinen Selbstmord zu begehen."

„Jetzt sind Sie wieder bei Ihrem alten Thema, das Ihre unglaublichen Ambitionen verrät. Doch lassen wir das. Ich schenke Ihnen das Leben, aber den Palast werden Sie vorläufig nicht mehr betreten. Mit Ihrer Behauptung, die Waffenläden überwachten sämtliche Geschehnisse nach ihrem Belieben, können Sie mich nicht allzulange täuschen."

„Tatsächlich nicht?"

„Das mag zu der Zeit, als ich sechzehn war, noch möglich gewesen sein, aber mittlerweile ist der gesamte Palast mit Abwehrschirmen ausgestattet worden. Zu deren Überwindung bedarf es einer Zweiwegeverbindung. Mit anderen Worten, einer Sendeanlage."

„Sie sind sehr scharfsinnig."

„Und was die Behauptung angeht", fuhr sie fort, „die Waffenschmiede könnten in die Zukunft blicken, lassen Sie sich von mir sagen, daß wir ebensoviel über Zeitreisen und ihre Schranken wissen wie die Waffenläden. Das Phänomen der Energiewippe mit ihren fatalen Auswirkungen ist uns nur zu gut bekannt. Aber noch einmal – lassen wir das! Ich möchte, daß Sie den Palast für zwei Monate verlassen. Mag sein, daß ich Sie eher zurückrufe, doch das hängt von anderen Entwicklungen ab. Inzwischen können Sie dem Rat der Waffenschmiede folgendes ausrichten: Was ich vorhabe, schadet den Waffenläden nicht im geringsten. Das versichere ich ehrenwörtlich."

Eine Weile schaute Hedrock sie durchdringend an, dann entgegnete er leise: „Ich möchte Ihnen etwas sagen, an dem mir viel liegt. Ich habe nicht die leiseste Ahnung, was Sie jetzt tun oder im Begriff stehen zu tun, aber eines ist mir aufgefallen: Bei Ihren politischen und wirtschaftlichen Entscheidungen haben Sie sich im wesentlichen von konservativen Motiven leiten lassen. Belassen Sie es nicht dabei. Akzeptieren Sie den Wandel, wo er eintritt. Sträuben Sie sich nicht dagegen, sondern lenken Sie ihn, formen Sie ihn! Erwerben Sie dem ruhmreichen Namen Isher neue Lorbeeren!"

„Danke für Ihren Rat", antwortete sie kalt.

Hedrock verbeugte sich und sagte: „Ich erwarte Ihre Nachricht in zwei Monaten. Leben Sie wohl."

Hinter ihm schwoll das Summen der Unterhaltung von neuem an. Er durchquerte die verzierten Türen an der gegenüberliegenden Seite des Saals. Dann, sobald er außer Sicht war, beschleunigte er seine Schritte.

Er erreichte unbehelligt die Fahrstühle, betrat einen davon und drückte auf die Schnelltaste zum Dach. Unterwegs steigerte sich seine Unruhe.

Mit jeder Minute, mit jeder Sekunde konnte die Stimmung der Kaiserin umschlagen, und . . .

Die Kabine hielt, die Tür glitt auf. Er trat hinaus und gewahrte die Gruppe von Männern. Sie kam auf ihn zu und umringte ihn. Polizei – darüber konnte die Zivilkleidung nicht hinwegtäuschen.

„Sie stehen unter Arrest!" sagte einer der Männer.

5. KAPITEL

AUF NEELAN, der durch ein Energiegeschütz bedroht wurde, das zur Seite hin vor ihm zurückwich, stürmten kaleidoskopartig rasche Wahrnehmungen ein. Er sah, daß er sich in der Steuerzentrale des Raumschiffs befand, und verharrte einen Augenblick wie gebannt.

Die Kommandobrücke hatte, das war vorgeschrieben, im Mittelpunkt des Schiffes zu liegen. Das hieß, daß dieser Hangar nicht nur hundertzwanzig Meter in die Höhe, sondern auch in die Tiefe reichte.

Fast zweihundertfünfzig Meter – für ein Raumschiff, das sich in privater Hand befand, eine enorme Maschine. Hier hatte jemand in großem Stil geplant.

Neelan holte tief Atem. Gilbert, dachte er matt, Gilbert, du verschlossener Tor, warum hast du mir kein Wort gesagt? Jetzt muß ich völlig von vorn . . .

„Nun", zerriß die scharfe Stimme des Fremden seine Gedanken, „was halten Sie davon?"

Langsam wandte Neelan sich dem Sprecher zu. Er erblickte einen hageren, blassen, vielleicht fünfunddreißigjährigen Mann. Dieser hatte das mobile Aggregat zur Decke dirigiert und steckte eben Neelans Waffe ein. In der Hand hielt er einen Blaster des Standardmodells; mit seinen braunen Augen musterte er Neelan argwöhnisch.

„Legen Sie das Ding doch weg", forderte dieser. „Natürlich sehe ich, daß hier nicht alles astrein zugeht. Aber ich brauche trotzdem das Geld. Leuchtet Ihnen das ein?"

Er hatte den richtigen Ton angeschlagen. Der Mann entspannte sich sichtlich. Seine Waffe senkte sich. Mit gespielter Herzlichkeit erwiderte er: „Das hört sich schon anders an. Sie müssen sich in meine Lage versetzen. Ich dachte, Sie würden wieder kehrtmachen."

„Das Raumschiff mitten in der Stadt hat mich aus der Fassung gebracht."

Ihm schien, daß es nicht schaden konnte, diesen Punkt künftig noch stärker zu betonen. Bei einem Mann, der über seine Verwandtschaft mit Gilbert informiert war, der wußte, daß Gilbert tot war und sich doch darüber ausschwieg, galt es hervorzuheben, daß alles an seiner Umgebung fremd und neu für ihn war.

Neelan fuhr fort: „Ich denke, wir werden miteinander auskommen. Es bleibt bei den hundert Krediten pro Woche?"

Der Mann nickte. „Und zwar netto", fügte er hinzu, „weil ich nicht riskieren möchte, Sie nicht wiederzusehen."

Neelan starrte ihn an. „Was soll das heißen?"

Sein Gegenüber lächelte spöttisch. Die Situation schien ihm zu behagen. Er wirkte selbstsicherer; seine Stimme klang kühl und arrogant, als er bemerkte: „Sie leben hier an Bord, bis Sie Ihre Arbeit beendet haben."

„So?"

Flüchtig kam Neelan in den Sinn, daß er aus Prinzip nachdrücklich widersprechen müßte, obwohl die Bedingung ihn nicht weiter störte. Was ihn viel mehr beschäftigte, war . . .

LAUT Auskunft der Waffenläden gehörte das Gebäude einem ebenso überragenden wie integren Wissenschaftler mit Namen Derd Kerschaw. Falls Rechtschaffenheit sich in Taten ausdrückte, konnte dieser hoch aufgeschossene, unangenehme junge Mann nicht Kerschaw sein.

Hatte sich vielleicht ein Unfall ereignet, bei dem Gilbert und Kerschaw umgekommen waren, den nur ein Angehöriger des Teams überlebt hatte, der jetzt versuchte, aus der Lage persönlichen Vorteil zu ziehen? Oder sah die Wirklichkeit noch übler aus? Wie auch immer, er mußte sich äußern, Einwände erheben, eigene Forderungen vorbringen.

„Gegen die Regelung an sich habe ich nichts", sagte Neelan. „Was mich stört, ist Ihre selbstherrliche Art. Was wird eigentlich hier gespielt? Sie können zwar sagen, daß mich das nichts angeht, aber wenn Sie so mit mir umspringen, stehen mir ein paar Auskünfte doch wohl zu."

„Da täuschen Sie sich", gab der andere barsch zurück.

„Wie heißen Sie eigentlich? Mir Ihren Namen zu nennen, dürfte Ihnen wohl kaum schaden."

„Kommen Sie mit!" herrschte der Mann ihn knapp an. „Ich zeige Ihnen die Triebwerke."

Er machte eine auffordernde Bewegung mit der Waffe, hielt dann nachdenklich inne. „Meinen Namen können Sie ruhig erfahren." In plötzlichem Triumph lachte er auf. „Schließlich kennt sie ihn auch. Ich heiße Rel Greer."

Also war er nicht Kerschaw – und machte kein Hehl daraus. Wen aber meinte er mit sie?

„Und Sie sind Wissenschaftler?" fragte Neelan.

Die Zornesröte stieg dem Mann ins Gesicht. Gleich darauf wurde er noch bleicher als zuvor. Er fauchte: „Der beste im ganzen . . ." Mit sichtlicher Anstrengung brach er ab. Er schluckte hart, starrte Neelan an und stieß hervor: „Wollen Sie mich vielleicht aushorchen? Los jetzt!"

Neelan zögerte. Greers unerwartete Gereiztheit erstaunte ihn. Fragen lagen ihm auf der Zunge. Er spürte, daß er nur um Haaresbreite von wichtigen Aufschlüssen entfernt war. Mit Gewalt mußte er sich seine gefährliche Lage in Erinnerung rufen.

Wortlos wandte er sich um und ging voraus in die Tiefen des Schiffs.

Sie gelangten in eine Welt der Maschinenkolosse. Titanische Antriebsaggregate, gleißende elliptische Ungeheuer, dicht an dicht angeordnet in gewaltigen Reihen.

Neelan zählte sie vom Aufzug aus mit wachsendem Staunen: eins, zwei – siebzehn insgesamt.

„Aber", sagte er überrascht, „das sind 100-Millionen-Zyklen-Aggregate! Seit wann benötigt ein Schiff unter dreihundert Meter Länge mehr als zwei, höchstens drei solcher Giganten – ganz zu schweigen von siebzehn?"

Er sah, daß Greer seine Überraschung genoß. Ein überlegenes Lächeln lag auf seinen blassen Zügen.

„Das Schiff ist eine Neuentwicklung", sagte er stolz. „Ich bin dabei, es zu veräußern. Seit mehreren Wochen verhandle ich mit der Kaiserin persönlich."

Er bedachte Neelan mit einem harten Blick. „Wie Sie sehen, habe ich mich entschieden, Sie nicht im unklaren zu lassen. Ich möchte nicht, daß Sie sich weiter den Kopf zerbrechen und Ihre Nase in jede Ecke stecken. Sie hat darauf bestanden, daß die Angelegenheit geheim bleibt. Und mir tut jeder Störenfried leid, der ihren Wünschen zuwiderhandelt. Die ganze Erde würde für ihn nicht ausreichen, um zu entkommen, es sei denn, er wüßte die Waffenhändler hinter sich. Ist damit alles geklärt?"

Neelan zwang sich zu einem Nicken. Wäre es um sein Leben gegangen – er hätte keinen Laut über die Lippen gebracht. Die Übelkeit, die ihn befallen hatte, war wie körperlicher Schmerz. Denn soeben war beiläufig ans Licht gekommen, was sich abgespielt haben mußte.

Kerschaw, als führender Kopf, hatte Gilbert, Greer und möglicherweise noch andere Mitarbeiter eingestellt, um sein Raumschiff zu vervollkommnen. Und dann hatte Greer alle anderen beseitigt und das Schiff in seinen Besitz gebracht.

Diese logische Konstruktion wies noch Lücken und ungeklärte Punkte auf, aber daß sie im großen und ganzen zutraf, war nur zu offensichtlich. Gilbert war gestorben, damit diese Kreatur eine Entwicklung in die Hand bekam, die bedeutsam genug war, um die Kaiserin zu interessieren.

„Ich möchte", sagte Greer, „daß Sie ein Triebwerk nach dem anderen ausbauen, in die Werkhalle schaffen und überholen, ehe Sie sich an das nächste machen. Auf keinen Fall soll bei sämtlichen Aggregaten wie in den Massenfertigungsbetrieben nacheinander erst ein Teil getestet werden, dann das nächste und so fort . . ."

Greer brach ab. In seinen braunen Augen stand Argwohn. „Was ist los? Sie haben mich gerade äußerst merkwürdig angesehen."

„Mich hat die Vorsicht gewundert, die Sie an den Tag legen."

Greer entspannte sich und machte ein selbstzufriedenes Gesicht. „Ich gehe kein Risiko ein. Für den Fall, daß jemand mich zu hintergehen versucht, will ich in kürzester Frist den Hangar verlassen können."

Neelan hörte kaum noch hin. Sein Kopf hämmerte wie eine Maschine. Der Mann hatte sich derart unwiderruflich bloßgestellt, daß kein Zweifel mehr aufkommen konnte.

Dieser engstirnige, egozentrische Schwachkopf! Stellte sich hin und redete bei vollem Bewußtsein davon, es dürfe nur ein Aggregat nach dem anderen überholt werden.

Hatten Kerntriebwerke erst einmal gearbeitet, dann wurden sie bei abmontierter Verkleidung mit Bedacht voneinander ferngehalten. Jedes Triebwerk besaß ein anderes Aufladungspotential. Wurden sie nicht gegeneinander abgeschirmt, dann setzte eine Elektronenemission ein, die mit der Zerstörung der Triebwerkselemente endete.

Kam ein solcher Prozeß aber jemals bei siebzehn Aggregaten gleichzeitig in Gang . . .

Neelans Vorstellungskraft sträubte sich gegen das Bild. Das katastrophale Ergebnis würde darin bestehen, daß ein Teil des Schiffes verpuffte, der Rest schmolz und in einer Metallpfütze zusammensank.

Kein Wunder, daß Greer so heftig auf die Frage reagiert hatte, ob er Wissenschaftler wäre. Die Ausbildung eines Kerningenieurs besaß er jedenfalls nicht – und deshalb mußte er aus der Frage nach seiner Qualifikation verborgene Untertöne herausgehört haben.

Den Teil der Anweisung Greers, der ihm gebot, die Motoren einzeln zu testen, würde er wortwörtlich ausführen, dachte Neelan grimmig. Im übrigen sollte es ihm nicht schwerfallen, einen Ignoranten wie Greer zu täuschen.

Greer hatte inzwischen weitergeredet. „Ich habe mich in der Kabine über der Werkstatt eingerichtet und werde von dort aus Ihre Arbeit verfolgen. Das heißt nicht, daß ich übertrieben mißtrauisch wäre, aber solange ich mich dort aufhalte, weiß ich, daß Sie nicht durchs Schiff wandern und jedes Detail auskundschaften."

„Ich fange sofort an", erwiderte Neelan.

Er zitterte, als er den Werkstattaufzug betrat. Was eingetreten war, kam ihm ganz unglaublich vor – aber eine Möglichkeit zeichnete sich definitiv ab.

SEIN Ziel stand ihm deutlich vor Augen. Hinderlich war nur, daß Greer sich nicht entfernte. Er blieb, wie jemand, der Gesellschaft suchte und sich zugleich vor ihr fürchtete.

Zu jeder anderen Zeit, bei jedem anderen hätte Neelan wenigstens unwirsche Sympathie verspürt. Was Einsamkeit hieß, konnte er nachempfinden. Nicht aber jetzt. Rasende Ungeduld quälte ihn. Wenn Greer doch verschwände! Ich werde dafür sorgen, daß er sich zu Tode langweilt, dachte er erbost.

Unter Greers Augen machte er sich daran, die Werkzeugmaschinen zu prüfen. Er las Meßinstrumente ab, schaltete Kräne, Fräsen, Schleif- und Bohrmaschinen ein und aus. Nach einer halben Stunde bemerkte Greer hinter ihm: „Sie haben also mehrere Jahre außerhalb der Erde verbracht. Was hat Sie zurückgeführt?"

Bei dieser Frage konnte es kein Zögern geben. Dafür wußte der Mann zuviel. „Der Tod meines Bruders", gab Neelan zur Antwort.

„Ach. Ihr Bruder ist gestorben?"

„Ja." Ruhig dick auftragen, dachte Neelan. „Ja, er hat mich finanziell unterstützt. Als die Überweisungen ausblieben, habe ich Erkundigungen eingezogen. Danach sieht es so aus, als wäre er seit einem Jahr vermißt, ohne als tot gemeldet zu sein. Sechs Monate werden mindestens noch vergehen, bis ich die Erbschaft antreten kann, aber grundsätzlich erklären die Gerichte wegen der sich häufenden Morde jeden für tot, der ein Jahr lang verschollen ist."

„Ich weiß" war alles, was Greer entgegnete.

Während der darauffolgenden Stille dachte Neelan grimmig: Soll er sich das erst einmal durch den Kopf gehen lassen. Es kann nicht schaden, wenn er denkt, daß Gilbert und ich sehr aneinander gehangen haben. Am besten hake ich noch einmal nach. „Wir haben uns zehn Jahre lang nicht gesehen", fuhr er fort. „Nach der langen Zeit hat sein Tod mich recht wenig berührt. Eigenartig."

„Wollen Sie zurück in den Raum?" forschte Greer.

Neelan zuckte die Achseln. Plötzlich störte es ihn, mit dem Mann überhaupt reden zu müssen. Doch der direkten Frage konnte er nicht ausweichen. „Ich bleibe auf der Erde. Hier habe ich mehr Aufregung, mehr Zeitvertreib, mehr Unterhaltung."

„Ich für meinen Teil", sagte Greer nach kurzem Schweigen, „würde mein letztes Jahr im Raum nicht gegen alle Zerstreuungen dieser Stadt eintauschen."

„Jeder nach seinem eigenen Geschmack . . .", setzte Neelan an. Und brach ab. Erregung durchzuckte ihn. Sein Ziel – Greer aus der Werkstatt zu bekommen – erschien ihm plötzlich sekundär.

Denn hier bot sich eine Gelegenheit, mehr zu erfahren.

Der Satz für sich genommen bedeutete noch nicht viel. Während des vergangenen Jahres war Gilbert schon tot gewesen. Aber immerhin hatte Greer von sich aus seine Vergangenheit erwähnt. Das hieß, daß er reden wollte. Vielleicht konnte er dazu gebracht werden, mehr preiszugeben.

Neelan meinte: „Ich hätte jedenfalls keine Lust, durch den

Raum zu kreuzen und nach weiteren Meteoriten zu suchen. Und ich weiß, wovon ich spreche."

„Meteoriten!" explodierte Greer. „Sind Sie übergeschnappt? Glauben Sie, die Isherkaiserin würde sich für Meteoriten interessieren? Hier geht es um hundert Milliarden Kredite. Haben Sie das gehört? Und die bekomme ich von ihr, verlassen Sie sich darauf!"

In zunehmender Erregung ging er hastig auf und ab. Plötzlich fuhr er zu Neelan herum.

„Wissen Sie, wo ich gewesen bin?" stieß er hervor. „Ich . . ."

Er hielt inne. Seine Gesichtsmuskeln arbeiteten krampfhaft. Endlich brachte er ein verzerrtes Lächeln zuwege. „Nein, das bringen Sie nicht zuwege", knurrte er. „Sie bekommen nichts aus mir heraus. Auch wenn es Ihnen nichts nutzen würde . . ."

Er blieb stehen und starrte Neelan an. Unvermittelt drehte er sich auf dem Absatz um, ging zum Aufzug und verschwand nach oben.

Neelan sah ihm nach, fast ausdruckslos, nur einen Gedanken im Kopf: Jetzt galt es zu handeln.

MIT EINEM modifizierten Transparenzgerät inspizierte er die Decke, um schließlich zufrieden zu nicken. Zehn Zentimeter dick, die übliche Legierung aus gehärtetem Blei und „schwerem" Beryllium. Die Transparenzaufnahme zeigte auch die Stelle, an der Greer saß, eine verschwommene Gestalt, die anscheinend ein Buch in der Hand hielt.

Das einzige Gefühl, das Neelan empfand, war frostige Zufriedenheit. Greer hatte keinen Gedanken daran verschwendet, weshalb die Kabine leer sein mochte, in der er sich eingerichtet hatte. Die Isolierabstände um Bereiche, in denen Energie entweder erzeugt oder in großem Umfang eingesetzt wurde, waren seit derart langer Zeit festgelegt, daß jeder Konstruktionsplan sie automatisch berücksichtigte und kaum jemand noch bewußt daran dachte. Wissenschaftler wie Gilbert oder Kerschaw waren vermutlich nie auf die Idee gekommen, ein Wort darüber zu verlieren.

Was ihm nur recht sein konnte, sagte sich Neelan.

Er lenkte die schwere Schleifmaschine unmittelbar unter Greers Aufenthaltsort und richtete die feingezähnte Arbeitsfläche nach oben. Dann stellte er eine überschlägige Berechnung an. Greer mochte hundertfünfzig Pfund wiegen. Körperlich erweckte er nicht den Eindruck, als wäre er in besonders guter Verfassung. Um sicherzugehen, ermittelte Neelan den Schub, der einen hundert Pfund schweren Mann getötet hätte.

Einkalkuliert werden mußte außerdem noch der zehn Zentimeter dicke Boden. Glücklicherweise kannte er die Formel für die Leitfähigkeit der Legierung.

Flüchtig fiel Neelan der Tag in der Universität ein, an dem im Labor die Wirksamkeit von Werkzeugmaschinen bei eingeschalteter Energiezufuhr demonstriert worden war.

Das verkleinerte Labormodell hatte dem Versuchsobjekt einen leichten Stoß versetzt. Die massive Schleifmaschine dagegen . . .

Greer sackte kraftlos zu Boden.

Neelan begab sich ein Deck höher. Er machte von dem Bewußtlosen eine Transparenzaufnahme. Keine Knochenbrüche. Das Herz schlug normal. Neelan nickte zufrieden. Tot hätte Greer keine Fragen mehr beantworten können.

Und er war noch viele Antworten schuldig.

Mit einiger Mühe berechnete Neelan die Anordnung von Energiesträngen, die Greer in einer halbwegs bequemen Lage festhielt, ihm einen Rest Bewegungsfreiheit ließ und ihn doch, wenn nötig, unendlich lange an seinen Platz bannen würde.

DIE NÄCHSTE Stunde verbrachte Neelan damit, das weitläufige Schiff zu erkunden. Sein Rundgang war nur oberflächlich – er stieß auf zu viele verschlossene Türen und gefüllte Lagerräume –, und was er hauptsächlich suchte, förderte er nicht zutage: einen Lambeth-Detektor.

Seine Logik sagte ihm, daß sich keiner an Bord befand. Der bloße Umstand, daß Greer sich eine Anstellung verschafft hatte, bewies, daß weder Kerschaw noch Gilbert genug Verstand besessen hatten, ihre Mannschaft einer Verläßlichkeitsprüfung zu unterziehen.

Neelan spürte hilflosen Zorn in sich aufsteigen. Wie sollte man nur einer Mentalität beikommen, die Jahre auf die Erforschung der unterschiedlichsten Strahlungsenergien verwandte, einen Menschen, der des Mordes fähig war, aber unbesehen akzeptierte – und damit die eigenen Ergebnisse vernichtete?

Seine Erbitterung legte sich, als er an das Jahr dachte, das inzwischen verstrichen war. Er kehrte zu Greer zurück – und fand ihn bei Bewußtsein.

Greer starrte ihm mit einer Mischung aus Furcht und Haß entgegen. Seine Stimme überschlug sich in einem Crescendo von Beschimpfungen und Drohungen, wie die Kaiserin mit ihm umspringen würde. Als die Litanei endlich abbrach, fragte Neelan: „Wo sind die übrigen? Wo sind Kerschaw und mein Bruder?"

Die braunen Augen weiteten sich, verengten sich dann zu Schlitzen. „Scheren Sie sich zum Teufel!" knurrte Greer. Aber er war sichtlich erschrocken.

„Wie bediene ich von hier aus den Holoset im Trellis Minor Building?"

Keine Antwort.

Neelan erinnerte sich daran, daß ein Test existierte, mit dem sich ermitteln ließ, an welchem Punkt jemand unter der Folter sein Wissen preisgab. Er brauchte eine halbe Stunde, um den entsprechenden Sensor zusammenzubauen und anzuschließen.

Greer schrie entsetzt auf – und Neelan, dem es kalt den Rücken hinunterlief, hatte seine Antwort: Greer konnte zum Reden gebracht werden – es fehlte nur jemand mit der nötigen Robustheit, ihn den entsprechenden Torturen zu unterwerfen.

Die verbleibenden Stunden des Nachmittags verwendete er darauf, das Schiff zum zweitenmal zu durchsuchen. Und diesmal alles andere als beiläufig. Mit einem batteriegetriebenen Bohrer brach er widerspenstige Schlösser auf. Die Mannschaftsräume über der Steuerzentrale nahmen seine Aufmerksamkeit am längsten in Anspruch. Doch Greer war ihm zuvorgekommen.

Nirgends ein Hinweis. Greer hatte ganze Arbeit geleistet. Falls Gilbert oder Kerschaw sich je an Bord aufgehalten hatten, deutete nichts auf ihre Anwesenheit hin.

In der Bugluftschleuse lag eine vollständig ausgerüstete Pinasse, versehen mit zwei Triebwerken vom Typ der riesigen Aggregate im Schiff. Ihre Länge betrug annähernd dreißig Meter.

Und in der Steuerzentrale stieß er auf eine Kassette mit hunderttausend Krediten. Er nahm tausend an sich. Anschließend experimentierte er fast eine Viertelstunde lang mit den Armaturen, die das Schott kontrollierten. Schließlich programmierte er den Mechanismus so, daß das Schott täglich um neun Uhr morgens für anderthalb Minuten geöffnet wurde.

Er brachte Greer zu essen. Der Mann kaute mürrisch und knurrte schließlich: „Anscheinend wollen Sie den Hangar verlassen. Sie könnten wenigstens dafür sorgen, daß ich in der Lage bin, mich zu befreien, falls Ihnen etwas zustößt."

Neelan reagierte nicht. Aber unter Greers unruhigem Blick verband er einen Impulsgeber mit der Energiefessel und stellte ihn auf zweiundsiebzig Stunden ein. Dann lud er den Mann auf eine Antischwerkraftplatte und beförderte ihn in eine über der Steuerzentrale gelegene Kabine. Es war Viertel vor sieben, als er auf die Straße trat.

Sobald er seine Unterkunft erreicht hatte, fuhr er zu seinem Zimmer hoch. Eigenartig, wie abgespannt er sich fühlte, als wäre in seinem Gehirn nur noch Platz für Erschöpfung. Der Tag war lang gewesen, und noch war er nicht vorüber. Ein kurzer Schlummer, dann . . .

Der Türsummer ertönte. Es war das gezierte Hausmädchen. „Mrs. Dendley meint, Sie hätten wohl nicht auf Ihre Post geachtet. Für Sie ist vorhin eine Eilsendung eingetroffen. Aufgegeben auf dem Mars."

Während sie die Tür schloß, entdeckte Neelan, daß seine Hand, in der er das Mikroband hielt, zitterte. Einen Augenblick lang starrte er auf seinen computergeschriebenen Namen, auf das rote Planetensymbol in der rechten oberen Ecke.

Er ließ sich auf die Couch fallen, und langsam ließ das

Hämmern seines Herzens nach. In seine Muskeln kehrte die Kraft zurück, und er vermochte wieder zusammenhängend zu denken.

Drei Wochen zuvor hatte er auf normalem Wege darum gebeten, ihm die Post nachzuschicken, die eventuell an seine letzte Anschrift auf dem Mars gerichtet worden war. Je nach Stellung der Planeten zueinander benötigte ein Schiff für die Reise zwischen achtzehn und sechzig Tagen. Derzeit waren es vierundzwanzig.

Vierundzwanzig Tage hin – vierundzwanzig zurück.

Es mußte eine andere Erklärung geben. Das Band konnte nicht von Gilbert stammen. Und wer auf dem Mars sollte ihm . . .

Der Schwächeanfall war vorüber. Er riß die Verschlußkapsel auf und sah, daß es sich um zwei Bänder handelte – das eine war als Kurzmitteilung gekennzeichnet, das andere ein Brief. Die Mitteilung stammte von den Waffenläden. Die Stimme war die des Mannes, der ihn mit dem Hinweis auf die kommende Woche abgespeist hatte.

> Mr. Neelan, im Anschluß an Ihre nochmalige Vorsprache fiel mir ein, daß Sie beim erstenmal erwähnt hatten, Sie hätten vom Mars Ihre möglicherweise dort lagernde Post angefordert.
>
> Wie Sie vielleicht wissen, verfügen die Waffenläden über ein Frequenzübertragungssystem, das über planetarische Entfernungen praktisch unendlich schnell arbeitet. Ich habe damit das beigefügte Band für Sie abgerufen. Bitte vernichten Sie diese Nachricht.

Neelan warf sie in den Müllzerkleinerer. Erst dann griff er nach dem zweiten Mikroband. Dabei dachte er trübsinnig: Ein ganzes Jahr war verschenkt – weshalb sich jetzt beeilen?

Er vernahm Gilberts Stimme:

> Lieber Dan, endlich kann ich Dir von der größten Erfindung in der menschlichen Geschichte berichten.
>
> Ich mußte bis jetzt damit warten – wir starten in wenigen Stunden –, weil wir das Risiko nicht eingehen konnten, daß igendeine Mitteilung abgefangen wird. Wir sind entschlossen, die Welt vor ein fait accompli zu stellen. Filme und andere Aufzeichnungen werden unseren Bericht belegen, wenn wir zurückkehren.
>
> Wir sind zu siebt. Kopf unseres Teams ist der renommierte Physiker Derd Kerschaw. Sechs von uns sind Spezialisten auf ver-

schiedenen Fachgebieten. Der siebte, Greer, ist eine Art Mädchen für alles, der sich um die Archivierung der Daten kümmert und für unser leibliches Wohl sorgt. Kerschaw bildet ihn nebenher zum Piloten aus, damit wir uns ausschließlich auf unsere wissenschaftlichen Aufgaben konzentrieren können ...

An dieser Stelle hielt Neelan inne, tief betroffen. „Wie die Kinder", murmelte er heiser, „wie leichtgläubige Kinder."

Nach einem Augenblick dachte er: Greer war also ein bloßer Handlanger. Kein Wunder, daß ihm die einfachsten wissenschaftlichen Grundkenntnisse fehlten, dem selbstgefälligen, niederträchtigen ...

Fast widerstrebend schaltete er das Band erneut ein.

Was mich betrifft, war Kerschaw auf einen Aufsatz im *Atomic Journal* gestoßen, in dem ich meine Forschungen über Antimaterie resümiert hatte. Die Resultate, zu denen ich gelangt war, deckten sich mit seinen eigenen Überlegungen in einem Bereich dem für die Verwirklichung seiner Ideen einige Bedeutung zukam.

Ich halte die Aussicht für sehr gering, daß andere Forscher in absehbarer Zeit die gleiche Entdeckung wie Kerschaw machen. Du wirst Dich erinnern, wie man uns seinerzeit bei unserer Ausbildung mit der Auffächerung der Naturwissenschaften in fast fünfzigtausend spezialisierte Teilgebiete beeindruckt hat. Die bloße Kombination der vielen Einzelerkenntnisse, so hat man uns schon damals beigebracht, müßte eigentlich ununterbrochen zu neuen Erfindungen führen – gesetzt den Fall, es gäbe Methoden des geistigen Trainings, die erlauben würden, auch nur einen Bruchteil dieser Gebiete zu beherrschen, geschweige denn alle. Um so höher ist Kerschaws Integrationsleistung einzuschätzen.

Ich erwähne das nur, um Dir begreiflich zu machen, wieviel von unbedingter Geheimhaltung abhängt. Dan – was wir zuwege gebracht haben, ist überwältigend. Wir haben ein Antriebssystem von solcher Schnelligkeit entwickelt, daß es wie ein Traum anmutet. Die Sterne sind damit erreichbar. Sowie ich dieses Band besprochen habe, starten wir zum Centaurus.

Mir wird heiß und kalt zugleich bei der Vorstellung. Kannst Du Dir die Umwälzung ausmalen, die eintreten wird? Dieser Antrieb stößt buchstäblich das Tor zur Welt auf. Du brauchst nur an die zahllosen Menschen denken, die man gewaltsam zum Mars, zur Venus, zu den verschiedenen Monden verfrachtet hat – verständlicherweise; jemand mußte dort leben und die Bodenschätze ausbeuten. Nun aber bietet sich eine bessere Perspektive, ein neuer Anfang auf grüneren, lebensfreundlicheren Welten.

Diese Welten existieren: Choiser hat das mit seinem Planetenentstehungsgesetz nachgewiesen. Von jetzt an kann sich die Menschheit ohne Grenzen ausbreiten und unter ihre ebenso lächerlichen wie mörderischen Konflikte über Gebiets- und Besitzansprüche einen Schlußstrich ziehen. Künftig findet jeder, was er braucht.

Trotzdem müssen wir so vorsichtig sein, weil das Isherreich die bevorstehende Massenauswanderung mit Sicherheit nicht überdauern wird. Die Kaiserin dürfte die erste sein, die das durchschaut, die erste, die uns mundtot zu machen versucht.

Noch etwas: Kerschaw und ich haben über eine mögliche Beeinträchtigung der nervlichen Verbindung zwischen Dir und mir durch die lichtjahreweite Distanz gesprochen. Er nimmt an, daß die extreme Geschwindigkeit, mit der wir das Sonnensystem verlassen, wie ein plötzlicher Bruch wirken wird – nicht zu vergessen der Schmerz beim Andruck unserer Beschleunigung. Wir . . .

Neelan unterbrach die Wiedergabe, denn in seinem Kopf wirbelte es wie ein Roboter, schneller, immer schneller. Natürlich, genau das hatte er gespürt: den qualvollen Schmerz, dann den Bruch.

Gilbert war also nicht tot!

Oder vielmehr – wie ein Hammerschlag traf ihn der nächste Gedanke – Gilbert hatte nicht an jenem Tag vor einem Jahr den Tod gefunden. Irgendwann während des Fluges war er dann von Greer . . .

Neelans Überlegung brach ab. Die Erinnerung kehrte zurück zu dem Traum, in dem er Gilbert auf einer alptraumhaften Welt erlebt hatte, in einer Wüste, die von wilden Stürmen gepeitscht wurde.

Der nervliche Kontakt bestand also immer noch. Minimal, kaum merklich, solange er wach war, hatte er sich dem hochempfindsamen Gebilde mitgeteilt, das der Körper im Schlaf darstellte. Zu einem Zeitpunkt, als er, zum erstenmal seit über einem Jahr, seine überreizten Nerven entspannt hatte.

Er versuchte sich zurückzuerinnern, wie ihm am Vorabend zumute gewesen war, an seinen Eindruck, abgeschlossen zu haben mit der Suche nach dem Toten, an sein rasches, tiefes Einschlummern, gefolgt von dem Traum . . .

Der erst einen Tag zurücklag.

Gilbert lebte noch!

Er mußte zurück ins Schiff, mußte Greer zwingen, preiszugeben, wo er die ersten Männer ausgesetzt hatte, die zu den Sternen geflogen waren.

Mit einer rigorosen Willensanstrengung gebot Neelan seinen wirbelnden Gedanken Einhalt. Sinnlos, sich in immer größere Erregung hineinzusteigern. Er konnte vor Tagesanbruch nicht in das Schiff zurückkehren; also . . .

Die Waffenhandlung aufsuchen und den Verkäufer unterrichten. Ein Lambeth-Gerät besorgen, Rayburn benachrichtigen, zur Ablenkung vielleicht einen Abstecher ins Stadtzentrum machen; und dann, am Morgen, zum fernen Centaurus abfliegen.

Neelan ertappte sich dabei, wie er den grandiosen Namen laut vor sich hinsagte, als wäre er eine Melodie, ein musikalisches Motiv. Es dauerte eine Weile, ehe ihm einfiel, daß er die Nachricht noch nicht zu Ende gehört hatte.

> Wir beide werden voraussichtlich zum erstenmal seit unserer Geburt völlig auf uns allein angewiesen sein. Ich stelle mir das sehr leer und einsam vor.
>
> Ich weiß, daß Du mich beneiden wirst, Dan, während Du zuhörst. Wenn ich an die Jahrtausende denke, die die Menschen schon von den Sternen träumen, an die unzähligen Male, die man bewiesen hat, daß sie unerreichbar seien, dann kann ich mir vorstellen, wie Dir zumute ist – zumal Du immer der Abenteurer in der Familie warst.
>
> Drück mir die Daumen, Dan, und laß nichts verlauten!
>
> Deine andere Hälfte
> Gilbert

Die abschließende Warnung löste zum erstenmal wirkliches Unbehagen in ihm aus. Am besten, dachte Neelan, verließ er unverzüglich die Unterkunft, in der er gemeldet war. Falls die Kaiserin Greers Hangar überwachen ließ, war das Auftauchen eines Fremden mit Sicherheit gemeldet worden.

Aber zuerst das Band noch einmal anhören, dann vernichten; keine Risiken eingehen.

Draußen war die Luft frisch und kühl. Mit herannahender Dunkelheit blitzten mehr und mehr Leuchtreklamen auf. Die Stadt legte ihr Lichterkostüm an, und der grelle Glanz blendete seine Augen.

Alle Erschöpfung schien wie von ihm gewichen. Immer wieder überraschte ihn, wie ein inneres Hochgefühl sich körperlich auswirkte.

Er hatte ein Ziel, hegte Hoffnung; er würde sein Menschenmögliches tun.

Er sah den Wagen herabschießen und neben sich landen, ohne daß er befremdet gewesen wäre. Es handelte sich um einen normalen Flugwagen, auf den außer ihm noch vier Männer warteten.

Die Tür der Maschine glitt auf. In letzter Sekunde griff Neelan nach seiner Waffe. Das phantastische Instrument schnellte seiner Hand aus dem Halfter entgegen – und kam dennoch zu spät.

Die vier Männer hatten ihn gepackt – an den Armen, den Beinen, dem Oberkörper. Sie stießen ihn ins verdunkelte Innere. Im nächsten Augenblick raste der Wagen in die Höhe.

6. KAPITEL

Die Beschleunigung preßte ihn gegen seinen Sitz. Energiestränge legten sich über seinen Körper, hielten ihn darin fest. Die Männer, die ihn überwältigt hatten, konnte er weder sehen noch hören. Ihm war übel, schwach von dem Schock.

Er war ganz und gar überrumpelt worden. Die Leute der Kaiserin hatten den Hangar tatsächlich beobachtet. Und das Universum war verspielt.

So rasch, wie er beschleunigt hatte, begann der Flugwagen zu bremsen. Er landete mit hoher Geschwindigkeit, rollte, immer noch verdunkelt, eine abschüssige, kurvenreiche Strecke hinunter und hielt mit einem Ruck.

Erstmals drangen leise Stimmen an sein Ohr, unterscheidbare und ununterscheidbare Worte: „. . . sorgfältig durchsuchen . . ., dann . . . unverzüglich . . ., wartet schon . . .“

Hände tasteten Neelan ab. Seine Waffe, die automatisch in ihr Halfter zurückgekehrt war, wurde herausgezogen, seine Taschen geleert. Fäuste packten ihn.

„Hier entlang!“

Draußen war es kaum heller. Die Korridore, durch die er geführt wurde, waren trüb erleuchtet; abgeblendete Punktstrahler warfen kleine Lichtkreise, als fürchteten sie, ihren Schein zu weit auszusenden.

Eine Tür wurde geöffnet; strahlendes Licht blendete Neelans Augen. Als er wieder sehen konnte, nahm er wahr, daß er in einem weitläufigen, geschmackvoll möblierten Raum stand und daß eine Frau vor einem Teetisch auf einer kleinen Couch saß.

Sie goß aus einer kostbaren Kanne Tee ein und fragte dabei mit sanfter Altstimme: „Möchten Sie Sahne, Milch oder Zitrone, Mr. Neelan?“

Sie hatte grüne Augen und ein charakteristisches, längliches Gesicht. Unverkennbare, berühmte Züge. Ihr Anblick traf ihn wie ein Schlag. Regierungsvertreter hatte er erwartet – nicht aber sie persönlich.

Es war der Nachklang ihrer gelassenen Worte, der ihm seine Fassung zurückgab, seine zum Zerreißen gespannten Nerven lockerte, ihm ermöglichte, der Situation mit kaum nennenswertem Zögern gerecht zu werden.

Neelan verneigte sich leicht. „Milch, bitte“, erwiderte er, „äh . . ., Majestät.“

Er machte einige langsame Schritte und sah, daß die Kaiserin ihn aus leicht verengten Augen musterte. Innerlich bebend, dachte er: Wie gut, daß ich die Wahrheit kenne. Ohne Gilberts Brief hätte es nicht vieler Worte bedurft, ihn von seinem mühseligen Unterfangen abzubringen.

Die Frau machte eine Kopfbewegung. „Nehmen Sie Platz!“ sagte sie.

Neelan sank in den angewiesenen Sessel, nahm seine Tasse entgegen und wartete.

Die Kaiserin nippte an ihrem Tee, während sie vor sich hinblickte. Nach einer Weile begann Neelan ihre Beherrschung zu bewundern. Innerlich mußte sie vor Ungeduld brennen. Wie hatte Gilbert sich noch ausgedrückt?

Das Isherreich wird die bevorstehende Massenauswanderung

mit Sicherheit nicht überdauern. Die Kaiserin dürfte die erste sein, die das durchschaut, die erste, die uns mundtot zu machen versucht.

ZURÜCK in das Schiff, dachte Neelan; er mußte zurückgelangen in das Raumschiff. Alles andere war zweitrangig. Irgendwo in der fernen Unendlichkeit fristeten Gilbert und Kerschaw ihr Leben. Niemand außer ihm konnte ihnen Hilfe bringen.

Nur er, der nicht den geringsten Anteil an ihrer Erfindung hatte, konnte der Menschheit dazu verhelfen, die fernen Sterne zu erreichen und damit ihre letztliche Bestimmung.

Das Schweigen begann seine Nerven zu peinigen, das Wissen um den hohen Einsatz seine Fassung auf die Probe zu stellen. Unruhig veränderte er seine Stellung.

Die Kaiserin sagte ruhig: „Mr. Neelan, Sie nehmen gegenwärtig in der großen Politik eine Schlüsselstellung ein. Ihre Regierung und Ihre Herrscherin – ich selbst – erwarten von Ihnen, daß Sie sich als loyal erweisen."

Neelan gab sich verwirrt. „Natürlich bin ich bereit zu tun, was man von mir wünscht", entgegnete er, „und an meiner Loyalität soll es nicht fehlen. Aber Sie bringen mich in Verlegenheit. Wie sollte ich in eine Schlüsselstellung gelangt sein?"

Sie betrachtete ihn immer noch unter halbgeschlossenen Lidern. Die Intensität ihres Blicks ließ ihn frösteln. Ihre Augen funkelten, als sie mit schärferer Stimme wissen wollte: „Was hat Sie zu Greers Raumschiff geführt?"

Zu seinem eigenen Ärger traf ihn die Frage trotz allem überraschend. Doch er faßte sich und schilderte ruhig, wie er eine Stellung gesucht und auf Greers Annonce reagiert hatte. Die Frau ließ ihn ausreden, ohne ihn zu unterbrechen, ehe sie sich, an jemand hinter seinem Rücken gewandt, erkundigte: „Zeydel, hat diese Anzeige existiert?"

„Ich habe die automatische Anzeigenvermittlung schon angewählt, Majestät", erwiderte eine harsche Männerstimme.

Neelan wandte sich in seinem Sessel leicht um. In einer Nische, durch einen Wandbehang halb verborgen, saßen mehrere Männer. Ob vier oder fünf, ließ sich nicht erkennen.

Zeydels Stimme hämmerte in einen Holoset. Pause, das Geräusch eines heruntergedrückten Schalters, dann:

„Ja, Majestät, die Anzeige gibt es."

„Gibt es?" sagte die Kaiserin, und Neelan fühlte sich gedrängt, auf den unausgesprochenen Argwohn zu antworten, der in der knappen Frage lag.

„Die Stelle ist nicht mehr frei, Majestät, falls Sie das meinen. Greer hat mich definitiv eingestellt, und wir haben vereinbart, daß ich morgen früh um neun wieder im Hangar bin."

Schweigen trat ein. Neelan hatte Zeit, sich klarzumachen, daß die Teestunde vorbei war. Die Art, wie die Frau auf die geringste Abweichung reagiert hatte, ließ ahnen, was ihm bevorstand.

Der Abend würde lang werden.

DIE STILLE senkte sich wie eine Last über den Raum. Mit einem unbestimmten Lächeln auf den Zügen blieb die Kaiserin sitzen; ihr Augenausdruck verschleierte ihre Gedanken. Während die Minuten sich hinzogen, hielt sie die Teetasse reglos in der Hand. Als sie sie endlich niedersetzte, wirkte die Bewegung, als sei das Stichwort für eine einstudierte Aufführung gefallen.

Im Hintergrund begann Zeydels Stimme herunterzurattern: „Ich erhalte soeben die angeforderten Auskünfte, Majestät. Name Dan Neelan, ein Zwillingsbruder, dreiunddreißig, Geburtsjahr 4758 Isher. Der Vater, Edee Neelan, starb vor der Geburt der Söhne. Die Mutter, deren Mittel nicht ausreichten, gab die beiden Kinder mit fünf Jahren ans Institut für Eugenik . . ."

Neelan verfolgte mit konzentrierter Aufmerksamkeit, wie sein Bild Gestalt annahm. Keine wesentliche Einzelheit fehlte: daß er die Erde verlassen, sich als Glücksspieler betätigt und in Notwehr mehrere Menschen getötet hatte; die Entdeckung des Berylliummeteoriten durch Carew und ihn; endlich seine Rückkehr zur Erde auf der Suche nach seinem Bruder.

Als Zeydels Stimme schließlich verstummte, bemerkte die Kaiserin leise: „Mir scheint, Mr. Neelan, Sie gehören zu denen, die unter einem glücklichen Stern geboren sind. Zu den Männern, die ebenso zu leben wie zu sterben wissen."

Gegen seinen Willen, ungeachtet des hohen Einsatzes, der auf dem Spiel stand, begann die Monarchin Neelan zu faszinieren. Innelda Isher war grundverschieden von der Vorstellung, die er sich gemacht hatte. Nicht kalt, förmlich und erhaben, sondern warm, lebendig, sogar . . .

„Ich habe“, fuhr sie fort, „die Menschen in zwei Kategorien eingestuft: die vielen, die ihr Leben in ständiger Furchtsamkeit zubringen, und die wenigen anderen. Ich vermag für die ersteren beim besten Willen nur wenig Mitgefühl zu empfinden. Es sind die letzteren, die im Verlauf der Geschichte zählen.“

Das Eigenartige an ihren Worten war, daß sie ihn zu erheben, ihn zugleich zu drängen schienen, sich des höheren Ranges würdig zu erweisen, in den sie ihn versetzt hatten. Neelan fand seine Stimme wieder.

„Mir scheint die Unterteilung etwas rigoros, nicht zuletzt, weil Mut entscheidend abhängt von frühzeitiger Schulung.“

Die grünen Augen ruhten unverwandt, undurchschaubar auf ihm, während er sprach. Neelan hatte das Empfinden, in unergründliche Tiefen zu blicken. Vorsicht, dachte er, Vorsicht!

Die Frau sprach mit ihrer bestrickenden Stimme weiter. „Ich möchte Sie überzeugen. Was ich von Ihnen erwarte, ist zu wichtig, als daß ich an Ihrem Vorgehen den geringsten Zweifel hegen dürfte.“

„Majestät“, warf Neelan ein, „wenn Sie mir nur sagen würden . . .“

Sie unterbrach ihn gebieterisch: „Ich muß Ihnen zuvor deutlich machen, wie ernst es mir ist; Sie müssen das erkennen. Heute morgen, Dan Neelan, als mir mitgeteilt wurde, daß ein junger Mann – Sie – Greers Raumschiff betreten hätte, habe ich unverzüglich angeordnet, einen gewissen Captain Hedrock hinzurichten, einen Agenten der Waffenschmiede, den ich bis dahin bei Hofe geduldet hatte.“

Ihre Stimme, so jäh auflodernd, flammte weiter: „Ich erwähne das, damit Sie ungeschminkt erkennen, wie weit ich, wenn nötig, gehe, um meinen Willen durchzusetzen. Sein Schicksal mag Ihnen zeigen, was jedem droht, der es wagt, sich mir in dieser Angelegenheit zu widersetzen, oder bei der Erfüllung seiner Pflicht versagt. Was Sie zu tun haben und tun werden, ist dies: Bevor Sie diesen Raum verlassen, wird man Ihnen ein Zusatzholo und eine Schußwaffe mitgeben, die Patronen verfeuert. Es läßt sich nicht ausschließen, daß Greer einen Blaster des Typs trägt, der in den Waffenläden verkauft wird und dessen Feld seinen Besitzer gegen andere, kleinkalibrige Energiewaffen schützt. Über das Zusatzholo werden wir Ihre Worte und Handlungen verfolgen können, bis Sie Ihren Auftrag erfüllt haben. Es enthält außerdem eine Sprengladung, die beim ersten Anzeichen von Verrat ferngesteuert zur Explosion gebracht wird. Sollten Sie versuchen, mit dem Raumschiff zu fliehen, so würden mobile Energiegeschütze die Wände des Hangars und ebenso des Schiffs durchbrechen. Binnen weniger Minuten würden Truppen in das Schiff schwärmen. Ihre Aufgabe ist einfach und unzweideutig: In einem geeigneten Augenblick haben Sie sich Greer zu nähern und ihn niederzuschießen. Scheitern Sie, oder suchen Sie uns zu täuschen, sterben Sie. Und nun . . ."

Ihr vorgebeugter Körper entspannte sich, und ihre Augen verloren ihr Funkeln. Um ihre Lippen spielte unvermittelt ein warmes, großmütiges Lächeln. Sie schloß mit ihrer anfänglichen leisen Stimme: „Ich hoffe, Dan Neelan, ich habe mich unmißverständlich ausgedrückt."

Daran konnte es keinen Zweifel geben. Die Tigerin hatte ihre Krallen gezeigt. Sie waren aus Stahl und verhießen Gewalt.

Der Kern dieser Frau mußte aus purer Glut bestehen.

NEELAN saß vollkommen reglos, zwang sich dazu, sich jedes einzelne ihrer Worte zu vergegenwärtigen.

Doch immer wieder kreisten seine Gedanken um die Rückkehr zu dem Raumschiff. Noch war nicht alles verloren. Er sollte zurückkehren können, zwar unter striktesten Einschränkungen – aber doch zurückkehren. Greer war schon ausgeschaltet; irgendeinen Ausweg, und wäre er noch so gefährlich, mußte es geben. Die größte Schwierigkeit warf die Sprengladung auf.

Die Männer kamen aus der Nische, aus dem Halbdunkel ins Licht. Sie waren zu fünft, nicht zu viert. Eine Rolle spielte die Zahl allerdings kaum. Es gab Millionen, die jederzeit bereit waren, ihren Platz einzunehmen.

Doch diese wirkten erfahren, fähig. Alle waren sie älter als dreißig Jahre. Der älteste, Zeydel, mochte fünfunddreißig sein.

Zeydel hatte schieferfarbene Augen, eine schmale Raubvogelnase und Lippen, die einen dünnen Strich in seinem Gesicht bildeten. Er verneigte sich vor der Frau. Ein schwaches, grimmiges Lächeln huschte über seine Züge, als er Neelan einen Gegenstand hinhielt. „Hier ist das Zusatzholo", sagte er.

Neelan starrte darauf. Eine Krawattennadel! Schwerer als gewöhnlich, scheinbar mit einem massiven Edelstein besetzt, war sie leichter als erwartet, nachdem er sie angelegt hatte. Dennoch wurde ihm abwechselnd heiß und kalt, wenn er an die Sprengladung dachte und sich vorstellte, wie sie gegen seinen Körper detonierte.

Dann wurde ihm ein Schreibstift entgegengestreckt, und Zeydels harsche Stimme erläuterte: „Das ist die Waffe. Sie enthält zwei Patronen. Sie brauchen nur zu zielen und auf den Clip zu drücken. Und nun . . ."

Mit seinen schieferfarbenen Augen musterte er Neelan mit eisiger Distanz. „Bei diesem schurkischen Greer handelt es sich um einen Staatsfeind. Er verfügt über eine Erfindung, die das allgemeine Wohl gefährdet und nicht an die Öffentlichkeit gelangen darf. Greer maßt sich an, auf derselben Ebene mit der Regierung zu verhandeln. Er stellt unerfüllbare Forderungen und macht sich des Hochverrats schuldig. Daß er Sie angestellt hat, um das Raumschiff zu reparieren, das er angeblich an die Regierung veräußern will, deutet darauf hin, daß er plant, sich mit dem Schiff davonzumachen, sobald er die geforderte Summe erhalten hat. Die besonders sorgfältige Überholung der Triebwerke, auf die er Wert legt, ist dafür ein zusätzliches Indiz. Im Namen Ihrer Kaiserlichen Majestät Innelda, Beherrscherin des Sonnensystems, Nachfahrin des Hauses Isher, wird Ihnen hiermit befohlen, diesen Mann hinzurichten. Falls Sie dazu noch Fragen haben . . ."

„Keine", gab Neelan zur Antwort. „Ich habe alles verstanden."

Und nicht nur das. Ihm war unvergleichlich viel wohler zumute. Mit der Aussicht auf seine bevorstehende Freiheit hatte seine Welt wieder Farbe bekommen. Er würde Zeit haben, sich seine Lage durch den Kopf gehen zu lassen.

„Eine Vorsichtsmaßnahme noch, Mr. Neelan", sagte die Kaiserin, und Neelan wandte sich ihr zu, während sie weitersprach: „Eine Vorsichtsmaßnahme, dann wird man Ihnen das Gemach zeigen, in dem Sie schlafen können."

Sie blickte Zeydel an. „Holen Sie den Lambeth-Detektor."

NEELAN war froh, als er nach einem kurzen Moment von einer Männerstimme – er wußte nicht mehr zu sagen, ob sie Zeydel gehörte – aufgefordert wurde, sich zu setzen.

Schwerfällig sank er in einen Sessel und verfolgte, wie das blinkende Gerät aufgestellt wurde. Er überlegte, ob er so elend aussah, wie er sich fühlte. Er hätte sich natürlich sagen können, daß er an einem Lambeth-Test nicht vorbeikam, aber er hatte einfach nicht damit gerechnet.

Hatte, wenn er es recht bedachte, einfach nicht begriffen, daß sein Tod von Anfang an unvermeidlich gewesen war.

Sobald man herausfand, daß das Türschott des Raumschiffs sich um neun Uhr öffnete und Greer keinen Widerstand mehr leisten konnte, würde man sich seiner entledigen.

Ihm blieb nur eine einzige winzige Chance: Er durfte sich in den Kernpunkten keine abweichende Meinung leisten. Und er mußte innerlich soweit hinter seinen Antworten stehen, daß die Maschine ihm seine Aussagen abnahm. Abnahm, ohne daß die Nadeln zitterten oder ausschlugen. Deshalb . . .

Neelan kniff die Augen zusammen. Er mußte, falls erforderlich, willens sein, Greer zu töten. Die Frage, was er letztlich mit dem Mann anfangen würde, hatte ihn bis jetzt kaum beschäftigt. Nun aber blieb keine andere Möglichkeit.

Greer mußte sterben.

Er sah, daß die beiden Teile des Geräts getrennt wurden. Die Richteinheit, deren kegelförmige Mündung auf ihn zeigte, stand auf dem Teetisch. Den Empfängerteil mit den Registriernadeln hielt die Kaiserin auf dem Schoß.

Sie sah hoch, die Lippen zum Sprechen geöffnet; und es konnte keinen Zweifel geben, daß der kritische Augenblick gekommen war. Je nachdem, ob es ihm gelang, die nächsten Minuten zu bestehen, würde er weiterleben oder sterben.

„Majestät, kann ich Ihnen etwas sagen?"

Sie warf ihm einen raschen Blick zu. Verwunderung und erwachender Argwohn sprachen daraus. Der Gedanke durchzuckte Neelan, daß er jemandem gegenübersaß, der an Scharfsinn und Einfühlsamkeit im Isherreich nicht seinesgleichen hatte.

Schließlich nickte die Monarchin förmlich. „Bitte."

Während er ansetzte, gewahrte er, wie ihr Blick zu den Nadeln wanderte. Er hatte plötzlich das Empfinden, mit geschlossenen Augen auf einem Drahtseil zu balancieren, aber jetzt konnte es kein Zögern mehr geben.

„Eben ist zur Sprache gekommen, daß ich bereits Menschen getötet habe. Sicherlich bin ich dazu erneut imstande. Ich schieße nicht einmal ein Tier gern kalten Blutes nieder, aber . . ." Er hielt inne und prüfte im Geiste seine Worte darauf, ob sie seiner Interessenlage ebenso entsprachen wie der ihren. Beruhigt fuhr er fort: „Ich schwöre, daß ich über den öffentlichen Anzeigendienst mit Greer in Verbindung gekommen bin. Und in Anbetracht der Umstände bin ich bereit, Greer zu töten – mit der Waffe, die Sie mir ausgehändigt haben. Ist es das, was Sie bestätigt haben wollen?"

Im Kern ging es natürlich darum. Er beobachtete sie, bemüht, die Angst aus seinem Blick herauszuhalten. Zu seiner Erleichterung nahm er wahr, daß ihre Aufmerksamkeit nicht ihm, sondern den Nadeln galt. Abrupt, scharf befahl sie:

„Zeydel, kommen Sie hierher!"

Noch schärfer wies sie Neelan an: „Wiederholen Sie, was Sie über Ihre Bereitschaft gesagt haben, Greer zu töten!"

Neelan gehorchte, wobei er innerlich die Leistungsfähigkeit des Geräts verwünschte, dessen Nadeln zumindest andeutungsweise die Zwischentöne seiner Gedanken registrieren mußten. Schließlich brach Zeydel respektvoll das Schweigen.

„Er meint wohl, was er sagt, Majestät, aber ich würde denken, daß er sich überwinden muß, um kaltblütig zu töten, und daß er das erst im letzten Augenblick tun wird."

Die Kaiserin schüttelte den Kopf, ungeduldig den Erklärungsversuch verwerfend. Röte war in ihre Wangen gestiegen. Sie erhob sich, begann auf und ab zu gehen, wobei ihr langer Rock raschelte. Mehrere Minuten vergingen, ehe sie zu Neelan herumwirbelte. Ihre Augen blickten eisig, ihre Stimme klang schneidend. „Weshalb wollten Sie meinen Fragen zuvorkommen? Sie verheimlichen etwas – das ist es!"

Mit katzenhafter Geschmeidigkeit griff sie nach dem Empfängerteil. „Antworten Sie auf die Frage!" befahl sie unerbittlich. „Verschweigen Sie etwas?"

Neelan seufzte. Er fühlte sich erschöpft. Seine Hoffnungen waren zerronnen. Nur sein Mut blieb ihm. Seine Unverzagtheit und das Wissen, was sein Eingeständnis bedeuten würde.

„Ich weigere mich," erwiderte er zögernd, „auf diese Frage zu antworten."

Nach einem Augenblick fügte er hinzu: „Oder auf irgendeine andere."

TOTENSTILLE herrschte plötzlich in dem Gemach, erschrockenes, ungläubiges Schweigen. Zu jäh, erkannte Neelan finster, war der abrupte Umschwung erfolgt. Sie vermochten sich nicht rasch genug umzustellen. Die Männer sahen sich an. Die Frau stand mit vorgeneigtem Kopf wie erstarrt. Jede Spur eines Lächelns war aus ihren Zügen verschwunden. Als sie endlich sprach, klangen ihre Worte fast wie ein Seufzer. „Ist Ihnen klar, worauf Sie sich einlassen? Sie stellen sich gegen die Krone, gegen Ihre rechtmäßige Regierung."

Neelan erwog ihre Bemerkung, doch was ihm in den Sinn kam, war nicht geeignet, sein Selbstvertrauen zu stärken. Die Herrscherinnen und Herrscher der Isherdynastie erfreuten sich ganz überwiegend der Zuneigung ihrer Bürger. Auch die, die sie politisch bekämpften, leugneten nicht ihre Größe. Selbst die Waffenläden hatten nie versucht, sie zu stürzen.

Er nahm sich zusammen und antwortete: „Ich möchte

betonen, daß ich zugestimmt habe zu tun, was Sie von mir verlangen. Was ich verschweige, ist rein persönlich und hat . . ."

Ein helles Auflachen unterbrach ihn. Er starrte die Kaiserin an, ebenso überrascht durch den Laut wie durch ihre Miene. Ihr Gelächter klang musikalisch und dennoch wenig angenehm. „Sollten Sie ein Verbrechen begangen haben", drang sie in ihn, „wie verwerflich auch immer, begnadige ich Sie. Haben Sie mich verstanden? Sie werden dafür nie vor Gericht stehen. Aber ich muß es wissen. Reden Sie!"

In diesem Augenblick wirkte sie kaum noch menschlich. Ihre Augen flammten. Ihr Gesicht war wie eine bleiche, konzentrierte Maske. Hoch aufgerichtet stand sie vor ihm.

„Ich habe zugestimmt . . .", setzte Neelan an.

Sie schnitt ihm in fassungsloser Erbitterung das Wort ab. „Sind andere darin verwickelt? Dann erstreckt sich die Begnadigung auch auf sie. Es wird keine Untersuchung geben. Kein Gericht wird sie verurteilen. Jedes Verbrechen – jedes – ist ihnen verziehen."

Ihm blieb keine Antwort. Neelan saß stocksteif in seinem Sessel, sah, wie die Frau vor ihm das Zimmer durchmaß, gewahrte ihren ungläubigen Ausdruck.

„Ich biete Ihnen", sagte sie mit erhobener Stimme, „einhundert Millionen Kredite. Mehr, als Sie je ausgeben oder verspielen können. Der Betrag wird unverzüglich bei jeder beliebigen Bank auf Ihren Namen hinterlegt. Sie brauchen nur auf sämtliche Fragen zu antworten, und alles, was Sie vom Leben erwarten können, steht zu Ihrer Verfügung."

Es war die Verzweiflung, die bei ihrem beschwörenden Appell durchschimmerte und Neelans innerliche Verkrampfung löste. Niemals hätte er erwartet, daß die Kaiserin von Isher sich wie eine Furie aufführen könnte.

Sie war auf ihn angewiesen. So sah die Realität aus, die hinter den blutrünstigen Drohungen, den übersteigerten Angeboten steckte. Ihre Truppen konnten nicht in das Schiff eindringen, solange Greer sich dort aufhielt. Oder besser – solange ihr fiebriges Gehirn sich einbildete, daß Greer in der Lage sei, mit dem mächtigen Schiff in den Raum zu starten.

„Sie meinen, Sie wollen nicht?"

Ihre Stimme war nur noch ein Flüstern. Sie schwankte, als würde sie ohnmächtig. Ihre Augen waren weit geöffnet. Einen Augenblick lang erweckte sie den Eindruck einer Schwerkranken.

„Majestät . . .", setzte Zeydel besorgt an.

„Still!" Ihre Stimme klang wie ein Peitschenhieb. Mit einer brüsken Bewegung wehrte sie die Einmischung ab.

Sie postierte sich vor Neelan und musterte ihn, als wäre er ein fremdartiges Geschöpf. Ihre Stimme, diese ungewöhnliche, wandlungsfähige Stimme, klang plötzlich fast schmeichelnd.

„Sie machen keinen unzurechnungsfähigen Eindruck. Sie sind jung, sehen gut aus, wirken normal. Ich kann mir kaum denken, daß Sie sterben möchten."

„Majestät", begann Neelan wieder, „eigentlich sollte doch der Umstand, daß ich mich bereit erklärt habe . . ."

Darauf mußte er bestehen. Das war der einzige Haken, den er auswerfen konnte, um dem Tod zu entgehen.

Sie schien ihn nicht zu hören. Ihre Stimme, immer noch leise, sanft, ließ ihn nicht zu Ende reden. „Es gibt Mittel, Menschen zum Sprechen zu bringen."

Ihn fröstelte. Der ruhige Tonfall ließ ihre Drohungen um so tödlicher wirken.

„Mit Drogen können Sie meinen Willen nicht brechen", sagte er. „Ich habe ein fortgeschrittenes Geistestraining in den drei Bereichen Erinnerung, Beherrschung und . . ."

„An Drogen", bemerkte die Monarchin einschmeichelnd, „hatte ich auch nicht gedacht."

Sie fuhr herum. „Zeydel!" Ihre Stimme durchschnitt die Stille im Raum. „Lassen Sie ihn mit einem Sensor testen!"

Sie fing sich wieder und wandte sich Neelan noch einmal zu. Ihr Gesicht war nach wie vor blaß, ihre Augen umschattet.

„Es tut mir leid, Mr. Neelan", sagte sie. „Sie mögen es nicht glauben, aber ich habe noch nie einen Menschen körperlich foltern lassen. Töten, ja; nicht aber martern. Und doch muß ich Ihren unbegreiflichen Widerstand brechen. Wollen Sie nicht bitte Vernunft annehmen?"

Ihr Appell dünkte ihn ohne Sinn. Er war wie erstarrt, und in ihm wuchs und wuchs ein bitterer Sarkasmus, der ihn schließlich veranlaßte zu sagen: „So, Ihr erstes Foltererlebnis?" Er lachte und wußte beim Klang dieses Lachens selbst, daß er nicht mehr ganz bei Sinnen war. Kühl schloß er: „Ich bin sicher, Majestät, Sie werden die Erfahrung überleben."

Ihre Miene gefror sichtlich. „Ja", preßte sie schließlich durch zusammengebissene Zähne, „ich werde allerdings überleben."

7. KAPITEL

EINEN vernichtenden Augenblick lang, während Hedrock auf dem Palastdach dem Dutzend Männer gegenüberstand, weigerte sich sein Verstand, bereits auf Sieg eingestellt, die drohende Niederlage zu akzeptieren. Dann durchzuckte ihn der ironische Gedanke, daß er das Aufgebot durchaus als Kompliment betrachten konnte. Nur . . .

Nur hatte er von der Würdigung wenig. Die bedrückende Realität sah vielmehr so aus, daß die Zahl hinreichte, um jeden Ansatz der Gegenwehr im Keim zu ersticken.

Wehren aber mußte er sich! Die Kaiserin hatte nicht daran zweifeln können, als sie anordnete, ihn festzunehmen, daß er daraus die schlimmsten Schlüsse ziehen und sich mit aller Macht widersetzen würde.

Jetzt galt es, keine Zeit zu verlieren, keine Sekunde, nicht einen Augenblick.

Seine tiefe Baritonstimme fuhr wie Stahl durch die Stille: „Was wollen Sie von mir?"

Es hatte Augenblicke in der Geschichte gegeben, in denen der eherne Klang dieser Stimme bedeutendere Männer, als sie hier vor ihm standen, hatte zögern lassen. Unverhofft, unerwartet blieb diese Wirkung jetzt aus.

Hedrock verharrte konsterniert. Seine Muskeln, angespannt für den Spurt, der ihn durch den gelähmten Kreis tragen sollte, erschlafften. Der Flugwagen, sieben oder acht Meter weit entfernt, der ihm eben noch so nahe gedünkt hatte, erschien ihm plötzlich fern. Und mit diesem Gefühl stellte sich die verspätete Erkenntnis ein, wie verzweifelt seine Lage war.

Ein Mann gegen zwölf! Sicher, seine Waffe unterlag nicht den üblichen Einschränkungen; wie alle Blaster der Waffenläden beschrieb sie außerdem einen schützenden Halbkreis um ihn, der bis zu acht normale Waffen ihrer Wirkung beraubte; aber . . .

Seine nüchterne Einschätzung der Situation brach ab, als der robuste junge Mann, der ihn für verhaftet erklärt hatte, vortrat und ihm knapp bedeutete: „Handeln Sie nicht übereilt. Sie sind schließlich nur ein unmaßgeblicher Waffenhändler. Kommen Sie ohne Aufsehen mit!"

„Ein unmaßgeblicher Waffenhändler", wiederholte Hedrock – und sein Blick fuhr zu den uniformierten Palastwachen, die als interessierte, aber unbeteiligte Zuschauer um die zivil gekleidete Gruppe herumstanden. Überraschung und heftige Erleichterung ließen seinen Kopf wirbeln. Einen Augenblick lang meinte er, die Kluft zwischen seinem anfänglichen schlimmen Argwohn und der Realität nur mit einer fast übermenschlichen Willensanstrengung bewältigen zu können. Dann kehrte seine Selbstbeherrschung mit einem Ruck zurück.

„Gut, ich komme", versicherte er.

Die Männer umringten ihn und drängten ihn zu dem Flugwagen. Die Maschine schwankte beim Start, so rasch wurde sie hochgezogen.

Atemlos sank Hedrock in den Sitz neben dem Mann, der ihm den Wink gegeben hatte. Nach einer Minute fand er seine Stimme wieder.

„Sehr gut gemacht", sagte er bewundernd, „couragiert und eindrucksvoll. Obwohl Sie mich böse erschreckt haben."

Er lachte bei der Erinnerung und wollte fortfahren, als ihm bewußt wurde, daß sein Zuhörer keineswegs mitfühlend gelächelt hatte. Seine Nerven, immer noch überreizt, reagierten auf den winzigen Mißton wie auf einen heftigen Seitenhieb. Vorsichtig fuhr er fort: „Sie haben doch nichts dagegen, wenn ich Sie nach Ihrem Namen frage?"

„Peldy", antwortete der Mann kurz angebunden.

„Wessen Idee war es, Sie zu schicken?"

„Ratsmitglied Peter Cadron hat den Auftrag erteilt."

Hedrock nickte. „Ich verstehe. Er mag sich gedacht haben, ich würde Hilfe brauchen, falls ich mich zum Dach durchschlagen müßte."

„Ich bezweifle nicht", erwiderte Peldy, „daß das seine Anordnung zu einem Teil erklärt."

Der junge Mann gab sich frostig. Seine Kälte befremdete Hedrock. Verdrießlich starrte er auf die Szenerie, die unter dem durchsichtigen Boden vorbeihuschte.

Unter Beachtung der Höchstgeschwindigkeit flog der Wagen langsam tiefer in die Stadt. Zweihundert Stockwerke hohe Wolkenkratzer schienen den Boden der Maschine zu streifen, während Hedrock finster überlegte: Angenommen, man hegte Verdacht gegen ihn. Das wäre keineswegs ausgeschlossen. Im Gegenteil – Hedrock lächelte humorlos –, einige der Kapazitäten bei den Waffenläden brauchten sich nur eingehend mit seinem Fall zu beschäftigen.

Plötzlich deprimierte ihn der Gedanke. Trotz seiner jahrhundertelangen Erfahrung hatten die Koryphäen der Waffenläden mit ihrer spezialisierten Ausbildung ihn auf einem Dutzend Gebieten unerbittlich hinter sich gelassen.

Die Trainingsverfahren, die sie von Kindheit an geprägt hatten, halfen ihm, den man Generationen vor der Entwicklung der Methoden, die ihm jetzt gefährlich zu werden drohten, mit wirrem, unkoordiniertem Wissen vollgestopft hatte, nichts mehr.

Er fröstelte, und nicht zum erstenmal lastete die Ermattung seiner Jahrzehnte und Aberjahrzehnte wie eine drückende Bürde auf ihm, die unausgesetzte Mühsal seines gewaltigen, überzeitlichen Ziels, das verlangte, daß er seine Unsterblichkeit verbarg. Sonst würde mit dem Scheitern seines Projekts nur die leere, nutzlose Hülle einer Existenz übrigbleiben, und dann war der Tod vorzuziehen.

Hedrock gab sich einen Ruck. „Wohin bringen Sie mich?"

„Zum Hotel."

Hedrock nickte. Das Hotel Royal Ganeel. Sitz der Waffenschmiede in der Millionenstadt – dorthin befördert zu werden bedeutete, daß sich etwas anbahnte.

Er verfolgte, wie die Maschine tiefer ging, auf den ausgedehnten Dachgarten des Hotels zusteuerte, und ihm stand dabei vor Augen, daß die Waffenläden grundsätzlich kein Risiko eingingen. Sie konnten sich kein Risiko leisten. Ihre gesamte Existenz beruhte darauf, daß ihre Geheimnisse verborgen blieben. Sollten sie an jemandem zweifeln, der wie er über fundamentale Kenntnisse der Organisation verfügte . . .

Das Leben eines einzelnen wog gering gegenüber der Sicherheit aller in einer unerbittlichen Welt.

ALLERDINGS blieb noch das Hotel.

Das Royal Ganeel war an die zweihundert Jahre alt. Wenn er sich recht entsann, hatte die Einrichtung siebenhundertfünfzig Millionen Kredite gekostet. Das Fundament erstreckte sich über vier Häuserblocks. Auf diesem gewaltigen Sockel erhoben sich im Wasserfallstil der damaligen Zeit die einzelnen Geschosse wie die Terrassen einer Pyramide, um in dreihundert Meter Höhe in einen quadratischen Dachgarten mit zweihundert Meter Seitenlänge überzugehen, dessen weite Fläche durch scheinbare wie reale Untergliederung geschickt aufgelockert war.

Hedrock hatte das Bauwerk zur Erinnerung an eine bemerkenswerte Frau errichtet, die als Kaiserin aus dem Hause Isher regiert hatte, und in jedem Raum hatte er einen Materiesender installiert.

Aktiviert allerdings wurde dieser Fluchtweg durch einen der Ringe, die er im Palast zurückgelassen hatte. Während er inmitten des Trupps auf den nächsten Fahrstuhl zustrebte, zog Hedrock eine reuevolle Grimasse beim Gedanken an seine Entscheidung, nur den Waffenring zu tragen, die er mit Bedacht getroffen hatte. In keinem Fall sollten die geheimgehaltenen Errungenschaften der Waffenläden gefährdet werden.

Zwar waren Ringschlaufen auch an mehreren Punkten des Hotels hinter der Täfelung verborgen, aber er bezweifelte stark, daß jemand, der von zwölf Begleitern zum geheimen Sitz der

Waffenschmiede in Imperial City eskortiert wurde, Gelegenheit zu Abstechern finden würde.

Seine grimmigen Überlegungen brachen ab, als der Fahrstuhl hielt. Die Männer drängten ihn durch einen breiten Korridor zu einer Tür, auf der Leuchtbuchstaben verkündeten:

ASTEROIDEN AG
HAUPTVERWALTUNG

Die Aufschrift diente, wie Hedrock wußte, nicht nur der Tarnung. Bei der Gesellschaft handelte es sich um einen weitverzweigten Montankonzern. Daß das unverdächtige Unternehmen den Waffenläden gehörte, war eine andere Sache, abgesehen von dem Umstand, daß die Büros wie in diesem Fall als Aushängeschild dienten für die zahlreichen Facetten der Welt der Waffenschmiede.

ALS HEDROCK das imposante Vorzimmer betrat, kam ein hochgewachsener, distinguiert wirkender Mann in mittlerem Alter aus einer Seitentür. Beide erkannten einander sofort, und der Mann zögerte fast unmerklich, ehe er sich freundlich lächelnd näherte.

„Mr. Hedrock", begrüßte er ihn, „was macht die Kaiserin?"

Hedrock verzog die Lippen zu einem förmlichen Lächeln. Das kurze Zaudern des Psychoprognostikers war ihm nicht entgangen. „Sie befindet sich bei bester Gesundheit, Mr. Gonisch", gab er zur Antwort.

Edward Gonisch lachte laut. „Ich fürchte, Tausende von Leuten hören diese Auskunft eher ungern. Zur Zeit beispielsweise versucht der Rat, meine intuitiven Fähigkeiten zu nutzen, um herauszufinden, was die Kaiserin vor uns verbirgt. Ich bin dabei, die Pp-Diagramme bekannter und potentieller Koryphäen durchzusehen; die Daten sind miserabel und enthalten weit weniger als die zehn Prozent Anhaltspunkte, die ich brauche. Im Augenblick bin ich erst beim Buchstaben M angelangt, und meine Schlußfolgerungen sind höchst provisorisch. Falls es sich um eine Erfindung handelt, würde ich sagen – interstellare Raumfahrt. Aber eine intuitive Erkenntnis ist das noch nicht."

Hedrock runzelte die Stirn. „Interstellare Raumfahrt! Dagegen würde sie sich mit aller Macht sträuben . . ." Er brach ab, fuhr dann mit drängender Stimme fort: „Gonisch, Sie haben es! Wer ist der Erfinder?"

Gonisch lachte wieder. „Nicht so eilig. Noch muß ich die restlichen Daten auswerten."

Unvermittelt verlor er seine vergnügte Miene und wurde ernst. Der Psychoprognostiker betrachtete Hedrock mit zusammengezogenen Brauen und erkundigte sich besorgt: „Hedrock, was ist los? Was haben Sie angerichtet?"

Peldy trat einen Schritt vor und warf rasch ein: „Wirklich, Mr. Gonisch!"

Das stolze Gesicht des Prognostikers wandte sich kalt dem jungen Mann zu. „Das reicht", sagte er. „Begeben Sie sich außer Hörweite! Ich möchte mit dem Verhafteten allein sprechen."

Peldy neigte den Kopf. „Verzeihung. Ich habe mich vergessen."

Er trat zurück und gab seinen Leuten einen Wink. Einwände brachte er mit einigen gemurmelten Worten zum Schweigen. Gleich darauf stand Hedrock mit dem Prognostiker allein, während sein erster Schock langsam abklang.

Inhaftiert! Im Grunde hatte er gewußt und doch verdrängt, wie ernst seine Lage war, hatte sich an den Gedanken geklammert, wenn der Argwohn, der ihm galt, nur gering war, würde es der Rat nicht aufs Äußerste ankommen lassen.

Doch diese Phase war vorbei. Der Verdacht gegen ihn war längst über den inneren Kreis des Rates hinausgedrungen. Die Zeit arbeitete definitiv gegen ihn.

Gonisch hatte rasch weitergesprochen. „Man hat nicht auf mich gehört, als ich angeregt habe, den Vorgang in meiner Eigenschaft als Prognostiker zu überprüfen. Das verspricht nichts Gutes. Falls Sie mir einen Fingerzeig geben könnten . . ."

Kühler, ruhiger geworden, schüttelte Hedrock den Kopf. „Ich weiß nur, daß man sich vor zwei Stunden noch gesorgt hat, die Kaiserin könnte mich hinrichten lassen. Ich habe zunächst geglaubt, man hätte mir Unterstützung geschickt, aber dann hat sich herausgestellt, daß ich verhaftet bin."

Gonisch überlegte. „Wenn es Ihnen nur gelänge, sie hinzuhalten", meinte er langsam. „Ich weiß nicht genug über die Psychologie der einzelnen Ratsmitglieder oder über die Hintergründe des Falles, um Ihnen intuitiv zu raten. Wenn Sie es aber fertigbrächten, eine offizielle Verhandlung zu erreichen, bei der Beweise und Gegenbeweise vorgelegt werden müssen, dann wäre das schon ein halber Sieg. Der Rat ist ein reichlich hochnäsiges Gremium. Geben Sie sich auf keinen Fall einfach geschlagen. Halten Sie sie entweder hin, oder . . ."

Er runzelte die Stirn und entfernte sich. Peldy trat wieder näher.

„Hier entlang, bitte. Der Rat erwartet Sie schon."

„Was?" fragte Hedrock. Das entspannte Empfinden, das die wohlwollende Haltung des Prognostikers in ihm geweckt hatte, wich fassungsloser Entgeisterung. „Wollen Sie damit sagen, daß der komplette Rat hier tagt?"

Er erhielt keine Antwort, und er erwartete im Grunde auch keine. Seine scharfen Fragen hatte er nur rein rhetorisch geäußert. Hinhalten ließ sich leicht sagen. Männer, die um einen hufeisenförmigen Tisch saßen – das war sein Eindruck, als er allein durch die Tür trat, die leise hinter ihm zufiel.

Merkwürdig, daran zu denken, daß ihm vor zwei Jahren ein Ratssitz angeboten worden war. Und daß er abgelehnt hatte.

Die Runde umfaßte Männer jeden Alters; sie reichte von dem brillanten dreißigjährigen Ancil Nare bis zu dem grauhaarigen Bayd Roberts. Nicht alle Gesichter waren ihm vertraut.

Hedrock zählte sie durch und dachte an den Ratschlag, den Gonisch ihm gegeben hatte: „Strengen Sie sich an, eine offizielle Verhandlung zu erreichen." Das hieß im Klartext: Reißen Sie sie heraus aus ihrer Selbstgefälligkeit.

Er erschrak, als er zu Ende gezählt hatte. Dreißig – der vollzählige Rat der Waffenschmiede. Welche Vorwürfe gegen ihn mochten sie alle hergeführt haben?

Einen Augenblick lang vergegenwärtigte er sich, wie diese Männer auf dem Mars, auf der Venus, auf allen größeren Monden – wie überall Ratsmitglieder durch ihre Materiesender getreten und sofort hier angelangt waren.

Alles seinetwegen. Plötzlich gab der Gedanke ihm Rückhalt. Den Kopf in den Nacken geworfen, sich seines markanten Äußeren ebenso bewußt wie seiner achtunggebietenden Haltung; eingedenk aber auch mit einer gewissen Ironie der Generationen solcher Männer vor ihm, die seit seiner Geburt gelebt hatten und gestorben waren und wieder gelebt hatten und gestorben waren, brach Hedrock das Schweigen.

„Was wirft man mir vor?" fragte er mit lauter Stimme. Und in diese Worte legte er die ganze subtile, enorme Macht seiner ausgebildeten Stimme, seine gesamte Erfahrung mit jeder nur vorstellbaren Art und Ansammlung von Menschen.

Die fünf tragend gesprochenen Worte waren weit mehr als eine bloße Frage. Aus ihnen klangen sein Wille und seine Entschlossenheit, sein Selbstgefühl, seine Überlegenheit – und seine Gefährlichkeit.

Es waren unzweideutige Worte, geprägt von dem Wissen um das bereits gesprochene Todesurteil, das seine bloße Anwesenheit an diesem Ort bedeuten mußte – zugleich aber gezielt auf einen grundlegenden Umstand, den es zu nutzen galt: die immer wieder zutage getretene Scheu intelligenter Menschen, jemanden zu vernichten, der ihnen erkennbar überlegen war.

Hier vor ihm saßen hochintelligente Männer, aber wer hätte mehr Recht gehabt, sich überlegen zu dünken, zu fühlen, zu verhalten als der einzige Unsterbliche, den die Menschheit hervorgebracht hatte?

EIN RAUNEN ging rund um den hufeisenförmigen Tisch. Füße scharrten auf dem matt glühenden Boden. Männer warfen einander fragende Blicke zu. Schließlich erhob sich Peter Cadron.

„Man hat mich aufgefordert", begann er ruhig, „für den Rat zu sprechen. Zugleich bin ich es, auf den Ihre Anschuldigung zurückgeht."

Er wartete keine Antwort ab, sondern wandte sich den Ratsmitgliedern zu und sagte ernst: „Ich bin überzeugt, daß jeder Anwesende ein deutliches Bild von Mr. Hedrocks Persönlichkeit gewonnen hat. Interessanterweise wird das, was wir entdeckt haben, durch die Illustration seiner bisher verborgenen

Talente genau bestätigt. Ich muß gestehen, daß ich über deren Intensität selbst erstaunt bin. Ich . . ."

„Das gilt auch für mich", unterbrach ihn der fleischige Deam Lealy. „Bis zu diesem Augenblick habe ich Hedrock für einen liebenswürdigen, reservierten Zeitgenossen gehalten. Plötzlich aber fühlt er sich in die Enge getrieben und sprüht Feuer."

„Ganz offenkundig", sagte der jugendliche Ancil Nare, „sind wir auf etwas Bemerkenswertes gestoßen. Wir müssen dem unbedingt gründlich nachgehen."

Die Lage war heikel. Hedrock hatte bei denen, die schon argwöhnten, er könnte nicht der sein, für den er sich ausgab, mehr bewirkt, als ihm lieb sein konnte.

In Wahrheit war er diesen Männern ebensowenig überlegen wie sie einander. Das Wissen, daß er unsterblich war, hatte seinem Selbstwertgefühl stets einen offensiven, dynamischen Zug verliehen. Und hinzu kam natürlich die wirklich übernormale Entwicklung seiner Persönlichkeit während vieler Generationen, eine elektrisierende Aura, die er unterdrücken konnte und zumeist auch unterdrückt hatte, indem er zurückhaltend auftrat.

Das Prekäre war, daß er ihre volle Wirkung ausgerechnet in dem Augenblick ausgespielt hatte, in dem alle nach einem Anhaltspunkt für seine Fremdartigkeit suchten.

Dem ungünstigen Effekt, den er erzielt hatte, galt es ohne Verzug entgegenzuarbeiten. Er sagte: „Ist das alles, was man mir vorwirft? Wirklich lächerlich. Noch vor einer Stunde habe ich mich in der größten Gefahr meiner fünfjährigen Tätigkeit für unsere Organisation befunden. Minuten darauf werde ich von meinen eigenen Freunden ohne Angabe von Gründen verhaftet. Wundert es Sie da, daß ich verärgert bin? Ganz zu schweigen von dem Unsinn über meine ‚verborgenen' Talente. Stehe ich dem Rat der Waffenschmiede gegenüber oder vor einem Lagerfeuer, an dem die Medizinmänner Dämonen austreiben? Ich verlange, daß man mich als loyales Mitglied der Waffenläden behandelt, dessen Dossier keinen einzigen Minuspunkt aufweist; als Mensch und nicht als Monstrum. Und damit wiederhole ich: Was wirft man mir vor?"

Es herrschte lähmendes Schweigen. Dann sagte Peter Cadron: „Das werden Sie früh genug erfahren. Zunächst aber, Mr. Hedrock, wo sind Sie geboren?"

So weit waren sie also schon. Furcht empfand er nicht. Allenfalls leichte Trauer, gemischt mit grimmiger Belustigung darüber, daß seine älteste Befürchtung schließlich doch eingetreten war.

Einen Augenblick lang zogen sämtliche Namen, die er je getragen hatte, in kaleidoskopischer Folge an seinem inneren Auge vorüber. Wie sorgfältig hatte er sie ursprünglich gewählt, hatte auf Assonanz und rhythmische Qualität geachtet – und wie ungeduldig war er mit der Zeit dieses Spiels geworden, hatte sich auf einfache Namen beschränkt, die dennoch stets einen Geburtsort und eine Unzahl anderer Details erforderten.

Denkbar war – Hedrock runzelte die Stirn –, daß er dabei einmal etwas unachtsam verfahren war. Ganz ausschließen ließ sich das nicht.

„Sie verfügen über meine Unterlagen. Ich bin in Centralia geboren, unweit der Seenplatte."

„Für diese Antwort haben Sie reichlich lange gebraucht!" fuhr ein Ratsmitglied ihn an.

„Ich habe mir vorzustellen versucht", entgegnete Hedrock kühl, „was hinter der Frage stecken könnte."

Cadron forschte weiter: „Wie war der Mädchenname Ihrer Mutter?"

Hedrock musterte mit leichter Verwunderung die ebenmäßigen Züge des Mannes. Glaubte man wirklich, ihn damit in Verlegenheit bringen zu können? „Delmyra Marlter."

„Sie hatte noch drei weitere Kinder?"

Hedrock nickte. „Meine beiden Brüder und meine Schwester sind vor Erreichen ihrer Mündigkeit gestorben."

„Und seit wann sind Ihr Vater und Ihre Mutter tot?"

„Mein Vater seit acht, meine Mutter seit sechs Jahren."

Eigenartigerweise kam die Antwort ihn hart an. Einen Augenblick lang fiel es ihm schwer, die persönlichen Bezeichnungen auf zwei freundliche Leute mittleren Alters anzuwenden, denen er nie begegnet war, über die er sich aber gezwungen hatte, zahlreiche Einzelheiten einzuprägen.

Er sah, daß Cadron die anderen Ratsmitglieder mit finsterer Zufriedenheit anlächelte. „Meine Herren, Sie sehen, wen wir vor uns haben. Einen Mann, dessen Eltern und Geschwister tot sind, der keine lebenden Verwandten besitzt, der vor fünf Jahren, nachdem seine gesamte Familie verstorben war, auf dem üblichen Wege der Organisation der Waffenschmiede beigetreten und binnen kurzem in eine wichtige Vertrauensstellung aufgerückt ist. Und zwar aufgrund von Fähigkeiten, die uns schon damals außerordentlich erschienen sind, als wir noch nicht wußten, in wie hohem Maße er sich zurücknahm. Diese Stellung hat er sich darüber hinaus selbst dadurch geschaffen, daß er hartnäckig dafür geworben hat – was ihm um so leichter fiel, als wir zu der Überzeugung gelangt waren, die Kaiserin könnte uns erheblich schaden, wenn sie nicht genauer als zuvor überwacht würde. Wir müssen dabei berücksichtigen, daß es höchst zweifelhaft ist, ob sich in unserer enormen Organisation, deren fähige Mitglieder nach Zehntausenden zählen, auch nur einer gefunden hätte, dem es gelungen wäre, diese sechs Monate in nächster Nähe der Herrscherin zu bleiben."

„Und der selbst jetzt", warf Hedrock ein, „nur vorübergehend aus ihrer Umgebung verbannt ist." Er schloß ironisch: „Das hat Sie bislang nicht interessiert, aber das war das Ergebnis der heutigen Aufregung im Palast. Die Frist, wenn ich das noch hinzufügen darf, beläuft sich auf zwei Monate."

Peter Cadron bedachte ihn mit einer höflichen Verbeugung, wandte sich dann wieder den schweigenden Männern an dem hufeisenförmigen Tisch zu. „Behalten Sie das im Auge, während ich Mr. Hedrock nach seiner Ausbildung befrage."

Die grauen Augen hefteten sich auf Hedrock. „Nun?"

„MEINE Mutter", antwortete Hedrock, „war vor ihrer Heirat Professorin an einer Universität. Sie hat mich privat unterrichtet. Wie Sie wissen, ist das seit Jahrhunderten in besseren Kreisen üblich und von Staats wegen zulässig, vorausgesetzt, daß in regelmäßigen Abständen Prüfungen abgelegt werden. Sie werden feststellen, daß ich die Prüfungszeugnisse zusammen mit meiner Bewerbung eingereicht habe."

Das finstere Lächeln war auf Cadrons Züge zurückgekehrt. „Eine Familie auf dem Papier, eine Ausbildung – auf dem Papier. Ein ganzer Lebenslauf, der ausschließlich durch Dokumente belegt ist."

Es sah schlecht aus. Hedrock brauchte keinen Blick in die Runde zu werfen, um zu erkennen, wie schlecht. Und es war letzten Endes unvermeidlich. Er hatte nie eine andere Wahl gehabt. Sich darauf zu verlassen, daß ein lebendiger Mensch in einer Krise seine Identität bezeugen würde, wäre glatter Selbstmord gewesen.

Menschen mochten einen mögen, sie ließen sich bezahlen, aber man konnte sie immer zum Sprechen bringen. Ein einwandfreies Dokument dagegen konnte man allenfalls beargwöhnen. Deshalb wäre er jede Wette eingegangen, daß die Ratsmitglieder nicht entfernt die Wahrheit vermuteten. Mißtrauisch mochten sie geworden sein, aber . . .

„Hören Sie", fuhr er auf, „was wollen Sie mir eigentlich nachweisen? Wenn ich nicht Robert Hedrock bin, wer bin ich dann?"

Einen Augenblick lang tat die Ratlosigkeit ihm gut, die sich in Cadrons Miene ausdrückte. „Genau das", erwiderte sein Gegenüber mit verkniffenen Lippen, „versuchen wir herauszufinden. Noch eine Frage: Hat Ihre Mutter eigentlich nach ihrer Heirat den Kontakt zu ihren Freunden und früheren Kollegen an der Universität vollständig abreißen lassen?"

Hedrock zögerte, starrte unverwandt in Cadrons Augen. „Das paßt zu Ihrer These, nicht wahr?" fragte er dann mit harter, gepreßter Stimme. „Aber Sie haben völlig recht. Wir sind ständig umgezogen. Das lag an der Tätigkeit meines Vaters. Ich bezweifle selbst, ob sich jemand finden läßt, der sich an sie oder an mich erinnert. Wir haben buchstäblich ein Schattendasein geführt."

Einen geringfügigen psychologischen Sieg hatte er damit errungen, daß er selbst ausgesprochen hatte, was Cadron auf der Zunge lag. Dennoch – Hedrock lächelte düster – konnten dessen geschickt konstruierte Argumente ihre Wirkung nicht verfehlen. Er wurde gewahr, daß Cadron wieder das Wort ergriffen hatte.

„Wir sind uns klar darüber, Mr. Hedrock, daß es sich nicht um Beweise handelt. Doch danach suchen wir auch nicht. Die Waffenschmiede sitzen über niemanden im eigentlichen Sinne zu Gericht. Sie fällen Urteile, deren Maßstab nicht erwiesene Schuld ist, sondern zweifelhafte Schuldlosigkeit. Daß wir in unserer Lage nicht anders handeln können, wissen Sie nur zu gut. Zum Glück sind wir nicht auf einen bloßen Verdacht angewiesen. Könnte es möglich sein, daß Sie dem, was bereits deutlich geworden ist, noch etwas hinzuzufügen haben?"

„Nein", entgegnete Hedrock und dachte bei sich: Sollte zweifelhafte Schuldlosigkeit den Tod bedeuten, dann sieht es schlecht aus.

Er verharrte wie angewurzelt, ließ seine Umgebung mit allen Sinnen auf sich wirken. Diese fast instinktive Einstimmung bildete die Synthese langer Erfahrung, die ihn gelehrt hatte, daß jeder Aspekt seiner jeweiligen Umwelt Bedeutung erlangen konnte. Auf irgendeine Weise mußte er die Initiative an sich reißen.

Er musterte Boden, Wände, die Täfelung und lächelte bitter. Ursprünglich hatte er die Asteroiden AG durch Mittelsmänner dazu gebracht, ihre Büros in den obersten Hoteletagen einzurichten, weil ihm schien, man würde am wenigsten argwöhnen, daß sich der geheime Sitz der Waffenschmiede in der Hauptstadt ausgerechnet hier befand.

Um sie vor eventueller Entdeckung zu schützen, hatte er aus diesem Teil alle Materiesender mitsamt den aktivierenden Ringen entfernt, die er nun so verzweifelt benötigte. Hätte er damals nicht geglaubt, vorsorgen zu müssen, säße hinter der Wandverkleidung jetzt ein Ring, und ...

Peter Cadron hatte weitergesprochen, und erstmals vernahm Hedrock die Anschuldigung.

Anfangs fiel es ihm schwer, sich auf die Worte des Mannes zu konzentrieren. Sie schienen an ihm vorbeizutreiben, sich seinem Hörvermögen zu entziehen. Oder aber er war zu nervös, konzentrierte sich zu sehr auf seine eigene bedrohliche Lage.

Es ging darum, daß man, während die Gruppe zusammengestellt wurde, die ihm zu Hilfe kommen sollte, gleichzeitig Psychologen beauftragt hatte – auf der Grundlage von Hedrocks eigener Aussage, daß die Monarchin ihm beim Essen sein Urteil verkünden würde –, den genauestmöglichen Zeitpunkt für die Landung auf dem Palastdach zu ermitteln.

Natürlich hatten die Psychologen, um zu einer Entscheidung zu gelangen, ebenso rasch wie gewissenhaft auch Hedrocks eigenes Psychoprofil herangezogen. Dabei waren sie auf einen außerordentlich bemerkenswerten Umstand gestoßen.

Peter Cadron hielt inne. Sein Blick hing an Hedrocks Zügen, und einen Augenblick lang schien er darin nach verborgenen Aufschlüssen zu fahnden. Gewichtig schloß er: „Festgestellt wurde eine beträchtliche Abweichung Ihres effektiv gezeigten von der Pp-Aufzeichnung Ihres potentiellen Muts. Der Pp-Messung zufolge hätten Sie nie auch nur in Betracht gezogen, bis zu dem Essen im Palast zu bleiben."

Cadron schwieg, und Hedrock wartete darauf, daß er zum Ende kam. Die Sekunden verstrichen, und plötzlich ging ihm auf, daß sich Dutzende von Ratsmitgliedern vorbeugten und ihn mit durchbohrenden Blicken musterten.

Sie warteten auf seine Reaktion. Er hatte die Anklage gehört. Dies und nichts anderes war es, wessen man ihn beschuldigte.

Einen Augenblick lang fühlte er sich wie erlöst.

Der Traum zerschellte an der Realität – der Anwesenheit der dreißig. Nie wären sie zusammengetreten, hätten sie nicht um die Grundfesten der Waffenläden gefürchtet.

Die Pp-Technik! Hedrock versuchte sich zu erinnern, was er über die Maschine gehört hatte. Bereits Jahrtausende alt, gehörte sie zu den ursprünglichen Erfindungen der Waffenschmiede. Immer wieder war sie verbessert, ihre Fähigkeit zur Persönlichkeitsanalyse erweitert worden. Hedrock, der seine Gedanken und Gefühle in erheblichem Ausmaß steuern konnte, hatte sich darüber nie den Kopf zerbrochen.

Bei den Überprüfungen durch die Maschine hatte er diejenige Geisteshaltung an den Tag gelegt, die ihm für seine Absichten am geeignetsten erschien, und darauf geachtet, die einzelnen Attribute seines Charakters entsprechend abzustimmen.

Hedrock schüttelte sich wie ein in die Enge getriebenes Tier. Er dachte nicht daran, ihnen abzunehmen, daß sie sein Doppelspiel wirklich durchschaut hatten. Antworten aber mußte er – unverzüglich.

„So", sagte er, und selbst in seinen eigenen Ohren klang seine Stimme harsch, „so, dann habe ich mich also fünf Prozent beherzter als vorhersehbar erwiesen. Nicht zu glauben! Beherztheit hängt schließlich von den Umständen ab. Jeder Hasenfuß kann zum Löwen werden, wenn er nur entsprechend motiviert ist. Und ich kann Ihnen versichern – ich war entsprechend motiviert."

Halb gegen seinen Willen klang seine Stimme unvermittelt energischer. Das Feuer seiner Überzeugung verlieh ihr Kraft und Eindringlichkeit.

„Sie scheinen die Dimension dessen, was sich anbahnt, nicht wahrnehmen zu wollen. Hier geht es nicht um die bloße Laune einer gelangweilten Monarchin. Abgesehen von einigen in diesem Zusammenhang eher unwesentlichen Schwächen handelt es sich bei der Kaiserin um eine reife Persönlichkeit. Ebensowenig läßt sich übersehen, daß wir gegenwärtig in die fünfte Periode des Isherreichs eintreten. Stündlich können die mächtigen Unterströmungen menschlicher Ruhelosigkeit gewaltige Ereignisse auslösen. Zwanzig Milliarden sind dynamisch, unruhig, rebellisch. Am Horizont zeichnen sich neue technische Errungenschaften ab. Und aus diesem brodelnden Chaos wird sich die fünfte große Krise in der Geschichte der Isherzivilisation entwickeln. Nur ein grundlegender Durchbruch hat die Kaiserin auf der gegenwärtigen Stufe ihrer Karriere veranlassen können, derart konsequent und nachdrücklich zu handeln. Mir hat sie erklärt, sie würde mich in zwei Monaten zurückrufen – vielleicht schon früher. Sie wird es eher tun. Mein Eindruck geht dahin, und ich kann diesen Punkt nicht genug betonen, daß wir uns glücklich schätzen können, wenn uns noch zwei Tage bleiben. Zwei Wochen sind die alleräußerste Grenze."

Er war jetzt aufgewühlt. Er sah, daß Peter Cadron ihn unterbrechen wollte, sprach aber weiter, ohne darauf zu achten. Seine mächtige Stimme erfüllte den Raum.

„Die gesamte verfügbare Macht der Waffenläden müßte in Imperial City konzentriert werden. In jeder Straße wäre ein Beobachter zu stationieren. Diese Maßnahmen müßten längst angelaufen sein. Statt dessen aber . . ." – er hielt inne und schloß dann beißend – „vergeudet der einflußreiche Rat der Waffenschmiede seine Zeit mit der Erörterung der Frage, ob ein einzelner Mann den Mut hätte aufbringen dürfen, den er an den Tag gelegt hat."

Er brach ab in dem bedrückenden Bewußtsein, daß er die Männer nicht beeindruckt hatte. Sie blickten kalt, niemand lächelte. Peter Cadron ergriff leidenschaftslos das Wort.

„Der Unterschied", sagte er, „beträgt nicht fünf Prozent, sondern fünfundsiebzig. Das ist kein geringer Zuwachs; darüber wäre nun zu reden."

SEUFZEND fügte Hedrock sich in die Niederlage. Und eigenartigerweise war ihm augenblicklich wohler. Er lächelte freudlos, als er den Grund begriff. Gegen alle Vernunft hatte er falsche Hoffnungen gehegt. Damit war es vorbei.

Die Krise lag in der Konsequenz einer wissenschaftlichen Entwicklung, von der er irrtümlich geglaubt hatte, sie kontrollieren zu können. Sie war ein Musterbeispiel für die Unzahl wissenschaftlicher Techniken, die dafür gesorgt hatten, daß die Kluft zwischen den Gefährdungen, denen er sich ausgesetzt sah, und seiner Fähigkeit, ihnen entgegenzuwirken, stetig breiter geworden war.

Er lauschte düster, wie Cadron weitersprach.

„Ich versichere Ihnen, Mr. Hedrock", betonte der Mann mit ruhiger Aufrichtigkeit, „daß die Pflicht, die uns auferlegt ist, uns alle bedrückt. Aber die Fingerzeige sind drastisch. Nachdem die Psychologen die Abweichungen festgestellt hatten, wurden in die Pp-Maschine zwei zerebro-geometrische Programme eingegeben. Das eine basierte auf Ihrem gespeicherten Psychoprofil, das andere berücksichtigte eine fünfundsiebzig

Prozent höhere Kapazität aller geistigen Funktionen. Ich wiederhole, aller, nicht nur Ihrer Beherztheit. Dadurch erhöhte sich beispielsweise Ihr IQ auf die erstaunliche Zahl von zweihundertachtundsiebzig . . ."

„Sie haben eben von allen Funktionen gesprochen", warf Hedrock ein. „Wie ich annehme, beziehen Sie Idealismus und Selbstlosigkeit ein?"

Er sah, daß die Männer ihn unbehaglich betrachteten. Cadron erwiderte: „Mr. Hedrock, jemand, der derart uneigennützig wäre, würde die Waffenläden nur als einen Faktor in einem größeren Spiel ansehen. Die Waffenläden können nicht so großzügig verfahren. Aber hören Sie weiter! Die Matrix beider zerebro-geometrischer Programme suchte dem nur schwer exakt bestimmbaren Einfluß der Kaiserin Rechnung zu tragen. Weil Schnelligkeit absolut unerläßlich war, erfolgte die Berücksichtigung mittels Reduzierung auf eine hoch angesetzte Konstante, modifiziert durch eine einfache, stetig schwingende Variable . . ."

Gegen seinen Willen fühlte Hedrock sich gefesselt. Seine ursprüngliche Absicht, Cadron so oft wie eben möglich zu unterbrechen, wich der wachsenden Faszination durch eine Wissenschaft, in die er niemals eingedrungen war.

Charakterdiagramme und Emotionsintegrale, eigenartige mathematische Abstraktionen, die in den unpräzisen Impulsen des menschlichen Geistes und Körpers wurzelten – um triumphal zu gedeihen zu Gewächsen prunkender Gewißheit; Gewächsen, die niemals einem Frosteinbruch oder Windstoß zum Opfer fielen, sondern wie Treibhauserzeugnisse perfekte Früchte trugen.

Lockende, aber todbringende Früchte, von denen ihm Unheil drohte. Er verfolgte und lauschte angespannt, wie Cadron zum fatalen Schluß kam: „Wie schon erwähnt, bestand das Problem darin, daß der Rettungstrupp nicht zu früh auf dem Palastdach landen durfte – oder zu spät. Es stellte sich heraus, daß Sie Ihrem gespeicherten Psychoprofil zufolge den Palast nicht lebend verlassen würden, sofern nicht eine Unbekannte dritter Ordnung zu Ihren Gunsten dazwischenträte.

Diese Projektion wurde von der Maschine verworfen. Wunder kalkuliert die Wissenschaft nicht ein. Die zweite Projektion führte zu dem Ergebnis, daß Ihre Ankunft auf dem Palastdach um 13.40 Uhr zu erwarten sei, mit einem Unsicherheitsfaktor von plus minus vier Minuten. Die Landung ist um 13.35 Uhr erfolgt: die gefälschten Papiere wurden binnen zwei Minuten akzeptiert. Um 12.39 Uhr haben Sie dann den Fahrstuhl verlassen. Ich denke, Sie werden zugeben müssen, daß der Beweis zwingend ist."

ES WAR wie ein Alptraum. Während der langen Jahre, die er geplant und gearbeitet hatte, hatte er in Wirklichkeit sein Schicksal bereits einer Maschine ausgeliefert, deren mechanische Prognosefähigkeit ihn früher oder später mit vernichtender Konsequenz treffen mußte.

Welcher Wahnsinn, auch nur eine Sekunde lang eine Erfindung unterschätzt zu haben, die den menschlichen Geist derart präzise durchleuchtete. Abwesend registrierte Hedrock, wie eines der Ratsmitglieder, nicht Cadron, sondern ein zerbrechlich wirkender grauhaariger Mann, das Wort ergriff.

„In Anbetracht der Tatsache, daß dies keine Gerichtsverhandlung im üblichen Sinne ist, und insbesondere angesichts der bisherigen Verdienste Mr. Hedrocks denke ich, er hat Anspruch auf unsere Versicherung, daß wir die Aktivität der Kaiserin durchaus ernst nehmen. Nur zu Ihrer Information, Mr. Hedrock, wir haben unsere Kräfte hier um das Fünffache verstärkt. In Ihrer Aufregung ist Ihnen vielleicht nicht aufgefallen, daß der Fahrstuhl vom Dachlandeplatz länger als sonst gebraucht hat. Wir haben sieben zusätzliche Hoteletagen übernommen, und unsere Organisation hat zahlreiche Maßnahmen anlaufen lassen. Ihr bewegender Appell ändert aber leider nichts daran, daß ich Mr. Cadron beipflichten muß. Die Waffenläden haben keine andere Wahl, als in Fällen wie dem Ihren schnell und unbarmherzig zu verfahren. Ich bin der Meinung, daß der Tod das einzig mögliche Urteil ist."

Entlang dem Tisch wurde genickt, Stimmen murmelten: „Ja, die Todesstrafe . . . Hinrichtung . . ., unverzüglich . . ."

„Einen Augenblick!“ Hedrocks Stimme durchdrang mühelos das Raunen. „Sagten Sie, daß dieser Raum sich in einem Teil des Hotels befindet, der erst jüngst von der Asteroiden AG angemietet worden ist?“

Sie starrten ihn verständnislos an, als er sich, ohne eine Antwort abzuwarten, nach rechts wandte und zu der dunkel schimmernden Wandtäfelung eilte. Es war einfacher, als er sich in seinen kühnsten Wunschvorstellungen hätte träumen lassen.

Niemand hielt ihn auf; niemand griff auch nur nach der Waffe. Er erreichte die Wand, drückte vier Finger gegen die Täfelung, drehte – und der Ring glitt aus seiner verborgenen Vertiefung auf seinen Zeigefinger.

Mit einer einzigen fließenden Bewegung richtete er das blaßgrüne Feuer auf den Schalter – und trat durch den Materiesender.

HEDROCK verlor keine Zeit mit der Untersuchung der vertrauten Räumlichkeiten, in denen er sich wiederfand. Sie lagen mehr als viertausend Kilometer von Imperial City entfernt in unterirdischen Gewölben, angefüllt mit leise summenden Maschinen und glitzernden Instrumenten, und wenn er sie geheimhalten wollte, mußte er handeln. Rasch!

Seine Hand fuhr zu einem Wandschalter. Energie entlud sich zischend, als er ihn umlegte.

Flüchtig stellte er sich vor, wie alle Ringe und Apparaturen im Hotel Royal Ganeel sich auflösten. Sie hatten ihren Zweck erfüllt. Mehr als einmal durfte er nicht hoffen, den Waffenschmieden zu entkommen. Er wandte sich ab, durchquerte eine Tür, gewahrte im letzten Augenblick die tödliche Gefahr und versuchte zurückzuspringen.

Zu spät! Das sechs Meter große Ungeheuer stürzte sich bereits auf ihn. Ein Schlag der gewaltigen Pfoten genügte, um Hedrock halb bewußtlos an einer Wand entlangschlittern zu lassen.

In verständnislosem Entsetzen versuchte er, sich zu bewegen, sich aufzurappeln – und sah, wie das riesige weiße Geschöpf auf ihn zuschoß, die scharfen Zähne zum tödlichen Biß entblößt.

8. KAPITEL

IMMER wieder verlor Neelan das Bewußtsein. Der Schmerz sprang ihn aus einer wirbelnden Welt der Dunkelheit an und wuchs und wuchs. Dann senkte sich unvermittelt wieder die Nacht herab und deckte die Qual zu.

Irgendwann, wie aus weiter Ferne, vernahm er die Stimme der Frau: „Soll das heißen, daß der Sensor tatsächlich anzeigt, daß keine Folter ihn zum Sprechen bringen würde? Aber das ist doch unmöglich! Kein Mensch . . . Schön, lassen Sie ihn in ein Schlafzimmer schaffen."

Ihre Stimme verklang, und niemand fügte ihm neue Schmerzen zu. Nur seine Nerven zuckten noch in Erinnerung an vergangene Pein. Als er von neuem zu sich kam, schälte sich das Gesicht der Frau aus dem Nebel, und sie wollte wissen: „Sind Sie nach wie vor bereit, Greer zu töten? Wenn ja, können wir uns immer noch verständigen."

Denken fiel ihm unendlich schwer, aber ein Gedanke durchrann ihn wie Feuer: Er mußte, mußte in das Schiff gelangen. Er murmelte: „Ich bleibe bei dem, was ich gesagt habe."

„Schön. Dann werden wir jetzt anders verfahren. Sie begeben sich an Bord, und sobald Greer Sie allein gelassen hat, legen Sie den Hauptantrieb lahm. Natürlich wird das Schiff über ein Behelfstriebwerk verfügen, aber dagegen werden wir Traktorstrahlen zur Neutralisierung einsetzen. Sobald Sie den Hauptantrieb unbrauchbar gemacht haben, greifen wir an. Greer wird natürlich in die Steuerzentrale stürzen. Sie töten ihn dort oder schalten ihn auf andere Weise aus. Wir benötigen drei Minuten, um in das Schiff einzudringen. Ist das klar?"

„Ja, ja . . ."

„Werden Sie so verfahren?"

Der Nebelschleier hob sich ein Stück weiter. Neelan nahm wahr, daß Zeydel neben der Monarchin stand und einen Lambeth-Kegel auf ihn gerichtet hatte.

Neelans Augen verengten sich. Irgendwelche detaillierten

Sicherungen konnte er sich in seiner gegenwärtigen Verfassung unmöglich zurechtlegen.

„Was ich gesagt habe, gilt", bestand er hartnäckig. „Anschließend bleibe ich aber bei den Aggregaten. Auf Ihren Angriff werde ich mich schon vorbereiten."

Das stimmte auf jeden Fall. Er würde Vorbereitungen treffen.

„Sie starrsinniger . . ."

Über ihm ballte die Kaiserin die Hände zu Fäusten; aus ihren grünen Augen sprach zornige Enttäuschung. Dann trat sie zurück. Ihre letzten Worte, die Neelan vernahm, waren: „Muß ich ausgerechnet jetzt mit diesem Mann zu tun haben? Als ob das Schicksal es so wollte. Hören Sie mir noch einmal zu! Für den Fall, daß unser Angriff doch fehlschlagen sollte, müssen Sie natürlich mit Greer verhandeln. Sagen Sie ihm dann, wir würden auf seine Bedingungen eingehen. Sobald er sich von seinem Schreck erholt hat, wird er einwilligen. Erfolg müssen wir jedenfalls haben. Unter allen Umständen!"

WÄHREND einer langen Zeitspanne nahm Neelan nichts mehr wahr; irgendwann aber stellte er fest, daß er weder gefesselt noch sonstwie in seiner Bewegungsfreiheit eingeschränkt war. Wieder schien einige Zeit zu verstreichen, ehe der Impuls zum Handeln erwachte.

Zittrig richtete er sich auf. Bei der Bewegung wurde ihm schwindelig, aber nach einer Weile kehrte ein Teil seiner Kräfte zurück. Er trat vor den Spiegel und untersuchte die breite Krawattennadel. Sie bestand aus einer biegsamen künstlichen Metallegierung und ließ sich nicht abnehmen. Als er sie angelegt hatte, mußte sich ein Mechanismus geschlossen haben. Er würde die Krawatte durchtrennen müssen.

Ein dünner Schweißtropfen rann über Neelans Stirn. Die besonderen Trainingsmethoden, die ihm seine wissenschaftlichen Kenntnisse unauslöschlich, stets gegenwärtig eingeprägt hatten, hatten ihm zugleich ein Zeitgefühl vermittelt.

Und dies quälte ihn jetzt. Denn wie sollte er sich ein Werkzeug beschaffen, die Krawatte durchschneiden, die Nadel von sich schleudern und in eine geeignete Deckung springen –

alles, ehe jemand am anderen Ende des Zusatzholos auf den Knopf drückte, der die Sprengladung auslösen würde?

Mehr noch, wie sollte er zum Aufzug rasen, die mehr als hundert Meter zur Steuerzentrale zurücklegen und durch das automatisch aufgleitende Hangardach das Schiff starten – das Ganze in drei Minuten?

Daran, daß er in letzter Minute ein Wunder an Schnelligkeit vollbringen würde, war nicht zu denken. Ihm drohte unweigerlich der Tod, es sei denn, er verfiel auf eine ganz anders geartete Lösung.

Aber kein brauchbarer Gedanke wollte sich einstellen. Er fühlte sich völlig erschöpft. Er legte sich wieder aufs Bett und schlief sofort ein.

ALS NEELAN erwachte, strömte Sonnenlicht durch die Fenster, und ein Bediensteter servierte an einem kleinen Tischchen Frühstück von einem dampfenden Tablett.

Im Hintergrund saß die Kaiserin in einem tiefen Sessel vor einer Reihe nebeneinander installierter Holosets. Zeydel stand neben ihr und wirkte wie eine besonders unnachgiebige Ehrenwache.

Neelan richtete sich auf, und die Kaiserin sagte mit Wärme in der Stimme: „Dan Neelan, ich bin gekommen, um Ihnen persönlich zu versprechen, daß die Sprengladung in dem Zusatzholo nur dann detonieren wird, wenn Sie schändlicherweise versuchen sollten, unser Vorhaben scheitern zu lassen. Ich verspreche Ihnen weiter, daß Sie danach in keiner Weise behelligt werden, sondern noch heute den Betrag von zehn Millionen Krediten erhalten. Darauf gebe ich Ihnen mein Ehrenwort."

Neelan bekundete mit einem nüchternen Nicken, daß er ihre Zusage zur Kenntnis genommen hatte. Er war von ihrer Aufrichtigkeit leidlich überzeugt, aber es gab einen Umstand, der ihre Worte so voll und ganz annullierte, als wären sie nie gefallen.

Ihn selbst. Sein unverrückbares Ziel. Er gedachte ihre Absicht zu durchkreuzen, soweit es in seinen Kräften lag.

Einer der Holoschirme vor der Monarchin erwachte zum Leben und schnitt Neelans Überlegung ab. Eine Männerstimme teilte mit: „Majestät, die acht 100-Millionen-Zyklen-Geschütze schweben jetzt in Stellung."

„Danke für die Meldung", gab die Kaiserin zur Antwort. „Der Verkehr läuft nach wie vor normal?"

„Ja, wir sperren die umgebenden Straßen erst im letzten Augenblick ab."

„Gut."

Sie hatte das Wort kaum ausgesprochen, als eine Stimme aus einem anderen Holoset sagte: „Kaiserliche Majestät, die Kriegsschiffe des Abschnitts eins kreuzen auf den zugewiesenen Positionen."

„Ausgezeichnet. Sorgen Sie dafür, daß die Schiffe in großer Höhe bleiben, und achten Sie auf das Signal. Das wäre alles."

Neelan wurde gewahr, daß die Kaiserin ihn unter halbgeschlossenen Lidern hervor anschaute. Sie fing seinen Blick auf und bemerkte mit seidenweicher Stimme: „Vielleicht geht Ihnen nun auf, daß es mir ernst ist."

Neelan schwieg, während er sich zu dem Frühstückstisch begab und daran Platz nahm. Er hatte den phantastischen Zwiegesprächen mit einem Gefühl der Unwirklichkeit gelauscht, und erst bei ihren Worten verstand er, daß diese Dialoge wenigstens zum Teil auf ihn gezielt waren und daß zumindest eine unsinnige Behauptung gefallen war. Grimmig sagte er: „Seit wann ist der Einsatz von 100-Millionen-Zyklen-Aggregaten möglich? Ich habe gelernt, daß Metalle solcher Beanspruchung nur im luftleeren Raum standhalten."

Die Kaiserin lächelte mit schmalen Lippen und erwiderte: „Jedes Aggregat feuert nur einen einzigen Schuß ab, bei dem es in seine Bestandteile zerfällt. Acht Geschütze, die sich auf denselben Schiffsabschnitt konzentrieren, durchschlagen die Wand in drei Minuten. Das ist unsere Strategie."

Eigenartigerweise beschäftigten sich Neelans Gedanken mit dem finanziellen Aufwand für derartige Waffen. Doch die Abermillionen Kredite, um die es bei jedem einzelnen Aggregat ging, entzogen sich allen sinnvollen Kategorien.

Überzeugt aber war er. Die Geschütze waren wie behauptet in Stellung gegangen, Wahrzeichen der unfaßbaren Kräfte, die gegen ihn zusammengezogen wurden. Mehr und mehr geriet er in die Lage eines einzelnen gegen die ganze Welt.

Ein weiterer Holoschirm leuchtete auf. „Majestät, soeben ist eine Blitzmeldung aus dem Mittelwesten eingetroffen. Ein riesiges menschliches Geschöpf, nach ersten Meldungen fünfzig Meter groß, verwüstet das Geschäftsviertel der Stadt Denar."

„Was?"

„Ich kann Ihnen die Aufnahmen vorführen, wenn Sie es wünschen. Der Riese weicht langsam vor den Angriffen mobiler Energiegeschütze zurück, aber . . ."

„Schon gut." Ihre Stimme klang kühl und schneidend, und Neelan konnte kein Auge von ihr wenden. Herrscherin war sie jetzt, mit eisernen Nerven, immun gegen Überraschungen, wie eine Stahlfeder reagierend. Plötzlich schien die Meldung bedeutungslos. Knapp ordnete sie an: „Berichten Sie später! Ich kann mich im Augenblick nicht damit befassen."

„Sehr wohl."

Während der Stille, die sich anschloß, verharrte sie wie eine Statue, das Gesicht bleich und reglos, aus dem wie grüne Edelsteine die Augen leuchteten. Sie schien vergessen zu haben, daß andere zugegen waren, als sie flüsterte: „Sollte sich auf diese Weise die Revolution ankündigen, die die Waffenläden vorhergesagt haben?"

Sie schüttelte sich, schien ihrer Umgebung gewahr zu werden. Ruhig schaute sie Neelan an.

„Sie werden sich beeilen müssen", sagte sie beherrscht. „Es ist jetzt Viertel vor acht. Bis Sie sich erfrischt haben und an Ort und Stelle sind, wird es neun Uhr werden."

So war es. Neelans Uhr zeigte eine Minute vor neun, als er zögernd auf den Eingang des Raumschiffhangars zuschritt und den Summer betätigte.

Ihm war kalt, und er zitterte leicht. Das Bewußtsein, daß er seinem Tod entgegengehen mochte, kehrte zurück, aber eigenartigerweise durchrann es ihn dabei warm.

Er sah nach oben in den blauen, wolkenlosen Himmel. Keines der lauernden Kriegsschiffe war zu erkennen. Die Welt wirkte träge und friedlich, fast zeitlos.

Ebenso deutete rund um ihn nicht das geringste Anzeichen auf die Energiegeschütze hin, die binnen Minuten ihr unfaßliches Feuer gegen die Wände des Schiffes entfesseln würden, das er im Begriff stand zu betreten.

Der Atem stockte ihm, und plötzlich fühlte er sich nicht einmal unglücklich – ein Mann am Saum der Ewigkeit, schon über den Rand gebeugt. Allmählich wich die Vorstellung wieder, und er konzentrierte sich mit jeder Faser auf den Gedanken: Gilbert, gib nicht auf! Ich komme. Ich bin unterwegs.

Ein metallisches Schnappen ertönte. Er bemerkte, daß die Außentür aufging.

NEELAN durchschritt langsam die Türen. Es kam ihm vor, als könnten ganze Armeen während der anderthalb Minuten durchschlüpfen, die sie offenbleiben würden.

Aber außer den Geräuschen, die er selbst verursachte, ließ sich kein Laut vernehmen. Er stockte, betroffen über die Stille, und lauschte.

Vergebens. Bis auf das leise Geräusch seines Atems hätte er in einer Grabkammer stehen können, inmitten der Toten längst verflossener Zeiten, entrückt in die Nebel des Vergessens.

Sobald er die dritte Tür erreichte, wandte er sich halb um, wie um zurückzublicken. Und er behielt diese Haltung bei, während er die Steuerzentrale betrat, abgewandt von der großen Instrumententafel zur Rechten.

Wer immer ihn über das Zusatzholo beobachtete, würde kaum erkennen können, daß dies die Kommandobrücke war, geschweige denn, daß niemand sich dort aufhielt.

Ein leises, schnarrendes Geräusch veranlaßte ihn, sich ganz umzudrehen. Das Türschott schloß sich.

Bis auf Greer war er allein in dem Schiff und vorübergehend in Sicherheit, abgesehen von dem Sprengsatz, den die Krawattennadel barg.

Hätte er doch gestern gewußt, was er jetzt überschaute.

Wäre er nur nicht so blindlings besessen gewesen, derart weit entfernt von sämtlichen größeren Zusammenhängen, die, wie er hoffnungslos erkannte, nach seiner Aufmerksamkeit verlangt, sich ihm geradezu aufgedrängt hatten.

Das ganze Universum für den vorwärtsstürmenden menschlichen Geist, Gilberts Leben für seines – und er hatte, einem unvernünftigen Fanatiker gleich, die Macht übersehen, die in seiner Reichweite lag.

Stille.

Er dachte: Welche Fragen mochten sie sich jetzt stellen – Innelda Isher vor ihren Holoschirmen, über die sie Verbindung hielt mit der Bemannung der Energiegeschütze und den Kommandanten der Kriegsschiffe; Zeydel und alle übrigen, die abwarteten, was er unternahm?

Daß er zunächst verweilte, würde man für normal halten. Weshalb sollte er nicht abwarten, bis Greer sich zeigte oder doch meldete?

Sein Plan hatte nicht vorgesehen, daß er hier innehielt. Aber dieser Plan war ohnehin nur ein vager Mischmasch, abhängig von sich bietenden Gelegenheiten, von dem Willen, sich nicht in die Knie zwingen zu lassen, vor allem aber von der grimmigen Entschlossenheit durchdrungen, das Ringen zu seinen Gunsten zu entscheiden.

Nichts sonst, nichts anderes zählte.

Er begab sich zu dem weit rechts gelegenen Aufzug. Während er abwärts glitt, wisperte unter seinem Kinn eine Stimme. Er hatte so wenig damit gerechnet, daß er zusammenzuckte, und es dauerte einen Augenblick, ehe er begriff, wer mit ihm redete.

„Was ist los? Wo bleibt Greer?"

Neelan raunte erbost: „Woher soll ich das wissen? Majestät, er könnte mithören . . ."

Sie blieb kühl. „Kaum. Diese Schiffe werden nach Standardentwürfen gebaut. Die Aufzüge enthalten keine Mikrofone. Aber lassen Sie sich nicht aufhalten. Sie sind auf dem Weg zu den Triebwerken?"

„Ja", flüsterte Neelan. „Natürlich."

Obwohl die Lage sich im Grunde nicht verändert hatte, zerrte die Einmischung der Kaiserin an seinen Nerven. Ihre Worte brachten die Erinnerung an ihren unbeugsamen Willen, an die Menschen und Maschinen, die darauf warteten, das Schiff zu überrennen wie einst Armeen, die sich in die Schlacht stürzten.

Einen Augenblick lang wollte es ihm unglaublich vorkommen, daß eine einzige Frau solche Macht in Bewegung zu setzen vermochte und imstande war, durch ihr Handeln die Zukunft der Welt zu beeinflussen.

Denn der Umgang mit dieser Erfindung bedeutete entweder das Ende oder den Anbruch des Lebens der Menschheit.

Der Aufzug hielt in der Werkstatt über den Triebwerkskammern. Augenblicklich waren alle Überlegungen, die nicht seinem unmittelbaren Ziel galten, wie weggewischt.

Während er sich darauf konzentrierte, eine der schweren Schneidemaschinen nach unten zu schaffen, mußte er sich selbst in den Besitz einer Draht- oder Metallschere bringen.

Hastig ließ er den Blick in die Runde wandern, um das Werkzeug schließlich auf einer Bank neben dem umgitterten Schacht zu entdecken, der in der Tiefe die Triebwerksblöcke erkennen ließ.

Den massiven Laufkran so zu lenken, daß er zu der Werkbank rollte und von dort aus die drei Meter hohe Schneidemaschine durch den Schacht über das Haupttriebwerk beförderte, war das Werk weniger Augenblicke.

Nachdem der Kran seine Last abgesetzt hatte, lehnte Neelan sich gegen die Bank, zog sein Taschentuch heraus und fuhr sich damit übers Gesicht.

Betroffen stellte er fest, daß er tatsächlich heftig schwitzte. Während er sich das Gesicht trocknete, tastete seine linke Hand hinter seinem Rücken über die Bank.

Erleichtert stieß er die Luft aus, als seine Finger sich um das Werkzeug schlossen. Im selben Augenblick zischte die Kaiserin: „Was tun Sie? Weshalb die Pause?“ Sie hielt inne; dann: „Irgend etwas stimmt doch nicht! Haben Sie Greer gestern umgebracht? War das der Grund für Ihr hartnäckiges Schweigen?“

Sie hatte, ging es Neelan durch den Kopf, sein Spiel durchschaut!

Er vermochte sich fast bildlich vorzustellen, wie die Schlußfolgerung sich ihr unausweichlich aufgedrängt hatte. Alles paßte zusammen: das automatische Öffnen und Schließen der Türen, Greers Ausbleiben, seine eigenen Formulierungen am Vorabend, seine Weigerung, sich darüber hinaus festzulegen.

Intensives Grübeln, blitzartiges Begreifen. Mehr bedurfte es dazu nicht.

Aber sie konnte sich nicht sicher sein.

„Ssst!" flüsterte Neelan rauh. „Ich glaube, ich höre etwas."

Das Schlimme war, daß er in diesem Augenblick wie angewurzelt verharrte. Jetzt, da es soweit war, versagten ihm seine Muskeln den Dienst, ließ sein Mut ihn im Stich. Die entscheidende Handlung und was danach kam, ragte plötzlich wie eine Hürde vor ihm auf, die ein einzelner unmöglich bezwingen konnte.

Wieder war das intensive Wispern der Kaiserin zu hören: „Dan Neelan, in dieser letzten Stunde appelliere ich noch einmal an Sie. Fordern Sie, was Sie wollen, ich gestehe es Ihnen zu, unter der einen Bedingung, daß ich über Schiff und Erfindung uneingeschränkt verfügen kann. Falls ich soeben recht gehabt habe, bestätigen Sie meine Vermutung, gewähren Sie meinen Truppen Zutritt, und Sie erhalten unverzüglich eine Milliarde Kredite. Ist Ihnen klar, welche Summe das ist? Können Sie sich einen Begriff davon machen, wie reich Sie sein werden?"

Und immer noch wußte er nichts zu entgegnen. Ihre entscheidende Forderung – „daß ich über Schiff und Erfindung uneingeschränkt verfügen kann" – ließ ihr und sein Ziel so weit auseinanderklaffen wie die beiden Enden der Milchstraße.

Und diese Einsicht riß Neelan aus seiner Erstarrung. Er mußte reagieren, mußte sich äußern, ganz gleich, wie, um für ausschlaggebende Sekundenbruchteile die Frau zurückzuhalten, die kurz davor stehen mußte, sich zum endgültigen Handeln zu entschließen.

„Majestät", stieß Neelan hervor, „Sie irren sich. Greer ist am Leben. Er . . ."

„Worauf warten Sie dann? Schnell! Kappen Sie endlich die Triebwerksanschlüsse. Sind Sie noch bei Sinnen, einfach herumzustehen? Was tun Sie?"

Die Frage, zuckte es Neelan durch den Kopf, war nur zu berechtigt. Er hatte die Metallschere inzwischen mit der rechten Hand ergriffen; wie von einer Feder getrieben, fuhr sein Arm hoch, setzte die Schneideflächen oberhalb der Krawattennadel an. Ein winziger Ruck, als er auf den Kontaktknopf drückte, und dann . . .

„Alle Streitkräfte – durchbrechen!" hörte er die Kaiserin mit lauter Stimme rufen. „Feuer frei!"

Konvulsivisch packte Neelan das Krawattenende samt Nadel, schleuderte es durch den Schacht in die Triebwerkskammern und warf sich flach auf den Boden.

Eine rote Feuersäule loderte auf.

Augenblicklich war er aufgesprungen und stürzte zum Aufzug, frohlockend – denn noch hatte kein Schlag das Schiff getroffen. Ganz sicher mußte es ihm gelingen, die Instrumententafel in weniger als hundertachtzig Sekunden zu erreichen, die Triebwerke einzuschalten, aus dem Hangar zu starten.

Drei Minuten, hatte die Kaiserin gesagt, drei . . .

Der erste Schuß schlug in diesem Moment ein. Das Schiff erbebte. Die Wucht übertraf Neelans schlimmste Befürchtungen und ließ ihn einen Augenblick lang verharren.

Während er weiterhetzte, spürte er bereits eisige Furcht. Der zweite titanische Schlag erschütterte das Schiff und warf ihn zurück. Er richtete sich auf, erreichte taumelnd den Aufzug, der nach oben schoß.

Die dritte Detonation tobte ihre Wut aus. Der Aufzug schwankte. Blut schoß Neelan aus der Nase; ein dünnes Rinnsal rann aus seinen Ohren. Der vierte Treffer – er vergegenwärtigte sich schwach, daß der Aufzug fast am Ziel sein mußte – drückte ihn zusammen und schleuderte ihn in eine Ecke. Als er sich eben aufraffte, traf ihn die Wucht des fünften Einschlags.

Er wußte jetzt, daß seine Niederlage besiegelt war; das Wissen machte ihn elend und verzagt. Aber der Aufzug glitt weiter, kam zum Stehen. Die sechste unerträgliche Explosion erreichte ihn in dem Augenblick, in dem er hinauswankte, und schleuderte ihn wie ein Blatt im Wind einen Notschacht hinunter.

Er prallte gegen ein offenstehendes Türschott, das er mechanisch zuzog. Apathisch verfolgte er, wie es gleich darauf aus den Angeln gerissen wurde, ihn streifte und dröhnend auf dem Boden landete. Das war der siebte Schuß.

Wie ein Tier, das vor Schmerzen zurückwich, trat er den Rückzug an. Er ließ sich durch einen weiteren Schacht fallen, zog instinktiv das Schott hinter sich zu. Halb dagegen gelehnt, blieb er stehen, zerschlagen, ausgelaugt, als laute Rufe an sein Ohr drangen.

Er schüttelte ungläubig den Kopf. Stimmen, dachte er, im Innern des Schiffes? Sie kamen näher; und plötzlich begriff er, was sie zu bedeuten hatten.

Sie waren eingedrungen. Sieben Schüsse hatten ausgereicht. Auf der anderen Seite der Tür, hinter der Neelan stand, erscholl der Befehl: „Schnell, brecht sie auf! Schießt Neelan ohne Anruf nieder!"

Die Kaiserin hatte das Schiff in ihrer Gewalt.

9. KAPITEL

MÜHSELIG setzte Neelan seinen Rückzug fort. Sein Verstand weigerte sich, einen zusammenhängenden Gedanken zu fassen, und seine Reflexe verweigerten den Dienst. Sein flüchtig aufflackernder Verstand sagte ihm, daß seine Nervenkraft zermürbt worden war durch den konzentriertesten Energiebeschuß, der je einer Maschine gegolten hatte, in der sich ein Mensch aufhielt.

Mit zitternden Knien gelangte er an den Lagerräumen vorbei in die Werkstatt. Tiefer lagen nur noch die Triebwerke und die Brennkammern.

Danach . . .

Hin und her wendete Neelans erschöpfter Verstand die Möglichkeit. So mächtig begann der Gedanke zu werden, daß sein Inneres sich wie unter einem Schlag zusammenkrampfte. Entschlußkraft, Wille – selbst Hoffnung kehrten zurück.

Hoffnung! Sie durchflutete ihn wie eine Woge, die an seinen gequälten Nerven entlangbrandete, neue Wärme durch seinen Körper sandte.

Es existierte ein Ausweg. Ein so einfacher Ausweg, daß er kaum fassen konnte, ihn nicht eher erkannt zu haben. Obwohl auch das sich erklären ließ. Mit jeder Faser hatte er sich darauf konzentriert, das Schiff nicht in die Hände der Kaiserin fallen zu lassen, unter Mobilisierung seiner letzten Reserven an Unbeirrbarkeit und Energie.

Das Schiff war natürlich verloren; ebenso Gilbert und die anderen armen Teufel in viereindrittel Lichtjahren Entfernung. Und auch die Milliarden Menschen, die die Fackel der Zivilisation zu den Sternen getragen hätten, waren ihrer Chance beraubt, ihrer Hoffnung auf größeres Glück.

Unter ihm erbebte der Boden, als ein weiteres Schott, das er geschlossen hatte, unter dem Röhren eines mobilen Energiegeschützes nachgab. Sofort kamen die Rufe näher.

Neelans suchende Blicke hatten bereits die zwei Meter hohe Bohrmaschine entdeckt. Er rollte sie auf eine Antischwerkraftplatte und beförderte sie durch den Schacht ein Deck tiefer, an den Antriebsaggregaten vorbei, zur Außenschleuse. Die Maschine vor sich herstoßend, überwand er die erste, dann die zweite der Schleusentüren – und verharrte wie angewurzelt.

Er hatte seine letzten Kräfte gesammelt in der Absicht, durch die Hangarwand und das anschließende Erdreich einen Tunnel zur Oberfläche zu bohren. Das erübrigte sich, denn . . .

Der Tunnel, der Gang war bereits da. Eine Reihe schwach leuchtender Deckenlampen verlor sich in gerader, langsam ansteigender Richtung in der Ferne.

Jede Sekunde, jeder Augenblick war jetzt kostbar. Neelan quetschte sich an der überflüssig gewordenen Bohrmaschine vorbei und eilte vorwärts.

Der Gang war erheblich länger, als er ihn in der verfügbaren Zeit hätte bohren können. Der Anstiegswinkel betrug höchstens zwanzig Grad. Doch das war nur günstig. Je größer die Entfernung von dem Schiff, wenn er an die Oberfläche gelangte, desto besser.

Unvermittelt endete der Gang vor einer Metalltür. Sie hatte einen einfachen Knauf, der sich unter seiner Berührung drehte. Dahinter erstreckte sich ein großer, leerstehender Keller. Die zugleitende Tür paßte sich fugenlos in die Wand ein.

Die exakte Ausführung überraschte Neelan. Trotz seiner Hast blieb er stehen und musterte die Stelle aus der Nähe. Die aufgewendete Sorgfalt deutete darauf hin, daß Greer vor beträchtlicher Zeit vom Centaurus zurückgekehrt war. Die Anbahnung seiner Verhandlungen mit der Kaiserin, die technische Ausstattung des angemieteten Raums im Trellis Minor Building, die Anlage des unterirdischen Tunnels mußten Wochen in Anspruch genommen haben.

Natürlich. So verhielt es sich. Nicht Greer, sondern Kerschaw und seine Leute hatten diesen Gang angelegt. Bei ihren Kontakten mit der Außenwelt hatten auch sie Vorsicht walten lassen.

Es ließ sich sogar vorstellen, daß Greer den unterirdischen Weg überhaupt nicht kannte. Tatsächlich – Neelan war sich plötzlich ganz sicher – hätte der Mann ihn am Vortag nie so nahe an der Luftschleuse allein arbeiten lassen, wenn er davon gewußt hätte.

Nach außen hatten Kerschaw und Gilbert Sicherheitsvorkehrungen getroffen, aber in ihrem engsten Kreis dafür Sorge zu tragen, nicht hintergangen zu werden, hatten sie versäumt. Jetzt, da alles verloren war, verbitterte ihn der Gedanke um so mehr.

Deprimiert strebte Neelan auf eine Treppe zu. Auf halber Höhe teilte sie sich. Links führten die Stufen zu einer schnörkelverzierten Tür, hinter der eine leere Küche lag. Zur Rechten dagegen . . .

Sorgfältig entledigte sich Neelan des verbliebenen Restes seiner Krawatte. Dann holte er tief Luft, öffnete die zweite Tür und trat hinaus ins helle Sonnenlicht.

ER STAND im Garten eines geräumigen, offenbar unbewohnten Hauses. Seinem Blick bot sich das gewohnte Bild des immergrünen Rasens, mehrerer Blumenrabatten und eines Carports.

Das Tor in der Umzäunung, das sich mühelos von innen öffnen ließ, führte auf eine Seitenstraße. In einiger Entfernung konnte Neelan einen breiten Boulevard erkennen.

Natürlich hatten sie die Umgebung abgeriegelt. Wie weit jedoch der Kordon reichte und wie scharf die Bewachung gehandhabt wurde, war eine andere Frage.

An der Ecke stand ein uniformierter Wachposten. Er winkte Neelan, der im Schritt gestockt hatte, von weitem zu.

„Geht's voran?"

„Wir sind durch!" rief Neelan zurück. „Halten Sie weiter die Augen offen."

„Keine Sorge. Wir stehen dicht gestaffelt."

Fröstelnd wandte Neelan sich ab und kehrte zurück. Er saß in der Falle. Hier funktionierte die Absperrung, und hinter ihm würde in Kürze das letzte Schott fallen – wenn der Gang nicht schon entdeckt war. Sobald man feststellte, was sich abgespielt hatte, würde die Suche nach ihm einsetzen.

Er rannte los, übersprang eine Umzäunung und gelangte in einen anderen Garten. In der Ferne gewahrte er eine Kette Uniformierter. Doch jetzt strebte er zu dem Schiff zurück und zu der unwahrscheinlichen Hoffnung, die er von einem Augenblick auf den anderen damit verband.

Niemand stellte sich ihm entgegen, und nach einigen spannungsgeladenen Minuten lächelte er düster. Es schien ein psychologisches Gesetz zu geben, das einem erlaubte, sich einer Gefahrenquelle zwar zu nähern, aber nicht, sich von ihr zu entfernen.

Wie selbstverständlich überquerte er eine Straße und erblickte von der nächsten Ecke aus, nur noch einen Häuserblock entfernt, den nadelförmigen Hangar.

Auf dem Dach des Eckgeschäfts plärrte plötzlich ein Straßenlautsprecher: „In einer öffentlichen Erklärung hat soeben der Rat der Waffenschmiede sich von dem Riesen distanziert, der inzwischen die Geschäftsviertel der Städte Denar und Lenton in Trümmer gelegt hat. Der Rat bezeichnet das Gerücht, wonach es sich bei dem Giganten um eine Robotmaschine der Waffenläden handeln soll, als völlig unzutreffend und unterstreicht, die Waffenschmiede würden alles in ihrer Macht Stehende tun, um den Riesen außer Gefecht zu setzen. Wie schon berichtet, hat der Koloß . . ."

NEELAN eilte weiter. Die Worte drangen kaum in sein Bewußtsein. Flüchtig erstaunte ihn der Gedanke, daß er den unbegreiflichen Hünen und seine sinnlose Zerstörungswut völlig vergessen hatte.

Aber das war auch schon alles. Er hastete vorwärts, verdrängte den letzten Rest des unmöglichen Bildes aus seinem Bewußtsein. Dann war er bei dem Schiff angelangt. Niemand hielt ihn auf, als er vorsichtig durch das riesige Loch kletterte und die Steuerzentrale betrat.

Der eine oder andere unter den Männern, die auf der Kommandobrücke umherstanden, bedachte ihn mit einem kurzen Blick, aber keine Miene verriet Argwohn. Für sie gehörte er zu den zahlreichen, in Zivil gekleideten Geheimagenten, die durch das Schiff liefen. Auf die Idee, Holoaufnahmen von ihm an die Einheiten zu verteilen, schien niemand gekommen zu sein.

Diese Truppen besaßen keine militärische Erfahrung. Zu viele Jahrtausende waren vergangen, seit das Isherreich das Sonnensystem umschloß, dem Blutvergießen ein Ende bereitet hatte und ebenso dem unnatürlichen Zustand steter Wachsamkeit, der damit Hand in Hand ging.

Die Armee war beibehalten worden, weil die Waffenläden existierten. Aber Offizierspatente fielen als Pfründe denen zu, die über Beziehungen verfügten oder Bestechungsgelder zahlten; und ihre Haltung teilte sich den Soldaten mit.

Die hier standen oder saßen, warteten gelangweilt darauf, daß der Unfug zu Ende ging, damit sie zurückkonnten zu ihren Mätressen, ihren Spieltischen, ihrer bequemen Routine.

Dröhnendes Getöse tief unten im Schiff elektrisierte Neelan. Das mußte das letzte Schott sein. Gleich würde man entdecken, daß er ins Freie gelangt war, und Alarm schlagen. Deshalb . . .

Ohne Eile drängte Neelan sich an mehreren Männern vorbei

zum Aufzug durch. Soldaten befanden sich auch auf dem obersten Deck, doch als Wachen schienen sie nicht zu fungieren. Neelan gewann die Überzeugung, daß sie sich hier aufhielten, um jeder eventuellen Kampfhandlung aus dem Wege zu gehen.

Seine rasche Durchsuchung der Pinasse ergab, daß niemand sich dort einquartiert hatte. Mit einem Seufzer ließ er sich in den Mehrzwecksessel vor der Instrumententafel sinken, holte tief Luft und betätigte die Startschaltung.

Bugluftschleuse und Hangardach öffneten sich ferngesteuert. Wie ein Ball, den jemand einen durchsichtigen Hang hochrollte, glitt das kleine Schiff in die Luft.

Eine halbe Meile tiefer glitzerte die wunderschöne alte Residenzstadt in der Sonne. Sie wirkte sehr nahe, und die Spitzen einiger Wolkenkratzer schienen die Pinasse fast zu berühren.

Neelan überließ sich seiner Ermattung. Seine anfängliche Furcht, die Kriegsschiffe könnten ihn angreifen, war der Überzeugung gewichen, daß diese mit einem zweihundertfünfzig Meter großen Raumschiff rechneten. Aus der Ferne ähnelte sein winziges Boot einem Flugwagen, wie sie in Aberdutzenden von Ausführungen existierten.

Auch an sein Ziel dachte Neelan nur zerstreut. Er wollte sich als erstes mit den Waffenläden in Verbindung setzen.

Doch ein dunkler Fleck am oberen Rand seines Heckschirms riß ihn mit einem Ruck aus seiner Geistesabwesenheit.

Der Fleck schoß aus dem Blau herab, verwandelte sich in ein Schiff, einen schweren Kreuzer. Gleichzeitig erwachte Neelans Holoset zum Leben. „Haben Sie das allgemeine Startverbot nicht gehört?" bellte eine rauhe Stimme ihn an. „Fliegen Sie geradeaus weiter, bleiben Sie auf Ihrer Höhe, bis Sie den Militärflughafen im Osten der Stadt erreichen! Landen Sie dort, sonst werden Sie abgeschossen!"

Neelan, der gerade auf den weißen Schalter drücken wollte, erstarrte, denn die Anweisung deutete nicht darauf hin, daß man seine Identität kannte.

Sein Blick kehrte zurück zu den Schirmen, und ihm ging auf,

was er in seiner Traumverlorenheit nicht eher wahrgenommen hatte. Abgesehen von ihm und dem Kreuzer befand sich niemand am Himmel. Der gesamte Luftverkehr war tatsächlich eingestellt worden.

Sollte wirklich niemand den Start registriert haben?

Zum erstenmal durchfuhr ihn ein Gedanke, schneidend wie ein Stahlkeil, daß dies der Umstand war, der die Waffenschmiede über Revolutionen spekulieren ließ. Weder Tatkraft noch Willensstärke konnten verhindern, daß die Kaiserin durch andere handeln mußte; jede Anweisung, die sie erteilte, wurde abgeschwächt durch die selbstsüchtigen Figuren, die sie umgaben.

Neelan hielt das Raumschiff auf Kurs und spielte flüchtig mit dem Gedanken, wirklich auf dem Militärflughafen zu landen. Wahrscheinlich wimmelte es dort von Maschinen, zwischen denen er untertauchen konnte. Er . . .

Ein grimmiges Lächeln spielte um Neelans Mund, als er begriff, wie unüberlegt das wäre. Seine Gegenspieler waren nicht mit Blindheit geschlagen. Sobald die Meldung einging, daß das Raumschiff fehlte, würde sich jemand auf dem Kreuzer an das einsame Schiff erinnern, das zu dem Flughafen geleitet worden war.

Stirnrunzelnd bedachte er den Kreuzer auf dem Bugschirm mit einem Blick. Er flog sehr dicht über ihm. Fast zu dicht. Neelans Augen verengten sich. Das Schiff versperrte ihm die Sicht auf einen erheblichen Teil des Himmels.

Er erkannte den Grund, als ein zweiter Kreuzer rechts, ein dritter links neben ihn glitt und ein Schwarm kleinerer Zerstörer vor und hinter der Pinasse auftauchte.

Das erste Schiff hatte die Annäherung der übrigen abgeschirmt. Was immer man von der Armee halten mochte – an der Fähigkeit der Flotte konnte kein Zweifel bestehen.

Eigenartigerweise empfand er nichts mehr. Erregung, Furcht, Verzweiflung schienen hinter ihm zu liegen. Er wußte nur, was seine Wahrnehmung ihm sagte und wie er handeln mußte.

Zum zweitenmal berührte er den weißen Schalter, hielt inne, als die aristokratischen Züge der Kaiserin auf dem Holoschirm erschienen. Ihr Blick folgte seiner Bewegung, und ihre Blässe vertiefte sich.

„Warten Sie, Neelan!“ Ihre Stimme klang leise und eindringlich. „Überlegen Sie, ehe Sie sich unwiderruflich zugrunde richten! Mein Angebot gilt nach wie vor. Ihr Wagemut, Ihre Tollkühnheit verdienen diese letzte Chance. Landen Sie und ...“

Eine klare, laute Männerstimme überlagerte ihre Worte und hallte in der Kabine wider: „Neelan, wir haben soeben erfahren, daß Sie uns mehrfach aufgesucht haben. Und unser Psychoprognostiker Edward Gonisch hat in diesem Augenblick festgestellt, daß die Zukunft der interstellaren Raumfahrt auf dem Spiel steht. Kriegsschiffe der Waffenläden sind unterwegs. Noch zwei Minuten, und wir schützen Sie gegen jeden Angriff. Halten Sie stand!“

Die Stimme des Mannes schien gegen Schluß zu verklingen; die der Kaiserin kehrte zurück, ruhig, unnachgiebig: „Zerstört das Raumschiff!“

Zwei Minuten! Wie aus weiter Ferne drang der Gedanke in Neelans Bewußtsein. Zwei Minuten war bei weitem zu lange für sein verwundbares Boot.

Einen Augenblick lang betrachtete er mit schiefem Lächeln den weißen Schalter, unter dem die Aufschrift stand: HYPERANTRIEB. Das Lächeln schwand. Mit einem leichten Druck seines Fußes richtete er die Nase des Schiffes auf die Südhalbkugel des Himmels, dorthin, wo er Centaurus vermutete – und drückte entschlossen den Schalter. Gilbert, dachte er, Gilbert, ich kom–

Er fühlte einen Schlag wie von der Faust eines Riesen.

10. KAPITEL

DER VORMITTAG zog sich in die Länge. Sie durchschritt ihr Arbeitszimmer, blieb vor dem Spiegel stehen, eine schlanke, attraktive junge Frau.

Ich wirke überarbeitet, sagte sie sich erschöpft. Ich fange an, mich in Selbstmitleid zu üben. Werde ich am Ende alt?

Zum wiederholten Male schaltete sie einen der Holosets ein, die ihr die Raumschifftriebwerke und die daran arbeitenden Techniker zeigten. Sie fühlte sich versucht, die Männer anzuschreien, sie anzutreiben, damit sie sich beeilten, sich keine Zeit ließen. Begriffen sie nicht, daß stündlich, minütlich die Waffenschmiede das Schiff aufspüren und angreifen konnten?

Von neuem dachte sie, was sie an diesem endlosen Vormittag schon ein dutzendmal gedacht hatte: Ich muß das Schiff zerstören, bevor es zu spät ist.

Doch jedesmal, wenn verzweifelte Niedergeschlagenheit sie übermannen wollte, preßte sie die Lippen zusammen und zwang sich, der Regung nicht nachzugeben. Das Haus Isher konnte sich nicht leisten, eine derartige Erfindung einfach wegzuwerfen. Eines Tages mochte die Existenz der Dynastie davon abhängen.

Sie lächelte finster über ihre eigene Unentschlossenheit. Dabei zweifelte sie keinen Augenblick daran, daß die Stunden sich dehnen würden und die Krone in Gefahr war, solange das Schiff existierte.

Mit einer nervösen Handbewegung wechselte sie den Holokanal und horchte auf die dröhnende Stimme: „. . . der Riese wieder aufgetaucht . . . und behaupten, die Technik des interstellaren Raumflugs werde von der Kaiserin unter Verschluß gehalten. In ihrer Erklärung fordern die Waffenschmiede völlige Offenlegung und distanzieren sich gleichzeitig entschieden von dem Giganten . . ."

Sie schaltete brüsk das Gerät ab, fuhr fast zusammen unter der jähen Stille. Nach einem Augenblick besserte sich ihre Stimmung.

Die Waffenläden waren nicht auf dem laufenden. Soviel schälte sich aus den Meldungen eindeutig heraus. Sicher, Edward Gonisch, einer ihrer unbegreiflichen Psychoprognostiker, hatte die richtige Schlußfolgerung gezogen. Aber zu spät. Minuten und Aberminuten zu spät. Nichts anderes steckte hinter dem Schwall ihrer Forderungen, hinter der blinden Wut ihrer verbalen Attacken. War das Schiff erst zerstört – wieder durchzuckte sie eine angstvolle Regung –, blieb nur noch ein schwacher Punkt, ein Mensch – der rätselhafte Dan Neelan.

Wie auf ein Stichwort hin erklang ein Summton. Eine Frauenstimme sagte: „Der Physiker Chan Boller ist eingetroffen, Majestät. Sie hatten angeordnet . . ."

„Ja, ja, lassen Sie ihn vor!" Sie fragte sich, ob ihre Stimme nicht zu unbeherrscht geklungen hatte.

Boller war ein ernster, ziemlich lakonischer junger Mann mit dunklen Augen. „Ich habe den Bericht über interstellare Raumfahrt erstellt, Majestät, den Sie verlangt hatten."

Er hielt inne und musterte sie prüfend. Ihr fiel ein, daß er zweifelsohne die Nachrichten verfolgt hatte und sich fragte, was davon den Tatsachen entsprach. Ihre grünen Augen begegneten kühl seinem Blick.

„Bitte weiter!" befahl sie.

Sie hörte ihm gesammelt zu, achtete nicht auf seine Stimme oder auch nur auf die Wortwahl, konzentrierte sich ausschließlich auf die Bedeutung des Gesagten.

Alpha Centauri, setzte der Physiker ihr auseinander, war rund viereindrittel Lichtjahre von der Erde entfernt. Das System bestand aus drei Sternen, von denen man wußte, daß sie Planeten besaßen. Das schnellste jemals erbaute Schiff erreichte achthundert Sekundenkilometer und war theoretisch imstande, die Entfernung in hundertdreißig Jahren zu überbrücken. Niemand hatte bis jetzt den Flug versucht.

Die Zurücklegung der Strecke binnen elf Tagen, „der Zahl, die von Eurer Majestät erwähnt wurde", würde eine Geschwindigkeit von durchschnittlich fünfundvierzig Millionen Sekundenkilometer erfordern. Wie die erforderliche Beschleunigung sich auf den menschlichen Metabolismus auswirken würde, ließ sich unmöglich vorhersagen, da der Andruck mit den verfügbaren unvollkommenen Methoden nur zu neunundneunzig Komma neun Prozent kompensiert werden konnte.

„Unmöglich?" fragte die Kaiserin scharf.

„Der Unterschied zwischen hundert und neunundneunzig Komma neun Prozent fällt arithmetisch kaum ins Gewicht, spielt aber bei extremen Beschleunigungswerten trotzdem eine erhebliche Rolle, weil niemand mehr als fünfzehn g lebend überstanden hat", erläuterte Boller.

Zur interstellaren Navigation bedurfte es eines bekannten Fixpunktes. Ging dieser verloren, war es um das Schiff geschehen.

Nachdem der Physiker sich entfernt hatte, blieb sie mit halbgeschlossenen Augen sitzen. Neelan war entweder tot oder ohne Orientierung. Während der zwei Sekunden, die sich das Raumschiff noch im Bereich der Holoaufnahme befunden hatte, war zu erkennen gewesen, daß er das Bewußtsein verloren hatte, sowie er den weißen Schalter an der Instrumententafel nach unten drückte. Andruck und Ohnmacht würden unendlich lange anhalten.

Sollten die Waffenschmiede toben. Das Haus Isher hatte schlimmere Stürme überstanden. Nur ein Problem blieb.

Sie schaltete den Holoset ein, der sie mit dem Raumschiff verband. Nach wie vor arbeiteten die Männer. Langsam, viel zu langsam.

Die größte Gefahr bestand fort.

Ihre Gedanken begannen sich wieder damit zu beschäftigen. Das Bild der Katastrophe, die eintreten würde, wenn die Waffenschmiede sich des Schiffes bemächtigten, verfolgte sie in die 11-Uhr-Kabinettssitzung, auf deren Tagesordnung das Problem des Riesen stand.

Die Vorstellung genügte, um ihre Laune unter den Nullpunkt sinken zu lassen, während sie den neuesten Berichten zuhörte. Die Gestalt des Riesen gewann für sie keine rechten Konturen. Zweimal hatte sie ihn auf dem Holoschirm fassungslos bei seinem Zerstörungswerk beobachtet, und doch vermochte sie sich auf die Gefahr, die er darstellte, nicht zu konzentrieren.

Nur das Schiff stand ihr vor Augen.

Sie registrierte, daß die Minister gedämpft und betont zurückhaltend sprachen. Sie benahmen sich, als könnte sie jeden Augenblick explodieren.

Zum erstenmal wurde ihr bewußt, welche Schranke der Furcht sie selbst von den hochgestellten Staatsdienern trennte. Die Erkenntnis traf sie wie ein Schlag. Plötzlich war ihr, als stünde sie allein, umgeben von Hohlköpfen und Schwächlingen, die sich gegen sie wenden würden, sobald die immaterielle Kraft, die jede Hierarchie zusammenhielt, einen Stoß erhielt, der kräftig genug war.

Feiglinge, dachte sie in plötzlich aufflammendem Ärger, erbärmliche Kreaturen! Sie fuhr schließlich hoch: „Was wird denn eigentlich unternommen? Sämtliche Kommentatoren überbieten sich darin, Schreckensbilder zu zeichnen und die Propaganda der Waffenläden zu verbreiten. Das muß aufhören! Ich will, daß die Notstandsregelungen angewandt und die Holosendungen zensiert werden. Organisieren Sie einen Propagandafeldzug, dementieren Sie, daß wir über einen interstellaren Antrieb verfügen, und beschuldigen Sie die Waffenschmiede, auf den Umsturz hinzuarbeiten. Hämmern Sie der Öffentlichkeit ein, daß der Riese das Werkzeug der Waffenläden ist. Und lassen Sie nicht locker bei dem Versuch, etwas über den Riesen in Erfahrung zu bringen, woher er stammt und was er will."

Schroff erhob sie sich und verließ die Sitzung. Als sie ihr Arbeitszimmer erreichte, berichtete der Holoset bereits, daß in den verwüsteten Städten Unruhen ausgebrochen seien. Der Mob wälzte sich durch die Straßen und forderte lärmend die interstellare Raumfahrt.

Sie verzog den Mund. Diese Narren! Machten sie sich nicht klar, daß sich jede Großstadt heutzutage binnen einer Woche wieder aufbauen ließ? Als nächstes würde man wahrscheinlich Bilder von ihr verbrennen.

Nach einem Augenblick schmerzte der Gedanke. Sie biß sich auf die Lippe und schaltete den Kanal ein, der den Giganten zeigte, wie er eine Einkaufsstraße verwüstete.

Er wirkte wie ein kolossaler Psychopath auf sie, wie ein Moloch, der nicht bei Sinnen war, und sie starrte verstört, fast ungläubig auf sein Abbild. Gebäude brachen unter seinem unaufhaltsamen Vormarsch zusammen. Der Riese funkelte in der Sonne wie ein kolossaler Ritter in blendendem Harnisch.

Ein Zerstörer raste mit feuerspeienden Geschützen an ihm vorbei, doch die Farben prallten in entfesseltem Farbenspiel von ihm ab, als beschütze ihn ein Schirm aus reiner Energie.

Doch die Kaiserin beobachtete mit zusammengekniffenen Augen, daß er nach dem Angriff von seinem Weg abwich, um sich einem Wolkenkratzer zu nähern, und dahinter in Deckung ging, als der Zerstörer zurückkam. Wohl oder übel stellte das Kriegsschiff sein Feuer ein.

Einen Augenblick später kehrte es mit zwei weiteren Zerstörern zurück. Der Riese war inzwischen schon weitergegangen, eingestürzte Bauten, eine Spur der Zerstörung hinter sich lassend. Er hielt eine Hauswand zwischen sich und das Feuer der Schiffe und schien immun gegen die Gischt aus Energie, die ihn umbrandete.

Direkten Beschuß mag er nicht, sagte sie sich, aber er scheint ihm nicht zu schaden. Indirekte Energiestrahlung stört ihn überhaupt nicht.

Schaudernd verbannte sie die Szene von dem Holoschirm. Einen Augenblick lang kämpfte sie darum, ihre Selbstsicherheit wiederzugewinnen, und rief dann Prinz del Curtin in seinen Räumen an. Seine besorgte Begrüßung kommentierte sie trokken mit den Worten: „Falls der Riese nicht aufs Konto der Waffenschmiede geht, arbeitet er ihnen zumindest hervorragend in die Hände."

„Ich gehe jetzt essen, Innelda", erwiderte der junge Mann. „Kommen Sie mit?"

Sie war überrascht. „Ist es so spät? Nein, ich lasse mir hier auftragen. Ich warte auf eine Nachricht."

„Haben Sie mich aus einem bestimmten Grund angerufen?"

„Ja. Lassen Sie sich noch vor dem Essen Holozeit für eine Ankündigung in meinem Namen geben, daß alle verwüsteten Gebiete im Rahmen finanzieller Hilfsprogramme wieder aufgebaut werden, deren Einzelheiten wir noch bekanntgeben. Beschwichtigen Sie die Gemüter. Man kennt und schätzt Sie. Eigentlich müßten Sie Erfolg haben."

„Gut." Er musterte sie prüfend. „Sie haben Schatten unter den Augen, Innelda. Sie werden sich doch nicht aus dem Gleichgewicht bringen lassen?"

„Ich habe noch nie", gab sie zur Antwort, „so vorsichtig taktieren müssen."

Wenige Minuten später lauschte sie seiner Bekanntmachung und lächelte wohlgefällig angesichts der Überzeugungskraft, mit der er sprach, und der gewinnenden Haltung, die er dabei an den Tag legte. Warum nicht ihn? dachte sie konzentriert. Nichts würde in der gegenwärtigen Krise nachhaltiger wirken als eine überraschend angesetzte prunkvolle Hochzeit, mit der die Öffentlichkeit die Erwartung verband . . .

An dieser Stelle hielt sie stirnrunzelnd inne, als ihr Dr. Neels unverblümte Worte zu dem Thema einfielen. Der Ignorant! Eigensinnig preßte sie die Lippen zusammen – und vollendete kalt die Überlegung:

. . . die Gewißheit verband, daß binnen Jahresfrist das Haus Isher einen Erben haben würde.

Nach einem Augenblick seufzte sie und verwarf den Gedanken an del Curtin. Hedrock hatte mit seiner Bemerkung recht gehabt, die kaiserliche Familie beginge jedenfalls bewußt keinen dynastischen Selbstmord. Schon vor langer Zeit hatte sie entschieden, daß der Prinz viel zu eng mit ihr verwandt sei. Sie durfte sich nicht von den Ereignissen in eine Ehe mit ihrem Vetter treiben lassen, so sympathisch er ihr auch war.

Im Grunde kam niemand wirklich in Frage, es sei denn . . .

Sie schüttelte sich. Lächerlich. Der Mann war ein abgefeimter, anmaßender Eindringling. Immer noch konnte sie kaum fassen, daß sie ihn hatte davonkommen lassen.

Ein automatischer Blick zu dem Holoset, der auf das Raumschiff eingestellt war, rief ihr die ausschlaggebende Gefahr ins Bewußtsein zurück. Einen endlosen Augenblick lang starrte sie auf die Arbeit, deren Ende immer noch nicht abzusehen war. Dann unterbrach sie bebend die Verbindung.

Wie ein Alptraum, dachte sie, dieses endlose Warten. Solange sie daran dachte, würde sie nie wieder ruhig schlafen können.

SIE ASS ein Sandwich und trank dazu eine Flüssigkeit, die nach nichts zu schmecken schien.

Bei den Nachmittagsnachrichten hob sich ihre Stimmung. Der Riese wurde kaum erwähnt, die Waffenschmiede scharf kritisiert. Sie brachte ein schiefes Lächeln zuwege. Weit konnte es mit ihr nicht her sein, wenn sie sich schon von ihrer eigenen Propaganda aufheitern ließ.

Genau das aber war der Fall. Ihre Nerven beruhigten sich so weit, daß sie sich einem Gespräch gewachsen fühlte, das sie den ganzen Vormittag vor sich hergeschoben hatte – dem Verhör Greers.

Schweigend und mit steinernen Zügen saß sie da, während der Mann, völlig außer sich vor Angst, eine geschönte Version seiner Geschichte hervorsprudelte und zwischendurch immer wieder um Gnade flehte.

Anfangs berührte sie das nicht weiter. Sie konzentrierte sich auf den roten Faden seines Berichts, der von Kerschaw handelte und von Neelan.

Von Neelan!

Sie reagierte mit einem Seufzer, als ihr aufging, wie unbeirrbar die Entschlossenheit dieses Mannes war, gegen die sie geprallt war wie gegen eine Wand. Er war noch keine Stunde an Bord gewesen, als er sich schon des Schiffes bemächtigt hatte. Daß er nicht gewahr geworden war, welchen Stellenwert der Antrieb bereits erlangt hatte, konnte man ihm kaum vorwerfen. Und mehr als er hätte niemand bewerkstelligen können, sobald er begriffen hatte, was auf dem Spiel stand.

Sie erwachte aus ihrer Versunkenheit und forschte sanft: „Und wo haben Sie Kerschaw und die übrige Besatzung ausgesetzt?"

Greer stammelte, es gäbe insgesamt sieben bewohnbare Planeten in dem System, drei davon reizvoller als die Erde. „Und ich schwöre, daß ich sie auf einem davon zurückgelassen habe. Dort fehlt ihnen nichts. Das erste Schiff kann sie an Bord nehmen. Ich wollte nur zurückkehren und die Erfindung zu Geld machen. Natürlich war das ein Delikt. Aber heutzutage sieht doch jeder zu, wo er bleibt."

Sie wußte, daß er log. Ihr war nicht nach Barmherzigkeit zumute. Wer Grund zur Angst hatte, log immer. Sie empfand Abscheu, als befände sie sich in unreiner Gesellschaft.

Ob solche Leute lebten oder starben, spielte nicht wirklich eine Rolle. Außerdem wußte er wahrscheinlich mehr, als für sie gut war.

Die Logik war einfach, und noch näher lag die Neigung, ihr nachzugeben. Dennoch zögerte sie. Es dauerte einen Augenblick, bis sie die Ursache erkannte.

Der Grund lag darin, daß auch sie Furcht verspürte. Nicht wie Greer, der um sein Leben bangte. Nicht um sich selbst. Aber doch um die Zukunft des Hauses Isher.

Sich das innerlich einzugestehen, kam sie schwer an. Der Gedanke war ihr widerwärtig, fast auf einer Stufe zu stehen mit diesem Subjekt, das sich im Schutz seiner unglaublich schnellen stählernen Festung drohend und anmaßend aufgeführt hatte, nun aber um sein erbärmliches Leben flehte.

Sie schüttelte sich. „Zurück mit ihm in die Zelle!" befahl sie. „Ich entscheide später, was mit ihm geschehen soll."

Aber sie wußte bereits, daß sie ihn am Leben lassen würde.

Dabei verachtete sie sich selbst wegen ihrer Schwäche. Sie glich darin schon den Massen, die durch die Straßen der Städte wogten, welche der Riese verwüstet hatte, getrieben von panischer Furcht vor der Zukunft.

Was hatte der erste Isherkaiser seiner Armee an dem Tag zugerufen, als man ihn zum Herrscher über die Welt proklamiert hatte? „Ein Souverän muß wie die Natur selbst immun sein gegen die weichen Regungen seines Herzens. Grausamkeit gegenüber wenigen rettet nicht selten das Leben vieler. Niemals darf mit einzelnen sanft verfahren werden zum Nachteil der ganzen Menschheit."

Der Holoset, den sie zuvor ausgeschaltet hatte, summte. Ihre Augen weiteten sich, als sie Admiral Dirn erkannte.

„Natürlich", brachte sie schließlich hervor. „Ich komme sofort."

Hastig sprang sie auf. Das Raumschiff wartete auf sie, bereit, sein Geheimnis preiszugeben, aber – im Wettlauf mit den Waffenschmieden zählte jede Minute.

Sie stürzte zur Tür.

In dem riesigen Hangar auf dem Militärflughafen wirkte das Raumschiff anfangs winzig. Doch je mehr sich ihr Flugwagen mit seiner Eskorte ihm näherte, desto mehr gewann es seine Größe zurück. Zuletzt ragte es hoch über ihr auf, schräg an eine Rampe geschmiegt, ein langer zigarrenförmiger Körper aus Metall.

Dort, wo die Energiegeschütze die Bresche geschlagen und das Schiff für sie erobert hatten, gewahrte sie gähnende Löcher. Doch als sie die Steuerzentrale betrat, dachte sie schon nicht mehr daran. Der Aufzug beförderte sie hundertzwanzig Meter in die Tiefe.

Ihre Augen studierten das Haupttriebwerk. Die Abdeckplatten waren gelöst, aber nicht entfernt worden. Nach einem Augenblick sah sie den Offizier, der in respektvoller Entfernung hinter ihr stehengeblieben war, fragend an. Der Admiral verneigte sich. „Wie Sie sehen, Majestät, sind Ihre Anweisungen buchstabengetreu ausgeführt worden. Den Antrieb selbst hat niemand angerührt. Das Personal haben wir sorgfältig ausgesucht. Keiner von den Leuten verfügt über das erforderliche technische Wissen, um einen Raumschiffantrieb zu durchschauen – schon gar nicht einen Spezialtyp."

Sie nickte, schenkte ihm dann ein Lächeln, in das sie Anerkennung zu legen versuchte. „Sie sind mit Bedacht vorgegangen, Admiral", sagte sie. „In Anerkennung Ihrer Verdienste erhalten Sie eine Gratifikation von einer Million Kredite."

Der Offizier machte aus seiner Genugtuung kein Hehl, als er weitersprach. „Niemandem ist erlaubt worden, einen Holoset einzuschalten. Die Leute wissen nicht, was auf den Straßen vor sich geht."

„Gut. Schicken Sie sie beim Hinausgehen herein!"

Einen Moment lang war sie allein. Ein leichtes Lächeln erschien auf ihrem Gesicht, und eine Regung warmer Genugtuung durchflutete ihren erschöpften Körper.

Übermäßig lange würde sie kaum brauchen. Den Männern, die vor Jahrtausenden die Erziehung der kaiserlichen Familie geplant hatten, war klar gewesen, daß in einer Ära der Wissenschaft und Technik kein Herrscher ohne ein geistiges Training auskommen würde, das ihm erlaubte, sich wichtige Kenntnisse ebenso rasch wie gründlich anzueignen. Entsprechende Methoden hatten lange Entwicklungszeit benötigt und ließen immer noch erheblich zu wünschen übrig. Hedrock hatte beiläufig erwähnt, die Ausbildung ähnele der eines Psychoprognostikers der Waffenläden etwa so wie eine Karikatur einer Fotografie.

Der Vergleich war wenig schmeichelhaft, hatte ihr aber dennoch nicht mißfallen. Hedrock war jemand . . .

Der Gedanke brach ab. Sie runzelte die Stirn. Schon wieder beschäftigte sie dieser ungewöhnliche Mann.

Ein Geräusch veranlaßte sie, sich umzuwenden. Der Trupp, der hereinkam, salutierte. Sie erwiderte den Gruß mit dem strahlenden Lächeln, das sie bei öffentlichen Anlässen aufsetzte.

Die Männer hatten ihre Anweisungen schon erhalten, stellte sie fest. Sie gingen daran, die gelöste Verschalung abzuheben. Nach zwei Stunden war das Werk getan. Innelda hatte sich die Konstruktion des Antriebs bis ins kleinste Detail eingeprägt.

Hinter einem Strahlenschutzschild stehend, verfolgte sie, wie eine Energiewaffe den Antrieb in eine erst formlose, dann flüssige Masse verwandelte. Ihre Geduld kannte keine Grenzen. Sie wartete, bis nur noch weißglühendes Metall den Boden bedeckte. Dann, endlich zufrieden, bestieg sie ihren Flugwagen.

DUNKLE Wolken hingen am frühen Abendhimmel, als sie in den Palast zurückkehrte. Sie hatte ihr Arbeitszimmer kaum betreten, als ihr privater Holoset summte. Prinz del Curtins Miene wie Stimme wirkten ungewöhnlich besorgt.

„Innelda, haben Sie die jüngste Entwicklung verfolgt?"

„Die Nachrichten kommen mir gar nicht schlecht vor", erwiderte sie.

„Um Himmels willen, haben Sie sich etwa nur unser eigenes Propagandagebräu angehört? Demnach stehen wir natürlich hervorragend da. Ich spreche von dem Riesen."

Sie spürte eine plötzliche Leere, dann benommene Fassungslosigkeit. War es möglich, daß sie sich bei ihrer Beschäftigung mit dem Schiff auf das geringere von zwei Übeln konzentriert hatte?

Solange sie sich in dem Raumschiff aufhielt, hatte sie keinen einzigen Gedanken an den Riesen verschwendet. Daß eine derartige Bedrohung erst am Morgen aus dem Nichts aufgetaucht sein und jetzt bereits das Gleichgewicht des Isherreichs gefährden sollte, wollte ihr nicht in den Kopf.

Endlich brachte sie hervor: „Was ist mit ihm? Ich habe zu tun gehabt."

„Vierunddreißig Städte, Innelda. Bis jetzt erst ein Toter, und das aus Versehen. Trotzdem handelt es sich um keinen Scherz, sondern um bittere Wirklichkeit. Der ganze Kontinent beginnt zu kochen. Es geht zu wie in einem Ameisenhaufen, in dem man herumgestochert hat. Bis jetzt hat er ausschließlich kleinere Unternehmen zerstört; die großen Konzerne sind ungeschoren geblieben. Eine ganze Flutwelle von Gerüchten knüpft sich daran, und ich glaube nicht, daß Gegenpropaganda noch irgendeine Wirkung hat, solange der Koloß nicht unschädlich gemacht ist."

Er brach ab. „Innelda, was hat es damit auf sich, daß Sie einen interstellaren Antrieb vor der Welt verborgen halten? Ist daran etwas Wahres?"

Sie zögerte. „Weshalb fragen Sie danach?"

„Weil", gab er grimmig zur Antwort, „wenn das stimmt und wenn der Auftritt des Giganten damit zusammenhängt, Sie sich allmählich ernstliche Gedanken machen sollten, wie Sie die Entdeckung mit dem geringstmöglichen Verlust an Ansehen bekanntgeben. Einen weiteren Tag stehen wir diesen Vernichtungsfeldzug nicht durch."

„Mein Lieber" – sie war jetzt kalt und entschlossen –, „wir stehen ihn notfalls auch hundert Tage durch. Sollte ein interstellarer Antrieb entwickelt werden, dann müßte das Haus Isher nach Lage der Dinge sich seiner Verbreitung widersetzen."

„Wieso?"

„Weil" – ihre Stimme hatte den Nachdruck zurückgewonnen – „die Bevölkerung dann in alle Himmelsrichtungen auswandern würde. Binnen zweihundert Jahren gäbe es Tausende von Herrscherhäusern und Regierungen, die einander bekriegen würden wie früher die Könige und Diktatoren auf der Erde. Und am meisten hassen würden sie allesamt die Dynastie der Isher, weil ihre bloße Existenz jeden Emporkömmling daran erinnern müßte, wie lächerlich seine Ansprüche sind. Wir würden ununterbrochen Krieg mit anderen Sonnensystemen führen."

Mit eindringlicher Stimme sprach sie weiter: „Daß ich mir über die Zustände in zweihundert Jahren Gedanken mache, mag Ihnen merkwürdig vorkommen. Aber eine Familie wie die unsere, die inzwischen über viertausendsiebenhundert Jahre regiert, sollte gelernt haben, in Jahrhunderten zu denken. An dem Tag, an dem wir Methoden entwickeln, die eine geordnete Auswanderung zu anderen Sternen ermöglichen, können wir eine solche Erfindung gutheißen."

Sie hielt inne, als sie sah, daß er nachdenklich nickte. „Sie haben natürlich recht. An diesen Aspekt hatte ich nicht gedacht. Ein derartiges Chaos dürfen wir nicht zulassen. Aber unsere Lage wird stündlich ernster. Innelda, ich möchte einen Vorschlag machen."

„Natürlich."

„Er wird Sie schockieren!"

Sie zog die Brauen zusammen. „Nur zu!"

„Also gut. Auf der einen Seite profitieren die Waffenschmiede vom Zerstörungswerk des Kolosses, auf der anderen distanzieren sie sich davon. Nehmen wir sie doch beim Wort."

„Wie meinen Sie das?"

„Geben Sie mir die Genehmigung, mich mit ihnen in Verbindung zu setzen. Wir müssen herausfinden, wer hinter dem Riesen steckt."

„Sie wollen sagen, ich soll mit ihnen zusammenarbeiten?" Der bloße Gedanke traf sie wie ein Schlag. Sie explodierte: „Nach dreitausend Jahren soll eine Isherkaiserin die Waffenschmiede um Hilfe bitten? Niemals!"

„Innelda, der Riese zerstört gegenwärtig Lakeside."

„Oh!"

Sie schwieg. Zum erstenmal empfand sie Betäubung und Schrecken zugleich. Lakeside! Die Stadt, deren Schönheit nur noch von Imperial City übertroffen wurde. Sie malte sich aus, wie der Koloß durch das Wunderwerk der künstlichen Seen stapfte. Und langsam, widerwillig nickte sie.

Binnen eines Tages hatte der Gigant sich zum beherrschenden Umstand in ihrem Leben aufgeschwungen.

„Prinz!"

„Ja?"

„Captain Hedrock hat mir eine Adresse hinterlassen. Würden Sie versuchen, ihn zu erreichen, und ihn bitten, in den Palast zu kommen, möglichst noch heute abend?"

Ihr Vetter blickte sie nachdenklich an. „Wie lautet die Anschrift?"

Sie nannte sie ihm, lehnte sich zurück und zwang sich zur Ruhe. Nach einer Weile fühlte sie sich erleichtert, weil ihr klar wurde, daß sie weitreichende Entscheidungen gefällt hatte.

11. KAPITEL

Als Hedrock die sechs Meter große Ratte gewahrte, die mit entblößten Zähnen auf ihn zusprang, nahm er seine Kräfte in einer verzweifelten Anstrengung zusammen. Grimmig entschlossen wartete er bis zum letztmöglichen Augenblick.

Das donnernde Gebrüll seiner Stimme durchdrang den Raum bis in den letzten Winkel.

Schrill quiekend floh die Ratte in die entfernteste Ecke. Dort blieb sie hocken, und er sah, daß die rasche Bewegung ihre ohnehin gesteigerten Lebensprozesse weiter beschleunigt hatte. Langsam kippte sie auf die Seite.

Ihr Blick wurde glasig, während Hedrock zu dem Rattenkäfig hinübertaumelte. Das Tier machte keine Anstalten, ihm zu folgen, und einen Augenblick später hatte er die Schalter heruntergedrückt, die den Vergrößerungsprozeß kontrollierten.

Mit langsamen Schritten kehrte er zurück. Er hatte bereits die

Stelle bemerkt, an der die Wand eingedrückt worden war, hielt aber nicht inne, um den Schaden zu untersuchen.

Er brauchte eine halbe Minute, um das Tier zu entdecken, das wieder auf seine natürliche Größe geschrumpft war. Unter dem zerbrochenen Stuhl, unter den es ein Stück weit gekrochen war, sah er es schließlich weißlich schimmern.

Die Ratte machte einen hinfälligen Eindruck, aber sie lebte noch. Sie zappelte schwach, als er sie hochhob und durch den Käfig in das dahinterliegende Labor trug.

Das Empfinden, das ihn dabei ankam, hatte wenig mit dem jämmerlichen Geschöpf zu tun, das er in den Analyseautomaten schob. Es war ein Mitleid, das keiner einzelnen Kreatur galt, sondern alles Leben umfaßte.

Er fühlte sich plötzlich alt und einsam in einer Welt, in der Menschen und Tiere mit herzzerreißender Schnelligkeit lebten und starben, flüchtige Schemen, die im grellen Sonnenlicht aufblinkten, nur um zu verschwimmen und dann für immer zu entschwinden.

Gewaltsam unterdrückte er die düstere Stimmung und ging daran, den Rattenkäfig zu untersuchen.

In jeder der vier Abteilungen huschten Jungtiere umher, deren Größe verriet, daß sie zur Welt gekommen waren, nachdem die ausgebrochene Ratte den Mechanismus des Käfigs blockiert hatte.

Er brauchte fast eine halbe Stunde, um die beschädigte Metallwand zu reparieren. Sobald er die Energiezufuhr wieder einschaltete, setzte der Prozeßablauf mit automatischer Präzision erneut ein.

Jahrhunderte zuvor hatte er erstmals ein Dutzend Ratten – sechs Männchen und sechs Weibchen – in die vier Abteilungen gesetzt. Der Käfig wurde automatisch gereinigt und die Tiere auf die gleiche Weise gefüttert. Der Nachwuchs vergrößerte das Gewicht, das der ausbalancierte Boden zu tragen hatte.

Sobald die Last ein bestimmtes Maß erreichte, sprang in jeder Abteilung ein Türchen auf. Früher oder später lief eine Ratte in den engen Gang, der dahinterlag. Hinter ihr schloß sich der Durchlaß; auch die anderen Öffnungen fielen zu, bis sie sämtliche Versuchsstadien durchlaufen hatte.

Am Ende des Gangs wartete ein Köder, in dem sich ein winziger Vergrößerer befand, eine Erfindung der Waffenschmiede. Einmal verschluckt, reagierte er auf die Körperwärme der Ratte und löste ein Relais aus, das die Tür zu einem zweiten, zwölf Meter hohen und breiten Käfig öffnete.

Zugleich setzte das Gerät den Boden in Bewegung. Die Ratte wurde in den Käfig befördert. Hinter ihr schloß sich die Öffnung und versperrte ihr den Rückweg.

Ein weiterer Köder aktivierte den Vergrößerer vollends. Die Ratte wuchs rasch auf sechs Meter Größe; ihre Lebensabläufe wurden exakt im Verhältnis ihres Größenwachstums forciert.

Bei diesem beschleunigten Lebenszyklus trat der Tod rasch ein. War der Körper abgekühlt, schaltete der Vergrößerer sich aus, der Boden kippte nach unten, und die Ratte fiel auf ein Förderband, das sie zu dem Analyseautomaten und von dort in ein Strahlenbad beförderte, wo sie aufgelöst wurde.

Immer wieder spielte sich der gleiche Vorgang ab. Inzwischen dauerte er bereits ein Jahrtausend; und sein Zweck war ebenso einfach wie folgenschwer.

Irgendwann, hoffte Hedrock, würden die vergrößernden Strahlen bei einem der Tiere dasselbe bewirken, was ihm vor fünfundfünfzig Jahrhunderten zufällig widerfahren war. Eine Ratte würde Unsterblichkeit erlangen und ihm als unschätzbares Versuchsobjekt zur Verfügung stehen.

Eines Tages, sofern er Erfolg hatte, konnte er daran denken, alle Menschen unsterblich zu machen.

Aus dem Rechner des Analyseautomaten fiel die Lochkarte der Ratte, die ihn um ein Haar getötet hätte, in eine spezielle Ablage, in der sich bereits drei ähnliche Karten befanden. Das besondere daran war der Umstand, daß irgendein Organ noch weitergearbeitet hatte, nachdem der Tod bereits eingetreten war.

Solche Zufälle warteten noch auf ihre systematische Erklärung.

Die vierte Karte weckte Hedrocks Interesse. Fünfundneunzig Jahre, dachte er konsterniert; die Lebensspanne der Ratte hatte fünfundneunzig Jahren entsprochen. Sie mußte mehrere Stunden in riesenhaft vergrößerter Gestalt existiert haben.

Er zwang sich zur Ruhe, denn jetzt konnte er sich damit nicht befassen. Die Ratte war nicht beseitigt, sondern zu den anderen in eine Tiefkühlkammer transportiert worden. Dort würde sie liegen, bis er sich mit ihr beschäftigen konnte.

Im Augenblick gab es Dringenderes zu erledigen – und er, der so konzentriert für die Zukunft arbeitete, hatte in entscheidenden Augenblicken das überragende „jetzt“ noch nie auf Kosten des „vielleicht“ vernachlässigt.

Außerdem hatten die „Zufälle“ ihn schon früher fasziniert, ohne ihn bei seiner Suche voranzubringen.

Dringendes, das darauf wartete, erledigt zu werden – und nur ein einziger Nachmittag, um sich auf die beispielloseste, riskanteste Unternehmung seines ungewöhnlichen Lebens vorzubereiten.

Denn diese Unternehmung würde durchaus keine Kleinigkeit sein. Er mußte Männern wie Nensen, Deely oder Triner zu einem Zeitpunkt gegenübertreten, an dem er unmöglich dem Problem, das sie verkörperten, seine ganze Aufmerksamkeit widmen konnte.

Grimmig lächelnd begab er sich zu einem übergroßen Holoset, der eine ganze Ecke ausfüllte. Unter dem Bildschirm waren leuchtende Knöpfe in langen Reihen angeordnet – insgesamt über fünfzehnhundert.

ES DAUERTE eine gewisse Zeit, bis er sich für zwanzig Personen entschieden und die Verbindung hergestellt hatte. Nur siebzehn Knöpfe wechselten auf grün, die übrigen blinkten rot.

Auf diese drei mußte er im Augenblick verzichten. Sie hielten sich wahrscheinlich nicht in ihrem Büro auf.

Er richtete seinen Blick auf den Schirm, als dieser zu glühen begann. „Betrachten Sie mich genau“, sagte er. „Sie bekommen mich wahrscheinlich in Kürze persönlich zu sehen.“

Kühl hielt er inne und überdachte seine nächsten Worte. Durchblicken zu lassen, daß er mit mehr als einem Gegenüber zur selben Zeit sprach, wäre unklug. Einige dieser gewitzten Köpfe ahnten zweifelsohne, daß andere Konzerne sich in derselben Lage befanden, aber das hieß nicht, daß er ihren Argwohn noch bestätigen mußte.

Er sprach weiter: „Ihre Firma schließt heute nicht. Sorgen Sie dafür, daß Ihre Angestellten zu essen bekommen und schichtweise schlafen können. Zum Ausgleich erhält jeder zwanzig Prozent seines Wochengehalts. Zu Ihrer privaten Information: Es handelt sich um einen Notfall. Sollten Sie trotzdem bis morgen früh um sieben Uhr nichts weiter hören, betrachten Sie die Angelegenheit als erledigt. Vergegenwärtigen Sie sich Artikel 7 Ihrer Satzung. Das wäre alles."

Er schaltete den Holoset aus, schnitt eine Grimasse, weil es schon so spät war, und empfand brennende Ungeduld bei dem Gedanken, daß zwischen seinem Anruf und seinem persönlichen Auftauchen mindestens eine halbe Stunde liegen mußte.

Er zuckte die Achseln. Es ging nicht anders. Daß er sich überhaupt gemeldet hatte, würde für genügend Aufruhr sorgen – auch ohne daß er die Dinge noch weiter komplizierte, indem er unverzüglich auf der Bildfläche erschien.

Zudem galt es, sich durch entsprechende Kleidung auf alle Eventualfälle vorzubereiten, bevor er den Vergrößerer schluckte.

Mit zusammengekniffenen Augen überdachte er im Anschluß daran ein letztes Mal sein Vorgehen. Einige der leitenden Direktoren würden sich vermutlich als wenig zugänglich erweisen. Seine Politik, die Großunternehmen über Generationen hinweg sich selbst zu überlassen und ihnen nur eine Gewinnbeteiligung abzuverlangen, die in einen zentralen Fonds floß, hatte seine Autorität zunehmend geschwächt.

Es ließ sich nicht ändern. Eine derartige Firmenzahl wirksam zu kontrollieren, war praktisch unmöglich. Hedrock lächelte grimmig. In einer Reihe von Fällen hatte er seit langem daran gedacht einzugreifen. Die Zeit war gekommen.

Hedrock schaltete einen Materiesender ein, musterte den

langen Korridor, der dahinter sichtbar wurde, und trat hindurch. Die Tür, zu der er gelangte, trug die Aufschrift:

STAR IMMOBILIEN AG
BILLIONENWERTE AUF ALLEN PLANETEN

J. T. TRINER
GENERALDIREKTOR
ZUTRITT FÜR UNBEFUGTE UNTERSAGT

Hedrock benutzte einen seiner Ringe, um die elektronisch gesicherte Tür zu öffnen. Er ging an der attraktiven Vorzimmerdame vorbei, die ihn vergeblich aufzuhalten versuchte. Die Schwingungen seines Ringes öffneten automatisch auch die zweite Tür.

Er stand in einem imposanten Büro. Ein massiger Mann mit blassen Zügen und blassen Augen erhob sich hinter einem Ungetüm von Schreibtisch und starrte ihn an.

Hedrock achtete nicht auf ihn. Einer der anderen Ringe, die er übergestreift hatte, vibrierte nachdrücklich. Er bewegte die Hand langsam; als das Kribbeln aufhörte, zeigte der Stein auf die Wandtäfelung direkt über dem Schreibtisch.

Gut getarnt, mußte Hedrock bewundernd zugeben. Nichts deutete auf das verborgene Energiegeschütz hin. Ohne den Ring hätte er es niemals wahrgenommen.

Unvermittelt wuchs sein Grimm. Der rasche, frostige Gedanke ging ihm durch den Kopf, daß die Entdeckung seine Ansicht über Triner nur bestätigte.

Aus seinen Unterlagen wußte er, daß der Mann nicht nur ein krasser, rücksichtsloser Egoist war – Eigenschaften, wie sie sich bei den Managern riesiger Konzerne immer wieder fanden. Triner waren jedwede moralischen Skrupel fremd. Seine Praktiken unterschieden sich in nichts von denen eines gemeinen Verbrechers.

Mit ausgestreckter Hand kam der Mann ihm entgegen, ein wohlwollendes Lächeln auf dem teigigen Gesicht, einen herzlichen Ton in der Stimme, als er ihn begrüßte.

„Ich weiß nicht, ob ich glauben soll, daß es Sie gibt oder nicht, aber zumindest bin ich bereit, Sie anzuhören."

Hedrock übersah die Hand und umrundete den Mann kühl. Gleich darauf hatte er sich in dem massiven Sessel hinter dem halbrunden Schreibtisch niedergelassen.

Er musterte den Generaldirektor, den er auf Anhieb überfahren hatte, und sagte sich: Er würde ihm so lange psychologische Tiefschläge versetzen müssen, bis seinem Gegenüber klargeworden war, daß es Leute gab, die ihm an Rücksichtslosigkeit gewachsen waren. Er sagte: „Bevor Sie in dem Sessel dort Platz nehmen, Mr. Triner, und bevor wir unser Gespräch führen, liegt mir daran, daß Sie Ihre Mitarbeiter mit der Angelegenheit beauftragen, die ich von Ihnen . . . Hören Sie mir eigentlich zu?"

Daran konnte kein Zweifel bestehen. Triner folgte nicht nur seinen Worten, er war auch schockiert und wütend. Wie viele, die sich zum erstenmal mit einer Persönlichkeit von derartiger Ausstrahlungskraft konfrontiert sahen, schien er nur schwer in der Lage, sich auf die Situation einzustellen.

Dabei wirkte er keineswegs eingeschüchtert, aber mit Furchtsamkeit hatte Hedrock auch nicht gerechnet. Triners Miene verriet lediglich erwachende Vorsicht, gepaart mit einer gewissen Neugier. Er erkundigte sich: „Welche Angelegenheit sollen wir für Sie erledigen?"

Hedrock zog ein Blatt Papier aus der Tasche. „Hier finden Sie die Namen von fünfzig Städten", sagte er. „Ich möchte eine Aufstellung der Grundstücke und Gebäude, die mir in jeder Stadt gehören, aufgeschlüsselt nach Straßen beziehungsweise ganzen Bezirken."

„Ja, aber . . .", wandte Triner ein. Hedrock schnitt ihm das Wort ab.

„Erteilen Sie die Anweisung!" Er beugte sich vor, die Augen zusammengekniffen. „Ich hoffe, Triner, Sie gedenken, sich weiter an Artikel 7 Ihrer Konzernsatzung zu halten."

„Aber, Mann, dieser Artikel ist fast tausend Jahre alt. Sie wollen doch nicht im Ernst . . ."

„Hören Sie", unterbrach ihn Hedrock knapp, „können Sie die Liste nun beschaffen oder nicht?"

Triner schwitzte sichtlich. „Ich denke schon", sagte er schließlich. „Ich kann es auf Anhieb nicht sagen. Ich muß das erst klären." Plötzlich richtete er sich auf und stieß zwischen zusammengebissenen Zähnen hervor: „Verdammt, Sie können doch nicht einfach hier hereinplatzen und glauben . . ."

Hedrock wußte, wann er weit genug gegangen war. „Erteilen Sie die Anweisung", sagte er milde. „Dann reden wir weiter."

Triner zögerte. Er war aus dem Gleichgewicht gebracht, und nach einem Augenblick nickte er. „Ich muß den Schreibtischholo benutzen", sagte er.

Hedrock nickte und verfolgte, wie Triner die Weisung an einen Abteilungsleiter weitergab. Der Mann erhob Einwände, doch Anordnungen zu geben lag Triner wesentlich mehr, als sie entgegenzunehmen.

Er schnauzte seinen Untergebenen an und schien mit jedem Wort mehr von seiner Dreistigkeit zurückzugewinnen. Als er schließlich den Holoset ausschaltete, war er wieder ganz er selbst. Er rückte seinen Sessel neben den Schreibtisch und lächelte Hedrock vertraulich an. „Worum geht es eigentlich?" wollte er wissen. „Was soll das Ganze?"

Triners unvermittelte Nachgiebigkeit verriet ihn. Hedrock behielt seine kalte Ruhe bei. Der Auslösemechanismus der Waffe mußte sich jetzt in unmittelbarer Nähe der Stelle befinden, zu der der Generaldirektor seinen Sessel geschoben hatte.

Es war an der Zeit, auf weitere Rücksichtnahme zu verzichten. Hedrock vergegenwärtigte sich noch einmal die Konstellation. Er kehrte der Waffe den Rücken zu; Triner saß links von ihm. Die Zwischentür war mindestens fünfzehn Meter entfernt.

Sie und die Wand würden der Vorzimmerdame Schutz bieten. Betrat noch jemand das Büro, mußte er möglichst weit nach links bugsiert werden.

Hedrock nickte zufrieden. Sein Blick war die ganze Zeit über nicht von Triner gewichen. Jetzt sagte er: „Ich will Sie keineswegs im unklaren lassen. Aber zuvor noch etwas anderes. Sie haben einen Chefbuchhalter mit Namen Royan. Lassen Sie ihn heraufkommen. Ich möchte mit ihm sprechen. Es wird sich dann zeigen, ob er in der Gesellschaft bleiben kann oder nicht."

Triner blickte ihn verwundert an, zauderte, kam dann aber der Bitte nach. Eine klare, volltönende Stimme versicherte, sogleich Folge zu leisten.

Triner lehnte sich in seinem Sessel zurück. „So also erklärt sich der geheimnisvolle Holoset in der Wand", sagte er. „Steht die Kaiserin hinter uns? Gehört der Konzern am Ende der Isherdynastie?"

„Nein", entgegnete Hedrock.

Triner wirkte enttäuscht. „Das nehme ich Ihnen ab – und wissen Sie auch, warum? Die Kaiserin ist zu sehr in Geldnot, um nicht mehr aus diesen Betrieben herauszuholen, als wir regelmäßig abführen müssen. Nach Isher sieht mir das nicht aus."

„Nein, von Isher kann keine Rede sein", erwiderte Hedrock und beobachtete Triners ratlose Miene. Wie seine Vorgänger hatte auch Triner nicht den Mut, sich gegen den Eigentümer im Hintergrund aufzulehnen, solange die entfernte Möglichkeit bestand, daß es sich dabei um das Kaiserhaus handelte. Und Hedrock hatte festgestellt, daß jedes Dementi die Zweifel nur verstärkte.

Da klopfte es, und ein Mann Mitte Dreißig trat ein. Er wirkte kräftig und trainiert. Seine Augen weiteten sich, als er die Sitzverteilung bemerkte.

„Sind Sie Royan?" fragte Hedrock.

„Ja." Der Mann sah Triner fragend an, doch dieser blickte nicht auf.

Hedrock deutete auf die Wandvertäfelung, die den Holoset erkennen ließ. „Sind Sie über den Zweck dieses Gerätes informiert?"

„Ich kenne den Gesellschaftsvertrag . . .", begann Royan und brach ab. In seinen Augen leuchtete ein Funke des Verstehens auf. „Sie sind doch nicht etwa . . ."

„Wir wollen die Sache durchaus nicht dramatisieren", wehrte Hedrock ab. „Ich will Ihnen nur eine Frage stellen, Royan."

„Ja?"

„Welche Summen" – Hedrock sprach langsam und sorgfältig – „hat Triner der Firma im vergangenen Jahr entnommen?"

Triner sog scharf den Atem ein. Dann herrschte Stille. Die beiden Männer, Royan und Triner, starrten einander an; zwei Willenskräfte prallten aufeinander. Dann lachte Royan leise, fast jungenhaft, und sagte: „Fünf Milliarden Kredite, Sir."

„Als Gehalt", forschte Hedrock weiter, „ist das etwas zu hoch, oder?"

Royan nickte. „Ich glaube nicht, daß Mr. Triner sich als Gehaltsempfänger betrachtet hat; eher schon als Eigentümer."

Hedrock sah, daß Triner unverwandt den Schreibtisch fixierte und daß sich seine rechte Hand beiläufig einer kleinen Statue näherte.

Der kritische Augenblick war da.

„Kommen Sie hierher, Royan!" befahl Hedrock, winkte den Mann auf Triners linke Seite und schaltete mit einem minimalen Druck auf einen seiner Ringe den Vergrößerer ein.

Der Effekt betrug vielleicht zweieinhalb Zentimeter; kaum mehr, als wenn er sich aufgerichtet und eingeatmet hätte. Wichtiger war, daß damit zugleich die Struktur seines Körpers und noch weit entscheidender die des Anzuges, den er trug, verändert wurde. Der Anzug wurde mit einem Schlag ebenso undurchdringlich wie die Wände der Waffenläden.

Sechs Monate zuvor hatte er sich den Kopf nach einem Weg zermartert, das Kleidungsstück in den Palast mitzunehmen. Seine Absicht war daran gescheitert, daß er es nicht immer tragen konnte und daß jeder kompetente Physiker, der den Anzug in die Hand bekam, in der Lage war, aus dem Material, einschließlich der eingebauten Energieversorgung, auf die Schwingungstechnik zu schließen, die die Existenz der Waffenläden ermöglichte.

Hedrock spürte die größere Starre seines Körpers und die ausgeprägtere Langsamkeit, mit der seine Stimmbänder die Worte formten, als er fortfuhr: „Meiner Meinung nach ist das Gehalt entschieden zu hoch. Sorgen Sie dafür, daß es auf fünf Millionen jährlich reduziert wird."

Triners Hand schloß sich um die Statuette. Hedrock stand im selben Augenblick auf, als Royan einen Warnruf ausstieß.

Das Feuer der Energiewaffe zerschmolz den Sessel, leckte

über den Schreibtisch und schlug bis zur Decke hoch. Durch die Gewalt der Entladung hindurch gewahrte Hedrock schwach ein Aufblitzen in Royans Hand. Triner hatte sich offensichtlich nicht darauf beschränkt, das Geschütz auszulösen, sondern auch noch eine Pistole gezogen, um den jungen Mann zu erschießen. Mit einem Defensivmodell aus den Waffenläden war Royan ihm zuvorgekommen.

Wo Triner gesessen hatte, blieb eine Lichtspur zurück, die flimmerte und verschwand.

STILLE trat ein.

„Ich begreife nicht", stieß Royan hervor, „wie Sie das überlebt haben."

Seine Stimme bebte. Er war kreidebleich und hätte ganz offensichtlich einige Minuten lang behutsamer Behandlung bedurft. Doch dazu blieb Hedrock keine Zeit. Er hatte schon zu viele kostbare Minuten auf ein einziges Unternehmen verwendet. Er schaltete den Vergrößerer aus und sagte hastig:

„Royan, Sie sind der neue Generaldirektor. Ihr Gehalt beträgt fünf Millionen im Jahr. Und nun – wann wird die Aufstellung fertig sein, die Triner für mich in Auftrag gegeben hat? Oder wissen Sie nichts davon?"

Royan erholte sich rascher, als Hedrock erwartet hatte. „Nicht vor sechs", erwiderte er. „Ich . . ."

Hedrock ließ ihn nicht ausreden. „Sie werden morgen einiges verkraften müssen. Wir haben uns den Zorn einer mächtigen Untergrundorganisation zugezogen. Man will uns eine Lektion erteilen. Ein erheblicher Teil unseres Besitzes wird zerstört werden. Lassen Sie auf keinen Fall durchblicken, daß wir die Betroffenen sind! Und gehen Sie nicht eher daran, die Schäden zu beheben, als bis Sie von mir entsprechende Weisung erhalten. Wir müssen unsere Einbußen stillschweigend verkraften. Zum Glück ist morgen Ruhetag, so daß die Geschäftsgebäude leer stehen. Und vergessen Sie nicht – ich brauche die Aufstellung bis um sechs."

Er verabschiedete sich rasch und verzog dabei ironisch den Mund.

Seine Anspielung auf eine angebliche Untergrundorganisation war so gut wie irgendeine andere Geschichte, die er hätte auftischen können; hatte der Riese sich erst einmal in Bewegung gesetzt, würde niemand mehr einen Gedanken daran verschwenden. Aber zunächst galt es, einige der zugänglicheren Konzernmanager aufzusuchen und sich dann den selbstherrlichen Nensen vorzunehmen.

Morgen jedenfalls war Ruhetag. Die einzige Gelegenheit, aktiv zu werden, ohne Abertausende zu töten.

Nensen starb, als Hedrocks Anzug den Energiestrahl seiner Waffe reflektierte. Der ehemals erbarmungslose Deely war gealtert; er fügte sich wortlos, als er einsah, daß Hedrock sich auf keine Debatte einließ.

Die anderen Männer erwiesen sich als bloße Hemmklötze, deren Bequemlichkeit und Passivität es zu überwinden galt. Kurz vor sieben am nächsten Morgen schluckte Hedrock eine Energietablette und legte sich eine halbe Stunde hin, um sie auf seinen erschöpften Körper wirken zu lassen.

Dann schaltete er den Vergrößerer auf volle Leistung und machte sich ans Werk, weil die Verwüstung großer Teile seines Besitzes, so hoffte er, die Kaiserin zwingen würde, ihre Karten aufzudecken – und weil zufällig Ruhetag war.

GEGEN Mittag gab es kein Zurück mehr. Die Bestätigung der Waffenschmiede, daß nichts weniger auf dem Spiel stand als die interstellare Raumfahrt, stählte ihn für die Zerstörungsarbeit, die noch vor ihm lag.

Um fünf erreichte ihn die automatisch aufgezeichnete Bitte Innelda Ishers, sich im Palast einzufinden. Mit dieser Entwicklung hatte Hedrock nicht gerechnet. Er fragte sich, was sie bedeuten mochte.

Daß die Kaiserin in Panik geraten sein könnte, weil sie die Zukunft ihrer Dynastie gefährdet sah, wagte er kaum zu glauben. Aber versäumen durfte er die Gelegenheit nicht. Er mußte seine weiteren Pläne fürs erste hinauszögern.

Innerlich bebend schaltete er sich in den internen Übertragungskanal des Rates der Waffenschmiede ein und verstellte seine Stimme, als er sich meldete. „Mitglieder des Rats der Waffenläden, zweifellos haben Sie inzwischen erkannt, daß das Vorgehen der Riesen Ihrer Sache nutzt."

Hedrock glaubte suggerieren zu müssen, daß mehr als ein Gigant an dem Zerstörungswerk beteiligt war. Bei den Waffenschmieden wußte man nur zu gut, daß jeder normale Sterbliche, wenn er sich der Vergrößerungstechnik bediente, alle dreißig Minuten um fünf Jahre alterte. Zumindest für die Psychoprognostiker hätte die Vermutung nahegelegen, daß sie es mit einem Unsterblichen zu tun hatten. Eindringlich fuhr er fort: „Die Giganten brauchen Verstärkung. Diese kann nur von den Waffenschmieden kommen. Sie müssen Freiwillige zur Verfügung stellen, von denen jeder fünfzehn Minuten lang auf den Plan tritt. Dabei braucht kein einziges Gebäude vernichtet zu werden. Die bloße Anwesenheit genügt, um den Eindruck konsequenter Entschlossenheit zu vermitteln – und im übrigen den Erklärungen der Waffenläden Nachdruck zu verleihen. Die Verstärkung muß am späten Nachmittag wirksam werden. Wenn Sie den Fortschritt der Menschheit fördern wollen, zögern Sie nicht!"

Hedrock befand sich noch in seinem unterirdischen Zufluchtsort, als eine knappe Viertelstunde später der erste Riese auf der Bildfläche erschien. So rasch hatten die Waffenschmiede reagiert . . .

Zu rasch. Ihre unverzügliche Reaktion verriet, daß sie eigene Pläne verfolgten. Wenn die größte Macht im Sonnensystem handelte, als sei eine Stahlfeder in die Höhe geschnellt, dann wurde es für ihn höchste Zeit.

Der Augenblick war gekommen, um auf eine andere seiner technischen Schöpfungen zurückzugreifen. Zunächst galt es, das Gerät zu nutzen, das er in der Hand hielt. Später, wenn die Ereignisse sich zuspitzten, konnte er versuchen, sich der Nachbildung zu bedienen, die er im Kellergewölbe des Palastes installiert hatte.

Während der nächsten zwölf Stunden würde jedenfalls die Entscheidung fallen.

12. KAPITEL

DIE WARME, wolkige Nacht war taghell erleuchtet. Der lange Boulevard, die berühmt-berüchtigte Allee des Glücks, die Gonisch entlangschlenderte, glühte wie ein riesiges Juwel, Meile um blendende Meile, in beiden Richtungen verschmelzend zu einem sonnengrellen Meer weißen und bunten Lichts.

Riesige Leuchtreklamen sprangen den Psychoprognostiker an, verkündeten ihre funkelnde Botschaft:

EIN VERMÖGEN WARTET
SETZEN SIE ZEHN KREDITE
GEWINNEN SIE EINE MILLION

AUF IN DEN BRILLANTPALAST
ZEHN MILLIONEN DIAMANTEN SCHMÜCKEN DIE SÄLE
UND BRINGEN IHNEN GLÜCK

Unterbrochen von Hunderten kaum weniger protziger Kasinos, folgten dem Brillantpalast der Rubin-, dann der Gold- und der Smaragdpalast. Schließlich erreichte Gonisch sein Ziel:

GLÜCKSZENTRALE
EINSÄTZE AB FÜNF PENNIES
KEIN LIMIT

Er blieb stehen und lächelte. Es war natürlich, daß die Kaiserin als Treffpunkt ein Etablissement aus ihrem Besitz gewählt hatte, das die Spielleidenschaft der Massen befriedigte. Wenn sie jetzt noch wußte, wo Hedrock sich aufhielt, wenn er, Gonisch, dieses Wissen in Erfahrung bringen und damit entkommen konnte . . .

Gonisch musterte die überwiegend jungen Leute, die in beiden Richtungen durch den Eingang der in schreienden Farben erstrahlenden Spielbank strömten. Ihr Gelächter, ihre lauten Stimmen erfüllten die gleißende Nacht.

Alles wirkte wie gewohnt, doch Gonischs erfahrener Blick

musterte geduldig die Gesichter der Vorüberbummelnden, schloß aus ihrem Mienenspiel auf ihre Wesensart – und brauchte nicht lange, um Gewißheit zu gewinnen.

Das Kasino und seine Umgebung wimmelten von Geheimagenten.

Gonisch zog die Brauen zusammen. Der Rat der Waffenschmiede hatte darauf bestanden, daß das Zusammentreffen nicht bei Hofe, sondern an einem allgemein zugänglichen Ort erfolgte. Daß die Geheimpolizei alle möglichen Sicherheitsvorkehrungen traf, war verständlich – wie auch der Umstand, daß die Kaiserin keinen Wert darauf legte, ihre Fühlungnahme mit den Waffenschmieden an die Öffentlichkeit dringen zu lassen.

Die Besprechung war auf 2.30 Uhr morgens angesetzt. Jetzt war es – Gonisch warf einen Blick auf die Uhr – genau 1.55 Uhr.

Er empfand wachsende Traurigkeit bei dem Gedanken, daß seine Pflicht ihm keine andere Wahl ließ, als Hedrock eine Falle zu stellen. Aber Hedrocks Appell an den Rat hatte ausgereicht, um ihn als denjenigen zu identifizieren, auf dessen Konto der Auftritt der Riesen ging, und die ursprünglichen Befürchtungen der Ratsmitglieder, so schien es Gonisch, vollauf zu bestätigen.

Es war völlig undenkbar, daß jemand, der die bestgehüteten Geheimnisse der Waffenläden kannte, damit nach Belieben umgehen konnte. Und wenn die Kaiserin, wie der Rat vermutete, seinen Aufenthaltsort kannte, dann mußte ihr dieses Wissen jetzt entlockt werden.

Sein Freund Hedrock mußte sterben – und er sah sich am besten erst einmal im Innern um.

Künstliche Gärten und Springbrunnen unterbrachen die Monotonie der mechanischen Spiele. Das Kasino war weitläufiger, als es von außen wirkte. In den Räumen drängten sich Männer und Frauen zu fast gleichen Teilen. Zahlreiche Frauen trugen Masken.

Gonisch wurde plötzlich klar, daß die Isherkaiserin ebenfalls maskiert kommen würde, um nicht aufzufallen.

Er blieb vor einem Spiel stehen, das wie loderndes Feuer wirkte, während gleißende Zahlen in blendenden Farben über den schwarzen Samt eines großen Bretts schossen.

Nachdenklich verfolgte der Psychoprognostiker mehrere Runden in dem Bemühen, seinem ultratrainierten Gehirn die jeweiligen Abläufe einzuprägen. Schließlich setzte er auf drei Zahlen jeweils zehn Kredite.

Das Feuer verlangsamte seine kreisende Bewegung zu sprühender Gischt und verwandelte sich in eine Säule übereinanderfallender Zahlen.

„74, 29, 86", verkündete der Croupier. „Auszahlung siebzehn zu eins."

Während Gonisch seine fünfhundertzehn Kredite einstrich, starrte der Croupier ihn staunend an. „Seit ich an diesem Tisch arbeite", sagte er, „hat erst ein einziges Mal jemand bei allen drei Zahlen gewonnen."

Der Psychoprognostiker lächelte. „Geist vor Materie", sagte er sanft und schlenderte desinteressiert davon. Er spürte fast, wie sich der Blick des erstaunten Croupiers in seinen Rücken bohrte.

Was er suchte, war ein Spiel, das sich mit seinen besonderen Fähigkeiten nicht meistern ließ. Um es zu finden, blieben ihm noch fast fünfundzwanzig Minuten.

Er gelangte zu einer Konstruktion mit einer komplizierten Anordnung von Rädern auf mehreren Ebenen und einer Anzahl numerierter Bälle, sechzig insgesamt. Während der Mechanismus sich drehte, sanken die Bälle allmählich nach unten, von Rad zu Rad fallend.

Je tiefer der Punkt war, den sie erreichten, desto höheren Gewinn brachten sie, doch die erste Hälfte des schwer zu verfolgenden Weges zählte nicht, und nur wenige gelangten darüber hinaus.

Die Attraktion bestand darin, daß man den eigenen Ball zu beobachten suchte und bis zum letzten Augenblick die Hoffnung nicht verlor.

Für Gonisch erwies sich der Mechanismus als zu einfach. Fünfmal hintereinander blieb der Ball, auf den er gesetzt hatte, am längsten im Rennen. Er steckte seine Gewinne ein und kam schließlich zu einem Spiel, das aus einer Kugel bestand, halb helles Licht und halb schwarzer Schatten. Licht und Schatten wirbelten, verschmolzen zu einem Strahlenbündel und lösten sich auf: entweder in Helligkeit oder in Schwärze. Auf das eine oder andere Resultat wurde gesetzt.

Nicht ein einziges Mal war sich Gonisch seiner Sache sicher. Nach dem Spielerkalkül, wonach Weiß der Inbegriff der Reinheit war, wagte er nach einer Weile seinen ersten Einsatz.

Weiß verlor.

Gonisch verfolgte, wie sein Geld in der Maschine verschwand, und beschloß, Reinheit Reinheit sein zu lassen.

Schwarz verlor.

Neben ihm erklang silberhelles Lachen, und eine Frauenstimme sagte: „Ich will hoffen, Mr. Gonisch, daß Sie mit dem Riesen besser zurechtkommen. Aber bitte folgen Sie uns nach hinten."

GONISCH wandte sich um. Er gewahrte drei Männer und eine Frau. In einem der Männer erkannte er Prinz del Curtin. Das Gesicht der Frau wirkte länglich unter der Halbmaske, ihre Augen blitzten grün durch die Schlitze, und der Mund war unverkennbar Isher.

Der Psychoprognostiker verneigte sich und entgegnete: „Mit Vergnügen."

Er ließ sich Zeit. Es gab genügend Fragen, die er stellen konnte. Wann immer er beiläufig Hedrock erwähnte, erntete er nichts als Schweigen. Das fiel ihm auf. Gonisch lehnte sich zurück, betrachtete nacheinander seine Gesprächspartner und sagte behutsam: „Ich habe den Eindruck, Sie sind nicht ganz offen zu mir."

Er hatte die Worte bereits ausgesprochen, als ihm aufging, daß sie nicht unbedingt bewußt handelten. Ihre Ernsthaftigkeit war unverkennbar. Und sie konnten kaum ahnen, daß es ihm ausschließlich um Hedrock ging. Dennoch schienen sie sich stillschweigend darauf geeinigt zu haben, den Namen nicht zu erwähnen.

Es war Prinz del Curtin, der ihm antwortete. „Ich versichere Ihnen, Mr. Gonisch, daß Sie sich irren. Es gibt keinen Bericht über das Auftreten der Riesen, der nicht zu uns gelangt ist. Und falls ein unerkannter Hinweis auf seine Identität existiert, muß er in diesem Material stecken. Fragen Sie, und wir antworten rückhaltlos."

Das klang überzeugend. Gonisch wurde klar, daß seine Aufgabe schwieriger war, als er vorhergesehen hatte. Möglicherweise würde er Farbe bekennen müssen, obwohl ihm der Gedanke nicht sehr behagte.

„Sie täuschen sich, wenn Sie meinen, Sie wären die einzige verläßliche Informationsquelle", sagte er vorsichtig. „Es gibt jemanden, wahrscheinlich einen der größten lebenden Männer, dessen ungeahnte Fähigkeiten wir erst langsam zu erkennen beginnen. Ich spreche von Robert Hedrock, der in der Armee Eurer Majestät den Rang eines Captains bekleidet."

Zu Gonischs Erstaunen beugte die Kaiserin sich vor. Ihr Blick ließ ihn nicht los, ihre Augen leuchteten, ihre Lippen öffneten sich. „Sie meinen", flüsterte sie, „die Waffenschmiede halten Robert . . ., Captain Hedrock für einen großen Mann?"

Sie wartete die Antwort nicht ab, sondern wandte sich an Prinz del Curtin. „Sehen Sie", rief sie, „sehen Sie!"

Der Prinz lächelte. „Majestät", gab er gelassen zurück, „ich habe von Captain Hedrock immer eine hohe Meinung gehabt."

Die Frau schaute wieder Gonisch an und sagte mit eigenartiger Förmlichkeit: „Ich werde dafür sorgen, daß Captain Hedrock über Ihren Wunsch informiert wird, ein Gespräch mit ihm zu führen."

Sie war unterrichtet! Soviel stand außer Zweifel. Langsam richtete Gonisch sich in seinem Sessel auf. Der Rat der Waffenschmiede wartete in fiebriger Ungeduld auf das Resultat dieser Zusammenkunft. Seine Gesprächspartner maßen einem Ende der Zerstörungsarbeit des Giganten ebensolche Bedeutung zu wie die Waffenschmiede der Ergreifung Hedrocks. Die Ironie der Sachlage wollte es, daß Hedrocks Tod gleichzeitig beide Probleme lösen würde.

Er setzte sein bestechendstes Lächeln auf und bemerkte: „Sie scheinen um Captain Hedrock ein regelrechtes Geheimnis zu machen. Darf ich fragen, weshalb eigentlich?"

Zu seiner Überraschung trug ihm die Frage einen verwunderten Blick des Prinzen del Curtin ein. „Ich hätte doch gedacht", entgegnete der Mann höflich, „daß gerade Sie längst zwei und zwei zusammengezählt hätten. Oder sollten Sie einer der wenigen sein, die nicht darüber unterrichtet sind, was sich heute abend zugetragen hat? Wo haben Sie die Zeit seit kurz vor zehn zugebracht?"

Gonisch wußte nicht mehr, was er denken sollte. Um sich den Kopf freizuhalten, war er früh in Imperial City eingetroffen. Um halb zehn hatte er ein ruhiges kleines Restaurant aufgesucht, sich anschließend ein Theaterstück angesehen, das bis halb eins gedauert hatte. Seitdem war er durch die Straßen geschlendert.

Keine Nachrichtensendung hatte ihn erreicht! Das war es. So unglaublich es ihm jetzt vorkam, die halbe Welt hätte untergehen können, ohne daß er davon erfahren hätte. Prinz del Curtin fuhr fort: „In solchen Fällen wird der Name des Mannes normalerweise nicht bekanntgegeben, aber . . ."

„Prinz!" sagte die Kaiserin; ihre Stimme klang leise und intensiv. Die Männer blickten sie erstaunt an. „Kein Wort mehr. Irgend etwas ist hier faul. Hinter den Fragen nach Captain Hedrock steckt eine tiefere Absicht. Den Waffenschmieden geht es keineswegs nur um den Riesen. Sie wollen . . ."

Im selben Augenblick wurde ihr klar, daß ihre Warnung zu spät kam. Sie brach ab, um Gonisch anzublicken, und bei dem Ausdruck in ihren Augen empfand er Mitleid mit ihr. Bis zu diesem Moment hatte er niemals Anlaß gehabt, über ihre Gefühle nachzudenken; nun aber . . .

Doch ein Zögern durfte es nicht geben. Gonisch hatte bereits die Ärmel zurückgestreift und sprach in das Holo an seinem Handgelenk: „Captain Hedrock befindet sich in den Gemächern der Kaiserin . . ."

Die drei Begleiter Innelda Ishers reagierten rasch. Sie warfen sich wie ein Mann auf ihn. Gonisch leistete keinen Widerstand, als er am Boden lag.

Nur Sekunden vergingen, ehe er eine eigenartige Erleichterung bei dem Gedanken empfand, daß er, den eine unerbittliche Pflicht gezwungen hatte, seinen Freund preiszugeben, nun selbst sterben würde.

13. KAPITEL

DIE DUNKELHEIT hatte sich nicht gelichtet. Zusammengesunken, mit offenen Augen, hockte Neelan im Pilotensessel; und die Nacht war abgrundtief.

Aber es hatte sich etwas verändert.

Sich vorzustellen, daß es zwei Arten von Finsternis geben konnte, fiel ihm schwer. Sein Gehirn arbeitete träge – wie aus der Ferne schienen seine Gedanken zu ihm zu dringen.

Seine Erinnerung setzte ein, doch auch sie erreichte ihn von weither, als hätte ein anderer Teil seines Selbst die körperlichen Eindrücke durchlebt.

Allmählich wurde er der tiefen Stille gewahr, registrierte den Mangel an Empfindung, Bewegung. Langsam fand er zu sich. Er richtete sich im Sessel auf, warf einen Blick auf die Schirme.

Er starrte in den Weltraum. In jeder Richtung funkelten Sterne. Keine einzige Sonne, sondern nichts als nadelscharfe Lichtpunkte verschiedener Helligkeit.

Und kein Andruck, keine Schwere. Sein Blick suchte den Hyperantrieb. Der Antrieb arbeitete noch. Aber der Effekt war nicht zu spüren.

Der Fahrtmesser zeigte einen unmöglichen Wert an: der automatische Kalender war auf den 28. August 4791 Isher, 19 Uhr, vorgerückt.

Neelan nickte. Er war also zweiundzwanzig Tage lang bewußtlos gewesen, und während dieser Zeit hatte das Schiff eine Strecke von . . .

Er warf erneut einen Blick auf den Fahrtmesser, aber er gab den Gedanken auf, auch nur eine Schätzung zu versuchen.

Übelkeit überkam ihn. Eine Weile saß er regungslos da und kämpfte mit dem Brechreiz, der ihn zu überwältigen drohte.

Allmählich überwand sein trainierter Körper den Anfall, und er merkte, daß Hunger die heftige Übelkeit hervorgerufen hatte.

Sobald er daran dachte, steigerte sich das Hungergefühl. Die schmerzhafte Leere peinigte seinen Magen. Wütende Gier krampfte seinen Körper zusammen.

Zweimal versuchte er sich aufzuraffen; jedesmal gaben seine Beine nach, und er rang nach Luft. Beim drittenmal ließ er sich auf das Deck fallen und kroch zur Kombüse.

Die Mahlzeit nahm eine Stunde in Anspruch. Nach den ersten Schlucken Nährflüssigkeit zwang er sich zu einer leichten Kost. Danach hätte er liebend gern geschlafen.

Er zögerte. Das Problem seiner Entfernung von der Erde beschäftigte ihn ebenso wie das unerklärliche Fehlen jedes Andrucks. An irgendeinem Punkt seines Fluges mußte eine unbekannte Kraft des Universums auf den Hyperantrieb eingewirkt haben.

Nachdenklich kehrte er zu der Instrumententafel zurück. Er brachte lange Minuten damit zu, die Teleskopaugen der Bildschirme zu verstellen. Einige wenige Sterne blinkten heller, aber keiner veränderte merklich seine Größe.

Der Fahrtmesser zeigte immer noch über sechshundert Millionen Sekundenkilometer an. Bei dieser Geschwindigkeit legte das Raumschiff die Entfernung Erde – Centaurus alle achtzehn Stunden zurück. Folglich bestand das Problem darin . . .

Er tippte einen Halbkreis in die Steuerung ein. Der Autopilot begann zu ticken – hundertachtzigmal in rascher Reihenfolge.

Die Sterne drehten sich und kamen nach genau drei Sekunden wieder zur Ruhe. Eine perfekte Haarnadelkurve von achtzehn Millionen Kilometern. In zweiundzwanzig Tagen konnte er also wieder die Erde sichten. Doch nein – langsam!

Neelan schüttelte den Kopf. Noch einmal durfte er sich nicht einer Beschleunigung aussetzen, die ihm für drei Wochen das Bewußtsein geraubt hatte.

Nach einigen Berechnungen schaltete er den Antrieb auf Dreiviertelkraft – und wartete. Seine Logik sagte ihm, daß er, kurz nachdem der Andruck nachgelassen hatte, das Bewußtsein zurückerlangt hatte.

Zwei Stunden vergingen ohne Resultat. Sein Kopf sank immer wieder nach unten, die Augen fielen ihm zu. Doch der Ruck, mit dem das Raumschiff abbremsen mußte, blieb aus.

Er überprüfte die Instrumente. Der Antrieb arbeitete mit fünfundsiebzig Prozent Leistung.

Offenkundig durchquerte er nach wie vor ein trägheitsfreies Feld, das jeder Erklärung spottete.

Trotz aller Sorgen und Befürchtungen streckte sich Neelan schließlich auf einer der Andruckliegen aus und schlief sofort ein.

EIN SCHLAG erschütterte das Raumschiff. Neelan fuhr aus dem Schlaf hoch. Als er den stetigen Zug spürte, der auf seinen Körper einwirkte, beruhigte er sich. Er zerrte an ihm wie ein heftiger Wind, ließ sich aber ertragen, sobald er den ersten Schock überwunden hatte.

Die Frage war: an welchem Punkt? Wann hatte er das Feld verlassen, war zurückgekehrt in die Welt fühlbarer Beschleunigung und Verlangsamung?

Es drängte ihn aufzuspringen, einen Blick auf den Fahrtmesser zu werfen, doch er zwang sich, ruhig liegenzubleiben; zu deutlich spürte er, wie Zellen, Nerven, Sehnen, Muskeln in seinem Körper sich umzustellen begannen.

Er ließ eine halbe Stunde verstreichen, und von Augenblick zu Augenblick empfand er deutlicher, daß er keinen Schaden davongetragen hatte. Das Gefühl zählte mehr als zuvor. Er dachte an Gilbert und an die unzähligen Meilen, die ihn immer noch von ihm trennten.

Die Bildschirme sagten ihm nichts Neues. Der Kalender war auf den 29. August, 23.03 Uhr, vorgerückt, die Geschwindigkeit auf fünfhundertzwanzig Millionen Sekundenkilometer gesunken.

Er beschloß, sich wieder hinzulegen, danach zu essen und erst dann den Antrieb abzuschalten, um ihn genauer zu untersuchen.

Als er daranging, stieß er auf Neuanordnungen des Elektronenflusses, in denen er uralte Erfindungen in abgewandelter

Form wiedererkannte. Die Feststellung, die ihn anfangs überraschte, begann ihn alsbald zu deprimieren.

Hätte die entsprechende Gruppe von Forschern ihr Wissen kombiniert, so wäre die Menschheit vor viertausend Jahren so weit gewesen wie heute, sagte er sich.

Wie mancher vor ihm hatte Kerschaw ein Naturgesetz wiederentdeckt, das beim technischen Aufstieg beiseite geschoben worden war. Neelan seufzte, als er die Antriebsstruktur mit den jahrtausendealten mathematischen Formeln verglich, denen er in seiner Ausbildung begegnet war. So, wie die Natur den Menschen nicht eingeplant hatte, so war die Kernphysik die Geschichte einer einzigen langen Wiederentdeckung.

Neelan entsann sich, daß es ein Institut gab, das sich damit beschäftigt hatte, die Grundformeln mit sämtlichen Abermilliarden Variablen durchzurechnen. Selbst unter Einsatz aller verfügbaren Computerkapazität würde der interstellare Antrieb wahrscheinlich ungefähr zu dem Zeitpunkt entdeckt werden, an dem die Kraft der Sonne nachlassen, das Sonnensystem ins Muttergestirn zurückstürzen und die Erde die Gattung nicht mehr gedeihen lassen würde, die einen kosmischen Augenblick lang ihre Einsamkeit gestört hatte.

Bei der Vorstellung überkam ihn Melancholie. Er kehrte aus der Triebwerkskammer in die Steuerzentrale zurück und schaltete den Antrieb wieder auf Dreiviertelkraft.

Seine schwermütige Stimmung wuchs, während er auf die Bildschirme starrte. Was er erkennen konnte, wirkte durchweg fern, unendlich weit weg.

Angesichts solcher Unendlichkeit kam die menschliche Suche nach dem Licht der Wahrheit ihm vor wie das blinde, vergebliche Flattern einer Motte. Der rücksichtslose Machtkampf um den interstellaren Antrieb verlor jede Bedeutung. In der immensen kosmischen Nacht spielte er nicht die geringste Rolle.

Hier schien es plötzlich kaum noch glaublich, daß jemand wie die Kaiserin Innelda Isher existieren und blindlings um die Machtstellung ihrer Sippe kämpfen sollte.

Neelan riß sich gewaltsam aus seiner Stimmung und starrte

zu den reglosen Sternen hinaus. Die Überzeugung, die sich in ihm festsetzte, war ebenso einfach wie unerfreulich: Einem einzigen Menschen, einsam in dieser Weite, würden die Stunden und Tage des Fluges lang werden.

IN DEN folgenden vierundzwanzig Stunden nahm die Geschwindigkeit des Raumschiffs um achtzehn Millionen Sekundenkilometer ab. Neelan verfolgte diese Entwicklung mit innerer Unruhe. Die leise Furcht stellte sich ein, der Aufenthalt des Schiffes in dem trägheitslosen Feld könnte einen gefährlichen Unsicherheitsfaktor eingeführt haben. Falls sein Tempo sich im selben Rhythmus weiter verlangsamte, würde das Raumschiff nach spätestens zweiunddreißig Tagen zum Stillstand kommen.

Auch am dritten Tag wurde das Raumschiff um knapp achtzehn Millionen Sekundenkilometer langsamer. Allmählich wich das hohle Gefühl aus Neelans Magengegend, während die Stunden sich dahinschleppten und er die stetige Abbremsung verfolgte.

Immer deutlicher schälte sich heraus, daß beim Überschreiten einer Geschwindigkeit von fünfhundert Millionen Sekundenkilometern Beschleunigung und Verlangsamung anderen Gesetzen unterliegen mußten. Die entsprechenden Werte waren mindestens viermal so hoch, obschon eine Obergrenze zu existieren schien.

Während seine gegenwärtige Geschwindigkeit immer weiter zurückging, vervollkommnete er seine Berechnungen. Im Laufe des einunddreißigsten Tages verfolgte er mit grimmiger Befriedigung, wie das Licht des Fahrtmessers dem Rand näher kroch und schließlich erlosch. Auf der Instrumententafel leuchtete eine Anzeige auf:

ANTRIEB AUS. SCHIFF DRIFTET.

Er hatte sich nur um eine Stunde und neunzehn Minuten verrechnet, ein Treffer ins Schwarze bei der enormen Strecke.

Seine Zufriedenheit sank beträchtlich, als er die Schirme

musterte. Er justierte die Teleskopaugen und schaltete den automatischen Abstandsmesser ein. Die nächste Sonne stand zwei Lichtjahre entfernt an Backbord, doch ihr Prisma unterschied sich erheblich von Sol.

Sie leuchtete in tiefem Gelb. Der Eindruck verstärkte sich noch, als seine Maschine darauf zustürzte. Aus anderthalb Millionen Kilometern Entfernung glich sie einem Feuerball, dessen ockerfarbene Glut noch kein menschliches Auge erblickt hatte. Auch mit einem der sonnennächsten Sterne wies sie keine Ähnlichkeit auf.

Sieben Lichtjahre in gerader Linie über sie hinaus glühte eine schwache rote Sonne. Ein blauer Stern stand über siebzehn Lichtjahre entfernt an Steuerbord. Der drittnächste Stern befand sich wiederum vierzig Lichtjahre jenseits davon.

Eine genauere Nachprüfung konnte nicht schaden. Der Himmel flammte von Konstellationen, und Sol wie Centaurus ließen sich um so leichter übersehen, als er seine gegenwärtige Position nicht kannte.

Drei Planeten schwammen in seinen Gesichtskreis, aber Neelan wußte, daß ihre Zahl höher liegen konnte. Das Auflösungsvermögen der Teleskopaugen, über die das kleine Raumschiff verfügte, war begrenzt.

Nach einigem Abwägen entschied er sich für einen Planeten, der hundertzwanzig Millionen Kilometer von der ockergelben Sonne entfernt war, zehntausend Kilometer Durchmesser aufwies und eine Atmosphäre zu besitzen schien.

Das war in der Tat der Fall. Das Raumschiff glitt durch dichte Luftschichten, gelangte über ein Meer und steuerte, von seiner Hand gelenkt, auf einen Kontinent zu. In Küstennähe landete Neelan neben einem unberührten Wald.

Der Luftdruck betrug eins Komma zwei Atmosphären, der Sauerstoffgehalt dreißig Prozent; giftige Gase in größeren Anteilen fehlten. Aus der Schleuse gelangte Neelan auf einen Teppich dichten graufarbenen Grases. Ein ganz leichter Wind wehte, sonst herrschte tiefes Schweigen, nur unterbrochen vom Plätschern der Wellen am Sandstrand.

Er badete und verfolgte dann, wie die gelbe Sonne hinter

dem Horizont des Meeres versank. Die Dunkelheit setzte unvermittelt ein, und die Einsamkeit, die er verspürte, ließ sich mit nichts vergleichen, was er im Raum empfunden hatte.

DIE GANZE Nacht hindurch seufzte das Meer an dem unbelebten Ufer das ewige Klagelied des Wassers, das auf Land trifft. Als er am Morgen aufstieg, um seine Reise fortzusetzen, kreiste der Planet hinter ihm leer durch die schwarze Einöde um die Sonne, eine weitere Welt, die die Natur bei ihrem verzweifelten Versuch, intelligentes Leben zu erschaffen, vergeblich hervorgebracht hatte.

Er hatte es von Anfang an gewußt. Die Sonne dieses Planeten war gelber, als Sol jemals scheinen würde. Gelber und fremd und unvertraut.

Die blaue Sonne kam rasch näher, aber erst als die Schirme keine Begleiter zeigten, erstarb seine Hoffnung, es könnte sich um Sirius handeln.

Planeten existierten – ein Dutzend fahle Himmelskörper sichteten die Teleskope beim ersten Schwenk, doch sie unterstrichen nur die verzweifelte Wirklichkeit, die tödliche Tatsache: Er hatte sich verirrt – verirrt in einer Nacht, die ihm mit jeder Stunde weniger Anhaltspunkte lieferte.

Da erschütterte ein Schlag das Raumschiff in allen Fugen. Es wirbelte umher wie Treibholz in einem Strudel. Der Pilotensessel rettete Neelan, denn er war kardanisch aufgehängt und durch keine Lageveränderung aus der Senkrechten zu bringen.

Doch das registrierte Neelan nur für den Bruchteil eines Augenblicks, denn kolossale torpedoförmige Schiffe erfüllten den umgebenden Raum. Auf jedem Schirm erschienen die kilometerlangen Ungetüme, und jede einzelne gewaltige Maschine war Teil eines Rings, der das winzige Boot völlig umschloß.

Aus diesem monströsen Schwarm drang ein Gedanke. Er brandete in die Steuerzentrale wie eine gigantische Blase. So groß war seine Wucht, daß Neelan im ersten Moment keinen Sinn in ihm erkannte, bis er begriff, daß der titanische Gedanke nicht ihm galt, sich nur mit ihm befaßte: . . . *stammt von* . . .

(unverständlich) . . . *Intelligenztypus minus neunhundert . . . Forschungsinteresse Spannung eins . . . Vernichten?*

Während Neelan am Rande seiner Vernunft auf einen erbarmungslosen Tod wartete, schoß ihm der abwegige Einfall durch den Kopf, daß damit der irdische Konflikt um den Besitz des interstellaren Antriebs endgültig seinen Sinn verloren hatte.

Es war zu spät. Der Mensch war als Nachzügler auf den Plan getreten. Größere Wesen als er hatten längst vom Universum Besitz ergriffen. Was übriggeblieben war, würden sie nach ihrem unerbittlichen Ratschluß aufteilen.

Zu spät, zu spät . . .

14. KAPITEL

NEELAN wußte nicht zu sagen, ob er eine einzige oder viele Minuten lang reglos verharrt hatte. Als seine Benommenheit endlich nachließ, hatte er das grauenvolle Gefühl, aus einem Abgrund lähmender Angst aufzutauchen.

Am unbegreiflichsten war die Erkenntnis, daß er noch lebte.

Wie eine Flamme, der Sauerstoff zugeführt wurde, loderte sein Lebenswille auf und nährte seine Entschlossenheit. Mit verengten Augen starrte er auf die Bildschirme; wie Fenster wirkten sie, durch die er die riesigen Schiffe erspähte, die ihn umgaben.

Fast hätte die schreckliche Angst ihn aufs neue gepackt. Derart zahlreich waren sie, viel zu zahlreich; zu todverheißend war ihre bloße Anwesenheit. Aber noch war er am Leben.

Diese zweite, bewußtere Überlegung elektrisierte ihn. Seine Finger zuckten zu den Instrumenten. Mit einer einzigen kontinuierlichen Willensanstrengung stellte er einen Kurs ein, der auf die schmale Öffnung zwischen zwei der Kolosse zielte, wartete, bis das Raumschiff die Korrektur befolgt hatte – und drückte entschlossen den weißen Schalter herunter.

Die Kräfte, denen sie sein Boot ausgesetzt hatten, richteten sich mutmaßlich nach dessen gedrosselter Beschleunigung; sie ließen sich überwinden, wenn er auf volle Kraft setzte.

Entsetzt zuckte er zusammen, denn ihn umgab Schwärze, ein Abgrund an Finsternis, nicht eingebildet, sondern wirklich. Er sog keuchend den Atem ein, schaltete mit einem Ruck den Hyperantrieb aus.

Nach einem Augenblick der Fassungslosigkeit entsann er sich, daß er einen kaum merklichen Zug verspürt hatte. Nichts existierte noch – weder Schiffe, noch Sterne, noch der Feuerball der blauen Sonne.

Nichts. Und doch arbeiteten die Bildschirme. Sie registrierten Dunkelheit ohne einen einzigen Lichtschimmer.

Nach einem Moment drückte Neelan auf einen Knopf an der Instrumententafel. Unverzüglich glühte ein Wort auf:

METALL

Umgeben von Metall! Das hieß . . .

Er befand sich im Inneren eines Raumschiffs.

In einem der kilometerlangen Kolosse.

Auf der Erde verfügten die Waffenschmiede über Materiesender, mit denen sich Gegenstände durch physische Hindernisse hindurch und über große Entfernungen hinweg befördern ließen. Die Versetzung seines Raumschiffes in den Laderaum einer größeren Maschine lag durchaus im Bereich des Möglichen.

Unvermittelt, mit niederschmetternder Wucht, ergriff die Erkenntnis seiner Lage Besitz von ihm. Er fiel zurück in den Sessel, geschwächt und erschöpft von dem Ansturm seiner Gefühle. Es dauerte eine Weile, bis seine Gedanken sich beruhigten.

Er befand sich in der Gewalt anderer; irgendwann würde er erfahren, welches Schicksal ihm zugedacht war.

Doch die Minuten verstrichen ohne ein Zeichen seiner Bezwinger. Schließlich verspürte er Hunger. Er schaltete die Kochröhren ein und bereitete sich eine Mahlzeit zu. Beim Essen begann er an seiner instinktiven Reaktion zu zweifeln, abzuwarten, ohne sich von der Stelle zu rühren.

Schließlich hatte er es mit intelligenten Lebewesen zu tun!

An diesem Punkt hielten seine Gedanken erneut inne,

frappiert und wie betäubt. Intelligent! Der Begriff war ungeeignet. Er beschrieb nicht, worauf er gestoßen war.

Das menschliche Gehirn vermochte die Wirklichkeit nicht zu erfassen. Ein derart ungeheuerlich entwickelter Geist, ein wissenschaftlicher Kenntnisstand solchen Ausmaßes . . .

Der Kopf wirbelte ihm, seine Nerven streikten. Mit einer gewaltsamen Anstrengung zwang er sich zurück zu seinen Überlegungen.

Letztlich zählte derzeit nur eins: Sie ließen ihn am Leben. Was bedeuten mochte, daß er sich für sie als nützlich erweisen konnte. Daß man etwas von ihm wollte.

Neelan beendete seine Mahlzeit und streifte sich danach langsam einen Raumanzug über. Er fröstelte, aber er war entschlossen zu handeln.

Als er fertig war, öffnete er die Luftschleuse, dachte finster, wie weit davon entfernt er war, Gilbert zu retten, und trat vorsichtig hindurch.

DRAUSSEN herrschte Schwerelosigkeit, und ein Stoß gegen die offene Schleuse genügte, um ihn davonschweben zu lassen. Seine Handlampe zerteilte die Dunkelheit, enthüllte eine Ebene aus Metall, Wände, die sich in der Ferne abzeichneten, und in den Wänden die Umrisse weiterer Durchgänge.

Der Anblick war so gewohnt und alltäglich, daß ein erheblicher Teil seiner Unruhe von ihm wich. Wenn ein Durchlaß sich öffnen ließ, würde er einfach dem dahinterliegenden Gang folgen.

Gleich das erste Schott gab dem Druck seiner Hand nach.

Perplex, wie er war, brauchte er einen Augenblick, ehe er scharf die Luft einsog.

Aus einer Höhe von etwa drei Kilometern starrte er auf eine Stadt hinunter. Zahllose indirekte Lichtquellen ließen sie strahlen und glitzern, weitläufige Parkanlagen umgaben sie, und dahinter erstreckte sich eine grüne Landschaft mit Wiesen, Wäldern und sprudelnden Bächen.

Auf den drei Seiten, die er überblicken konnte, verschwamm die Szenerie im Dunst der Ferne. Abgesehen von dem offenkundig begrenzten Horizont hätte es sich um die Erde handeln können.

An diesem Punkt traf ihn der zweite Schock. Eine Stadt, ging es ihm durch den Kopf, eine ganze Stadt im Inneren eines Raumschiffs!

Seine Vorstellungskraft verweigerte ihm den Dienst. Der Kopf summte ihm. Er hatte das Raumschiff auf anderthalb Kilometer Länge geschätzt. In Wirklichkeit mußte es fünfzigmal so lang sein und mit seinesgleichen wie ein Planetoidenschwarm, bemannt von unglaublichen Wesen, durch den Raum kreuzen.

Nur mit Mühe erinnerte sich Neelan wieder an sein Vorhaben. Er zwang sich zu kühlem, praktischem Denken, während er im Geist die Ausmaße des größten Durchlasses abschätzte und dann zu seinem Schiff zurückkehrte.

Einen Augenblick lang fragte er sich, ob die Lebewesen den Start zulassen würden. Alles hing davon ab, was sie mit ihm im Sinn hatten. Seine Zweifel vergingen jedoch, als sich das Raumschiff in Bewegung setzte, durch die Öffnung glitt und gleich darauf am Stadtrand aufsetzte.

Kaum war er gelandet, wurde ihm plötzlich klar, daß er genau das getan hatte, was man von ihm erwartete.

Diejenigen, die das Schiff bemannten, verfolgten eine bestimmte Absicht, und wenn Vorsichtsmaßnahmen ihm auch lächerlich vorkamen, konnte es doch nicht schaden . . .

Grimmig analysierte er die umgebende Luft. Der Druck betrug genau eine Atmosphäre, der Sauerstoffgehalt neunzehn Prozent, Stickstoffanteil neunundsiebzig, die Temperatur zweiunddreißig Grad, die Schwerkraft 1 g.

Er hielt inne, bebend vor unheilvollem Argwohn. Eine mustergültige Imitation der Erde.

Was er erblickte, war eine unmenschlich perfekte Nachahmung, im Bruchteil eines Augenblicks für ihn erschaffen.

Irgend etwas wollten sie von ihm.

Mochten sie ihn anfangs auch negativ eingestuft haben, irgendein Wesenszug hatte in dem enormen Intellekt der Wesen einen Sinneswandel bewirkt und sie veranlaßt, ihn weiter zu beobachten.

Unbehaglich starrte Neelan auf die Schirme. Er erblickte nichts außer leeren Straßen, die sich in alle Richtungen erstreckten – eine verlassene Stadt.

Er entledigte sich seines Raumanzugs. An Widerstand war nicht zu denken. Geschöpfen, die beiläufig in Sekundenschnelle eine irdische Umgebung für ihn erschaffen konnten, war er vollkommen ausgeliefert.

Er setzte den Fuß aus dem Raumschiff und wurde von tiefem Schweigen empfangen.

Kein Luftzug, nirgends eine Bewegung. Die nächsten Bäume standen in der Totenstille da, ihre Äste ragten auf, die Blätter hingen steif und reglos. Die Szene erinnerte an eine Miniatur unter einer Glasglocke, einen geschnitzten Garten in einer Flasche, mit einer winzigen menschlichen Figur.

Nur hatte er nicht vor, reglos zu verharren.

Das erste weißschimmernde Gebäude, zu dem er gelangte, war lang, aber nicht besonders hoch. Der Summer reagierte, sein Pochen hallte hohl wider, und nach einer Weile drehte er den Knopf.

Die Tür öffnete sich und enthüllte unvermittelt, ohne eine Andeutung von Flur oder Foyer, ein geschmackvoll eingerichtetes Schlafzimmer. Es war geräumig und kam ihm bekannt vor.

Mit gerunzelter Stirn trat Neelan ein, blieb stehen, versuchte sich zu erinnern, woher die Vertrautheit rührte. Er grübelte immer noch, als er plötzlich nicht mehr allein war. Eine Frau und ein Mann standen neben dem Bett, über einen zweiten Mann gebeugt, der unter den Decken lag.

Er konnte dessen Züge von seinem Standort aus erkennen, ein gequältes, schmerzverzerrtes Gesicht . . .

Neelan wurde starr vor Schreck. Ein heiserer Schrei entrang sich seiner Kehle. Seine Knie drohten nachzugeben, während er zum Ausgang stürzte. Er stolperte, raffte sich auf, fiel in seiner Benommenheit über die Schwelle und stürzte auf die Straße.

Er blieb liegen, rang nach Klarheit, versuchte zu begreifen, was seine Gedanken nicht fassen wollten.

Der Kopf wirbelte ihm, aber er hegte nicht den Hauch eines

Zweifels an dem Anblick, der sich ihm geboten hatte. Die beiden Gestalten, die sich über das Bett geneigt hatten, waren Zeydel und die Isherkaiserin gewesen.

Bei dem Schlafzimmer handelte er sich um das Palastgemach, in das er vor fast zwei Monaten geschafft worden war, nachdem der Sensor seine Widerstandsfähigkeit gegen Folter getestet hatte.

Und der Mann, der im Bett lag, war – er selbst.

NEELAN spürte, wie langsam eine Spur Kraft in seine Glieder, ein Rest Vernunft in sein Bewußtsein zurückkehrte.

Unsicher erhob er sich. Das helle indirekte Licht, der Anblick der Gebäude, der Bäume halfen ihm, seine Fassung wiederzugewinnen. Eine Vorspiegelung, dachte er angespannt, ein nachgestelltes Ereignis, herausgepickt aus seiner Erinnerung.

Aber wieso gerade diese Episode? Weshalb irgendeine? Warum? Warum?

Während es ihm noch kalt über den Rücken rann, wurde ihm klar, was er tun mußte. Er fühlte sich abgestoßen, fast angewidert, dennoch zwang er sich, einen Blick durch die Tür zu werfen. Das Zimmer war leer – und seine Erleichterung so gewaltig, daß er schlucken mußte.

Rasch begab er sich in die Stadt. Er schritt erst langsamer aus, als die Stille und die Einsamkeit ihm wieder zusetzten, eine unnatürliche Atmosphäre, die wie ein Leichentuch auf ihm lag.

Er durfte sich nicht zermürben lassen, schärfte er sich ein. Was immer seine unsichtbaren Bezwinger für ihn bereithielten, er mußte dem ins Auge blicken.

Freundlich gesonnen waren sie ihm nicht. Soviel stand fest. Zu rasch, zu unbedenklich war die Erwägung aufgetaucht, ihn zu töten. Eiskalte Berechnung mußte hinter jedem Aufschub stecken; ein fremdartiges Interesse, das jeden Augenblick erlöschen konnte und für ihn das Ende bedeutete.

Nun gut, wenn es nicht anders ging. Stillzuhalten gedachte er nicht, denn alles andere war besser als diese Grabesruhe.

Abrupt wandte sich Neelan einem kleineren Wolkenkratzer aus Marmor mit dreißig Etagen zu. Das imposante Portal gab beim Öffnen, wie schon im ersten Gebäude, unmittelbar den Blick auf einen Raum frei.

Sämtliche Wände bestanden aus Metall, und vor einer Instrumententafel war ein Mehrzwecksessel in den Boden eingelassen. Die Ähnlichkeit mit dem Navigationsraum seines Raumschiffes war derart frappierend, daß Neelan den Augenschein akzeptierte.

Er versuchte zu erkennen, welchen Augenblick im Ablauf der Ereignisse die Kopie eingefangen hatte. Das jähe, aus dem Nichts erfolgende Erscheinen eines Abbilds seiner selbst im Pilotensessel erschütterte ihn nur noch wie der Einschlag einer nahen Explosion, ohne seine Widerstandskraft vollends zu brechen.

Er zwang sich hinzusehen, spürte, wie eisige Finger über seinen Rücken krochen, brachte es endlich über sich, näher zu treten.

Er erwartete, daß der Körper verschwinden würde. Doch er blieb. Er rechnete damit, daß das Abbild sich unter seiner Berührung als Illusion erweisen würde. Aber es hatte Bestand. Seine Finger spürten Stoff und warme Haut.

Der Doppelgänger in dem Sessel reagierte nicht. Er starrte reglos auf den zentralen Bildschirm.

Neelan hätte sich halb umwenden müssen, um dem Blick zu folgen, und jetzt, nachdem er seine Scheu vor dem Körper überwunden hatte, empfand er kompromißlose Entschlossenheit. Eins nach dem anderen, sagte er sich.

Er biß die Zähne zusammen, packte sein anderes Ich bei den Schultern und bemühte sich unter Einsatz seiner gesamten Körperkraft, das Abbild aus dem Pilotensessel zu zerren.

Umsonst; er hatte weder Erfolg, noch erzielte er irgendeine Reaktion. Der Kopf blieb steif vorgebeugt, die Augen fuhren fort, geradeaus zu starren. Langsam wandte Neelan den Blick in dieselbe Richtung.

Er stieß einen Seufzer aus, als er auf dem Schirm die aufs äußerste konzentrierten Züge Innelda Ishers gewahrte. Hier war die letzte Aufforderung der Kaiserin an ihn nachgestellt, nur ihre eindringliche Stimme fehlte, mit der sie ihn zur Landung beschwor. Wie wenig sie den Impuls begriffen hatte, der ihn wirklich trieb.

Bei dem unvermittelten Gedanken an Gilbert überfiel ihn tiefe Traurigkeit. Nach Tagen und Wochen in der Wüstenhölle würde es, konnte es für ihn kaum noch Hoffnung geben.

Neelan hatte die Augen geschlossen, während die Überlegung ihn quälte. Er öffnete sie, als feiner, heißer Sand ihm ins Gesicht peitschte; öffnete sie und glaubte, nicht mehr bei Verstand zu sein.

Er stand nicht länger im Navigationsraum, aber auch nicht in einem Gebäude. Die Stadt war verschwunden. Er verkrampfte sich, wollte sich aufrichten und begriff, daß er in einer weiten roten Wüste unter einer riesigen, aufgeblähten Sonne lag. Weit zu seiner Linken, fast verhüllt von einem Staubvorhang, brannte eine zweite Sonne herab, weitaus kleiner, von der Farbe geronnenen Blutes in dieser Welt aus pulvrigem Sand.

Unweit von ihm lagen weitere Gestalten. Eine von ihnen drehte sich mühsam zur Seite, ein kräftiger, gutaussehender Mann, dessen Lippen sich bewegten. Lebensmittelbehälter kamen bei seiner Bewegung in Neelans Blickfeld, Maschinen, eine Wasseraufbereitungsanlage – und dann heftete sein Blick sich auf den Mann selbst.

„Gilbert!“ schrie er. „Gilbert, Gilbert!“

„Dan!“ Die Antwort schien von weit, weit her zu ihm zu dringen, mehr ein verwehender Gedanke als ein Laut; ein erschöpfter Seufzer, der die weite Nacht überbrückte. Er kam wieder, fern, schwach, aber dennoch klar – und er galt Neelan. „Dan, wo bist du? Wie bringst du das zuwege? Ich spüre, daß du nicht in meiner Nähe bist . . . Dan, ich bin krank. Ich werde sterben. Wir schleppen uns über einen erratischen Planeten, der einem der beiden Centauririesen immer näher kommt. Die Stürme werden heißer und heftiger. Wir . . ., o Gott!“

Die Unterbrechung war so schroff, daß sie schmerzte wie Feuer. Die Verbindung riß wie ein überdehntes Band. Unzählige Lichtjahre schoben sich unerbittlich in die Kluft.

WANN der Umschwung erfolgte, wußte Neelan nicht zu sagen. Als erstes wurde ihm bewußt, daß er weder auf Sand noch auf Metall lag. Anfangs registrierte er das nur vage.

Überwältigend stark erfüllte ihn der Gedanke nicht nur an Gilbert, sondern auch an das Wunder, das seine Bezwinger bewirkt hatten. Durch Intensivierung der schwachen Bande zwischen ihm und seinem Bruder hatten sie über Lichtjahre hinweg eine Gedankenverbindung geschaffen, einen unmittelbaren, unglaublichen Kontakt, der . . .

Eigenartig, um ihn herrschte Finsternis, bläuliche Dunkelheit. Neelan wollte sich aus seiner liegenden Stellung aufrichten und fiel wieder zurück, als seine Hände den Boden durchdrangen.

In verblüfftem Befremden gewahrte er, daß unter ihm ein halbdunkler Raum in dunstiger Tiefe verschwamm. Instinktiv zuckte er hoch und bemerkte erst jetzt das Ausmaß der Fremdartigkeit. Verschwunden waren der Metallboden und auch der Sand – oder hatte es sich dabei nur um eine Illusion gehandelt, hervorgerufen durch den kurzen Augenblick, in dem er den fernen höllischen Planeten mit Gilberts Sinnen erlebt hatte?

Panik überfiel ihn mit körperlicher Wucht, denn an die Stelle des Bodens war ein Geflecht über Kreuz verlaufender Taue getreten, wie das Takelwerk jener Schiffe, die in grauer Vorzeit die Meere auf der Erde befahren hatten, wie das Netz riesiger Spinnen in einem Alptraum.

In schrecklichem Begreifen brach der Gedanke jäh ab. Eisig lief es ihm über den Rücken. Wie – ein Spinnennetz!

Nichts anderes hatte er vor sich.

Neelan bäumte sich auf, warf sich auf den Rücken und blieb kraftlos liegen. Die Stadt war verschwunden und mit ihr der leuchtende Himmel.

Unirdisch düstere, bläulich-dunkle Welt. Und Netze – Meilen über Meilen. Sie liefen in die Hölle, wurden im Dunst unsichtbar. Sie erstreckten sich in alle Richtungen, verschwammen im Halbdunkel wie Gebilde aus einem furchteinflößenden Schattenreich; und barmherzigerweise waren sie anfänglich unbelebt.

Ihm blieb Zeit, sich zu stählen für den entsetzlichsten Schock, dem sein Wahrnehmungsvermögen je würde standhalten müssen. Zeit für die Erkenntnis, daß dies das wirkliche Innere des Schiffes war – und daß es bewohnt war.

Weit über sich gewahrte er den Schatten einer Bewegung. Steif, mit eiskalten Gliedern, die jeden Augenblick weiter abstarben, lag er da. Spinnen – dieses Gezücht, dachte er voller Abscheu, war also die Krone der Schöpfung, Höhepunkt intelligenter Entwicklung, Herr über das Universum.

Immer niederdrückender schien diese Vorstellung auf ihm zu lasten. Es dauerte lange, bis er bemerkte, daß aus einer verborgenen Quelle ein matter Lichtstrahl über ihn hinspielte.

Ein Donnerschlag geistiger Impulse erschütterte sein Bewußtsein, ließ jeden Nerv unter der Rückwirkung erbeben. Wie eine Weide im Sturm schwankte sein Körper im Rhythmus des Ansturms mächtiger Gedanken: *Analyse negativ . . . Physische Kontakte inexistent . . . Energiezufuhr hat verstärkend auf das Spannungsverhältnis gewirkt. Die Kontaktaufnahme zu seinem Bruder wurde über xxx?? hinweg möglich.*

Aber nicht physisch. Kalt.

Ich wollte lediglich meine Überraschung kundtun, mächtiger xxx!! (unverständlicher Titel). *Wir haben es hier zweifellos mit einer Äußerung des eigenartigen Gefühlslebens dieser Gattung zu tun. Am besten fragen wir ihn selbst –*

Mensch!

Neelans Bewußtsein, auf dem bereits der Druck der titanischen Gedanken lastete, stockte unter der anbrandenden Vehemenz.

„Ja?"

Unwillkürlich hatte er laut gesprochen. Dennoch verhallte seine Stimme in der finster-bläulichen Weite und wurde von der Stille verschluckt.

Mensch, weshalb willst du deinen Bruder retten?

Neelan schrak zurück vor dem Dröhnen, bis er das Netz in seinem Rücken spürte. Fassungslosigkeit überkam ihn; die Frage erschien ihm als die sinnloseste, die je an ihn gerichtet worden war.

Weshalb will ich Gilbert retten? dachte er konsterniert. Natürlich, weil Gilbert sein Bruder war; weil niemand sie als Halbwüchsige auseinandergebracht hatte; weil . . .

Ehe er auch nur beginnen konnte, die einfachen Grundtatsachen der menschlichen Natur zu erläutern, die dabei im Spiel waren, toste die gedankliche Donnerstimme von neuem gegen seine Stimme: *Mensch, warum hast du das Vermögen ausgeschlagen, das die Frau dir geboten hat? Mensch, weshalb hast du dich foltern lassen, statt zu deinem Vorteil nachzugeben?*

Neelan schüttelte sich betäubt, aber so erschöpft er geistig auch war, begann ihm doch ein Licht aufzugehen. Die Spinnen suchten die menschliche Gefühlswelt zu ergründen, ohne selbst zu Gefühlsregungen fähig zu sein.

Plötzlich erfaßte ihn tiefes Mitleid. Es gab kein anderes Wort, um das Gefühl zu beschreiben, das ihn durchströmte. Denn die Geschöpfe, mit denen er es zu tun hatte, waren Blinde, die wissen wollten, was Farbe hieß; Taube, die erwarteten, daß er ihnen die Bedeutung von Lauten erklärte.

Sein Mitleid schlug um in Geringschätzung – in die Art von Verachtung, wie Menschen sie seit undenklichen Zeiten für Tieferstehende empfunden hatten. Armselige, einseitige Geschöpfe, Flickwerke der Natur, wie trübe mußte ihre Existenz in dem engen Bereich ihrer Bewußtseinsregungen aussehen.

Das ungeheuerliche Getöse der Gedanken über ihm durchschnitt mit zermalmender Gewalt seine Überlegungen. Diesmal galt es nicht ihm – aber dennoch beraubte der erste Ansturm Neelan seiner mühsam wiedergewonnenen Fassung.

Bedauerlich, daß der Tod seines Bruders die Verbindung unterbrochen hat – das braucht uns nicht zu kümmern! Wir sind auf der richtigen Spur. Ein weitreichendes Experiment ist angebracht.

XXX?? Soll unverzüglich beginnen.

Neelan dachte nicht mehr bewußt. Gilbert tot – Experiment – Sein Entschluß übersprang die dazwischenliegenden Lücken, trieb ihn ohne Verzug zur Tat.

Seine Hand fuhr zu dem Schreibstift, den Zeydel ihm ausgehändigt hatte, damit er Greer tötete. Er preßte die winzige Waffe gegen die Schläfe. Die beiden Detonationen klangen wie eine einzige langgezogene.

15. KAPITEL

DIE BRESCHE in der Palastmauer führte in den Hauptkorridor. An dessen Wänden zeigten die Spuren des Energiebeschusses, wo die Kämpfe stattgefunden hatten.

Neben ihr erkundigte sich Prinz del Curtin besorgt: „Wollen Sie sich nicht hinlegen, Innelda? Es ist schon nach vier. Die Waffenschmiede haben auf unsere Signale bis jetzt nicht reagiert. Heute nacht können wir für Captain Hedrock . . ., für Ihren Gemahl nichts mehr tun."

Sie gebot ihm ungeduldig zu schweigen. Ein Gedanke beherrschte sie, ein einziger Gedanke, dessen Intensität sie fast körperlich zu spüren glaubte und der sie derart schmerzte, daß er ihr Qual bereitete: Sie mußte Hedrock zurückhaben. Ganz gleich, zu welchem Preis, sie mußte ihn wiederhaben.

Sonderbar, ging es ihr durch den Kopf, wie sie, die hart, kalt und berechnend, fast unmenschlich in der Verfolgung des Staatsinteresses sein konnte – wie sie sich in diesem Punkt nicht von jeder anderen Frau unterschied. Als ob die Entscheidung für einen Mann sie buchstäblich verwandelt hätte.

Als Hedrock ihr am Vorabend um acht Uhr gemeldet worden war, hatte sie ihren Entschluß bereits gefaßt. Sie hatte sich einzureden versucht, daß ihre Entscheidung rein verstandesmäßig war, Konsequenz der Tatsache, daß das Haus Isher einen Erben brauchte.

In Wirklichkeit hatte sie sich als Vater keinen Mann außer Hedrock vorstellen können. Bei der ersten Audienz, die sie ihm ein halbes Jahr zuvor gewährt hatte, hatte er ihr kühl erklärt, er wäre ausschließlich an den Hof gekommen, um sie zu heiraten. Das hatte sie zunächst belustigt, dann geärgert, schließlich ihren Zorn geweckt, ihn aber auch in eine besondere

Kategorie eingestuft – die des einzigen Mannes, der je um ihre Hand angehalten hatte.

Sie war sich völlig im klaren, daß er sich damit einen Vorteil gegenüber allen anderen verschafft hatte, die denselben Wunsch oder auch Ehrgeiz hegten. Die Hofetikette untersagte es ihnen, das Thema zur Sprache zu bringen. Die Tradition wollte, daß sie selbst die Initiative ergriff. Sie hatte es nie getan.

Letzten Endes hatte sie dann nur an den Mann gedacht, der ihr wirklich einen Antrag gemacht hatte. Er war auf ihre dringliche Aufforderung hin um acht Uhr eingetroffen und hatte sich ohne Umschweife mit einer sofortigen Trauung einverstanden erklärt.

Die Zeremonie hatte bei aller Einfachheit öffentlichen Charakter, denn sie gab ihr Eheversprechen vor den Holokameras, damit alle Welt sie erblickte und ihre Worte vernahm.

Hedrock war nicht auf dem Schirm erschienen. Sein Name wurde nicht genannt. Er war „der verdiente Offizier, auf den die Wahl Ihrer Majestät gefallen ist". Als Prinzgemahl hatte er im Hintergrund zu bleiben.

Nur die Abkömmlinge der Isherdynastie zählten. Die Männer und Frauen, mit denen sie die Ehe eingingen, blieben Privatpersonen. So wollte es das Gesetz, und sie hatte noch nie damit gehadert. Auch jetzt sah sie keinen Grund dazu, aber inzwischen war sie seit fast fünf Stunden verheiratet, und während dieser Stunden hatte sich ihre Einstellung geändert. Die Gedanken, die ihr kamen, glichen in nichts denen, die sie früher bewegt hatten.

Eigenartige Gedanken, die sich mit den Kindern beschäftigten, die sie zur Welt bringen, denen sie Mutter sein würde und für die eine andere Atmosphäre im Palast einziehen mußte, damit sie dort aufwachsen konnten.

Fast fünf Stunden. Dann hatte sie ihm von ihrer Verabredung mit Edward Gonisch erzählt, war mit der Erinnerung an den sonderbaren Ausdruck in seinen Augen gegangen. Und jetzt die Verwüstung, die sich ihrem Blick bot, und die zunehmend greifbare Erkenntnis, daß Hedrock entführt worden war und sich in den Händen ihrer Erzfeinde befand.

Sie wurde gewahr, daß der Hofkanzler ihr die Vorkehrungen aufzählte, die getroffen worden waren, um zu vermeiden, daß die Meldung von dem Angriff auf den Palast durchsickerte.

Eine Nachrichtensperre war verhängt und sämtliche Zeugen unter Strafandrohung zur Verschwiegenheit verpflichtet worden. Bis zum Morgengrauen konnten die Reparaturarbeiten beendet sein, ohne daß eine Spur zurückblieb. Etwaige Gerüchte, die danach noch die Runde machten, ließen sich als Hirngespinste abtun.

Bei Hofe hatte man schnell und wirksam gehandelt. Die Zensur hatte verhindert, daß das Prestige der Dynastie einen schweren Schlag erlitt. Belohnungen und Ehrungen würden dafür ausgeteilt werden müssen, doch jetzt zählte nur eins: Sie mußte ihn zurückhaben.

Allmählich erwachte sie aus ihrer Bedrückung. Zu ihrer Überraschung erkannte sie, daß ihre Gruppe die brummenden Reparaturmaschinen bereits hinter sich gelassen hatte und sich weiter durch den zerstörten Korridor bewegte.

Sie war jetzt in der Lage, sich wieder stärker auf ihre Umgebung zu konzentrieren. Sie mußte herausfinden, was genau sich zugetragen hatte, und dann handeln.

Sie musterte die angesengten Wände. Ihre grünen Augen blitzten. Mit einem Anflug ihrer gewohnten Ironie bemerkte sie: „Nach der Richtung zu urteilen, in die die Schußspuren weisen, scheinen bis auf die Bresche in der Mauer sämtliche Schäden auf das Konto unserer Seite zu gehen."

Einer der Offiziere nickte grimmig.

„Sie hatten es ausschließlich auf Captain Hedrock abgesehen. Dabei benutzten sie einen besonderen Lähmstrahl, der unsere Leute wie Kegel gefällt hat. Die Männer beginnen sich inzwischen zu erholen, ohne daß bis jetzt Nachwirkungen aufgetreten sind. Wie bei General Grall, nachdem Captain Hedrock ihn im Anschluß an seine Behauptung, er litte unter Herzschwäche, außer Gefecht gesetzt hatte."

„Aber was hat sich im einzelnen abgespielt?" forschte sie scharf. „Holen Sie mir jemand, der von Anfang bis Ende zugegen war! Hat Captain Hedrock geschlafen, als der Angriff einsetzte?"

„Nein . . ." Der Offizier zögerte. „Nein, Majestät, er hielt sich im Kellergewölbe auf."

„Wo?"

Der Oberst machte ein unglückliches Gesicht. „Majestät, sobald Sie und Ihre Begleiter den Palast verlassen hatten, begab sich Captain Hedr . . . äh . . . Ihr Gemahl . . ."

„Nennen Sie ihn Prinz Hedrock!" befahl sie ungeduldig.

„Danke, Majestät. Prinz Hedrock begab sich in einen der nicht mehr benutzten Lagerräume, entfernte dort einen Teil der metallenen Wandverkleidung . . ."

„Was tat er? – Aber fahren Sie fort!"

„Ja, Majestät. In Anbetracht seiner neuen Position war die Palastwache ihm natürlich dabei behilflich, das Wandstück abzumontieren und es danach zu den Aufzügen und bis in den Korridor zu schaffen."

„Natürlich."

„Die Wachen haben mir gemeldet, die Platte hätte kein Eigengewicht gehabt, der Beförderung aber einen gewissen Widerstand entgegengesetzt. Sie war annähernd sechzig Zentimeter breit und hoch; und als Cap . . ., als Prinz Hedrock hindurchtrat, verschwand und wieder zurückkehrte . . ."

„Als er was? Oberst, wovon sprechen Sie?"

Der Offizier verbeugte sich. „Verzeihen Sie, daß ich so verwirrt bin, Majestät. Ich habe nicht alles beobachtet und muß mich selbst auf verschiedene Berichte stützen, aber ich habe mit eigenen Augen gesehen, wie er in der abmontierten Platte verschwunden und vielleicht eine Minute später wieder aufgetaucht ist."

Einen Augenblick lang sah die Kaiserin ihn fast ausdruckslos an. Sie wußte, daß sie letzten Endes in Erfahrung bringen würde, was sich tatsächlich zugetragen hatte; noch aber schienen Sätze, die für sich genommen keinen Sinn ergaben, die Ereignisse eher zu verwischen als zu klären.

„Hedrock hatte das Kellergewölbe des Palastes aufgesucht, dort ein Stück Wand entfernt – und dann?"

Sie stellte die Frage mit Nachdruck, und der Oberst entgegnete: „Dann, Majestät, hat er die Platte nach oben genommen und gewartet."

„Das war vor dem Angriff?"

Der Offizier schüttelte den Kopf. „Nein, während des Angriffs. Er war noch nicht wieder oben angelangt, als die Außenmauer unter dem konzentrierten Feuer der angreifenden Raumschiffe nachgab. Das hat ihn aber nur dazu veranlaßt, sich bei seiner Rückkehr nach oben noch mehr zu beeilen, wo er schließlich gefangengenommen wurde."

Wieder verspürte Innelda Ratlosigkeit. Die Schilderung war präzise, aber sie klärte nichts.

Hedrock mußte gewußt haben, daß Gefahr drohte, sonst hätte er sich nicht im Anschluß an ihren Aufbruch in den Lagerraum begeben. Soweit war seine Vorgehensweise schlüssig. Sie deutete auf einen Plan hin.

Gänzlich unverständlich war hingegen, daß er anscheinend die hinauftransportierte Platte dazu benutzt hatte, um sich vor den Augen der Streitkräfte der Waffenläden wie der Palastwachen an einen anderen Ort zu versetzen – ein technisches Problem, das, wie man munkelte, die Waffenschmiede gemeistert hatten. Anstatt wegzubleiben, war er jedoch zurückgekehrt – war gegen jede Vernunft zurückgekehrt und hatte den Waffenschmieden Gelegenheit gegeben, sich seiner zu bemächtigen.

„Was ist aus der Platte geworden?" forschte sie resigniert.

„Sie ist in Flammen aufgegangen, nachdem Prinz Hedrock seine Warnung an das Ratsmitglied Peter Cadron gerichtet hatte, das den Angriff leitete."

„Seine Warnung . . ." Sie wandte sich an Prinz del Curtin. „Prinz, vielleicht gelingt es Ihnen, eine zusammenhängende Darstellung zu erhalten. Ich weiß nicht mehr weiter."

„Wir sind alle übermüdet, Majestät", entgegnete der Prinz. „Auch Oberst Nison hat heute nacht kein Auge zugetan." Er wandte sich an den Offizier, dem das Blut ins Gesicht gestiegen war. „Oberst, wenn ich recht unterrichtet bin, hat der Beschuß der angreifenden Kriegsschiffe die Außenmauer durchschlagen. Dann ist einer der Kreuzer längsseits gegangen und hat Streitkräfte abgesetzt, die gegenüber dem Feuer der Palastwachen immun waren – trifft das zu?"

„Völlig, Sir."

„Angeführt wurden die Angreifer durch Peter Cadron vom Rat der Waffenschmiede. Als sie durch den Korridor bis zu einem gewissen Punkt vorgedrungen waren, wurden sie dort von Prinz Hedrock erwartet. Er hatte eine bis dahin unentdeckt gebliebene elektronische Platte oder einen Schild, sechzig Zentimeter mal zwei Meter, aus dem Kellergewölbe heraufgeschafft. Als er sicher sein konnte, daß alle Anwesenden ihn erblickt hatten, trat er in die Platte, wobei er verschwand. Die Platte blieb stehen und schien von der Rückseite aus gestützt zu werden. Das würde den Widerstand erklären, den die Wachen wahrgenommen haben, als sie das Wandstück für Prinz Hedrock nach oben trugen. Nach einer Minute tauchte der Prinz wieder aus dem Schild auf und sprach gegenüber Cadron eine Warnung aus."

„Richtig, Sir."

„Wie lautete die Warnung?"

„Er fragte Cadron, ob er vergessen habe, daß durch die Statuten der Waffenläden jedwedes Vorgehen gegen das Kaiserhaus und die Regierung strikt untersagt sei. Er warnte ihn, daß der Rat der Waffenschmiede seine Anmaßung bitter bereuen und man ihn lehren werde, daß er nur eine der beiden Säulen des Isherreichs repräsentiere."

„Das hat er gesagt!" Ihre Stimme klang erregt, ihre Augen sprühten. Sie fuhr zu del Curtin herum: „Haben Sie das gehört?"

Der Prinz verneigte sich, um sich dann wieder Nison zuzuwenden. „Meine letzte Frage lautet: Hatten Sie den Eindruck, daß Prinz Hedrock in der Lage war, seine Drohung gegenüber den Waffenschmieden wahrzumachen?"

„Nein, Sir. Ich hätte ihn selbst von meinem Standort aus erschießen können. Physisch gesehen befand er sich – und befindet sich, wie ich annehme, noch immer – gänzlich in ihrer Gewalt."

„Danke", erwiderte der Prinz. „Das wäre alles."

Die Tatsache blieb, daß sie Hedrock retten mußte. Sie schritt auf und ab, hin und her. Der Morgen dämmerte herauf und schickte graues, trübes Licht durch die hohen Fenster ihres Arbeitszimmers, gegen das die künstliche Beleuchtung ankämpfte.

Sie gewahrte, daß Prinz del Curtin sie besorgt beobachtete, verlangsamte ihre raschen Schritte und sagte: „Ich kann es nicht glauben. Ich kann nicht glauben, daß Hedrock lediglich auftrumpfen wollte. Ich halte es durchaus für möglich, daß irgendwo eine geheime Organisation existiert, über die wir nichts wissen. Schließlich . . ."

Sie wandte sich heftig zu ihm um. „Prinz", preßte sie hervor, „er hat mir versichert, daß er niemals die Sache der Waffenläden zu seiner eigenen machen würde."

Del Curtin runzelte die Stirn. „Innelda", entgegnete er mitleidig, „Sie erregen sich unnütz. Menschen sind so beschaffen, daß es sie drängt, ihre Macht früher oder später unter Beweis zu stellen. Gäbe es eine derartige Organisation, hätten wir davon erfahren."

„Wir haben die Anhaltspunkte übersehen. Begreifen Sie das nicht?" Ihre Stimme bebte. „Sie brauchen nur an die Platte zu denken, die er aus dem Lagerraum entfernt hat – wie konnte sie dort hingelangen? Ist das nicht ein Indiz für die Macht der Organisation?"

„Auf alle Fälle", erwiderte der Prinz bedächtig, „wären die Ishers geschworene Feinde jeder Untergrundorganisation."

„Die Ishers", sagte sie eisig, „lernen allmählich, daß sie nicht nur Herrscher sind, sondern auch menschliche Züge besitzen, und daß die Welt zu immens ist, um von einigen wenigen Gehirnen gänzlich erfaßt zu werden."

Sie starrten sich gegenseitig an, zwei Menschen, deren Nerven zum Zerreißen gespannt waren. Die Kaiserin war es, die sich als erste faßte. Erschöpft sagte sie: „Ich kann kaum glauben, Prinz, daß wir beide, die wir immer wie Geschwister füreinander empfunden haben, uns wirklich streiten sollten. Es tut mir leid."

Sie näherte sich ihm und legte ihre Hand auf die seine. Er

nahm sie und küßte sie. Tränen standen ihm in den Augen, als er sich aufrichtete.

„Majestät", sagte er heiser, „ich bitte um Vergebung. Ich hätte an die nervliche Beanspruchung denken müssen, der Sie ausgesetzt sind. Sie brauchen nur zu befehlen. Nötigenfalls können wir eine Milliarde Soldaten aufbieten. Wir können den Waffenschmieden mit einem Krieg drohen, der eine Generation lang dauert. Wir können jeden hinrichten lassen, der sie unterstützt."

Innelda schüttelte resigniert den Kopf. „Mein Lieber, Sie wissen selbst nicht, was Sie da sagen. Normalerweise würde dieses Zeitalter von Revolutionen erschüttert werden. Die Menschen sind orientierungslos, die Maßstäbe ins Wanken geraten. Die Bürokratie verfolgt egoistische Interessen, die Gerichte sind korrupt, Wirtschaft und Banken plündern die Konsumenten. Jede Schicht steuert ihre eigenen asozialen Einstellungen und Verhaltensweisen bei. Wir sind nur noch Passagiere, nicht mehr Lenker in dem dahinrasenden Flugwagen. Abgewendet worden ist die Explosion bis jetzt durch unsere hochentwickelte Wissenschaft, den automatisierten Güterausstoß, die Ausbeutung und Besiedlung der verschiedenen Monde und Planeten und nicht zuletzt durch die Existenz der Waffenläden, die als stabilisierender Faktor wirken. Mindestens eine weitere Generation lang dürfen wir nichts unternehmen, was dieses Gleichgewicht stören könnte. Ich setze meine Hoffnung nicht zuletzt auf eine neue geistige Trainingsweise, die durch die Waffenschmiede entwickelt worden ist und die Vorzüge der gebräuchlichen Methoden mit einer Stärkung ethischer Haltungen verbindet. Sobald wir die Gefahr überwunden haben, die von dem Giganten droht . . ."

Der perplexe Ausdruck, der in die schmalen Züge des Prinzen trat, ließ sie abbrechen. Sie starrte ihn an.

„Das ist unmöglich", flüsterte sie. „Er . . . kann . . . nicht . . . der Gigant . . . sein. Warten Sie . . ., warten Sie, sagen Sie nichts. Wir können das unverzüglich klären . . ."

Sie eilte zu einem Holoset und befahl mit müder Stimme: „Bringen Sie den Häftling Edward Gonisch zu mir!"

DER PSYCHOPROGNOSTIKER beantwortete ihre Frage ruhig: „Auf den elektronischen Schild, durch den er verschwunden sein soll, kann ich mir keinen Reim machen. Ansonsten – in der Tat, Majestät, ist Hedrock einer der Riesen, beziehungsweise", er zögerte, dann sprach er langsam weiter, „am Ende sogar, dieser Gedanke kommt mir eben erst, der Riese."

Die Bedeutung des Zögerns entging ihr. Erschöpft schloß sie die Augen. „Warum sollte er denn die Frau heiraten wollen, deren Herrschaft er zu zerstören trachtet?"

„Majestät", sagte Gonisch betont, „wir haben erst vor zwei Tagen festgestellt, daß Hedrock die Waffenschmiede in die Irre geführt hat. Die zufällige Aufdeckung seiner überlegenen Geisteskräfte hat den Beweis erbracht, daß für ihn die Isherdynastie wie die Waffenläden nur Mittel zum Zweck sind. Worin dieser Zweck besteht, beginne ich erst zu ahnen. Wenn Sie mir einige Fragen beantworten würden, könnte ich Ihnen in wenigen Minuten mitteilen, wer Robert Hedrock ist – oder besser war. Ich sage bewußt ‚war'. Leider muß ich Sie davon informieren, daß der Rat der Waffenschmiede entschieden hat, ihn in einem eigens für diesen Zweck konstruierten Gemach zu verhören und anschließend unverzüglich hinzurichten."

SCHWEIGEN senkte sich über den Raum. Inneldas physische Kraft reichte nicht mehr aus, um auf den Schock zu reagieren. Sie verharrte wie angewurzelt, mit tauben Gliedern, ohne einen Gedanken fassen zu können. Wie abwesend betrachtete sie Gonisch, während dieser weiterredete: „Mir waren natürlich alle Informationen über Hedrock zugänglich, die die Waffenschmiede besitzen. Meine Nachforschungen haben mich in obskure Bereiche geführt, die mir anfangs abwegig erschienen. Falls in der Chronik des Hauses Isher aber ähnliche Hinweise existieren, was ich fast annehme, dann bildet das Wandstück aus dem Kellergewölbe nur das letzte Glied in einer langen Kette. Doch lassen Sie mich fragen: Existiert irgendein Bild, ein Film oder eine andere Aufnahme von dem Ehegatten der Kaiserin Ganeel?"

„Also – nein!" Innelda rang nach Atem. Plötzlich schien das Zimmer sich vor ihren Augen zu drehen. Benommen brachte sie hervor: „Mr. Gonisch, er hat mir einmal gesagt, bis auf mein dunkleres Haar erinnere ich ihn an Ganeel."

Der Psychoprognostiker verneigte sich ernst. „Wie ich sehe, Majestät, beginnen Sie bereits ebenfalls, sich in diesen seltsamen Gefilden zu bewegen. Bitte denken Sie nun zurück, so weit Sie können, vergegenwärtigen Sie sich die Geschichte Ihrer Vorfahren, und versuchen Sie sich zu erinnern: Wessen Bilder fehlen, die der Kaiser oder die der Ehegatten von Kaiserinnen?"

„Fast ausschließlich letztere", sagte sie. „Auf die Art hat die Tradition sich herausgebildet, wonach der Prinzgemahl sich jeweils im Hintergrund zu halten hat." Sie zog die Brauen zusammen. „Soweit ich weiß, existiert nur von einem einzigen Kaiser kein Bild oder Porträt. Das ist allerdings begreiflich. Als Begründer der Dynastie war . . ."

Sie brach ab. Sie starrte Gonisch an. „Sind Sie wahnsinnig?" flüsterte sie. „Sind Sie wahnsinnig?"

Der Psychoprognostiker schüttelte den Kopf. „Sie können jetzt von einer regelrechten Eingebung sprechen. Meine Befähigung kennen Sie: Ich bringe Tatsachen in Erfahrung; sobald ich über zehn Prozent verfüge, stellt die richtige Antwort sich von selbst ein. Man nennt das Intuition, aber in Wirklichkeit handelt es sich um die Fähigkeit des menschlichen Gehirns, nicht nur binnen eines Augenblicks Tausende von Details zu koordinieren, sondern durch logische Schlußfolgerung auch verbleibende Lücken zu schließen.

Zu den Tatsachen im vorliegenden Fall gehört, daß in der Auskunftszentrale der Waffenläden nicht weniger als siebenundzwanzig wichtige Bildaufzeichnungen fehlen. Ich habe mich mit den schriftlichen Zeugnissen der Betreffenden befaßt. Analytische Fähigkeit und Denkweise sind ganz zweifellos identisch. Sie mögen darüber nicht unterrichtet sein, aber wie der erste Isher ist auch unser Gründer, Walter S. de Lany, nur ein Name ohne Gesicht."

„Aber wer kann es sein?" forschte Prinz del Curtin. „Offenbar hat die Menschheit zu irgendeinem Zeitpunkt einen Unsterblichen hervorgebracht, der . . ."

„Hervorgebracht ist nicht ganz der richtige Ausdruck. Es muß sich um künstliche Einwirkung handeln. Ein natürlicher Vorgang hätte sich im Laufe der Jahrhunderte unzählige Male wiederholt. Und es muß sich um einen unwiederholbaren Zufall gehandelt haben, denn alles, was der Mann jemals getan oder geäußert hat, belegt sein leidenschaftliches Interesse am Wohl der menschlichen Gattung."

„Aber", wandte der Prinz ein, „was hat er im Sinn? Weshalb hat er Innelda geheiratet?"

Einen Augenblick lang schwieg Gonisch. Er schaute die Frau an, die seinen Blick erwiderte; das Blut war ihr in die Wangen gestiegen. Dann nickte sie, und Gonisch antwortete sanft: „Ihm geht es offenkundig darum, das Blut der Isherdynastie möglichst rein zu halten. Er hofft darauf, daß bestimmte Eigenschaften sich weitervererben, und bis jetzt hat die Geschichte ihm recht gegeben. Sie beispielsweise entstammen einer der zahlreichen Verästelungen des Familienstammbaums. Mit Hedrock sind Sie so entfernt verwandt, daß von Verwandtschaft kaum noch die Rede sein kann. Er hat bei einer Gelegenheit mir gegenüber bemerkt, die Herrscher der Dynastie neigten dazu, brillante, aber labile Frauen zu heiraten und dadurch die Familie immer wieder in Gefahr zu bringen. Es wären die Kaiserinnen, meinte er, die durch die Ehe mit nüchternen, fähigen Männern für Kontinuität sorgten. Sie . . ."

„Angenommen . . ." – Die Kaiserin unterbrach ihn nicht bewußt; wie der Gedanke kam, so sprach sie ihn aus. „Angenommen, wir würden versuchen, Sie gegen ihn auszutauschen?"

Gonisch zuckte die Achseln. „Sie würden wahrscheinlich seine Leiche für mich einhandeln."

Ihr wurde heiß und gleich darauf kalt bei dieser Antwort. Der Fieberschauer verging, ließ sie kälter, gesammelter zurück. Der Tod war eine Drohung, der sie mit steinernen Zügen getrotzt hatte und bereit war, wieder Trotz zu bieten, ob es um sie selbst ging oder um ihn.

„Angenommen, ich offeriere den interstellaren Antrieb?"

Ihre Intensität schien den Psychoprognostiker in Erstaunen zu versetzen. Er trat einen Schritt zurück und starrte sie an. „Majestät", sagte er, „ich kann Ihnen weder eine Eingebung geben noch eine logisch begründete Hoffnung. Dabei muß ich gestehen, daß der elektronische Schild mir Rätsel aufgibt. Worum es sich dabei handelt oder inwiefern er Hedrock nutzen könnte, übersteigt meine Einschätzungsmöglichkeiten. Zu welchem Zweck er auch in diesen Schild oder durch ihn hindurch getreten sein mag, ich sehe keine Möglichkeit für ihn, durch die stählernen Wände des Kriegsschiffs oder der Verhörzelle zu entkommen. Naturwissenschaften und Technik bewegen sich in Zyklen, und wir befinden uns auf dem dynamischen Höhepunkt des jüngsten Zyklus. Diese technischen Errungenschaften hat er gegen sich. Im nächsten Jahrhundert, wenn die lange Welle wieder abflacht, mag die Zeit für einen Unsterblichen arbeiten – vorher nicht."

„Und wenn er die Wahrheit einräumt?" warf del Curtin ein.

„Niemals!" brauste die Kaiserin auf. „Das hieße um Gnade flehen. Niemand aus der Familie der Isher würde sich so weit erniedrigen."

„Sie haben recht", sagte Gonisch, „wenn auch nicht nur aus diesem Grund. Mehr werde ich dazu nicht sagen. Jedenfalls kann eine Preisgabe der Wahrheit außer Betracht bleiben."

Die Kaiserin achtete kaum auf seine Worte. Sie wirbelte zu ihrem Vetter herum. Kerzengerade, mit erhobenem Kopf befahl sie ihm: „Kümmern Sie sich darum, daß ein Kontakt mit den Waffenschmieden zustande kommt! Bieten Sie ihnen Gonisch, den interstellaren Antrieb, bieten Sie ihnen offizielle Anerkennung, selbst die Eingliederung ihrer Gerichte in den Justizapparat – wenn sie Hedrock freilassen. Sie müßten nicht zurechnungsfähig sein, würden sie dieses Angebot ausschlagen."

Ihre leidenschaftliche Gefühlsaufwallung ließ nach. Sie bemerkte, daß der Psychoprognostiker sie düster anschaute. „Majestät", erwiderte er bedrückt, „Sie haben offenkundig vorhin nicht auf meine Worte gehört. Seine Hinrichtung sollte binnen einer Stunde nach seiner Festnahme erfolgen. Weil er sich den Waffenschmieden schon einmal entzogen hat, ist dieser

Beschluß inzwischen unweigerlich in die Tat umgesetzt worden. Der beispielloseste Lebensweg in der Geschichte hat damit sein Ende gefunden. Und, Majestät . . ." Der Psychoprognostiker blickte sie eindringlich an. „Letztlich auch zu Ihren Gunsten. Sie wissen ebensogut wie ich, daß Sie keine Kinder bekommen dürfen. Sie . . ."

„Was soll das heißen?" stieß del Curtin fassungslos hervor. „Innelda . . ."

„Kein Wort mehr!" Ihre peitschende Stimme verriet Verletztheit und Zorn. „Prinz, lassen Sie diesen Mann wieder in die Zelle schaffen! Er benimmt sich unerträglich. Und ich verbiete Ihnen, auch nur ein Wort mit ihm über Ihren Souverän zu wechseln!"

Der Prinz verbeugte sich. „Ihr Wunsch ist mir Befehl", sagte er kalt. Er wandte sich ab. „Hier entlang, Mr. Gonisch!"

Sie hatte sich gefragt, ob sie noch tiefer verwundet werden könnte, und nun hatte man ihr auch das nicht erspart. Ihre Welt war in Stücke zerbrochen. Lange Minuten verstrichen, ehe ihr dämmerte, daß sie im Schlaf Trost finden würde.

16. KAPITEL

DER RAUM, in dem sich Hedrock wiederfand, erinnerte eher an eine metallene Gruft. Neben Peter Cadron verhielt er auf der Schwelle. Ein spöttisches Lächeln trat auf seine Züge. Er nahm wahr, daß Cadron ihn aus schmalen Augen beobachtete, und seine Lippen verzogen sich.

Mochten sie grübeln und zweifeln. Einmal hatten die Waffenschmiede ihn überrumpelt. Diesmal war er gewappnet.

Nacheinander musterte er die neunundzwanzig Männer, die um den hufeisenförmigen Ratstisch saßen. Er wartete, bis Peter Cadron, der dreißigste, sich an den Tisch begeben und Platz genommen hatte; wartete, bis der Offizier, der die Wachtposten befehligte, meldete, daß der Häftling andere Kleidung erhalten hatte, keine Ringe mehr trug und ergebnislos nach sonstigen Waffen durchleuchtet worden war. Danach zog der

Offizier sich mit seinen Leuten zurück, doch Hedrock wartete unverändert.

Grimmig lächelnd stand er da, während Cadron die getroffenen Vorsichtsmaßregeln erläuterte. Erst dann, mit kühler Miene, schritt er langsam zu dem offenen Ende des Tisches. Er sah, daß die Blicke der Männer auf ihm ruhten. Einige starrten ihn neugierig an, andere erwartungsvoll, mehrere feindselig. Alle schienen darauf zu warten, daß er das Wort ergriff.

„Meine Herren", begann Hedrock mit seiner tragenden Stimme, „ich möchte Ihnen eine Frage vorlegen: Weiß einer der Anwesenden, wo ich gewesen bin, nachdem ich durch das Schild getreten war? Falls das nicht der Fall sein sollte, würde ich vorschlagen, mich unverzüglich freizulassen, weil dem Rat der Waffenschmiede sonst eine böse Überraschung ins Haus steht."

Seine Worte wurden schweigend aufgenommen. Die Männer wechselten Blicke. „Ich würde sagen", bemerkte endlich der junge Ancil Nare, „die Hinrichtung sollte sogleich erfolgen. Jetzt ist er schutzlos. Jede Kugel, jeder Energiestrahl würde ihn das Leben kosten. Ob das angesichts seiner eigenartigen Ausführungen in zehn Minuten auch noch der Fall sein wird, wissen wir nicht." In seiner Erregung stand Nare auf, während er schloß: „Meine Herren, wir sollten unverzüglich handeln!"

Hedrocks lautes Klatschen durchbrach die anschließende Stille. „Bravo", rief er. „Ein so guter Ratschlag sollte befolgt werden. Versuchen Sie doch, mich zu töten! Lassen Sie die Wachen auf mich feuern! Erteilen Sie den Befehl, mich niederzuschlagen! Wie Sie es auch anstellen, Sie werden sich wundern." Sein Blick wurde eisig. „Und das haben Sie sich selbst zuzuschreiben.

Augenblick!" Seine Stimme schnitt Deam Lealy, der zum Sprechen angesetzt hatte, das Wort ab. „Vorläufig rede ich noch. In Wirklichkeit hat der Rat sich zu verantworten, nicht ich. Noch kann er einen milden Urteilsspruch erwirken, falls er ohne Wenn und Aber einräumt, daß er mit dem Angriff auf den kaiserlichen Palast seine eigenen Statuten gebrochen hat."

„Ich muß sagen", machte eines der Ratsmitglieder sich Luft, „diese Unverschämtheit geht wirklich zu weit!"

„Lassen Sie ihn reden", besänftigte ihn Peter Cadron. „Dadurch erfahren wir mehr über seine Motive."

Hedrock verneigte sich ernst. „Das werden Sie in der Tat, Mr. Cadron. Meine Motive beziehen sich ausschließlich auf den Befehl des Rats, den Palast anzugreifen."

„Ich kann Ihren Ärger darüber durchaus nachfühlen", erwiderte Cadron ironisch, „daß der Rat sich nicht, womit Sie anscheinend gerechnet haben, an eine über dreitausend Jahre alte Bestimmung gehalten und Ihnen statt dessen einen Strich durch die Rechnung gemacht hat."

„Ich habe keineswegs damit gerechnet", sagte Hedrock gelassen. „Meine Mitbeobachter und ich" – es konnte nicht schaden, wiederum anzudeuten, daß er nicht allein stand – „haben im Gegenteil mit Bedauern die wachsende Anmaßung des Rats registriert, seine zunehmende Überzeugung, er sei niemandem Rechenschaft schuldig und könne deshalb seine eigenen Statuten mißachten."

„Unsere Statuten", erklärte Bayd Roberts, das älteste Ratsmitglied, gemessen, „gebietet uns, alles zu tun, was unsere Selbstbehauptung erfordert. Die Einschränkung, die uns untersagt, Person und Residenz des jeweils regierenden Monarchen und seines Erben oder Thronfolgers anzugreifen, muß in extremen Notfällen wie diesem außer acht bleiben. Sie werden im übrigen wahrgenommen haben, daß wir für die Abwesenheit der Kaiserin während des Angriffs gesorgt haben."

„Ich muß Sie unterbrechen!" rief Cadron. „Unglaublicherweise hat der Häftling es verstanden, die Debatte in eine ihm genehme Richtung zu lenken. Wir mögen wegen der Attacke auf den Palast zwiespältige Gefühle hegen. Das heißt aber noch lange nicht, daß wir uns für unsere Handlungsweise dem Häftling gegenüber zu rechtfertigen hätten. Infolgedessen . . ."

Er befahl in den Zusatzholo seines Sitzes: „Wache, kommen Sie herein und stülpen Sie dem Häftling die Haube über den Kopf!"

Hedrock lächelte ironisch, während die Wachtposten den

Raum betraten. „Bereiten Sie sich auf die Überraschung vor, meine Herren“, sagte er.

Ohne Widerstand ließ er sich ergreifen. Die Haube senkte sich über seinen Kopf . . .

Da geschah es.

SOBALD Hedrock eine halbe Stunde zuvor im Palast durch das Wandstück getreten war, das er nach oben hatte schaffen lassen, fand er sich in einer dämmrigen Welt wieder.

Lange Zeit verharrte er reglos, ließ seinem Körper Zeit, sich umzustellen, und hoffte dabei, daß niemand versuchen würde, ihm durch das elektronische Kraftfeld zu folgen.

Hinter seiner Sorge steckte kein persönliches Motiv. Der Vibrationsschild war auf ihn und niemanden anders abgestimmt. Während der langen Jahre, in denen er den Teil einer Wand im Kellergewölbe des Palastes gebildet hatte, hatte die einzige Gefahr darin bestanden, daß jemand versehentlich damit in Berührung kam und Schaden erlitt.

Hedrock hatte sich oft gefragt, was einem solchen Pechvogel zustoßen mochte. Mehrere Tiere, die er gekennzeichnet und durch ein Versuchsmodell geschickt hatte, waren aus Tausenden von Kilometern Entfernung zurückgesandt worden.

Einige waren nie wieder aufgetaucht, trotz der hohen Belohnung, die auf der Kennmarke vermerkt stand.

Nachdem er sich nun selbst hier befand, hatte er keine Eile. Die normalen Gesetze von Raum und Zeit besaßen keine Geltung in diesem Bereich des Dämmerlichts.

Es lag auf allem und war doch nirgends. An keinem anderen Ort konnte man so leicht in Wahnsinn verfallen wie hier, wo der Fluß der Zeit nicht existierte, wie er für den Körper galt, der in diese Welt vordrang.

Hedrock hatte festgestellt, daß ein Aufenthalt von sechs Stunden seine geistige Gesundheit ernstlich in Gefahr brachte. Früher am Abend hatte er die Pseudowelt durch einen Schild gleicher Beschaffenheit in seinem unterirdischen Zufluchtsort für zwei Stunden normaler Zeit aufgesucht und bei der Gelegenheit erfahren, daß die Kaiserin ihn heiraten wollte.

Zumindest vorläufig gewährte dieser Umstand ihm Sicherheit. Außerdem erhielt er dadurch Zugang zu der Platte im Kellergewölbe des Palastes. Folglich war er rasch zurückgekehrt, um sich die verbleibenden vier Stunden aufzusparen.

Mehr als diese Höchstgrenze durfte er jetzt nicht in Anspruch nehmen; noch besser waren zwei oder drei. Danach galt es monatelang zu warten, bis er sich der halluzinatorischen Umgebung wieder aussetzen konnte.

Der Grundgedanke der Erfindung war ihm während einer seiner Amtszeiten als Vorsitzender des Rates der Waffenschmiede dargelegt worden; einer enorm einflußreichen Stellung, die ihm ermöglicht hatte, dem brillanten jungen Wissenschaftler, der die Idee gehabt hatte, ein ganzes Physikerteam zur Verfügung zu stellen.

Die Materiesender der Waffenläden überbrückten die Entfernung zwischen zwei Punkten durch die mechanische Umsetzung der Einsicht, daß der Raum in Wirklichkeit nicht existierte. Der Einfall des jungen Forschers lief darauf hinaus, den Prozeß umzukehren und einen illusionären Raum dort zu schaffen, wo sich bis dahin nichts befunden hatte.

Das Team gelangte zum Ziel und legte Hedrock einen Bericht vor. Dieser studierte ihn, um anschließend den Physikern mitzuteilen, daß sich der Rat zur Geheimhaltung entschlossen habe. Den Rat wiederum informierte er über den angeblich negativen Ausgang der Forschungsarbeiten.

Das manipulierte Resultat wanderte in die Datenspeicher der Auskunftszentrale – für den Fall, daß eines Tages jemand auf dieselbe Idee kommen sollte. Praktisch hieß das, daß für die Waffenschmiede das Problem als Gegenstand weiterer Untersuchungen ausschied.

Eines Tages, allerdings nicht sehr bald, würde er die Erfindung freigeben.

Es war, überlegte Hedrock grimmig, während er darauf wartete, daß sein Körper sich an die veränderten Verhältnisse gewöhnte, nicht die erste, die er in die Hand bekommen und der Öffentlichkeit vorenthalten hatte.

Seine eigene Entdeckung, die der elektronischen Materiekontrolle, hatte er zwanzig Jahrhunderte lang verheimlicht, ehe er sie dazu nutzte, ein Gegengewicht zur Dynastie der Isher in Gestalt der Waffenläden zu schaffen.

Noch mehrere weitere Erfindungen hielt er zurück, stets nach dem Prinzip, sie dann zugänglich zu machen, wenn sie den freiheitlichen Aufschwung des menschlichen Geistes förderten, anstatt der Tyrannei einer kleinen Gruppe zugute zu kommen.

Während der innovatorischen Spurts, die alle paar Jahrhunderte aufeinander folgten, wurden genügend verheerende technische Neuerungen von Wissenschaftlern entwickelt, die die praktischen Konsequenzen ihrer Arbeit nicht bedachten.

Weshalb sollten immer wieder Abermillionen Menschen sterben, nur weil weltfremde Gelehrte die menschliche Natur nicht in Rechnung stellten?

Natürlich gab es dann noch jene Leute, die den technischen Fortschritt nach seinem Wert für sich selbst oder für eine bestimmte Gruppe beurteilten. Unterdrückten sie eine neue Entdeckung, wie die Kaiserin im Falle des interstellaren Antriebs, dann mußten sie zur Preisgabe ihres Geheimnisses gezwungen werden.

Manches Mal war die Entscheidung ihm schwergefallen, aber wer sonst besaß die Macht und die nötige Erfahrung? So oder so, sein Ermessen gab den Ausschlag.

Er schüttelte den Gedanken ab. Sein Körper hatte sich umgestellt. Die Zeit zum Handeln war gekommen.

HEDROCK schritt durchs Dämmerlicht vorwärts. Die Menschen im Palast standen starr wie geschnitzte Figuren an einem dämmrigen Abend. In seinem zeitlichen Verhältnis zu ihnen war kein einziger Augenblick verronnen.

Er achtete nicht auf sie, selbst wenn sie ihm im Weg standen, sondern schritt durch sie hindurch, als wären sie Schatten.

Wände wichen vor ihm, doch mußte er dabei behutsam verfahren. Nur zu leicht hätte er durch den Boden und weiter in die Erde sinken können. Bei den anfänglichen Laborversuchen war in einem Fall genau dies geschehen.

Das Physikerteam war schließlich auf den Ausweg verfallen, neuen Raum nur teilweise zu erzeugen und einen Ring zu konstruieren, mit dem das ursprüngliche Ausmaß erhöht oder verringert werden konnte, je nachdem, ob es galt, massive Substanzen zu durchdringen.

Diesen Ring – der zweite, den er trug, diente dem anderen Zweck – benutzte Hedrock, wann immer er an Wände gelangte: ein leichter Sprung, gefolgt von einer Aktivierung des Rings, sobald seine Füße den Boden verließen; dessen rasches Wiederausschalten und zuletzt eine sanfte Landung auf einem Boden, der wie Morast unter seinen Füßen nachgab.

Kein Kunststück für geschmeidige Muskeln wie die seinen.

Er gelangte zu dem Versteck voller Maschinen, das er vor langer Zeit auf den Pseudoraum eingestellt hatte. Es umfaßte Waffen, ferngesteuerte mechanische „Hände" und ein Raumschiff, das mit magnetischen Hebevorrichtungen ausgerüstet war. Das Boot selbst, wie auch jedes einzelne Gerät, verfügte über die gleiche Regelvorrichtung, die in den Ring eingebaut war. Sie ließen sich sämtlich, einschließlich der beiden Ringe, über eine Zentralschaltung von der Instrumententafel der Pinasse aus bedienen.

Der zweite Ring und die entsprechenden Regler an den Geräten kontrollierten die andere nützliche Konsequenz der Erfindung – die Möglichkeit, sich kurze Strecken vorwärts und rückwärts in der Zeit zu bewegen.

Theoretisch ließen sich damit Jahre zurücklegen; praktisch grenzte die zerrüttende Wirkung des Pseudoraums auf den menschlichen Verstand die Bewegungsfreiheit in beiden Richtungen auf wenige Stunden ein.

Hedrock hatte festgestellt, daß neun Stunden in jeder Richtung, achtzehn insgesamt – die sechs normalen Stunden entsprachen –, sich eben noch ertragen ließen.

Mit der Zeitwippe, die die Physiker der Kaiserin sieben Jahre zuvor unabsichtlich gebaut hatten, hing diese Methode der Zeitreise in keiner Weise zusammen. Das Prinzip der Wippe führte zur Speicherung von Zeitenergie im menschlichen Körper, der letztlich zerstört wurde.

In diesem Raum existierte keine Zeit. Hier wurde der Raum auf eine bestimmte Zeit in der Normalwelt abgestimmt.

Hedrock steuerte das Raumschiff zu der Stelle, an der der Kreuzer der Waffenläden neben der Bresche in der Palastwand beigedreht hatte. Behutsam lenkte er sein Boot durch die harte Hülle des Kriegsschiffs. Dann stellte er den Antrieb ab und justierte die Zentralschaltung auf Höchstleistung – dreifache Normalzeit.

Angespannt wartend, beobachtete er die hochempfindlichen Relais. Bald mußten sie ansprechen . . . Ein Licht glühte auf, der Schalter sprang hoch. Das Raumschiff paßte sich der Normalzeit des Kreuzers an. Gleichzeitig spürte Hedrock eine Bewegung.

Das Kriegsschiff startete. Er und sein kleines Boot stiegen mit ihm auf, gerade weit genug am Rande des Pseudoraums, um nicht durch die Hülle des Kreuzers zu fallen.

Wenn er keinen Fehler begangen hatte, befanden sich jetzt zwei Hedrocks in dem Schiff – er selbst hier in der Dämmerwelt, er aber auch nach der Rückkehr von seinem Ausflug in den Palast, von den Waffenschmieden gefangengenommen und an Bord des Kreuzers geschafft.

Darauf bauen durfte er nicht ohne weiteres, denn Bewegungen in der Zeit erschwerten das Auffinden anderer Menschen außerordentlich.

Konzentriert ließ er den Blick über die Bildschirme wandern. In der Tat, dort war er, umgeben von Wachen.

Der Hedrock dort draußen war bereits von seinem Ausflug in die Zeit zurückgekehrt und wußte im Gegensatz zu ihm, was sich zugetragen hatte. Doch lange konnte es nicht mehr dauern.

Und so war es auch.

Der Kreuzer raste zu seinem Bestimmungsort. Der Gefangene wurde in das mit metallenen Wänden versehene Gemach gebracht. Hedrock zwang sein Raumschiff durch die massiven Mauern und machte sich an die Arbeit.

Als erstes fuhr er ein Mikrofon aus, und während er dem Wortwechsel lauschte, schaffte er einige Geräte aus dem Boot.

Sobald die Wachen mit der Haube eingetreten waren, wartete er bis zum letzten Augenblick, ließ dann eine Greifvorrichtung herunter und holte die Haube in den Pseudoraum herüber.

Die Finger auf die Zentralschaltung gelegt, wartete er, wie die Dinge sich weiterentwickeln würden.

In dem Gemach verrieten tiefe Stille und fassungslose Blicke den konsternierten Zustand der Ratsmitglieder. Hedrock, der Gefangene, lächelte ironisch, traf aber keine Anstalten, sich aus dem Griff der Posten zu befreien.

Er empfand kein Mitleid. Was zu tun blieb, mußte getan werden, und er gedachte es gründlich zu besorgen. Mit eisiger Stimme bemerkte er: „Ich habe nicht die Absicht, weitere Zeit mit Debatten zu verschwenden. Daß Sie mich hinrichten lassen wollten, obwohl die Pp-Maschine meine Uneigennützigkeit bestätigt hat, demonstriert jene Sorte Konservatismus, der noch immer das zu vernichten trachtet, was er nicht begreift. Dieser Konservatismus soll lernen, daß eine Macht existiert, die selbst den Waffenschmieden überlegen ist."

„Die Waffenläden anerkennen keine solche Macht. Wachen, tötet ihn!" entgegnete Peter Cadron kalt.

„Schwachkopf!" rief Hedrock. „Cadron, Sie zumindest hätte ich für intelligenter gehalten."

Ohne sich zu den Wachen umzublicken, wußte er, was sich jetzt ereignen würde.

In dem Pseudoraum betätigte sein früheres Ich die Regelschaltung, worauf alles in seiner Bewegung erstarrte. Ohne Hast entwaffnete das andere Ich erst die Posten, um dann den Ratsmitgliedern Ringe und Zusatzholos abzunehmen. Anschließend legte er ihnen Handschellen an und kettete sie in einer langen Reihe um den Tisch zusammen. Den Wachen fesselte er Arme und Beine ebenfalls mit Handschellen und setzte sie draußen im Flur nieder. Dann schloß er die Tür ab.

Er kehrte an die Instrumententafel zurück, schaltete den Zeitablauf auf normal und lauschte dem Aufruhr der Männer, die ihre Lage erkannten.

Die Bestürzung war allgemein. Die Männer zerrten an ihren

Fesseln, schrien erregt durcheinander und sanken schließlich bleich und verstört zurück. Hedrock wußte, daß sie nicht um ihr Leben fürchteten, aber überdeutlich ließ sich erkennen, wie vor ihrem inneren Auge ein Schreckensbild entstanden war – die Vernichtung der Waffenläden. Er wartete ab, und als ihre Aufmerksamkeit wieder ihm galt, erklärte er: „Meine Herren, beruhigen Sie sich! Ihre Organisation schwebt nicht in Gefahr. Diese Situation wäre niemals eingetreten, wenn Sie mir nicht derart blindlings nach dem Leben getrachtet hätten. Ihr eigener Begründer, Walter S. de Lany, hat bereits die Gefahr erkannt, die dem Staat von einem unüberwindlichen Zusammenschluß wie den Waffenschmieden drohen könnte. Er war es, der deshalb eine wohlgesonnene Beobachtergruppe ins Leben gerufen hat – gutwillig, ohne eigenen Ehrgeiz, mit dem Auftrag, sich nicht einzumischen, solange die Waffenläden sich an ihre Statuten halten. Eben gegen diese Statuten, gegen Ihren einzigen unveräußerlichen Artikel, haben Sie aber verstoßen."

Er hielt inne, und während er mit gekünsteltem Zorn in die Runde blickte, schätzte er kühl die Wirkung seiner Worte ab. Insgesamt war er zufrieden mit der scheinbaren Erklärung, die er vortrug. Ihren Sinn – den Umstand zu verbergen, daß nur ein einziger Unsterblicher existierte – schien sie ihm zu erfüllen.

Er sah, daß mehrere Männer sich wieder soweit erholt hatten, um zum Sprechen anzusetzen. Scharf schnitt er ihnen das Wort ab. „Folgende Forderungen werden Sie erfüllen. Erstens haben Sie über das Vorgefallene Schweigen zu bewahren. Die Beobachter wünschen nicht, daß ihre Existenz bekannt wird. Zweitens werden Sie geschlossen zurücktreten. Sie können sich wieder zur Wahl stellen, aber erst für die übernächste Amtsperiode. Der geschlossene Rücktritt des Rats wird der Gilde in Erinnerung rufen, daß ihre Satzung nicht nur auf dem Papier existiert. Schließlich werden Sie morgen gegen Mittag die Kaiserin wissen lassen, daß Sie bereit sind, mich gegen den interstellaren Antrieb auszutauschen. Ich habe Grund zu der Annahme, daß sie die Antriebstechnik von sich aus veröffentlichen wird. Geben Sie ihr dennoch Gelegenheit, sich als großmütig zu erweisen. Haben Sie dazu noch irgend etwas zu sagen?"

Seine Stimme mußte sie in Bann gehalten haben. Kaum hatte er geendet, als lautes, gereiztes Stimmengewirr einsetzte, gefolgt von Schweigen, vereinzeltem Raunen und erneuter Stille. Hedrock war nicht entgangen, daß drei oder vier Männer, darunter Peter Cadron, sich an keiner der beiden Kundgebungen beteiligt hatten. Es war Cadron, an den er sich wandte.

„Ich denke, Mr. Cadron kann als Ihr Sprecher fungieren. An seinen Fähigkeiten dürfte kein Zweifel bestehen."

Cadron erhob sich. Er war ein kräftig gebauter Mann Mitte Vierzig. „Ja", versicherte er, „das kann ich. Und ich denke, die Mehrheit teilt meine Meinung dahingehend, daß wir Ihre Bedingungen annehmen."

Niemand widersprach. Hedrock neigte förmlich den Kopf und sagte laut: „Eins, Sie können mich jetzt herausholen."

Im selben Augenblick verschwand er.

SIE DACHTEN nicht daran, irgendwelche Bravourstücke anzustellen, die beiden Hedrocks, die sich jetzt gleichzeitig in dem dämmrigen Pseudoraum befanden. Das Risiko, unwiderruflich wahnsinnig zu werden, war zu groß, um mit der Zeit zu experimentieren. Der Umstand blieb eigenartig, war aber seit langem belegt.

Der frühere Hedrock befreite den Rat, ehe er an der Instrumententafel Platz nahm und das Boot in die Zeit und zum Palast zurücklenkte. Der andere saß an seiner Seite und starrte düster ins Leere.

Er konnte sich seine gedrückte Stimmung selbst nicht erklären. Was zu tun blieb, war zweitrangig. Zwar war der interstellare Antrieb immer noch nicht zum Besitz der gesamten Menschheit geworden – aber die psychologische Tendenz ging so eindeutig in diese Richtung, daß am Endergebnis kein Zweifel mehr bestehen konnte, mochte Innelda den Antrieb auch als Verhandlungsobjekt nach wie vor zurückhalten.

Weit weniger gefiel ihm die Handlungsweise, zu der er sich soeben gezwungen gesehen hatte. Daß er, der den gegenwärtigen Rat der Waffenschmiede sehr schätzte, nicht umhin gekonnt hatte, gegen ihn vorzugehen, widerstrebte ihm zutiefst.

Doch wirkliches Bedauern war nicht am Platze. Der einzige Unsterbliche auf der Erde mußte davon ausgehen, daß Selbstverteidigung zur Rettung seines Lebens sich lohnte. Er konnte nicht aus seiner Rolle, und solange er imstande war, sich zu schützen, mußte die Welt sich mit ihm abfinden.

Hedrock verzog das Gesicht und sah, daß sie am Ziel angelangt waren. Im Zwielicht des Schattenpalastes ragte der sanfte Flammenglanz des elektronischen Schildes auf.

Sie verzichteten auf die Erprobung jedes Paradoxons. Sein früheres Selbst trat durch den Schild und erstarrte zu einer weiteren Schattengestalt auf dem Palastflur.

Hedrock brachte den Schild zum Verglühen, ehe er das Raumschiff über die dunkle Stadt hinweg zu einem seiner geheimen Appartements steuerte. Rasch stellte er die Relais darauf ein, das Schiff für künftige Fälle auf Normalzeit zu halten. Dann ließ er sich von einer Hebevorrichtung in die Wohnung befördern.

Lebendig in die Normalzeit zurückgekehrt, begab er sich sofort zu Bett. Erschöpft sank er augenblicklich in Schlaf.

Am darauffolgenden Tag erwachte er kurz nach Mittag und schaltete, während er aß, die Holonachrichten ein. Der interstellare Antrieb wurde nicht erwähnt.

Stirnrunzelnd schaltete Hedrock mehrere Relais zwischen, ehe er über den Holoset die Waffenschmiede anrief. Er lächelte grimmig, als Peter Cadrons Züge auf dem Schirm erschienen.

Dessen Gesicht erhellte sich, während er rief: „Hedrock, Sie sind es!“

„Ja.“

„Hedrock, lassen Sie mich sagen, daß ich mich freue, Sie zu sehen. Der noch amtierende Rat ist sich darin einig, daß er die Ereignisse bedauert.“

„Danke. Man will mir also definitiv nicht mehr übel?“

„Sie haben unser Wort.“

Hedrock seufzte. In gewisser Weise erleichterte ihn die Mitteilung. Schließlich wollte er wissen: „Haben Sie das Austauschangebot unterbreitet?“

„Das hat sich erübrigt.“ Die dunklen Augen des Mannes

glühten. „Hedrock, wir haben Ihren Anruf geradezu sehnlichst erwartet."

„Ja?"

„Die Kaiserin hat uns eine mehr als bemerkenswerte Abmachung angetragen: Anerkennung der Waffenläden – samt Sitz und Stimme in der Regierung. Das kommt einer bedingungslosen Kapitulation gleich – und im Gegenzug brauchen wir lediglich Sie auszuliefern, wie es Ihrem eigenen Wunsch entspricht."

„Sie haben natürlich abgelehnt."

„Was?" Cadron starrte ihn an.

„Cadron, erzählen Sie mir nicht, daß der Rat eine Annahme auch nur in Betracht gezogen hat!" sagte Hedrock schroff. „Zwischen den beiden entgegengesetzten Kräften unserer Gesellschaft darf es keine Übereinkunft geben."

„Aber", protestierte Cadron, „das war doch einer der Gründe, die Sie selbst uns für Ihren Aufenthalt am Hof genannt haben."

„Als bloße Finte", erwiderte Hedrock. „Während der Zivilisationskrise, die sich abzeichnete, mußte jemand den Kontakt zwischen den Waffenschmieden und der Kaiserin halten. Warten Sie!"

Mit großem Nachdruck redete er weiter, bevor Cadron ihn unterbrechen konnte. „Cadron, die Waffenschmiede bilden die permanente Opposition. Die Opposition alten Stils litt darunter, daß sie selbst nach der Regierungsgewalt strebte. Nur zu oft war ihre Kritik heuchlerisch, waren ihre Ziele selbstsüchtig. Sie hungerte nach Macht. Niemals dürfen die Waffenschmiede solchen Machtgelüsten Raum geben. Soll die Kaiserin selbst Ordnung schaffen. Sie mag nicht verantwortlich sein für die allgemeine Korruption, aber an ihr liegt es, ein Ende damit zu machen. Die Waffenschmiede haben daran keinen Anteil. Sie sehen nicht gleichgültig zu, und sie haben darauf zu achten, daß sie jedem, der sich dagegen wehrt, geknechtet zu werden, Beistand bieten – im Sonnensystem und bald auch darüber hinaus. Die Waffenläden stehen den Unterdrückten offen. Im übrigen betreiben sie keine Politik."

„Dann sollen wir also . . ."

„Mich gegen den interstellaren Antrieb austauschen und gegen sonst nichts. Im übrigen, Cadron . . ." Hedrock lächelte. „Ich habe Sie immer gut leiden können. Richten Sie dem zurückgetretenen Rat meine besten Wünsche aus. Ich gedenke, mich in einer Stunde bei Hofe einzufinden – und ich hoffe, daß Sie alle dann nie wieder von mir hören werden. Leben Sie wohl, und viel Glück!"

Mit einer raschen Handbewegung schaltete er den Holoset aus und blieb davor sitzen, erfüllt von dem Schmerz, den er aus so vielen Jahrhunderten kannte.

Er verdrängte die tiefe Einsamkeit aus seinen Empfindungen. Pünktlich zur angekündigten Zeit landete sein Flugwagen auf dem Palast.

Während sie miteinander sprachen, beobachtete er die Kaiserin unter halbgeschlossenen Lidern. Sie saß steif neben ihm, eine schlanke, anmutige junge Frau mit charakteristischen langen Gesichtszügen, deren grüne Augen ihre Gedanken verbargen.

Sie hatten den künstlichen Palmengarten im vierunddreißigsten Stock aufgesucht. Eine leichte Brise umfächelte sie; indirektes Licht erhellte sanft die Umgebung. Zweimal küßte er sie, in der Einsicht, daß ihre Reserviertheit auf verborgene Motive zurückging, die er ergründen mußte.

Jeden seiner Küsse nahm sie teilnahmslos hin.

Stirnrunzelnd rückte Hedrock von ihr ab. „Innelda, was hat sich bei dir geändert?" Als sie schwieg, drang er weiter in sie. „Ich komme zurück und erfahre als erstes, daß Prinz del Curtin, dem du vertraut hast wie keinem anderen, aus dem Palast verbannt ist. Weshalb?"

Die Frage schien sie aus ihrer Einsilbigkeit zu reißen. Mit einem Anflug ihres gewohnten Temperaments erwiderte sie: „Mein Vetter hat die Unverfrorenheit besessen, ein Ziel zu kritisieren, das ich mir definitiv gesetzt habe. Ich lasse mich auch von denen nicht bedrängen, die ich schätze."

„Bedrängen", wiederholte Hedrock nachdenklich. „Das sieht dem Prinzen gar nicht ähnlich."

Stille. Hedrock schaute sie von der Seite an. „Meinetwegen

hast du auf den interstellaren Antrieb verzichtet. Nun hast du mich zurück, aber du reagierst, als ob dir das nichts bedeutet."

Während des langen Schweigens, das folgte, kam ihm zum erstenmal der Gedanke: Kannte sie am Ende die Wahrheit über ihn? Bevor er fragen konnte, murmelte sie: „Was soll ich dir noch sagen, Robert? Die Dynastie wird einen Erben haben. Das Haus Isher wird weiterbestehen."

Die Mitteilung, daß sie ein Kind haben würde, berührte ihn weniger als ein anderer Umstand. Sie war informiert. Das allein zählte für die Zukunft.

Hedrock seufzte. „Ich habe etwas übersehen. Du hast Gonisch in Gewahrsam, nicht wahr?"

„Ja, ich habe Gonisch; und ich brauchte ihm nicht viel zu sagen. Einige wenige Worte, und er hatte die Lösung."

Nach langer Zeit forschte er: „Was willst du nun tun?"

Ihre Antwort kam wie von weit her. „Eine Frau kann keinen Unsterblichen lieben. Die Verbindung würde sie an Geist und Seele zugrunde richten." Wie zu sich selbst fuhr sie fort: „Mir ist jetzt klar, daß ich dich nie geliebt habe. Du hast mich fasziniert – und vielleicht sogar leicht abgestoßen. Trotzdem bin ich stolz darauf, daß ich mich unwissentlich für dich entschieden habe. Unser Geschlecht hat noch nicht allen Lebenswillen verloren. Robert!"

„Ja?"

„Die anderen Kaiserinnen – wie war dein Leben mit ihnen?"

Hedrock schüttelte den Kopf. „Du kannst nicht von mir verlangen, daß ich darüber rede. Ich möchte, daß du dich entscheidest, ohne an die Vergangenheit zu denken."

Ihr Auflachen klang brüchig. „Du glaubst, ich wäre eifersüchtig? Das brauchst du nicht zu meinen." Sie sah ihn an. „Künftig bin ich Mutter, eine Mutter, die die Liebe und den Respekt ihres Kindes gewinnen will. Für eine Kaiserin aus dem Hause Isher ist das keine Frage – aber ich will dich nicht bedrängen." Ihre Züge verdüsterten sich. Mit plötzlicher Heftigkeit schloß sie: „Ich muß erst darüber nachdenken. Bitte geh jetzt!"

Sie hielt ihm die Hand hin. Ihre Finger kamen dem Druck seiner Lippen nicht entgegen, und Hedrock kehrte grübelnd in seine Räume zurück.

EINIGE Zeit verging, ehe ihm Gonisch einfiel. Die Wachen brachten den Psychoprognostiker ohne Einwände zu ihm und entfernten sich.

Eine Weile saßen sie da und blickten sich an. „Mir ist klar", sagte Gonisch endlich, „daß ich keine Erklärung erhalten werde."

„Später vielleicht", erwiderte Hedrock. „Was werden Sie unternehmen?"

„Nichts."

„Sie wollen sagen . . .?"

„Nichts. Sehen Sie, mir ist ganz klar, wie durchschnittliche und selbst überdurchschnittliche Menschen reagieren würden. Ich werde niemals ein einziges Wort darüber verlieren."

Hedrock schwieg erleichtert. Er kannte den Mann und seine kompromißlose Rechtschaffenheit. Seine Zusage entsprang einer Betrachtungsweise, die sich an Illusionslosigkeit von niemandem übertreffen ließ. Er gewahrte, daß Gonisch ihn musterte. Der Psychoprognostiker bemerkte: „Bei meiner Ausbildung würde ich nie den Versuch unternommen haben, die Wirkung der Unsterblichkeit auf andere zu testen. Aber Sie haben das getan, nicht wahr? Wo? Und wann?"

Hedrock schluckte schwer. Die Erinnerung brannte wie Feuer in ihm. „Auf der Venus", gab er leise zur Antwort, „während der Anfänge der interplanetaren Raumfahrt. Ich habe Wissenschaftler für eine isolierte Siedlerkolonie angeworben, sie eingeweiht und mich darangemacht, mit ihrer Unterstützung der Ursache meiner Unsterblichkeit auf den Grund zu gehen.

Fürchterlich . . ." Seine Worte kamen mühsamer. „Sie konnten nicht mit ansehen, wie ich jung blieb, während sie alterten. Nie wieder."

Er schauderte. Der Psychoprognostiker fragte rasch: „Und wie hat Ihre Frau reagiert?"

Hedrock schwieg lange Zeit. „Bisher sind die Kaiserinnen

des Hauses Isher noch immer stolz auf ihre Verbindung mit dem einzigen Unsterblichen gewesen", sagte er dann. „Um der Kinder willen haben sie sich mit der Situation abgefunden. Mehr möchte ich dazu nicht sagen." Er runzelte die Stirn. „Manchmal habe ich mir überlegt, ob ich nicht öfter heiraten sollte. Immerhin könnte – ich betone könnte – die Unsterblichkeit sich auf diese Weise eines Tages weitervererben. Dies ist jetzt meine dreizehnte Ehe. Ich . . . äh . . . habe es nicht öfter übers Herz gebracht, obwohl" – er blickte auf – „ich eine Methode entwickelt habe, um äußerlich zu altern, jedenfalls so weit, um bei denen eine psychologische Wirkung zu erzielen, die die Wahrheit kennen."

Gonischs Züge trugen einen eigenartigen, grimmigen Ausdruck; Hedrocks Augen verengten sich, als er die Miene gewahrte. „Was haben Sie?" wollte er wissen.

„Ich glaube, Innelda liebt Sie, und das macht die Sache sehr schlimm. Sehen Sie, sie darf keine Kinder bekommen", entgegnete der Psychoprognostiker.

Hedrock sprang aus dem Sessel auf und trat so nahe an den Prognostiker heran, als wollte er tätlich werden. „Ist das Ihr Ernst? Sie hat mir doch selbst gesagt, daß . . ."

Gonischs finstere Miene erhellte sich nicht. „Seit ihrer frühesten Kindheit haben wir uns eingehend mit der Kaiserin befaßt. Natürlich sind ihre Unterlagen nur den drei Psychoprognostikern und den Ratsmitgliedern zugänglich. Gerade bei alten Familien treten solche Erscheinungen auf. Ich hoffe, Sie sehen mir die Formulierung nach, aber sie entspricht der Wahrheit."

Der Prognostiker musterte Hedrock durchdringend. „Ich weiß, das durchkreuzt Ihre Pläne, aber nehmen Sie es nicht so tragisch. Prinz del Curtin ist der nächste in der Erbfolge und dürfte die Dynastie fortsetzen. In einigen Generationen wird wieder eine Frau den Thron besteigen, die Sie dann heiraten können."

Hedrock hörte auf, in dem Raum hin und her zu gehen. „Seien Sie nicht so ekelhaft gefühllos!" fuhr er Gonisch an. „Ich denke nicht an mich. Innelda ist so eigensinnig wie alle Frauen, die je den Namen Isher getragen haben. Sie wird auf das Kind nicht verzichten wollen, und das macht mir Sorgen." Er starrte den Prognostiker an. „Sind Sie ganz sicher? Machen Sie mir nichts vor, Gonisch?"

„Ich scherze nicht, Hedrock", erwiderte dieser steif. „Die Geburt des Kindes wird die Kaiserin das Leben kosten und . . ." Er brach ab; sein Blick war auf die Tür hinter Hedrock gerichtet.

Dieser wandte sich langsam zu der Frau um, die dort stand und ihm mit klirrender Stimme befahl: „Captain Hedrock, Sie nehmen Ihren Freund Gonisch mit und verlassen auf der Stelle den Palast! Kommen Sie erst zurück, wenn . . ." Sie hielt inne und verharrte einen Augenblick lang, als sei sie aus Stein gemeißelt. „Niemals!" preßte sie dann hervor. „Kommen Sie niemals wieder! Ich könnte es nicht ertragen. Leben Sie wohl."

„Warte!" schrie Hedrock. „Innelda, du darfst dieses Kind nicht zur Welt bringen! Du . . ."

Er sprach zu einer geschlossenen Tür.

17. KAPITEL

ABGESEHEN davon, daß er die Augen krampfhaft geschlossen hielt und sich alle seine Muskeln wie Stränge versteift hatten, erlebte Neelan den Augenblick, nachdem er abgedrückt hatte, als normal.

Der Schock der Erkenntnis, noch am Leben zu sein, sprang in konvulsivischem Begreifen von Nervenstrang zu Nervenstrang über. Die beiden Patronen, deren kaum vernehmbare Detonationen überlaut in seinen Ohren widergehallt hatten, hatten ihn nicht berührt.

Was für ein Tor, was für ein entsetzlicher Tor war er gewesen, sich derart mitspielen zu lassen!

Er lehnte sich zurück, immer noch mit geschlossenen Augen, ließ seinen Körper sich beruhigen, seine Gedanken langsamer fließen, verebben. Nirwana hatten in grauer Vorzeit die indischen Fakire den Zustand der Selbstvergessenheit, des völligen Aufgehens im kosmischen Nichts genannt, und seit

Jahrtausenden bediente man sich seiner als Basis für jede Form geistigen Trainings.

Allmählich wurde er sich eines stetigen Pulsierens bewußt, dessen Rauschen seinen Kopf ausfüllte. Aber diese körperliche Phase, das Hämmern seines Herzens, begleitet vom Murmeln des kreisenden Blutes, von Zehntausenden winziger Muskelspannungen – auch diese Phase ging vorüber.

Unendliche Ruhe und grenzenloser Friede breiteten sich in ihm aus.

Sein erster bewußter Eindruck nach diesen Sekunden völligen Loslassens bestand darin, daß die Lehne eines Sitzes gegen seinen Rücken drückte. Gleich darauf wußte er, daß dieser Sitz in der Steuerzentrale eines Raumboots montiert war, daß es sich um den Mehrzwecksessel in seinem eigenen Schiff handelte.

Er saß in seiner Maschine, und nur wenige Minuten waren verstrichen, seit er erstmals die fremden Raumschiffe gesichtet hatte. Alles übrige war gezielt erzeugte Sinnestäuschung, Trugbilder, die seine Wahrnehmungskraft im Blitz des Ansturms überwältigt hatten, noch ehe er begriff, was ihm widerfuhr.

Neelan seufzte und schlug die Augen auf. Ohne Eile ließ er die vertraute Umgebung auf sich einwirken. Hier, nirgendwo anders, hatte sich seine Konfrontation mit den Spinnen von Anfang bis Ende abgespielt. Solange er nicht gewaltsam von Bord geholt oder sein Schiff vernichtet wurde, würde er hier bleiben.

Er beugte sich vor, musterte die leuchtenden Bildschirme und sah . . . ein Raumschiff! Ein einziges, nicht Hunderte.

Sein Gleichmut zerstob mit einem Schlag, und seine Überraschung stieg noch, als er erkannte, daß er sich nicht einmal im Innern des fremden Schiffs befand. Sein Raumschiff trieb im Raum, war nicht aufgebracht worden. Er war frei, konnte handeln.

Und er handelte. Hastig drückte er den Antriebsschalter. Das Boot schien buchstäblich an seinen Fesseln zu zerren. Es wurde erschüttert, bäumte sich auf. Neelan brach der Schweiß aus; ihm war, als würde sein Körper auseinandergerissen.

Schaudernd schaltete er den Antrieb aus. Doch nach einem Augenblick lächelte er durch seine zusammengebissenen Zähne. Dies jedenfalls war Wirklichkeit; die Maschine hatte reagiert. Sein Fingerdruck hatte Energie durch Leitungen geschickt.

Mensch, es wird dir nicht gelingen!

Er hatte mit einer Reaktion gerechnet, hatte sich instinktiv auf den titanischen Aufprall vorbereitet. Doch die Erschütterung gestaltete sich ganz anders, als er befürchtet hatte.

Dem fremden Gedanken gebrach es an Kraft. Er schien von weit her zu ihm zu dringen. Und wieder empfand er tiefes, fassungsloses Erstaunen. Dies, was er jetzt wahrnahm, entsprach der Wirklichkeit. Zuvor mußte den Spinnen die völlige, sekundenschnelle Überwältigung seines Geistes gelungen sein.

Nun aber schrumpften die Wesen, die anfangs so übermächtig gewirkt hatten, mit jeder Minute weiter zusammen.

Aus Hunderten von Schiffen war eines geworden. Die übermenschlich anmutende Kontrolle seines Willens war so weit verebbt, daß . . .

Der triumphierende Gedanke brach ab, als der fremde Impuls ihn erneut berührte, kalt, stählern, von unbarmherziger Konsequenz.

Du kannst uns nicht entrinnen. Sobald du deinen Zweck erfüllt hast, werden wir dich vernichten. Dein geistiges und körperliches Aufbegehren gegen dein Schicksal ist unnütz. Blick um dich!

Den Schluß dieser gnadenlosen Mitteilung erfaßte Neelan kaum noch. Er lehnte sich in seinen Sitz zurück, hielt den Atem an – und begriff.

Es trifft zu, fuhr der Spinnengedanke in seiner eisigen, unmenschlich präzisen Art fort, *daß du dich unserer geistigen Gewalt entzogen und festgestellt hast, daß nur ein Schiff existiert. Dich weiter in unserer Macht zu haben, wäre natürlich einfacher für uns. Aber wir akzeptieren die Situation. Wir beabsichtigen, deine gefühlsmäßige Beziehung zu deinem Bruder weiter zu untersuchen. Du wirst dabei keine Schmerzen erleiden. Da du nicht fliehen kannst, erwarten wir deine Mitarbeit. Sterben wirst du zu gegebener Zeit. Den Augenblick deines Todes werden wir dir mitteilen. Damit haben wir dir Klarheit verschafft, wie es deinen eigenen Wertvorstellungen entspricht.*

Neelan regte sich nicht. In die absolute Faszination, die er empfand, mischte sich schieres Entsetzen. Keine Furcht; nicht ein einziger Nerv seines Körpers zuckte angstvoll.

Diese Geschöpfe meinten, menschlichen Wertmaßstäben zu entsprechen, wenn sie ihn über den Zeitpunkt seines Todes unterrichteten. An seiner Mitwirkung war ihnen gelegen, und indem sie ihm ihre Pläne erläuterten, glaubten sie, ihn durch deren zwingende Logik von selbst zu überzeugen. Auf diese Weise konnte alles weitere reibungslos ablaufen.

Kein Aufbegehren; keine Empörung – bis zum unvermeidlichen Ende. Erwies sich Flucht als unmöglich, dann fügten sich diese Geschöpfe offenkundig mit stoischer Ruhe in den Tod – und versuchten nicht, die Hand noch zu beißen, die sich ausstreckte, um sie zu zermalmen.

Neelan lächelte ohne Freundlichkeit. „Ihr scheint es ziemlich weit gebracht zu haben", bemerkte er schroff. „Euer Schiff besitzt die Ausmaße eines kleinen Mondes. Offenkundig ist eure Zivilisation intellektuell hoch entwickelt. Mich würde die Welt interessieren, die euch hervorgebracht hat, eure Technik, euer Alltagsleben. Zweifellos hat eure Art Logik sich als erfolgreich erwiesen. Die Natur kann sich zu ihrer Errungenschaft beglückwünschen; aber ebenso fest steht . . ." Er beugte sich vor; sein Gesicht verzerrte sich, und er spie die Worte fast aus: „Ebenso fest steht, daß Menschen von anderem Schlag sind. Euch mag es wenig kosten, mir den Garaus zu machen, aber jedenfalls sollt ihr merken, daß ich mich nicht in meinen Tod ergebe, daß ich kämpfe, solange noch ein Funke Leben in mir ist!"

Neelan war außer Atem, als er schwieg, und war über sich selbst erstaunt. Reuig dachte er, daß er zu sehr aufgetrumpft hatte; auf die Spinnen mußte er wie ein wildes Tier gewirkt haben, das sie trotzig anzischte. Erneut erreichte ihn ein Gedanke: *Du wirst feststellen, daß wir besser über deine Psychologie orientiert sind, als du meinst. Noch einmal – blick um dich!*

Diesmal drang die Aufforderung in sein Bewußtsein. Er runzelte die Stirn, schüttelte seine Gefühlsaufwallung endgültig ab und war wieder er selbst.

Er sah, was die Spinnen meinten.

Das riesige Schiff, dem er ausgeliefert war, hatte seine Stellung verändert. Seine enorme Masse füllte jetzt die Bug- und teilweise auch die Seitenschirme.

Den Heckschirm nahm grenzenlose Schwärze ein, und in dieser Nacht schwammen zwei weißgelbe Sonnen.

Noch waren sie klein, leuchtender als helle Sterne, dann kaum größer als kleine Bälle. Aber sie wuchsen.

Weit links tauchte eine dritte, noch winzigere Sonne auf. Bald betrug der Durchmesser der beiden größeren je fünfzehn Zentimeter, ihre Entfernung voneinander einen knappen halben Meter. Der Abstand nahm ständig ab. Die eine Sonne blieb klein, während die andere näher rückte, anschwoll.

Die zweite Sonne wanderte weiter und weiter nach links. Am Ende bezifferten die Rechenanlagen die Entfernung noch auf fünf Milliarden Kilometer.

Weitere Messungen ergaben, daß der Winkeldurchmesser der beiden näheren Gestirne des Systems den der irdischen Sonne übertraf. Die Helligkeit des direkt benachbarten belief sich auf 1.12, die des weiter entfernten auf 0.32 Sol; die Masse beider Stern betrug, verglichen mit Sol, 1.14 beziehungsweise 0.97.

Die dritte Sonne funkelte als bloßer Lichtfleck in der Ferne. Neelans unzureichende Instrumente ermöglichten keine rasche Bestimmung ihrer Merkmale. Ihre bloße Existenz jedoch veranlaßte ihn weiterzufahnden, und nach einem Augenblick stieß er auf einen roten Punkt, die vierte Sonne dieses Systems.

Der kalte Impuls drang wiederum in sein Bewußtsein.

Mensch, du hast recht. Dies sind die Sterne der Konstellation, die ihr Alpha Centauri nennt. Die beiden näheren sind Alpha A und B. Die dritte weiße Sonne heißt Alpha C, und der unbedeutende rote Punkt ist natürlich Proxima Centauri, der sonnennächste Stern. Diese beiden brauchen uns nicht zu kümmern. Uns interessiert lediglich die Angabe deines Bruders, der von einem Planeten mit erratischer Bahn gesprochen hat. In diesem System existiert nur ein erratischer Himmelskörper. Er kreist abwechselnd um Alpha A und B und beschreibt dabei eine Bahn, die einer 8 ähnelt und die durch seine ungewöhnliche Geschwindigkeit von fast fünftausend Kilometern in der Sekunde ermöglicht wird. Diese exzentrische Umlaufbahn führt ihn sehr nahe an jeden Stern heran, worin er einem Kometen ähnelt, ohne beider Anziehungskraft aber jemals entfliehen zu können. Die Schwerefelder von Alpha A und B fangen ihn nacheinander ein und schleudern ihn auf seiner Bahn weiter. Gegenwärtig nähert der Planet sich immer mehr Alpha A, dem Stern vor uns. Wir wünschen deine Verbindung zu deinem Bruder zu nutzen, um seinen Körper zu orten und das menschliche Empfinden dabei genauer zu ergründen. Daran mitzuwirken, liegt sicherlich in deinem eigenen Interesse.

Das ließ sich kaum leugnen.

„ABER er ist tot!" rief Neelan.

In der Tat. Das ist das Erstaunliche. Dein Bruder ist tot, und doch hat deine gefühlsmäßige Bindung an ihn zugenommen statt nachzulassen. Das eröffnet uns eine einzigartige Möglichkeit, Sinneswerkzeuge zu studieren, die unter intelligenten Lebensformen nicht ihresgleichen besitzen.

„Aber . . .", setzte Neelan erneut an und hielt inne.

Daß die Spinnen unbeirrbar uneinsichtig blieben, stimmte ihn hoffnungslos. Er trauerte um seinen Bruder; das überstieg ihr Begriffsvermögen. Es war schrecklich, sich Gilbert vorzustellen, wie er starr in einem endlosen Sandmeer lag, wie sein Körper sich aufzulösen begann unter einer immer brennenderen Hitzeglocke, während der Planet einer seiner beiden Muttersonnen mit jeder Sekunde fünftausend Kilometer näher rückte.

Der Gedanke war furchtbar – und doch empfand er zugleich

Erleichterung darüber, daß Gilbert tot war. Er litt nicht mehr unter sengender Glut und stechendem Sand; seinen sterblichen Überresten setzten weder Hunger noch Durst länger zu, weder Angst noch grundlose Hoffnung. Der Tod hatte Gilbert Neelan ereilt, wie er früher oder später niemanden verschonte.

Wobei natürlich die Tatsache bestehen blieb, daß die Spinnen Gilbert, hätte er nur etwas länger ausgehalten, möglicherweise aus purem Wissensdurst gerettet haben würden – nur um später ihnen beiden den Tod zu geben.

Neelan lächelte freudlos. Das war offenkundig keine Lösung.

Er schüttelte sich. Was nutzte es, dachte er müde. Wenn diese Geschöpfe eine so grundlegende menschliche Empfindung wie Trauer nicht begriffen, war es sinnlos zu erwarten, daß sie wußten, was Gnade hieß.

Die Mentalitäten beider Seiten lagen weltweit auseinander. Unvermittelt spürte Neelan hilflosen Zorn. Glaubten sie wirklich, er würde sich ihnen ausliefern, wenn sie ihm ein Experiment als Preis für die Suche nach seinem toten Bruder antrugen?

„Ihr Ungeheuer", stieß er hervor, „macht doch gleich ein Ende! Auch wenn eurem eingleisigen Denken das nicht einleuchtet, kann ich mich grämen, weil jemand tot ist, ohne daß ich deswegen unbedingt seinen Leichnam sehen muß."

Schweigen.

Es ist deutlich, Mensch, daß du unser Bestreben nicht verstehst. Wir beabsichtigen, deinen Bruder wiederzuerwecken. Das muß bald geschehen, weil in der Hitze, der er ausgesetzt ist, sein Kadaver binnen kurzem verwest sein wird. Entscheide dich nun – rasch!

NEELAN lag unter einem Licht. Wo er war oder wo die Spinnen ihn glauben machen wollten, daß er sich befände, wußte er nicht zu sagen.

Natürlich war ihm keine Wahl geblieben. Undenkbar, daß Gilbert nicht die Möglichkeit erhalten sollte, noch einmal zu leben, selbst wenn das seinen neuerlichen – gewaltsamen – Tod einschloß.

Neelan beobachtete das Licht. Es hing über ihm in der Finsternis, oder – der sonderbare Gedanke kam ihm in den Sinn – blickte er darauf hinab?

Es spielte keine Rolle. Nichts existierte außer dem Licht, das in der Dunkelheit leuchtete, leuchtete, leuchtete. Nach einer Weile fiel ihm auf, daß es kein weißes Licht war; und doch schien es keine eindeutige Farbe zu besitzen. Es war auch nicht warm; es . . .

Die Überlegung brach ab; er fröstelte. Als er an Wärme gedacht hatte, hatte er die Kälte gespürt, die ihn umgab.

Das Licht war – Eis.

Der Gedanke wirkte wie ein Signal.

Empfindungen, drang der ferne Spinnengedanke zu ihm, *sind Energie. Sie überbrücken unverzüglich jede Distanz. Euer Kontakt ist nur deshalb schwächer geworden, weil ihr beide glaubt, er müsse nachlassen. Diese Auffassung gründet im Unbewußten. Eure Nervensysteme wurden sich der zunehmenden Entfernung bewußt, als dein Bruder zum Centaurus startete, und instinktiv reagierten sie auf den Umstand. Als es spürte, wie er starb, hat dein Nervengewebe ohne weiteres die Verbindung abgebrochen. Begreife, Mensch, daß der Tod kein Hemmnis darstellt, ehe der Körper verwest und auf Reize nicht mehr reagiert. Wisse, daß deine Gattung so bemerkenswert ausgestattet ist wie keine andere – und akzeptiere das Ergebnis.*

Der Wechsel erfolgte augenblicklich. Neelan gewahrte, daß er am grasbewachsenen Ufer eines Flusses lag. Das Wasser gurgelte über Steine. Eine sanfte Brise wehte ihm ins Gesicht, und hinter den Bäumen zu seiner Linken stieg eine Sonne majestätisch über den Horizont.

Um ihn herum standen Behälter, Kisten und mehrere Maschinen. Dazwischen lagen vier ruhig schlummernde Männer. Unter ihnen befand sich Gilbert.

Einen Moment lang schwindelte es Neelan. Dann beherrschte er sich und dachte verzweifelt: Nimm dich zusammen! Was du siehst, ist nur Trug, eine Täuschung, die sie dir vorspiegeln. Gilbert schmachtet auf einem wüstenhaften, höllischen Planeten. Dies ist ein Eden, eine Traumwelt.

MEHRERE Sekunden verstrichen. Gilbert schlief mit gerötetem Gesicht. Sein Atem ging schwer; er atmete keuchend, als ob das Leben in ihn zurückkehrte und seine Lungen nicht genug Sauerstoff aufnehmen konnten.

Ein Gedanke meldete sich schwach in Neelans Bewußtsein. Wasser, besagte er. O Gott, Wasser!

Er hatte diesen Wunsch nicht im Geiste formuliert.

Neelan warf sich der Länge nach ans Ufer. Die ersten beiden Male zitterten seine hohlen Hände so heftig, daß die kostbare Feuchtigkeit ins Gras lief. Dann kehrte sein Verstand zurück, er durchwühlte eine der Kisten und stieß auf ein Gefäß.

Er träufelte Gilbert Wasser in den Mund und ließ es über sein Gesicht rinnen. Mehrfach wurde der ausgemergelte Körper von heftigen Hustenanfällen geschüttelt, aber das war nur gut, denn lange nicht mehr benutzte Muskeln erwachten wieder zum Leben. Neelan ließ in seinem Bemühen nicht nach.

Gilberts Herz schlug regelmäßiger, und die ersten gedanklichen Vorstellungen stellten sich zögernd in einem Bewußtsein ein, das lange brachgelegen hatte. Neelan nahm sie auf; die vertraute nervliche Verbindung kehrte zurück, und zufrieden registrierte er, wie Gilbert sich regte.

Dan . . . Der Gedanke klang perplex. Wo kommst du denn mir nichts, dir nichts her?

„Von der Erde." Neelan sprach die Worte laut aus.

Die Antwort schien Gilbert zufriedenzustellen. Er seufzte, drehte sich auf die Seite und fiel wieder in tiefen Schlaf.

Neelan durchsuchte die Behälter nach Nahrungsmittelkonzentrat. Er fand eine Flasche und schob Gilbert eine Tablette in den Mund. Sie würde sich langsam auflösen und ihn stärken.

Zufrieden darüber, daß er im Augenblick alles getan hatte, was in seiner Macht stand, trat Neelan zurück. Nun erst waren die übrigen Männer keine Hindernisse mehr, über die er hinweggetreten war, während er sich um Gilbert kümmerte.

Er schämte sich deswegen nicht. In kritischen Situationen genossen diejenigen Vorrang, die einem am nächsten standen.

Erst kam Gilbert, dann die anderen.

Nacheinander versorgte er die drei Männer mit Wasser und

Konzentrattabletten. Als er sich nach getaner Arbeit aufrichtete, erreichte ihn ein Gedanke.

Er hat sich um alle gekümmert. Das Reaktionsmuster bezieht sich also nicht ausschließlich auf eineiige Zwillinge.

Der kurzen Bemerkung folgte keine weitere. Doch sie reichte, um Neelan erstarren zu lassen. Eiskalt rann es ihm über den Rücken, während das drohende Verhängnis erneut vor Augen trat.

Vergessen hatte er die Spinnen nicht. Doch wichtigere Ereignisse hatten den Gedanken an sie in den Hintergrund gedrängt.

Nun hatte die tödliche Wirklichkeit ihren Anspruch wieder angemeldet.

Diese niederdrückende Gewißheit lastete auf Neelan, während die Minuten sich zu Stunden dehnten, ohne daß ein weiterer fremder Gedanke sich einstellte. Er starrte zu dem blauen Himmel hoch, zu der mächtigen gelbweißen Sonne und verwünschte die Spinnen.

Zugleich aber gab er sich keiner Täuschung hin, daß er damit handelte wie jene längst vergangenen Wilden, die gegen die Dämonen der Luft die Fäuste geschüttelt und Beschwörungen angestimmt hatten.

Endlich ruhiger geworden, begann er seinen Patienten Fruchtsaftkonzentrat einzuflößen, das er in Wasser auflöste. Einer der Männer, von schlanker Statur mit ansprechenden Zügen, erwachte lange genug, um ihn erstaunt anzulächeln. Er stellte jedoch keine Fragen, und Neelan verzichtete auf freiwillige Auskünfte.

Als die Patienten wieder schliefen, stieg er auf den höchsten Baum, den er finden konnte, und musterte von dort die Umgebung. Doch er erblickte nur Bäume, niedrige Anhöhen und in weiter Ferne, im Dunst kaum erkennbar, eine größere Wasserfläche.

Was sein Interesse stärker weckte, waren gelbe Farbtupfer inmitten einer Baumgruppe, die einen knappen halben Kilometer entfernt an dem Fluß wuchs.

Er kletterte nach unten und folgte mit einiger Spannung dem Flußlauf. Er mußte die Entfernung unterschätzt haben, denn als er mit einem Behälter voller Früchte zurückkehrte, hatte die Sonne den Zenit bereits überschritten.

Aber die Wanderung hatte ihm gutgetan. Er fühlte sich frischer und überlegte, ob sich unter der Ausrüstung ein Analyseautomat finden mochte.

Er stieß auf keinen, entdeckte dafür jedoch eine Reihe anderer Geräte, darunter einen Prozeßschreiber zur Kennzeichnung von Markierungsscheiben, die bei der Terrainvermessung benutzt wurden. Davon hatten die Männer an ihren verschiedenen Landepunkten wahrscheinlich eine ganze Menge zurückgelassen.

Die Sonne neigte sich allmählich, und spät am Nachmittag stieg das zweite Gestirn, eine kleinere fahle Scheibe, empor. Die Luft erwärmte sich zunächst weiter, kühlte dann aber ab, als die größere Sonne hinter den Horizont sank und die „Nacht" einsetzte.

Die Stimmung erinnerte an einen diesigen Tag auf der Erde, wenn die Sonne schwach durch dichtes Gewölk schien, doch hingen keine Wolken am Himmel, und es war weder feucht noch drückend. Der leichte Luftzug hielt an. Auch die dritte Sonne ging auf, ohne daß ihr matter Schein die Landschaft merklich erhellte.

Das anhaltende helle Dämmerlicht begann Neelan lästig zu werden. Er wanderte am Ufer auf und ab und dachte dabei: Wie lange soll dieses . . ., dieses unmenschliche Experiment noch dauern? Wie lange wollten die Spinnen ihn martern?

„Verflucht", tobte er in plötzlichem Zorn, „weshalb gebt ihr mir nicht mein Raumschiff zurück und fliegt eurer Wege? Die glühend heiße Welt habt ihr uns doch erspart. Warum wollt ihr uns trotzdem umbringen?"

Überraschenderweise erfolgte die Erwiderung sogleich. Sie schien aus dem fahlen, wolkenlosen Himmel zu ihm heruntertreiben, präzise und gänzlich leidenschaftslos.

Dein erstes Ansinnen, Mensch, läßt sich nicht erfüllen. Beim Eintritt in unser Magnetfeld hat sich dein Schiff aufgelöst. Die komplexe Energieverbindung, die sich dabei gebildet hat, ist unserem eigenen Potential bereits zugeführt worden.

„Ihr habt das Boot vernichtet!" Neelan stand schreckensstarr. Was sich im einzelnen zugetragen hatte, blieb noch unklar. Allein die Mitteilung aber genügte, um ihm die Fassung zu rauben.

Das Raumschiff existierte nicht mehr. Ein Stück seines Lebensfadens war gekappt.

Sein Ausruf hatte keine Reaktion zur Folge.

Auch deine zweite Forderung, setzte sich der Spinnengedanke fort, *ist unerfüllbar. Wir sind nicht ganz das, was wir zu sein scheinen. Zu den großen Errungenschaften der Natur, wie du zu denken scheinst, läßt unsere Gattung sich nicht rechnen. Dieses Schiff beherbergt alle Überlebenden unserer Spezies. Wir, die wir hier leben, sind unsterblich, Sieger im Macht- und Daseinskampf auf unserer Welt. Jeder hat seine Rivalen ausgeschaltet und ist unbezwingbar in seinem Bereich. Wir wünschen nicht, von anderen Lebensformen des Universums entdeckt zu werden. Ein Zufall hat dich in unsere Mitte geführt. Deshalb mußt du sterben. Ist dir das klar?*

Neelan wußte nichts zu entgegnen. Diese Logik duldete keinen Widerspruch. Der Tod war die Quittung für sein Wissen.

Wir beabsichtigen, teilte der kalte Gedanke ihm mit, *unsere Untersuchung des menschlichen Gefühlslebens auf der Grundlage der Kenntnisse zu Ende zu führen, die wir durch dich erlangt haben, und anschließend dieses Gebiet für immer zu verlassen. Dazu werden wir einige Zeit benötigen. Inzwischen hast du keine weiteren Antworten von uns zu erwarten. Verhalte dich entsprechend.*

Langsam kehrte Neelan in das Lager zurück. Der schlanke, erschöpft wirkende Mann, der ihn zuvor angelächelt hatte, richtete sich mühsam auf.

„Hallo", begrüßte er ihn aufgeräumt. „Mein Name ist Kerschaw – Derd Kerschaw. Sie müssen Dan Neelan sein. Danke, daß Sie uns gerettet haben."

„Sie bedanken sich zu früh", erwiderte Neelan.

Aber der Klang der menschlichen Stimme belebte ihn – und brachte ihn auf einen Gedanken.

Mit der Hoffnung stellte sich Furcht ein. Neelan arbeitete wie unter einer drückenden Last, in der Erwartung, daß jeder Augenblick den Tod bringen könnte.

Mit Gilberts Waffe schnitt er Baumstämme in zollstarke runde Scheiben, die er in den Markierungsschreiber schob. Das Gerät stanzte einen rasch eingegebenen Text in die Oberfläche; er bestand aus einer Positionsangabe, einer knappen Beschreibung der Spinnenwesen und einem Hinweis auf die Drohung.

Für jede einzelne Scheibe veränderte er die Antischwerkraftjustierung des Schreibers und verfolgte, wie sie nach oben schwebten, zwischen zwanzig und zweihundert Meter hoch, je nach Einstellung.

Der unstete Luftzug trug die Scheiben mit sich fort. Einige setzten sich nur zögernd in Bewegung, und Neelan schwitzte, weil sie kaum von der Stelle zu kommen schienen. Andere wurden rasch davongetragen.

Neelan wußte, daß manche in Bäumen hängenblieben, manche auf Anhöhen landen würden. Eine genügende Zahl aber würde jahrelang in der Atmosphäre treiben, und von Stunde zu Stunde würde die Suche nach ihnen sich schwieriger gestalten.

Die Spinnen konnten nicht mehr darauf bauen, daß ihre Existenz unentdeckt blieb.

„Zwei Tage", stöhnte Neelan laut in seiner Unruhe, „nur zwei Tage, damit sie sich in alle Winde zerstreuen . . ."

Schließlich hielt er inne, um den Männern wieder Nahrung und Wasser einzuflößen, wobei er ihnen die Minuten kaum gönnte, für die er seine Arbeit unterbrechen mußte. Er selbst aß nichts, sondern fällte den nächsten Baum und begann mit dem Zuschneiden. Während er die Scheiben aufstapelte, wurde er gewahr, daß Kerschaw zu dem Prozeßschreiber gekrochen und dabei war, den einprogrammierten Text mit seinem Zusatzholo abzurufen.

Nach einer Weile blickte er Neelan skeptisch an. „So sieht unser Problem also aus", meinte er. „Und Sie glauben, die Scheiben werden ihren Zweck erfüllen?"

„Die Spinnen sind durch und durch logisch veranlagt", erwiderte Neelan. „Eine vollendete Tatsache werden sie immer akzeptieren. Daß sie uns im Augenblick in Ruhe lassen, liegt daran, daß sie sich zur Erde begeben haben, um die Menschen und ihre Gefühle eingehend zu studieren. Zumindest haben sie mir das mitgeteilt, mit dem Zusatz, ich würde längere Zeit nichts von ihnen hören. Die Entfernung dürfte ihre telepathischen Fähigkeiten übersteigen."

Kerschaw schwieg nachdenklich. Dann fragte er: „Welche Aussichten haben wir eigentlich, gerettet zu werden? Was ist aus Greer und dem Sternenschiff geworden?"

Neelan gab ihm Auskunft und schloß verbissen: „Ich weiß, es sieht schlecht aus für uns, aber die Spinnen haben erwähnt, sie hätten definitiv vor, diese Gegend zu verlassen. Was sollte sie dazu veranlassen? Kurz gesagt: Sie müssen wissen, daß mächtige Schiffe bald regelmäßig von der Erde zum Centaurus fliegen werden. Die Waffenschmiede müssen die Kaiserin gezwungen haben, die Antriebstechnik zur Nutzung freizugeben."

„Dann schneiden und stapeln Sie am besten weiter die Scheiben", meinte Kerschaw ruhig, „und ich schiebe sie in die Maschine. Ich . . ."

Er brach ab und schwankte. Seine Augen starrten an Neelan vorbei in die Höhe. Dieser fuhr herum, folgte dem konsternierten Blick und gewahrte . . .

Ein Schiff!

Einen schrecklichen Augenblick lang dachte er, es sei das Spinnenschiff, das in weiter Ferne sichtbar würde. Dann glänzte das melierte Metall in der Sonne, und die großen Buchstaben am Rumpf leuchteten auf:

WS – CENTAURUS 719

Das Schiff war keineswegs weit entfernt, sondern flog relativ niedrig. In weniger als achthundert Meter Höhe raste es über sie dahin und war hinter dem Horizont verschwunden, während Neelan noch unablässig den Energiestrahl seiner Waffe nach oben sandte.

Erschöpft sank er ins Gras, nur um von Kerschaws drängender Stimme angestachelt zu werden: „Mann, kommen Sie zu sich! Wir können überhaupt nicht genug Scheiben aufsteigen lassen. Haben Sie gesehen, daß das der siebenhundertneunzehnte Sternentransporter der Waffenschmiede war? Er muß vollgestopft sein mit Siedlern."

Neelan nickte bedrückt. „Es kann Jahre dauern, bis uns wieder einer überfliegt. Wer sagt uns, daß sie nicht die anderen Planeten zuerst kolonisieren? Jedenfalls müssen wir hier ausharren. Über eine Welt dieser Größe könnten wir den Rest unseres Lebens streifen, ohne jemals einem Siedler zu begegnen."

„Ja", bestätigte Kerschaw, „wir müssen hierbleiben."

Langsam vergingen die Monate.

18. KAPITEL

DEL CURTIN war es, der Hedrock am letzten Tag in den Palast schleuste. „Jemand muß zu ihr, auf den sie vielleicht doch noch hört", hatte der Prinz gewispert. „Meine Freunde werden ihren neuen Arzt, diesen Telinger, wissen lassen, daß Sie hier sind. Bleiben Sie in Ihrem Gemach, bis Sie Bescheid erhalten."

Das Warten war quälend. Hedrock wanderte auf den dicken Teppichen hin und her und dachte an die Monate, seit er aus dem Palast verbannt worden war. Die letzten Tage hatten ihm am meisten zugesetzt.

Auf ungeklärte Weise hatte das Gerücht sich verbreitet. Von fern und nah drang es zu Hedrock. Die Holosendungen würdigten es keiner Erwähnung. Offiziell wurde nichts bekanntgegeben, und wie es durchgesickert war, ließ sich unmöglich feststellen.

Doch es lief in den Restaurants um, die er gelegentlich aufsuchte. Es kursierte in den Straßen unter den Leuten, an denen er vorüberging. In den öffentlichen Flugwagen bildete es das ständige Gesprächsthema.

Es war weder hämisch noch bösartig. Es besagte lediglich, daß die Geburt eines Thronfolgers täglich bevorstehe. Im Isherreich harrte man aufgeregt der Verlautbarung.

Der entscheidende Tag war da, ohne daß es jemand wußte.

Gegen zweiundzwanzig Uhr trat die Krise ein. Eine Nachricht Dr. Telingers riß Hedrock aus seinem Brüten und holte ihn in die Gemächer der Kaiserin.

Telinger erwies sich als Mediziner mittleren Alters, der den Besucher mit tiefen Sorgenfalten im Gesicht begrüßte.

Hedrock wußte, daß sich dem Mann außer seiner Schwäche nichts vorwerfen ließ. Er war an den Hof beordert worden, nachdem die Kaiserin seinen Vorgänger, der ihr dreißig Jahre lang als Leibarzt gedient hatte, kurzerhand entlassen hatte. Bei einem Tischgespräch, an das Hedrock sich noch erinnerte, hatte sie Dr. Neel als Quacksalber bezeichnet, der sich als Arzt nur noch andienen könne, weil er sie zur Welt gebracht habe.

Zweifelsohne hatte er ein offenes Wort mit ihr geredet, das Innelda ihm wenig gedankt hatte.

Und ebenso unzweifelhaft hatte sie, wie Hedrock erkannte, während er Dr. Telinger zuhörte, dem Nachfolger nie eine gründliche Untersuchung gestattet. Sie hatte ihre Wahl mit Bedacht getroffen. Dem Mann war anzusehen, daß ihn die Ehrfurcht vor seiner kaiserlichen Patientin viel zu sehr eingeschüchtert hatte, um sich ihr gegenüber durchzusetzen.

„Ich habe die Wahrheit eben erst festgestellt", stammelte er beinahe. „Sie steht unter schmerzstillenden Mitteln, ist aber bei Bewußtsein. Prinz Hedrock, Sie müssen ihr zureden. Entweder das Kind oder sie. Ihre Überzeugung, daß sie die Geburt überstehen wird, ist gänzlich unbegründet. Sie hat mir mit dem Tod gedroht", schloß er bebend, „wenn das Kind nicht am Leben bleibt."

„Lassen Sie mich mit ihr sprechen", sagte Hedrock.

Sie lag ohne einen Laut im Bett. Ihre Wangen wiesen keine Spur Farbe mehr auf, und ihre Brust hob und senkte sich so geringfügig, als wäre sie schon tot.

Arme Despotin, dachte Hedrock, während er ihre stillen und doch angespannten Züge betrachtete, arme, unglückliche Despotin, getrieben von inneren Zwängen, die sie weder versteht noch zu beherrschen weiß.

„Innelda", sagte er leise.

„Robert – du – bist es." Ihre Antwort kam langsam, stoßweise und doch heftig. „Ich habe – doch befohlen – dich nicht – holen – zu lassen."

„Deine Freunde lieben dich. Sie möchten, daß du weiterlebst."

„Sie – hassen – mich. Sie halten – mich – für unvernünftig. Aber ich – werde es ihnen – zeigen. Ich will leben – aber mein Kind muß leben."

„Prinz del Curtin hat eine schöne und kluge Frau geheiratet. Sie werden Kinder haben, die der Thronfolge würdig sind."

„Kein Kind außer meinem – und deinem – wird den Namen Isher tragen. Verstehst du nicht – die direkte Linie muß fortgesetzt – werden. Sie ist – noch nie – unterbrochen worden. Nun wird sie weiter – Bestand haben. Verstehst du nicht?"

Hedrock empfand tiefe Trauer. Er verstand nur zu gut. Als er längst verblichene Monarchen unter allen möglichen Vortäuschungen dazu gebracht hatte, Frauen mit ausgeprägtem Familiensinn zu heiraten, hätte er sich nicht träumen lassen, daß dieser Wesenszug jemals unerwünschte Folgen haben könnte.

Jetzt hatte er eine Tragödie heraufbeschworen.

„Robert – bleibst du bei mir – und hältst meine Hand?"

Er blieb und wartete, während ihr Leben zerrann; wartete, bis der Tod auf ihrem erkalteten Körper lastete und das quäkende Geschrei des Babys hilflosen Zorn in ihm weckte auf alle Säuglinge und die miserable Unsterblichkeit, die sie verkörperten.

In einem halben Lichtjahr Entfernung setzte ein hundert Kilometer langes Schiff sich langsam in Bewegung. Große Gedanken zuckten und brandeten in ihm:

. . . *Die zweite prinzipielle Untersuchung hat ebensowenig greifbare Resultate erbracht wie die erste. Einige Gesetzmäßigkeiten kennen wir, aber weshalb hat diese Herrscherin, der eine Welt gehörte, ihr Leben für ihr Kind geopfert, obwohl ihr*

Ich vor dem physischen Tod zurückgeschreckt ist? Ihre Begründung, sie selbst müsse die Linie weiterführen . . ., logisch unzureichend. Minimale genetische Umsteuerungen, für die genügend Männer und Frauen verfügbar sind, hätten die direkte Fortpflanzung gesichert.

Es bleibt nur übrig, sie ins Leben zurückzurufen und die Gefühlsregungen aufzuzeichnen, mit denen ihre Umgebung auf die Wiedererweckung reagiert.

Wir brauchen nicht über Centaurus zurückkehren. Unser Gefangener – Neelan – hat geschickt die Logik zunichte gemacht, die seinen Tod erfordert hätte. Durch Zufall ist er bis jetzt nicht geboren worden. Stündlich . . . zu erwarten. Wir können die Galaxis binnen einer . . . Periode verlassen.

Soviel haben wir in Erfahrung gebracht: Auf diese Gattung wartet die Herrschaft über das Sevagramm.

Alfred Elton van Vogt

Der Kanadier A. E. van Vogt wurde 1912 in Winnipeg geboren. Schon früh begann er zu schreiben und veröffentlichte mit knapp zwanzig Jahren seine erste Erzählung. Sein Interesse galt in der Folgezeit vor allem der Science-fiction, und er wurde so erfolgreich in diesem Genre, daß er seit 1943 ganz als freier Autor leben konnte. Van Vogt, der sich besonders mit seinem „Isher-Zyklus" einen Namen gemacht hat, gilt heute neben Isaac Asimov und Robert Heinlein als klassischer Science-fiction-Autor.

Im Isher-Zyklus interessiert sich van Vogt besonders für das Thema Unsterblichkeit, das in mehreren Formen aufgegriffen wird. Da ist zum einen der unsterbliche Robert Hedrock, der im Laufe der Jahrtausende immer wieder Kaiserinnen des Hauses Isher geheiratet hat und so für den Fortbestand der Dynastie sorgte. In den „Waffenschmieden" heiratet er die Kaiserin Innelda und zeugt mit ihr ein Kind. Die Kaiserin stirbt bei der Geburt – doch nur, um von den Spinnenwesen, die in die Geschicke der Menschheit eingreifen, zum Leben wiedererweckt zu werden.

Unsterblichkeit und Wiedergeburt sind im Isher-Zyklus immer ein Symbol für menschliche Läuterung. So hat Innelda gelernt, mit der permanenten Opposition der Waffenschmiede zu leben, ist bereit, die interstellare Raumfahrt mit anderen zu teilen, und wird in diesem Sinne ihr Kind großziehen. Während sie diese wichtige Entwicklung durchmacht, ist ihr Mann, Robert Hedrock, durch seine Unsterblichkeit von vornherein über die Ränke und Intrigen im Kaiserhaus erhaben. In seiner moralischen Integrität ist er fast so etwas wie eine Christusfigur; ein Motiv, das van Vogt auch in anderen Romanen immer wieder aufgegriffen hat.

DIE
TOTE
STADT
VON
WILLIAM
VOLTZ
© '92

1

DER HOF der kleinen Kartonagenfabrik war mit Schnee bedeckt. Überall dort, wo er geschmolzen war, konnte man den grauen, von Staub bedeckten Boden sehen. Der Staub kam von der Nährhefefabrik auf der anderen Seite der Straße.

Der Staub war vom Schnee fast verdrängt worden, nicht aber der Gestank. Er schien über der ganzen Stadt zu lagern.

Während seiner knapp bemessenen Mittagszeit ging Tyler Muto im Hof der Kartonagenfabrik spazieren. Die anderen Angestellten saßen in der Kantine und hörten Musik. Im vergangenen Sommer hatte Muto im Hof einen Vogel gefunden, vermutlich eine Amsel. Eine normale Amsel, keine Mutation. Einer ihrer Flügel war gebrochen. In schiefer Haltung war sie durch den Hof gehüpft und hatte nach Hefekrümeln gesucht.

Diese Amsel war der einzige Vogel, den Muto jemals gesehen hatte, und er kam stets mit der Hoffnung in den Hof, daß sich sein Erlebnis wiederholen könnte.

An diesem Mittag trieben graue Wolken über die Stadt. Muto vermutete, daß es vor Einbruch der Nacht zu schneien beginnen würde. Noch vor Jahren war der Schnee zu Haufen aufgeschaufelt und weggefahren worden, denn er war angeblich radioaktiv. Mittlerweile kümmerte sich niemand mehr darum.

Muto blieb stehen und blickte an der rückwärtigen Fassade der Kartonagenfabrik hinauf. An einem der kleinen Fenster sah er das blasse Gesicht einer Frau. Sie stand oft in den Mittagspausen dort oben und schaute hinaus. Ihr Blick war aber weder in den Hof noch auf einen anderen bestimmten Punkt in der Stadt gerichtet. Sie sah ins Leere. In den Arbeitsräumen war Muto dieser Frau nie begegnet, obwohl er oft nach ihr Ausschau gehalten hatte.

Manchmal hoffte Muto, sie würde herunterkommen und mit ihm reden. Er bekam selten Kontakt zu Frauen. Er war ein mittelgroßer, hagerer Mann mit schwarzen, glatt zurückgekämmten Haaren über einem harten Gesicht. Irgend etwas hielt die Frauen von ihm fern. Es hing bestimmt nicht mit seinem Äußeren zusammen, denn mit seinen dunklen, tiefliegenden Augen sah er eher anziehend aus.

Vielleicht war er ein zu großer Grübler.

Die Sirene, die die Mittagspause beendete und die Angestellten wieder an ihre Arbeit zurückrief, ertönte.

Muto verließ den Hof und stieg über eine schmale Holztreppe in die erste Etage hinauf. Er nahm sehr selten den Lift, denn dort war die Luft noch stickiger als hier im Treppenhaus.

Auf dem Gang zur Verpackungsanlage stieß er auf einen der drei Sekretäre, die für Verwalter Kruchen arbeiteten.

„Kruchen will dich sehen", sagte der Mann im Vorbeigehen.

Die Frage, was Kruchen von ihm wollte, erstarb Muto auf den Lippen, denn der andere war bereits weitergeeilt. Die Sekretäre waren immer in Eile. Ihre Positionen waren begehrt, denn sie brachten viele Vorteile.

Muto stand ein wenig ratlos im Gang. Vom Verwalter vorgeladen zu werden bedeutete in der Regel nichts Gutes; entweder eine Versetzung innerhalb der Fabrik oder eine Herabstufung in der Lohnklasse. Im schlimmsten Fall konnte man entlassen werden. Damit rechnete Muto jedoch nicht, denn er hatte sich nichts zuschulden kommen lassen. Außerdem galt Kruchen als gerechter Mann.

Muto gab sich einen Ruck. Er stieg in die zweite Etage hinauf, in der die Büroräume lagen, und betrat das Vorzimmer des Verwalters. Zu seiner Überraschung stieß er dort auf die blasse Frau, die er oft am Fenster hatte stehen sehen. Sie saß hinter einem Schreibtisch. Ihr Alter war schwer zu bestimmen. Sie war knochig und hatte die Haare im Nacken zu einem schweren Knoten zusammengebunden.

„Hallo!" rief Muto unwillkürlich, denn er empfand Erleichterung, als würde er einer Vertrauten gegenüberstehen.

Sie hob den Kopf und sah ihn nervös und irritiert an.

Muto war ernüchtert. „Ich bin Tyler Muto", sagte er hastig. „Der Verwalter will mich sehen."

Sie meldete ihn sofort an.

„Sie können hineingehen", sagte sie teilnahmslos. „Mr. Kruchen erwartet Sie."

Die Frau am Fenster schien eine völlig andere zu sein als jetzt hier im Vorzimmer.

Muto empfand Bedauern. Er betrat das Büro des Verwalters. Es war mit Musterkartons, Büchern und Papier überladen. Dazwischen stand ein Schreibtisch. Kruchen stand vor einem Regal und wühlte in alten Akten.

„Ich suche gerade Ihre Papiere heraus", sagte er zu Muto. „Wir werden heute noch Schnee bekommen, nicht wahr?"

„Ja", sagte Muto.

Kruchen fischte eine Mappe heraus, warf einen kurzen Blick darauf und ging damit zu seinem Schreibtisch. Er ließ sich auf dem einzigen Stuhl in diesem Büro nieder und blickte Muto an. In seinem grauen Anzug und mit seinem massigen Gesicht sah er unbeteiligt aus, wie ein zufälliger Besucher.

Er blätterte in der Mappe. „Sie sind schon ziemlich lange bei uns", stellte er fest.

„Vier Jahre, zwei Monate und sieben Tage", erwiderte Muto.

Kruchen spitzte die Lippen zu einem Pfiff. Er schwieg jedoch.

„Gibt es Anlaß zu Beschwerden?" fragte Muto.

Kruchen lächelte. „Aber nein, nein", sagte er aufgeräumt. „Es ist alles in Ordnung. Trotzdem muß ich mit Ihnen reden."

Muto sah ihn erwartungsvoll an. Der Verwalter befeuchtete seine Lippen. Er senkte den Kopf und starrte auf die Mappe.

„Es tut mir wirklich leid, aber wir müssen uns von Ihnen trennen, Mr. Muto", sagte er leise.

„Was?" rief Muto fassungslos. „Heißt das, ich bin entlassen?"

„Leider ja."

„Aber . . ., aber Sie sagten doch gerade selbst, daß alles in Ordnung sei!"

Kruchen rutschte unruhig auf seinem Stuhl hin und her. Man sah, wie unangenehm ihm das alles war. „Wir bekommen ab und zu Anweisungen von offiziellen Stellen", sagte er resigniert.

„Sie meinen – von dem MACK?“

„Ich bin nicht befugt, darüber zu reden“, erwiderte Kruchen. Er nahm eine trotzige, fast ablehnende Haltung ein. Damit wollte er Muto zeigen, daß über die getroffene Entscheidung nicht diskutiert werden konnte.

„Was wird nun mit mir geschehen?“ erkundigte sich Muto.

Das ganze Ausmaß der Katastrophe wurde ihm nur langsam bewußt. Seine knapp bemessenen Rationen würden weiter gekürzt werden. Vielleicht verlor er sogar seine Wohnung.

„Vermutlich werden Sie über den weiteren Ablauf unterrichtet“, meinte Kruchen achselzuckend. „Ich kann Ihnen keinen Rat geben. Vielleicht stellt sich alles als ein Irrtum heraus, dann können Sie jederzeit hierher zurückkommen.“

Er händigte Muto ein paar Papiere aus. „Sie können gehen“, sagte er. „Es tut mir leid. Viel Glück, Mr. Muto.“

Muto hatte das Gefühl, noch etwas sagen zu müssen, aber zweifellos war Kruchen nicht die richtige Adresse für harte Worte. Wie benommen verließ Muto das Büro des Verwalters. Die Frau mit dem blassen Gesicht sah nicht einmal auf, als er hinausging.

Muto begab sich an seinen Arbeitsplatz, um ihn aufzuräumen und seine wenigen privaten Habseligkeiten zusammenzusuchen. Die Männer und Frauen, die mit ihm arbeiteten, sahen ihn scheu an und hielten sich von ihm fern.

Alles spielte sich ab wie in einem Traum.

Als Muto auf der Straße stand, begann es leicht zu schneien. Die Fabrik lag am Stadtrand, in einem trostlosen, heruntergekommenen Viertel. In der Nähe schaufelte ein Bagger Trümmer und Müll zur Seite. Ein paar Passanten mit gesenkten Köpfen kamen vorbei. Die Menschen gingen um diese Zeit bis auf wenige Ausnahmen einer Beschäftigung nach.

Was werde ich jetzt tun? fragte sich Muto.

Natürlich mußte er sich an eine Behörde wenden und herausfinden, was seine Entlassung zu bedeuten hatte. Die Willkür der getroffenen Maßnahme machte ihn zornig. Sie führte ihm aber auch seine Ohnmacht vor Augen.

Ziellos wanderte Muto eine Zeitlang durch die Straßen.

Seine düsteren Gedanken wurden unterbrochen, als ein dünner kleiner Mann vor ihm aus einem Torbogen gestürzt kam und sich gehetzt nach beiden Seiten umsah. Als er Muto erblickte, kam er auf ihn zu. Er war völlig außer Atem. Sein Gesicht hatte einen gelblichen Schimmer. Seine Augen waren von Müdigkeit und Überanstrengung gerötet. Alles an seiner Haltung drückte äußerste Verzweiflung aus.

„Helfen Sie mir!" keuchte er. „Ich bin am Ende meiner Kräfte."

Muto war aus seinen pessimistischen Überlegungen gerissen worden. Er blickte den Kleinen verständnislos an.

„Verstecken Sie mich!" flehte der Mann. Er umklammerte Mutos Arm. „Sie werden jeden Augenblick hier auftauchen."

„Wer sind Sie?" fragte Muto. „Was wollen Sie von mir?"

Der Mann stöhnte auf, versetzte Muto einen Stoß und rannte weiter. Gleich darauf trat ein anderer Mann aus dem Torbogen. Er war groß und muskulös. In einer Hand hielt er eine Schußwaffe. Er warf Muto einen bösen Blick zu.

„Sie haben ihm doch nicht etwa geholfen?" fragte er drohend. „Sie wissen, daß Sie ihm nicht helfen dürfen!"

Der Kleine war ein Ausgesetzter! Muto wunderte sich, daß er nicht sofort darauf gekommen war.

Der große Mann mit der Waffe trug das Zeichen der MACK-Gilde auf der Jacke. Er wandte sich um und rief einen Namen in den Torbogen. Gleich darauf erschien ein zweiter, ebenfalls bewaffneter Jäger. „Hat er ihm geholfen?" fragte er mit einem wütenden Blick auf Muto.

„Nein", sagte der Muskulöse.

Sie ließen Muto stehen und rannten dem kleinen Mann hinterher. Unwillkürlich folgte ihnen Muto. Es war zum erstenmal, daß er ein solches Schauspiel miterleben konnte. In der Regel wurden die Ausgesetzten in entlegenen Winkeln oder außerhalb der Stadt gestellt. Manchmal hatte Muto schon daran gezweifelt, daß diese Dinge um ihn herum wirklich geschahen.

Von den wenigen Passanten, die sich außer Muto noch in diesem Gebiet aufhielten, kümmerte sich keiner um die Vorgänge.

Muto sah, daß der Kleine im Schnee ausrutschte. Er schrie.

Einer der beiden Männer, die ihn verfolgten, hob die Waffe. Ein Schuß peitschte durch die stille Straße. Muto hielt vor Entsetzen den Atem an. Natürlich kannte er die Gesetze, aber er erlebte zum erstenmal ihre rücksichtslose Anwendung.

Der Flüchtling war getroffen worden und zusammengebrochen. Er lag reglos im Schnee. Die beiden Jäger erreichten ihn. Einer beugte sich über ihn, der andere sprach in ein kleines Funkgerät.

Muto näherte sich langsam, noch immer völlig außer Fassung.

In der Luft entstand ein Geräusch. Ein Helikopter senkte sich langsam auf die Straße. Schnee wirbelte hoch. Die beiden Jäger packten den Erschossenen und legten ihn auf eine Trage, die unter dem Hubschrauber befestigt war. Der Pilot winkte. Er trug einen blauen Helm mit dem Zeichen der MACK-Gilde. Die Jäger traten zurück und winkten ebenfalls. Der Pilot startete. Gleich darauf war der Helikopter nur noch ein kleiner Punkt am grauen Himmel, sein Lärm erzeugte ein schwaches Echo zwischen den Häusern.

Muto hatte die Jäger erreicht. „Er hatte überhaupt keine Chance", sagte er dumpf.

„Verschwinde, du Narr!" stieß der Muskulöse ärgerlich hervor. „Wir jagen ihn seit zwei Tagen. Er hatte Chancen genug, genau wie jeder andere."

Muto sah ein, daß er Ärger bekommen konnte, wenn er die Jäger nicht in Ruhe ließ. Er murmelte eine Entschuldigung und ging davon. Sie lachten hinter ihm her, und einer von ihnen rief: „Dich holen wir auch noch, Freundchen!"

EIN PAAR Straßen weiter sah Muto vor sich das gelbe Licht eines Treffpunkts. Die Traumhallen waren um diese Zeit noch geschlossen, aber Muto hatte keine Lust, sich in die Isoliertheit seiner Wohnung zurückzuziehen. Er glaubte nicht, daß sich viele Menschen im Treffpunkt aufhielten, aber dort war es warm. Wenn er Glück hatte, wurde auch Dünnbier ausgeschenkt, obwohl er ab sofort mit seinem Geld noch strenger haushalten mußte als früher.

Der Treffpunkt befand sich im Innern eines Wellblechschuppens, in dem drei Reihen Tische und Bänke standen. Dem Eingang gegenüber stand eine flache Theke mit Gläsern und Schriftmalerei darauf. Zwei Mädchen, die bunte Schürzen trugen und mürrische Gesichter machten, bedienten. Muto sah, daß sieben Gäste anwesend waren. Sie saßen am vordersten Tisch. Vier von ihnen waren in ein Spiel vertieft, die drei anderen rauchten und redeten leise miteinander. Zwei der Raucher waren Frauen.

„He!" rief eine von ihnen. „Spendierst du einen?"

Muto dachte, daß es besser für ihn wäre, wenn er nun wieder ging, aber er nahm an der Seite des rauchenden Mannes gegenüber den beiden Frauen Platz.

Die vier Spieler nahmen keine Notiz von ihm.

Muto bestellte vier Bier; in seiner jetzigen Situation ein regelrechter Luxus.

Eine der beiden Frauen inhalierte tief den Zigarettenrauch und blies ihn Muto ins Gesicht. „Du siehst aus, als wäre dir draußen ein Gespenst begegnet!" stellte sie fest.

Sie war brünett und drall und hatte ein freundliches, nicht gerade intelligentes Gesicht. Die zweite Frau musterte Muto finster wie einen Eindringling. Ihr blondes Haar war so oft gebleicht worden, daß es unnatürlich aussah. Sie hatte wasserblaue Augen mit einem elenden Ausdruck darin. Der Mann trug eine gepolsterte Jacke und hatte den Kopf zwischen die Schultern gezogen als sei ihm kalt. Er rauchte hastig. Seine Augen bewegten sich unruhig. Er schien Muto abzuschätzen.

„Die Jäger haben einen erwischt", sagte Muto. „Einen Ausgesetzten. Ich habe gesehen, wie sie ihn erschossen haben. Nur ein paar Straßen weiter."

„Es ist eine umständliche Methode", meinte der Mann mit der gepolsterten Jacke. „Aber sie funktioniert." Er grinste dümmlich. „Sie macht, daß wir Bier zu trinken bekommen."

„Ich weiß nicht", sagte Muto gedehnt.

„In fünf Jahren soll eine Expedition ins Tote Land gestartet werden", sagte der Mann. „Davon habe ich gehört. Dann wird alles besser. Es wird möglich sein, die Bevölkerungszahl zu erhöhen."

Muto hatte noch nie von einer derartigen Expedition gehört. Wer sollte sie führen – Friedenslord Emmerich?

Eine der Bedienungen kam und stellte vier Krüge auf den Tisch. Muto zahlte vier Weltdollar. Die Frau mit der Schürze betrachtete die Scheine kritisch, dann schob sie sie in ihre Tasche und wischte die Hände an der Schürze ab.

Der Mann neben Muto hob seinen Krug.

„Auf den, den sie erwischt haben", sagte er. „Vielleicht ist es sein Bier, das wir trinken."

Muto blickte auf den Holztisch, dessen Farbe verblaßt war und auf dem Tausende von Krügen ein Muster heller Ringe hinterlassen hatten. „Darauf trinke ich nicht", sagte er.

„Der spinnt", sagte die Blonde. „Das habe ich schon gesehen, als er hereinkam. Trink nicht mit diesem Spinner, Fred!"

Die Brünette kicherte und prostete Muto verstohlen zu, als teilten sie ein Geheimnis.

„Du denkst wohl, daß du für ein Bier alles haben kannst?" schrie der Mann. „Damit kannst du uns kaufen, denkst du."

Die Kartenspieler hoben die Köpfe. Einer von ihnen fluchte wegen der entstandenen Unruhe.

Muto nahm sein Bier und stand auf. Er war entschlossen, sich an einen anderen Tisch zu setzen.

„Er ist ein Spitzel", sagte die Blonde.

„Wen sollte ich bespitzeln?" fragte Muto ärgerlich. „Und in wessen Auftrag?"

Er entfernte sich langsam und nahm an einem anderen Tisch Platz. So schnell er konnte, trank er sein Bier und verließ den Treffpunkt.

Er fragte sich, warum es ihm so schwer fiel, vernünftigen Kontakt mit anderen Menschen zu bekommen. Die meisten reagierten aggressiv, wenn er in ihre Nähe kam. Sie hatten irgend etwas gegen ihn, soviel stand fest.

Aber das war ja idiotisch! dachte er. Er war ein Bürger wie alle anderen.

Nicht wie alle anderen! korrigierte er sich. Er hatte keine Arbeit mehr. Was das für ihn bedeutete, würde er erst in den nächsten Tagen erfahren.

Die Abenddämmerung setzte ein, und Muto entschloß sich, nach Hause zu gehen. Es begann heftiger zu schneien.

OBWOHL Muto die Tür schnell hinter sich zudrückte, wirbelte der starke Wind Schneeflocken in den Hausgang. Er blieb einen Augenblick gegen die Tür gelehnt stehen und atmete tief. Der Schnee auf seinem Haar begann sofort zu tauen. Muto schaltete die Treppenhausbeleuchtung ein und klopfte mit beiden Händen gegen seinen Mantel. Dann stampfte er mit den Füßen auf den Boden, um den Schnee aus den Profilen seiner Schuhe zu lösen.

Die Luft im Treppenhaus roch feucht und nach abgestandenem Essen. Muto ging zum Lift, trat ein und wählte das siebente Stockwerk. Um diese Zeit waren die übrigen Bewohner des Hauses bereits von der Arbeit heimgekehrt. Die meisten saßen jetzt beim Essen. Mutos Gesicht verfinsterte sich, als er an die karge Dosenration dachte, die er heute abend zu sich nehmen würde.

Er lehnte sich gegen die Rückwand des Lifts und wunderte sich, daß ihm die langsame Aufwärtsbewegung zu schaffen machte. Wahrscheinlich lag das daran, daß er den ganzen Tag wenig gegessen hatte.

Als die Anzeigetafel des Lifts das sechste Stockwerk anzeigte, stieß Muto sich von der Wand ab. Einen Stock höher blieb der Lift stehen. Die Tür glitt auf. Muto hinterließ eine nasse Spur, als er den Fahrstuhl verließ. Er gelangte in einen Korridor, von dem aus vier verschiedene Wohnungen zu betreten waren. Muto bewohnte die kleinste davon.

Als er aufschloß, blickte er automatisch zur Robotpost. Im allgemeinen erhielt er keine Briefe, es sei denn, eine Versicherung schrieb ihm oder man schickte ihm Reklame.

An diesem Abend jedoch sah er hinter dem Schlitz einen grünen Umschlag schimmern. Er zog die Schlüssel wieder aus der Tür, um den Briefkasten zu öffnen. Ein gefaltetes Blatt lag darin. Muto stopfte es ungelesen in die Manteltasche, stellte die Markierung des Briefkastens auf „leer" und ging in seine Wohnung.

Achtlos warf er seinen Mantel auf die Schlafcouch. Die Regulierung der Heizung stimmte wieder einmal nicht. Das Zimmer war kalt. Muto murmelte eine Verwünschung. Er machte Licht in der Kochnische und holte sein Essen aus dem Schrank. Während er die Dose öffnete, fiel ihm die Post wieder ein.

Der intensive Geruch der Nährhefe schien ihn bis ins Zimmer zu verfolgen. Er wühlte im Mantel herum, bis er das grüne Blatt fand. Mit einem Seufzer ließ er sich auf die Couch sinken. Seine Hand tastete nach dem Schalter der Leselampe.

Muto sah, daß er ein amtliches Schreiben erhalten hatte. Es handelte sich um eines der vorgedruckten Formulare, in die man nur seinen Namen, seine Anschrift und das Datum eingesetzt hatte. Muto legte sich hin und las.

„An Tyler Muto." Darunter standen seine genaue Anschrift und das Datum.

> Bei der letzten Auswahl wurden Sie vom MACK gezogen. Ab Donnerstag sind Sie ausgesetzt. Sie haben das Recht, den Versicherungsschutz und freie Schutzinstitute für Ihre Verteidigung zu bemühen. Alle Einzelheiten erfahren Sie in dem Formblatt 456 11 B.

Die Unterschrift war unleserlich, aber das Siegel des MACK ließ keinen Zweifel daran, daß die Zuschrift echt war.

Donnerstag. Das war übermorgen! Seltsam, er hatte nie damit gerechnet, daß er eines Tages vom MACK gezogen werden könnte. Jetzt, da es geschehen war, fiel es ihm schwer, sich mit der Tatsache vertraut zu machen. Eine Weile blieb er wie betäubt liegen und hielt das Blatt vor die Augen. Die Buchstaben verschwammen, bis die einzelnen Wörter zu schwarzen Strichen wurden.

Muto legte das Schreiben neben sich auf das Kopfkissen. „Verdammter MACK!" sagte er leise.

Er ging zurück in die Kochnische, um die Dose ganz zu öffnen. Als er damit fertig war, ertönte der Summer.

Jemand stand draußen vor der Tür!

Muto schob die Dose mit der Nährhefe über den Tisch und lauschte. Seit er vor vier Jahren hier eingezogen war, hatte er noch nie Besuch erhalten. Ausgerechnet an diesem Abend mußte jemand kommen. Der Summer ertönte noch einmal.

Muto ging zur Tür und öffnete. Ein kleiner Mann, der eine Kapuze trug, stand vor ihm. Sein Gesicht war vom kalten Wind gerötet, aber seine Augen blickten Muto gefühllos an. Vom Umhang des Mannes tropfte der tauende Schnee.

„Guten Abend!" sagte der Mann höflich. „Mein Name ist Edward Prescott. Ich bin Angestellter der Regler-Schutzgesellschaft."

Unfreundlich erkundigte sich Muto: „Was wollen Sie?"

„Ihnen helfen", erklärte der Kleine. „Sie sind ab Donnerstag ausgesetzt, und da dachte . . ."

„Woher wissen Sie das?" fragte Muto dazwischen. „Ich habe es selbst erst erfahren, als ich nach Hause kam."

Im Gesicht des späten Besuchers erschien ein kaltes Lächeln. „Die MACK-Zentrale stellt uns freundlicherweise eine Durchschrift aller Namen zu", sagte er zu Muto. „Wir haben also Gelegenheit, jedem unsere Dienste anzubieten."

Muto fühlte Zorn in sich aufsteigen. Zum erstenmal in seinem Leben hörte er von der Regler-Schutzgesellschaft. Wahrscheinlich würde sie enorme Honorare fordern. Vor wenigen Minuten erst hatte er erfahren, daß man ihn ausgesetzt hatte. Schon tauchte die erste geldgierige Hyäne bei ihm auf.

„Ich benötige Ihre Hilfe nicht", sagte Muto. „Ich bin öffentlich versichert."

„So?" sagte Prescott spöttisch. Er bekam einen Lachanfall, und Muto mußte seine ganze Beherrschung aufbieten, um den Mann nicht ins Gesicht zu schlagen. Schließlich beruhigte sich Prescott wieder.

„Wenn Sie Donnerstag überleben wollen, verzichten Sie lieber auf die Hilfe der öffentlichen Versicherung", brachte er hervor.

„Ich bezahle seit acht Jahren regelmäßig einen hohen Beitrag", erklärte Muto verwirrt. „Sie versuchen, ein Geschäft mit mir zu machen. Sie schrecken nicht davor zurück, die Versicherung zu beschimpfen."

Prescott blickte an Muto vorbei in die kleine Wohnung. Sein Gesicht verzog sich mitleidig.

„Ich werde Ihnen meine Anschrift dalassen", sagte er. „Kommen Sie morgen zu uns, wenn Sie die Enttäuschung hinter sich haben."

Er drehte sich um und wollte gehen. Muto holte ihn mit drei Schritten ein und hielt ihn am Arm fest.

„Was verlangen Sie?“ fragte er. „Ich meine, was kostet bei Ihnen ein ordentlicher Schutz?“

Prescott blieb stehen. Er schob die Kapuze vom Kopf und strich sich über das spärliche Haar.

„Es gibt verschiedene Leistungsklassen bei der Regler-Schutzgesellschaft. In der höchsten Klasse liegt die Sterblichkeitsquote nur bei zwölf Prozent.“ Er lächelte selbstgefällig. „Selbst in den untersten Klassen halten wir uns bei sechzig Prozent.“

Muto wagte nicht, zu fragen, wie teuer ein Schutz in der oberen Klasse kommen würde. Vielleicht reichten seine Ersparnisse für eine mittlere Klasse. Er sagte Prescott, daß er sich dafür interessiere.

Der kleine Mann zuckte mit den Schultern.

„Ein mittlerer Schutz kostet Sie achttausend Weltdollar“, verkündete er.

Muto fühlte sich wie vor den Kopf geschlagen.

„Aber eine derartige Summe kann ich niemals aufbringen“, entfuhr es ihm.

„Ihr Pech“, meinte Prescott. „Wenn Sie gut verdienen, geben wir Ihnen auf eigenes Risiko Kredit. Natürlich können Sie sich auch in einer unteren Klasse einstufen lassen. Das kostet nur dreitausend Weltdollar.“

„Dreitausend?“ wiederholte Muto langsam. Er wurde wütend. „Es ist besser, wenn Sie jetzt gehen, Sie Schwindler!“ rief er Prescott zu.

„Leben Sie wohl“, empfahl sich Prescott.

Muto sah hinter ihm her, bis der Fremde im Lift verschwunden war. Einige Zeit stand er noch in der Tür, dann kehrte er in die Wohnung zurück. Beinahe wäre er auf den Trick dieses kleinen Gauners hereingefallen. Oder waren seine Bemerkungen über die öffentliche Versicherung kein Trick?

Lustlos aß Muto die Hälfte seiner Ration. Er trank einen Becher Dünnbier, um seine trüben Gedanken zu verscheuchen. Wie konnte Prescott es wagen, so schwere Vorwürfe gegen die öffentliche Versicherung zu erheben? Wollte er Muto auf diese Weise beeinflussen, einen Vertrag mit der Regler-Schutzgesellschaft abzuschließen?

Muto schenkte sich einen zweiten Becher Bier ein. Man hatte ihm regelmäßig einen hohen Betrag vom Lohn abgezogen und der öffentlichen Versicherung zugeführt. Er konnte nicht glauben, daß dies alles umsonst sein sollte. Mutos Zorn auf Prescott wuchs. Er hätte diesen widerlichen Betrüger sofort bei der MACK-Gilde melden sollen. Irgendwie hatte Prescott sich Adressen der Ausgesetzten beschafft.

Muto trank das Bier aus und ärgerte sich über den faden Geschmack des Getränks. An manchen Abenden hatte er sich schon vorgenommen, in eine Traumhalle zu gehen, um wieder einmal echtes Bier zu schmecken.

Muto verließ die Kochnische und sank auf die Couch. Er blickte auf den Kalender.

Donnerstag! Das war der Tag, den diese gewaltige, seelenlose Maschine ausersehen hatte, um ihn auszusetzen. Muto wußte nicht, nach welchem System der MACK seine Wahl traf, aber das wußte sicherlich kein Mensch außer Emmerich.

Nach einer unbestätigten Regel wurde jeder zehnte Mann über Dreißig und jede zehnte Frau über Zwanzig ausgesetzt.

Muto schloß die Augen. Die Gildenjäger würden ab Donnerstag drei Tage hinter ihm her sein. Danach war er entweder gerettet oder tot. Die Jagd begann um acht Uhr am frühen Morgen. Genau um diese Zeit würden die Jäger die Zentrale verlassen. Auch Muto durfte nicht vorher aus seiner Wohnung fliehen. Das bedeutete, daß sein Vorsprung zwischen fünfzehn und zwanzig Minuten betragen würde. Das war die Zeit, die die Gildenjäger benötigten, um von der Zentrale bis zu ihm zu gelangen.

Die Jäger arbeiteten zu dritt, sie lösten sich nach jedem verstrichenen Tag ab, wenn der Ausgesetzte noch am Leben war. So kam es, daß die Jäger fast immer ausgeruhter waren als ihre Opfer.

Muto wälzte sich unruhig herum. Nach einer Weile stand er auf und nahm ein Schlafmittel. Die Weckautomatik der Couch würde dafür sorgen, daß er am nächsten Morgen pünktlich erwachte.

2

FAST gleichzeitig mit dem Erwachen kehrten Mutos Sorgen zurück. Er blickte auf die Uhr und stand ächzend auf. Seine Augen waren rot gerändert, als hätte er die ganze Nacht nicht geschlafen. Er verzichtete darauf, sich einen dünnen Tee zu kochen. Die braune Flüssigkeit, die sich aus dem Extrakt herstellen ließ, schmeckte noch schlechter als das Bier.

Muto hatte sich sagen lassen, das sei vor dem dritten Weltkrieg anders gewesen, aber er glaubte nicht daran. Er wusch sich oberflächlich. Das Warmwasserreservoir, das angeblich das gesamte Haus versorgen sollte, blubberte und zischte, während es in unregelmäßigen Abständen eiskaltes Wasser versprühte. Fluchend trocknete Muto sich mit einem Papierhandtuch ab. In seinem Mund war ein fader Geschmack, wahrscheinlich vom Bier, das er am Abend getrunken hatte. Als Muto die Wohnung verließ, wartete Duncan im Korridor auf ihn. Duncan war einer seiner Nachbarn, ein hagerer Mann mit Korkenzieherohren und breitem Mund. Er starrte Muto an, als sei dieser ein Wundertier.

„Guten Morgen!" sagte Muto mürrisch.

„Hallo!" erwiderte Duncan. „Ich habe es gerade gesehen." Sein Blick ging an Muto vorbei. Muto drehte sich um und sah das Siegel des MACK über seiner Tür. Es war während der Nacht dort angebracht worden.

„Ach, das", murmelte Muto und ging weiter.

Duncan beeilte sich, an seine Seite zu kommen. Er beugte sich weit nach vorn, als fürchte er, ein Wort zu überhören, das Muto von sich geben könnte.

„Eine tolle Sache", meinte Duncan. „Ich finde es ungeheuer aufregend. Im stillen habe ich mir schon immer gewünscht, daß die Wahl einmal auf mich fallen würde. So groß die Gefahr auch ist, ich finde es abenteuerlich."

„Das kommt sicher daher, daß Ihre Frau jeden Morgen Haferflocken zum Frühstück serviert", erklärte Muto unfreundlich und ging in den Lift.

Duncan schien jedoch an diesem Morgen nicht die Absicht zu haben, etwas übelzunehmen. Er betrat hinter Muto den Aufzug und kicherte. „Es ist gut, daß Sie es mit Humor tragen", sagte er. Er schwankte hin und her, als müßte er im abfahrenden Lift das Gleichgewicht halten. Er holte eine Zigarette hervor und zündete sie an.

„Mein Schwager wurde vor einem Jahr ausgewählt." Er stieß den Rauch zwischen gelben Zähnen hervor. „Ich erinnere mich noch gut daran, daß er einen Nervenzusammenbruch erlitt. Die Jäger hatten nicht viel Arbeit mit ihm." Er grinste. „Er machte den Fehler, in seiner Wohnung zu bleiben, verstehen Sie?"

Muto trat aufatmend ins Freie, als der Lift anhielt und die Tür aufglitt.

„Was werden Sie jetzt tun?" erkundigte sich Duncan. „Ich könnte Ihnen einige Tips geben."

„Danke", sagte Muto.

Sie verließen das Haus. Über Nacht war weiterer Schnee gefallen, der die Dächer der Gebäude in grelles Weiß hüllte.

„Wenn Sie den ersten Tag hinter sich haben, ist schon viel gewonnen", sagte Duncan. „Sie müssen sich auf den ersten Tag konzentrieren. Das macht die Burschen nervös. Versuchen Sie vor allem, eine private Gesellschaft mit Ihrer Verteidigung zu beauftragen. Die öffentliche Versicherung vollbringt keine Heldentaten."

Muto fühlte Kälte in sich aufsteigen. Beinahe teilnahmslos hörte er seinem Begleiter zu.

„Vielleicht gelingt es Ihnen sogar, einen Mutanten in der Toten Stadt zu finden, der Sie bei Ihrem Kampf unterstützt", sagte Duncan geheimnisvoll. „Man hört, daß diese Burschen eine gute Unterstützung sind."

Muto blieb stehen. „Bisher habe ich noch nie einen Mutanten gesehen."

Der Ältere legte vertraulich die Hand auf Mutos Schulter. „Ich könnte Ihnen eine Adresse übermitteln", meinte er. „Der Mutant, mit dem ich befreundet bin, ist sehr fähig."

Muto glaubte nicht, daß Duncan tatsächlich einen Mutanten kannte, aber er ließ es ohne Widerspruch geschehen, daß ihm sein Nachbar eine Adresse aufschrieb. Achtlos steckte er den Zettel ein. „Ich gehe heute morgen einen anderen Weg", sagte er zu Duncan.

„Sie wollen zur öffentlichen Versicherung?" Muto nickte. „Ärgern Sie sich nicht, wenn man Ihnen sagt, daß man wenig Zeit für Sie hat."

Sie verabschiedeten sich voneinander. Muto stapfte durch den Schnee über die Straße. Morgen, ab acht Uhr, war er bereits ein Ausgesetzter. Ausgerechnet im Winter mußte die Wahl des MACK auf ihn fallen. Wohin wollte er in dieser kalten Stadt vor den Jägern flüchten?

Muto war froh, als er das Gebäude der öffentlichen Versicherung erreichte. In der Vorhalle war es angenehm warm. Die Luft roch feucht von den nassen Kleidern der Menschen, die hier ständig ein und aus gingen.

Ein Leuchtschild führte Tyler Muto zur Anmeldung. Eine Menschenschlange von wenigstens zwanzig Personen wartete davor. Muto schloß sich an. Vor ihm stand ein kleiner, sehr jung aussehender Mann, der nervös von einem Bein auf das andere trat. Einmal sah er sich kurz um und blickte Muto ins Gesicht. In den Augen des Kleinen lag Hoffnungslosigkeit.

Muto stand nicht sehr lange, als sich bereits hinter ihm ein weiterer Mann einfand.

Der Neuankömmling sagte: „Guten Morgen!" und meinte anscheinend Muto damit. Muto nickte nur. Die Wartenden konnten nicht ausschließlich Ausgesetzte sein, denn die öffentliche Versicherung kümmerte sich auch um andere Fälle: sprunghafte Mutation in einer Familie, Strahlenkrankheiten und ähnliche Dinge.

Es nahm viel Zeit in Anspruch, bis Muto dem kleinen Schalter allmählich näher rückte. Als er dicht genug herangekommen war, um hinter die Holzbarriere zu blicken, sah er eine Frau, die die Papiere der Wartenden entgegennahm. Sie war erschreckend dünn. In ihrem ausdruckslosen Gesicht bewegten sich nur die Lippen; zwei grellrote Striche, die beim Sprechen auf und nieder zuckten.

Schließlich kam Muto an die Reihe. Er schob seine Karte

über die Theke und wartete, daß die Frau danach griff. Ihre Hände blätterten in vor ihr liegenden Akten. Endlich blickte sie zu Muto auf.

„Hier", murmelte Muto und schob die Karte näher zu ihr hin.

„Donnerstag", sagte sie und schaute Muto abschätzend an. „Das ist bereits morgen. Ich glaube nicht, daß wir Ihnen da noch helfen können."

Verständnislos sagte Muto: „Aber ich bin versichert. Ich habe pünktlich meine Beiträge gezahlt."

„Versuchen Sie es, Mr. Muto. Zimmer drei im zweiten Stock."

Deprimiert griff Muto nach der Karte und verließ den Schalter. Prescott von der Regler-Schutzgesellschaft fiel ihm ein.

Wenn Sie Donnerstag überleben wollen, verzichten Sie lieber auf die Hilfe der öffentlichen Versicherung.

Waren diese Worte doch nicht nur reiner Geschäftstüchtigkeit entsprungen?

Muto ging zum Lift. Er wartete, bis er zusammen mit drei Männern und einer Frau eintreten konnte. Die Gesichter der Menschen waren auf den Boden gerichtet, als fürchteten sie, sich gegenseitig anzublicken.

Im zweiten Stock stieg Muto aus, die anderen fuhren weiter.

Er befand sich jetzt in einem kurzen Gang, von dem aus Eingänge in fünf Zimmer führten. Vor jedem Zimmer standen Stühle, die alle besetzt waren.

Muto ging bis Zimmer drei und klopfte.

Eine kleine nervös aussehende Frau öffnete. „Wer sind Sie?"

„Tyler Muto", sagte er. „Ich soll mich melden."

„Warten Sie, bis man Sie aufruft", sagte sie und schlug die Tür zu.

Ratlos wandte sich Muto um. Er sah einen freien Stuhl auf der anderen Wandseite des Ganges und steuerte darauf zu.

Zu beiden Seiten von ihm saßen Männer. Der rechts neben Muto Sitzende fragte, ohne seinen Kopf zu wenden: „Ausgesetzt?"

„Ja", sagte Muto. „Für Donnerstag."

„Ich bin Montag an der Reihe", erklärte der Mann. „Ich heiße Cosslert."

Muto blickte Cosslert an und sah, daß dieser lächelte. Cosslert war breit gebaut, seine riesigen Hände ruhten auf den Oberschenkeln. Er trug einen Pullover. Sein Gesicht wirkte durch das massige Kinn brutal, doch die dunklen Augen blickten freundlich.

Muto nannte seinen Namen. Wieso kam es, daß dieser Mann die Nachricht seiner Aussetzung früher erhalten hatte als Muto? Cosslert blieb längere Zeit, sich auf die neue Situation einzustellen.

„Ich bin noch in einem freien Schutzinstitut", berichtete Cosslert. „Es kann jedoch nicht schaden, wenn man auch hier seine Rechte fordert." Er drehte sich auf dem Stuhl herum, um Muto anzusehen. „In welcher privaten Gesellschaft sind Sie?"

„In keiner", antwortete Muto.

Cosslert blinzelte ihn unter halbgeschlossenen Lidern an. „Wie wollen Sie dann die drei Tage überleben?"

Muto wußte keine Antwort darauf. Er wich den bedauernden Blicken des Mannes aus.

Wie um sich zu rechtfertigen, sagte er: „Ich besitze die Adresse eines Mutanten, der mir helfen kann."

„Diese Scharlatane", knurrte Cosslert erbittert. „Die nutzen Sie nur aus. Bleiben Sie der Toten Stadt fern."

Cosslert wurde aufgerufen und ließ Muto verwirrt zurück.

Jeder, so schien es, hatte andere Vorstellungen von der Aussetzung durch den MACK – nur in einem Punkt schienen sie sich alle einig zu sein: Ein Schutz durch die öffentliche Versicherung genügte nicht, um den Gildenjägern drei Tage standzuhalten.

Muto wurde in seinen Gedanken gestört, als plötzlich die Tür aufgerissen wurde und Cosslert mit hochrotem Gesicht erschien. Die kleine Frau tauchte hinter ihm auf.

„Ich verzichte auf diese lächerliche Hilfe!" schrie Cosslert und stürmte den Gang entlang, ohne sich umzublicken. Fluchend verschwand er im Lift.

Der nächste Mann wurde aufgerufen. Muto mußte fast zwei Stunden warten, bis er an die Reihe kam. Die Frau führte ihn in das Zimmer.

Hinter einem Schreibtisch saß ein Mann mit blassen Augen

und Doppelkinn. Resignation prägte seinen Gesichtsausdruck. „Nehmen Sie Platz", forderte er Muto auf und wies auf einen Stuhl.

Muto setzte sich, während im Hintergrund die Sekretärin mit Papieren raschelte.

„Morgen", seufzte der Versicherungsbeamte. „Morgen sind Sie an der Reihe, Mr. Muto."

Muto wartete, daß der Beamte weitersprechen würde, und schwieg. Ein kleines Schild auf dem Tisch besagte, daß der Name des Mannes Grost war.

Grost sagte dann: „Unsere Helfer sind für morgen besetzt, Mr. Muto." Obwohl er Mutos Namen mit freundlicher Betonung aussprach, fühlte dieser, daß er nur einer unter Hunderten war, die diesen müden Mann um Hilfe ansprachen.

„Was soll ich jetzt tun?" erkundigte sich Muto mit aufwallendem Zorn. Er dachte an die Summe der Beiträge, die er bezahlt hatte.

„Wir werden natürlich versuchen, Ihnen zu helfen", sagte Grost. „Da der MACK die Benachrichtigungen über Aussetzungen nach alphabetischer Reihenfolge verschickt, haben Sie relativ spät von Ihrer neuen Lage erfahren. Trotzdem haben Sie noch Glück, denn es gibt Personen, die die Nachricht erst wenige Stunden vor Beginn der drei Tage bekommen."

Konnte eine Maschine wie der MACK kein besseres System finden? Muto spürte die Erbitterung in sich wachsen. Das Verfahren erschien ihm willkürlich und ungerecht. „Ich kann nichts dafür, daß mein Name nicht mit A beginnt!" rief er empört.

Grost nickte, denn er hatte diesen Vorwurf nicht zum erstenmal gehört. Er zog zwei Scheine aus einer Kartei und studierte sie sorgfältig.

„Ich werde Sie Mr. Ransom zuteilen", sagte er. „Er wird Sie noch übernehmen können."

„Ransom", wiederholte Muto. „Ist das der Mann, der mir während der drei Tage zur Verfügung stehen wird?"

Grost lächelte traurig. „Ihnen und neun weiteren Ausgesetzten."

Muto benötigte einige Sekunden, um den Sinn dieser Worte

ganz zu erfassen. Das bedeutete, daß dieser Ransom zehn Ausgesetzte zu betreuen hatte, eine Aufgabe, die einfach unlösbar erscheinen mußte – und es wahrscheinlich auch war.

„Sie glauben doch nicht, daß Ransom auch nur einen einzigen durchbringt? Das ist doch unmöglich!" Muto zitterte vor Empörung.

„Wir verfügen nur über eine beschränkte Anzahl von Helfern", sagte Grost geduldig. „Diese Leute sind schlecht bezahlt. Die besten wandern zu den privaten Schutzinstitutionen ab. Was können wir tun?"

Muto sprang auf. Die Angst um sein Leben war nach diesen Informationen nicht gerade geringer geworden.

„Ich habe regelmäßig Beiträge gezahlt", sagte er. „Dafür wurde mir ein gewisser Schutz zugesichert, wenn jemals der Fall eintreten sollte, daß ich zu den Ausgesetzten gehöre. Nun ist es soweit, und ich verlange meine Rechte."

„Sie haben insgesamt achthundert Weltdollar an die öffentliche Versicherung bezahlt", bemerkte Grost nach einem Blick auf Mutos Karteikarte. „Das reicht noch nicht einmal zur Beschaffung einer einfachen Ausrüstung eines Helfers."

„Außer mir bezahlen schließlich unzählige andere", erklärte Muto.

„Gewiß", gab Grost zu. „Unsere Aufgaben bei Mutationen werden jedoch ständig größer. Die Tote Stadt allein verschlingt ein Drittel der gesamten Summe. Die Zahl der Mutationen nimmt ständig zu."

„Warum?" fragte Muto. „Gibt es keine Möglichkeit, die Zuwachsrate zu vermindern?"

„Ich darf keine Auskünfte über diese Fragen geben", erklärte Grost.

„Ich lehne Mr. Ransom als Helfer ab!" schrie Muto. „Ich erhebe Einspruch gegen meine Aussetzung."

Grosts farblose Augen sahen ihn ohne Interesse an. Er steckte Mutos Karte zurück. „Ransom wird sich freuen", sagte er. Er zeigte zur Tür. „Ihre Beschwerde müssen Sie an die MACK-Gilde richten."

Muto war fest dazu entschlossen. Zuerst jedoch würde er die

Tote Stadt aufsuchen, um mit dem Mutanten zu sprechen, dessen Adresse er von Duncan erhalten hatte.

Plötzlich erschien ihm das ganze System des Aussetzens sinnlos, etwas konnte damit nicht in Ordnung sein.

Die MACK-Gilde propagierte verschiedene Gründe, die für die Aussetzung sprachen. Einmal, so sagte die Gilde, wurde auf diese Weise ein weiterer furchtbarer Krieg verhindert, denn die Menschen konnten ihre Triebe während der Jagd abreagieren. Auch die nicht Ausgesetzten mußten ständig mit der Nachricht rechnen, daß die Wahl auf sie gefallen war. Neben dem psychologischen Argument führte die Gilde an, daß der Zuwachs der Bevölkerung auf erträglichem Stand gehalten wurde, denn Nahrungsmittel waren knapp.

Wieso, fragte sich Muto, unternahm dann die Gilde nichts gegen die furchterregende Zunahme der Mutanten? Warum wurden diese Wesen nicht mit an der Aussetzung beteiligt?

Auch erschien die Angst vor einem weiteren Atomkrieg sinnlos, denn es gab wohl kaum noch eine andere Stadt auf der Erde, in der Menschen lebten. Keine Reise in das Tote Land hatte andere Informationen erbracht.

Doch niemand lehnte sich gegen die fadenscheinigen Gründe der Gilde auf. War der MACK etwa unfehlbar? Wer hatte überhaupt dieses riesige Rechenzentrum erbaut? Existierte es schon seit vielen Generationen, oder war es nach dem dritten Weltkrieg errichtet worden?

Niemand außer den Leitern der Gilde hatte zu dem MACK Zutritt. Muto fragte sich, warum ein derart großes Rechenzentrum nicht für andere Aufgaben benutzt wurde. Die Kapazität des MACK konnte sich doch nicht darin erschöpfen, jeden Tag über fünfzig Menschen auszuwählen, die als ausgesetzt galten.

Muto wußte nicht, wie viele Menschen in der Stadt lebten. Wahrscheinlich mehr als drei Millionen. Hinzu kamen noch die Mutanten.

Muto verließ die öffentliche Versicherung in düsterer Stimmung. Er hatte sich zum erstenmal intensiv mit dem System des MACK beschäftigt. Es zeigte viele Lücken. Sollte es einen geheimen Sinn geben, von dem niemand etwas wußte?

Die Kälte, die Muto auf der Straße einhüllte, machte ihn noch verdrossener.

Um zur Toten Stadt zu gelangen, benutzte er ein öffentliches Verkehrsmittel, das ihn bis zum Stadtrand brachte.

Muto überschritt die Grenze zur Stadt der Mutanten. Die riesigen Wohnblöcke, in denen die Bedauernswerten hausten, lagen wie ausgestorben vor Muto. Hinter den Fenstern schien sich kein Leben zu regen. Die Mutanten besaßen keine eigene Initiative, etwas zu tun. Sie warteten in ihren Räumen, daß man sie mit Essen und allem Notwendigen versorgte.

Sie konnten den ganzen Tag daliegen und mit weitgeöffneten Augen träumen. Kein einziger Mutant, hatte Muto erfahren, besaß ein Erinnerungsvermögen, das weiter als zwei Tage in die Vergangenheit reichte. Das war bei allen gleich.

Unsicher ging Muto durch die leeren Straßen. Es war wirklich eine tote Stadt, die er betreten hatte.

Für Muto stellten die Mutanten ein Rätsel dar. Wie war es möglich, daß ihre abnormalen Eigenschaften erst nach dem dreißigsten Lebensjahr festgestellt werden konnten? Es gab keine jungen Mutanten, lediglich bei den jungen Frauen setzte die Mutation bereits nach dem zwanzigsten Lebensjahr ein.

Seltsam, dachte Muto. Unwillkürlich mußte er an die Altersgrenze denken, die der MACK bei der Wahl der Ausgesetzten stets einhielt. Sie entsprach dem Alter, bei dem man mit dem Eintreten einer Mutation rechnen konnte.

Muto stieß auf unförmige Spuren im Schnee. Sie sahen aus, als sei jemand mit nackten Füßen über die eisige Straße gelaufen. Ein unsicheres Gefühl beschlich ihn. Er konnte jetzt verstehen, warum diese Tote Stadt gemieden wurde. Er verglich den Zettel, den ihm Duncan gegeben hatte, mit den Aufschriften an den Häusern. Schließlich stand er vor dem Wohnblock, in dem er den von Duncan empfohlenen Mutanten finden mußte.

Muto zögerte, durch das Portal ins Innere zu treten. Irgendwo aus den oberen Stockwerken drang Musik auf die Straße. Schwermütig verklang sie zwischen den Häuserblöcken. Die Töne waren zart, mit großem Einfühlungsvermögen gespielt und von Traurigkeit durchdrungen. Sie erweckten in Muto das Gefühl grenzenloser Einsamkeit. Wer mochte dieses Lied spielen?

Muto trat durch das Portal. Der Korridor, der sich vor ihm erstreckte, war von peinlicher Sauberkeit. Dicke Teppiche dämpften Mutos Schritte, als er sich auf den Lift zubewegte.

Im Innern des Lifts hing ein Plakat, das Muto noch nie gesehen hatte. Es zeigte einen Mutanten mit der üblichen Bioplastmaske. Darunter stand: SIE SIND DIE ZUKUNFT! Ein winziges Siegel des MACK deutete auf den Hersteller des Plakats. Verwirrt betrachtete Muto das plastische Bild. Wie konnte die Gilde die hilflosen Mutanten als die Zukunft propagieren? Geschah das nur, um den Lebenswillen und das Selbstbewußtsein dieser Menschen zu steigern?

Der Lift hielt in der fünften Etage. Muto stieg aus und suchte das Zimmer, auf dessen Tür der gleiche Name wie auf Duncans Zettel stand. Ganz leise kam die traurige Musik durch ein offenes Fenster im Korridor.

Muto klopfte leise.

Als sich nichts rührte, drückte er die Klinke nach unten und öffnete. Seine Hände zitterten. Die Atmosphäre dieses Hauses war unheimlich.

Muto trat in den Raum und sah Zortig, den Mutanten, auf einer Liege sitzen. Durch die Bioplastmaske war nicht zu erkennen, ob er lächelte oder das Gesicht ärgerlich verzog. Auf jeden Fall war er wach, und seine dunklen Augen blickten Muto direkt an.

„Guten Tag!" sagte Muto mit unsicherer Stimme.

„Ich habe Sie nicht gespürt", sagte Zortig. „Selbst jetzt kann ich Sie kaum wahrnehmen."

Muto verstand nicht, was der Mutant sagen wollte. Er schloß die Tür hinter sich und starrte Zortig an.

„Mr. Duncan schickt mich", stieß er hervor. Gleichzeitig fiel ihm ein, daß es dem Mutanten unmöglich war, sich an Duncan zu erinnern, denn seine Begegnung mit ihm lag sicher länger als zwei Tage zurück. Mutos Gedanken kreisten durcheinander. Wie sollte man sich mit einem Mann verständigen, der nichts davon wußte, was vor mehr als achtundvierzig Stunden geschehen war?

„Es ist etwas in Ihrem Kopf", sagte Zortig. „Etwas schirmt Ihre persönliche Ausstrahlung ab. Ich wußte nicht, daß Sie zu mir kommen, bis Sie an die Tür klopften."

„Ich wollte Sie nicht erschrecken", entschuldigte sich Muto, der spürte, daß der Mutant innerlich erregt war.

„Sind Sie ein neuer Mutant?" fragte Zortig. „Besitzen Sie die Fähigkeit, sich abzuschirmen?"

„Nein", erwiderte Muto. „Ich bin ein Ausgesetzter. Morgen früh beginnen die Jäger der Gilde mit der Jagd auf mich."

Zortig sah ihn verständnislos an. „Wovon sprechen Sie?"

Ich muß ihm die ganze Geschichte erzählen, er kann sich an nichts erinnern, dachte Muto. Er mußte an das Plakat im Lift denken. Was versuchte der MACK mit dieser Aufschrift zu erreichen? Welcher Sinn steckte dahinter? Bisher hatte Muto geglaubt, daß der MACK sich lediglich um die Ausgesetzten kümmerte. Nun hatte er festgestellt, daß jemand in der Zentrale Interesse an den Mutanten zeigte.

„Morgen früh werden drei Männer hinter mir hersein. Drei Tage lang dürfen sie mit allen ihnen zur Verfügung stehenden Mitteln versuchen, mich zu töten. Die Jagd beginnt um acht Uhr und endet genau sechzig Stunden später. Wenn es mir gelingt, sechzig Stunden zu überleben, verlieren sie das Recht, mich weiter zu verfolgen." Mutos Gesichtsausdruck zeigte, wie wenig er an die Erreichung dieses Zieles glaubte. „Sie könnten mir helfen. Sie würden die persönlichen Ausstrahlungen der Jäger bemerken und könnten mich warnen."

Zortig stand von der Liege auf und ging zu einem Tisch. Er zog eine Karte vom Bücherbord heraus und sagte: „Mein Name ist Zortig. Ich bin vierzig Jahre alt und besitze die Fähigkeit, Ausstrahlungen jeder menschlichen Person auf große Entfernung wahrzunehmen. Ich trage eine Bioplastmaske, da mein Gesicht schrecklich verunstaltet ist. Diese Maske darf ich niemals abnehmen – es wäre tödlich."

Schaudernd begriff Muto, daß der Mutant diese Daten von der Karte ablas.

„Das muß ich jeden Tag lesen", erklärte Zortig.

„Deshalb können Sie es auch nicht vergessen", sagte Muto.

Zortig steckte die Karte zurück. Seine Bewegungen wirkten schwerfällig, als müsse er sie sich zuvor genau überlegen.

Muto erzählte dem Mutanten alles, was er über den MACK und die Gilde wußte. Zortig hörte ihm schweigend zu. Seine dunklen Augen, das einzige, was von seinem echten Gesicht zu sehen war, richteten sich aufmerksam auf Muto.

„Sicher haben Sie schon früher einmal Ausgesetzten geholfen", sagte Muto. „Sie können sich nicht mehr daran erinnern."

„Das mag schon sein", erwiderte Zortig zögernd.

Aus eigenem Antrieb würde er Muto niemals helfen. Der Ausgesetzte ergriff die Initiative.

„Sie werden mit mir nach Hause gehen und bei mir schlafen", entschied Muto. „Um acht Uhr morgen früh werden wir meine Wohnung verlassen."

Zortig weigerte sich nicht, zusammen mit Muto das Gebäude zu verlassen. Der Mutant sprach nur, wenn ihn Muto direkt anredete.

Wenn Muto Pech hatte, sah er die Tote Stadt zum letztenmal. Ausgesetzte durften nicht in das Mutantenviertel flüchten. Wer es dennoch tat, wurde mit einer Verlängerung der Jagd um drei Tage bestraft – ein sicheres Todesurteil.

Je länger Muto über das System nachdachte, nach dem der MACK vorging, desto ungerechter erschien es ihm. Waren die Menschen zu sehr mit ihren eigenen Problemen beschäftigt, daß sie sich nicht gegen die bestehende Ordnung auflehnten? Niemand protestierte gegen die Jagd, jeder schien sie für etwas zu halten, was einfach zum Leben gehörte. Muto gestand sich ein, daß auch er sich bisher kaum Gedanken darüber gemacht hatte. Erst jetzt, nachdem er persönlich ausgewählt worden war, wuchs der Widerstand in ihm.

Irgendwie mußte zwischen dem MACK und den Mutanten ein Zusammenhang bestehen. Mutos Gedanken waren so sehr von der am nächsten Morgen beginnenden Jagd in Anspruch genommen, daß er sich nicht auf dieses Problem zu konzentrieren vermochte.

Am Rand der Toten Stadt wurden sie von einem Beamten

angehalten. Der Mann unterstand direkt dem MACK, denn er trug deutlich sichtbar das Siegel auf der Jacke.

Er blickte Tyler Muto mit offener Feindseligkeit an. „Wohin wollen Sie mit ihm?"

Sofort wurde Ärger in Muto wach. „Darüber bin ich keine Auskunft schuldig", sagte er schroff.

Unerwartet ruhig sagte der Mann: „Die Mutanten sind leicht zu beeinflussen. Wir können nicht zulassen, daß sie zu etwas mißbraucht werden, was dem Allgemeinwohl schadet."

„Ich bin ab morgen ausgesetzt", erklärte Muto. „Zortig wird mir helfen."

Der Beamte fragte nach seinem Namen und blätterte dann in einer Liste.

„In Ordnung, Mr. Muto", sagte er. „Schicken Sie den Mutanten zurück – sofern Sie die Jagd überleben."

Muto packte Zortig wortlos am Arm und zog ihn mit sich an dem Mann vorbei. Er hatte das sichere Gefühl, daß der Beamte hier auf ihn gewartet hatte. Woher wußte der Mann, daß Muto mit Zortig hier vorbeikommen würde?

„Seine Ausstrahlungen konnte ich leicht feststellen", bemerkte Zortig, als sie die Tote Stadt verließen. „Ihre bleiben mir verschlossen."

Muto blickte den Mutanten nachdenklich an. „Konnten Sie feststellen, welche Gefühle den Beamten bewegten?" fragte er.

„Natürlich", sagte Zortig. „Das war nicht schwierig."

„Sprechen Sie", forderte Muto ungeduldig.

„Er machte sich Sorgen", sagte Zortig.

„Um mich? Das ist doch nicht möglich."

Der Mutant schüttelte den Kopf. Die Bioplastmaske verlieh ihm ein gespenstisches Aussehen. „Seine Sorgen galten mir", verkündete er.

Muto kniff die Augen zusammen. Ein Beamter der Gilde machte sich Sorgen um einen Mutanten, dessen Erinnerung nur zwei Tage in die Vergangenheit reichte und der wahrscheinlich verhungern würde, wenn man ihm nicht regelmäßig etwas zum Essen brachte.

SIE SIND DIE ZUKUNFT! Deutlich sah Muto die Aufschrift des

Plakats wieder vor sich. Gab es um die Mutanten ein Geheimnis, von dem die Öffentlichkeit nichts erfuhr?

„Warum sorgte er sich um Sie?" wollte Muto wissen.

Müde blieb Zortig stehen. „Ich weiß es nicht", sagte er. „Aus welchem Grund sollte ich tiefer in ihn dringen?"

Mit erhobener Stimme fragte Muto: „Sie haben wohl für nichts Interesse?"

Zortig reagierte nicht auf diese heftige Frage. Er schien überhaupt nicht zu wissen, was Muto damit ausdrücken wollte.

In Muto formte sich der Entschluß, diesen Dingen auf den Grund zu gehen, wenn die Jagd auf ihn vorüber war.

Doch dazu mußte er sie überleben.

3

DIE STADT und ihre Einwohner wurden von zehn Männern regiert, an deren Spitze Friedenslord Emmerich stand. Jeder seiner zehn Untergebenen leitete ein eigenes Ressort. Es gab eine Abteilung für Ernährung, für Verkehr, für Arbeit und alle anderen wichtigen Angelegenheiten. Friedenslord Emmerich trug gleichzeitig den Titel eines Obersten der Gilde, obwohl er nie persönlich die Arbeit eines Jägers verrichtet hatte. Die Zentrale des MACK stand unter der direkten Führung Emmerichs.

Der Friedenslord wurde von den zehn Ministern gewählt und blieb danach zehn Jahre im Amt. Emmerich war bereits zum zweitenmal gewählt und in dieser Periode sechs Jahre tätig.

Er war ein massiger Mann mit grauen Haaren und ernstem Blick. Er sprach langsam und leicht verständlich. Da er sich in der Öffentlichkeit stark zurückhielt, hatte sich diese keine feste Meinung über ihn gebildet.

Emmerichs unauffälliges Wesen hätte leicht zu der irrigen Auffassung führen können, daß er sich nicht um seine Aufgaben kümmerte. Eine solche Ansicht war jedoch verkehrt. Emmerich arbeitete mehr als jeder seiner Minister, wenn auch nie bekannt wurde, was er eigentlich tat.

Die Minister wurden in Abständen von vier Jahren von den

Einwohnern gewählt. Die Gilde gab zehn Namen bekannt. Den Bewohnern blieb nur die Aufgabe, jedem dieser Männer durch einfache Mehrheitswahl ein bestimmtes Ressort zuzuteilen. Nach welchem System die Gilde diese zehn Männer bestimmte, wußte niemand. Auch war nicht herauszufinden, ob das eine oder andere Ressort begehrenswerter für die Kandidaten war. Jedes Amt erhielt eine Nummer, von eins bis zehn. Die Wähler schrieben hinter jeder Zahl den Namen des Mannes, den sie für die jeweilige Aufgabe am geeignetsten hielten.

Innerhalb dieser Regierung war es noch nie zu Streitigkeiten gekommen. Es bestand keine Opposition, und die Bevölkerung schien die Vorgänge zu akzeptieren.

An jenem Abend, als Tyler Muto zusammen mit dem Mutanten Zortig seine Wohnung betrat, hätte er fünf Jahre seines Lebens für ein Gespräch mit dem Friedenslord gegeben – vorausgesetzt natürlich, daß dieser jede Frage ehrlich beantwortet hätte.

Die wichtigste Frage war: Welchen Zweck verfolgt der MACK mit der Aussetzung tatsächlich?

Eine andere, die Muto für fast ebenso wichtig hielt, lautete: Welche Rolle spielen die Mutanten?

„Hier herein!" sagte er und drückte Zortig über die Schwelle.

Muto war froh, daß ihn niemand gesehen hatte. Doch dann fiel ihm Duncan ein, von dem er die Adresse Zortigs erhalten hatte. Vielleicht wußte sein Nachbar etwas über den Mutanten.

Muto führte Zortig in das Zimmer und forderte ihn auf, sich zu setzen. „Warten Sie auf mich", sagte er. „Ich bin in wenigen Minuten zurück."

Er ging hinaus, an Duncans Wohnungstür. Aufgeregt betätigte er den Summer.

Duncans Frau öffnete. „Was für eine Überraschung", sagte sie schrill. „Kommen Sie doch herein!"

Muto beschloß, ihr Geschwätz einfach zu überhören. Duncan hockte mit übergeschlagenen Beinen in einem Sessel. Er grinste Muto dümmlich an, als dieser das Zimmer betrat.

„Ich kann mir vorstellen, daß man sich an einem solchen Abend einsam fühlt", sagte er.

„Ihr Freund ist bei mir", eröffnete ihm Muto ohne Umschweife.

Duncan errötete und wechselte mit seiner Frau einen schnellen Blick.

„Von wem sprechen Sie?" fragte er.

„Von Zortig", sagte Muto knapp. Er lehnte sich mit dem Rükken gegen die Türfassung und betrachtete ein häßliches Bild, das neben dem Fenster hing und die Silhouette einer Stadt zeigte.

„Ich bin nicht mit ihm befreundet", wehrte Duncan ab, obwohl er an diesem Morgen noch das Gegenteil behauptet hatte. Muto glaubte ihm jedoch, da er sich keine Freundschaft mit einem Wesen vorstellen konnte, das kaum Erinnerungsvermögen besaß und eine Maske trug, um sein abstoßendes Gesicht zu verbergen.

„Woher kennen Sie ihn?" fragte Muto.

Duncan stand so schnell auf, daß Muto erschrak. Seine Frau ging zum Fenster und öffnete es. Sie vermied es, ihren Mann anzusehen.

„Ich bin ihm einmal zufällig begegnet", sagte Duncan unsicher.

Offensichtlich log er. Er kannte Zortig von einer Begebenheit, über die er nicht sprechen wollte.

„Sie wissen etwas über die Mutanten", beharrte Muto. „Warum wollen Sie es mir nicht sagen?"

„Sei still, Jerome!" zischte Duncans Frau.

„Ach, es ist doch Unsinn", brach es aus Duncan hervor. „Es ist nichts als eine fixe Idee von dir."

Beinahe flehend sagte sie: „Erzähle ihm nichts, Jerome."

Muto hörte angespannt zu. Duncan lief im Zimmer auf und ab. Man sah ihm an, daß er sich gern ausgesprochen hätte.

„Morgen früh beginnt die Jagd auf mich", sagte Muto leise. „Wahrscheinlich werde ich dabei mein Leben verlieren. Was macht es schon, wenn Sie mir etwas berichten."

Entschlossen sagte Duncan: „Heute morgen erzählte ich Ihnen von dem Bruder meiner Frau, den die Jäger vor einem

Jahr in seiner Wohnung erwischten, nachdem ihn der MACK ausgewählt hatte."

„Das stimmt", erinnerte sich Muto.

Duncans Frau hatte die Hände vor den Mund gepreßt. Ihre Augen irrten umher. Die Arroganz war von ihr abgefallen. Sie hatte Angst. Muto befürchtete, daß Duncan nicht weitersprechen würde.

Doch sein Nachbar fuhr fort: „Vor vier Monaten drang ein Ausgesetzter in unsere Wohnung ein. Er war auf der Flucht und hatte außer einem Helfer der öffentlichen Versicherung einen Mutanten bei sich."

„Zortig?" vermutete Muto.

„Richtig." Duncan nickte.

Muto war von dieser Geschichte etwas enttäuscht. Trotzdem fragte er Duncan, was danach geschah.

„Meine Frau", sagte Duncan mit schwachem Lächeln, „glaubt, daß Zortig ihr Bruder ist."

Während Duncans Lächeln erstarb, verließ seine Frau schluchzend das Zimmer. Gleich darauf hörte Muto sie in der Küche hantieren.

„Aber das ist doch unmöglich", sagte Muto. „Ihr Schwager wurde von den Jägern getötet."

„Genau das versuchte ich Catherine klarzumachen", meinte Duncan etwas hilflos. „Ich erklärte ihr, daß der Mutant eine Gesichtsmaske trüge und sie sein Gesicht nicht erkennen könnte. Sie blieb hartnäckig bei ihrer Behauptung. Sie will Zortig an seiner Figur und an den Augen erkannt haben."

Das war alles. Die Hysterie einer Frau und ihre angespannte Phantasie hatten diese verrückte Idee hervorgebracht. Muto wußte, daß es sinnlos war, dieser Angelegenheit weiter nachzugehen. Er hörte kaum zu, als Duncan fortfuhr: „Sie erkundigte sich bei Zortig nach dessen Adresse. Danach bestand sie darauf, daß wir ihn regelmäßig jede Woche einmal besuchen. Das ist mir natürlich peinlich. Ich hoffe, daß Sie mit keinem Menschen darüber sprechen."

„Nein, seien Sie unbesorgt", sagte Muto. Er verabschiedete sich von Duncan.

„Ich hoffe, daß Sie die Jagd überstehen", sagte Duncan in der Tür.

Muto ging in seine Wohnung zurück. Er fand Zortig ruhig im Sessel sitzen. Die Augen des Mutanten blickten starr geradeaus.

„Haben Sie jemals Ihre Gesichtsmaske abgesetzt?" fragte Muto.

„Ich weiß es nicht", erwiderte Zortig. „Ich kann mich nicht erinnern. Es ist jedoch unwahrscheinlich, daß ich es je getan habe, denn es könnte meinen Tod herbeiführen."

„Wieso?"

„Die Maske ist zum Teil mit meinem Gesicht verwachsen", sagte Zortig.

„Woher wissen Sie das?" erkundigte sich Muto. „Weil Ihre Erinnerung nur zwei Tage in die Vergangenheit reicht, müssen Sie ständig an die Tatsache erinnert werden, daß es gefährlich für Sie ist, dieses Ding abzunehmen."

Der Mutant rutschte unruhig auf dem Sessel herum. Er gab Muto keine Antwort. Muto vermutete, daß eine posthypnotische Blockade im Gehirn des Mutanten verhinderte, daß die Maske abgesetzt wurde.

„Nebenan wohnt eine Frau, die behauptet, sie sei Ihre Schwester", sagte Muto. „Sie und ihr Mann besuchen Sie regelmäßig."

„Ich erinnere mich nicht." Zortigs Stimme klang gleichgültig.

Muto gab sich einen Ruck. „Lassen wir das", sagte er. „Es wird Zeit, daß wir einen Schlachtplan entwerfen. Wir müssen eine günstige Möglichkeit finden, wie ich den Jägern entgehen kann. Mir wurde gesagt, daß sie nicht zusammen auftauchen, sondern sich ablösen."

Das Gespräch wurde immer einseitiger. Zortig gab selten Antwort, nur dann, wenn Muto ihn direkt fragte. Muto mußte ihm alles genau erklären. Der Mutant schien sich an nichts zu erinnern, was seine Umwelt betraf.

Muto entwickelte eine Reihe von Fluchtplänen, die er jedoch alle als unsicher und gefährlich empfand. Er mußte damit rechnen, daß den Jägern sämtliche vorhandenen Hilfsmittel zur Verfügung standen. Diese Männer besaßen eine aus vielen Jagden resultierende Erfahrung. Sie kannten praktisch jeden Trick, den ein Ausgesetzter anzuwenden imstande war.

Je länger Muto über das Problem nachdachte, desto unbegründeter erschien ihm die Hoffnung, daß er drei Tage mit Erfolg den Häschern entkommen könnte.

Kurz vor Mitternacht öffnete er seine letzte Dose Bier und teilte sie mit Zortig. Es war sinnlos, daß er sich auf die Couch legte, denn er würde keinen Schlaf finden.

Zortig saß still im Sessel.

„Eine große Hilfe sind Sie nicht", klagte Muto.

Zortig nickte bedauernd, aber in Wirklichkeit konnte er sich wahrscheinlich kein Bild von der Lage machen, in die Muto geraten war.

Als es Mitternacht schlug, wurde der Strom abgeschaltet. Das geschah jede Nacht. Die Stromsperre dauerte bis vier Uhr am Morgen. Der Minister für Energie begründete diese Sparmaßnahme jeden Monat in einer Rede, während der er der Bevölkerung sagte, daß die Reserven der Energiewerke knapp seien. Nur öffentliche Gebäude konnten auch während der Sperre mit Strom beliefert werden.

Muto stand auf und tastete sich bis zur Couch.

„Wollen Sie schlafen?" fragte er in die Dunkelheit.

„Ich bin nicht müde", erwiderte Zortig.

Muto murmelte etwas vor sich hin und legte sich nieder. Er konnte es nicht ändern, wenn der Mutant die Nacht im Sessel verbringen wollte. Muto versuchte sich zu konzentrieren. Das Dünnbier, das er reichlich getrunken hatte, erzeugte einen dumpfen Druck im Kopf.

Wenn seine Informationen der Wahrheit entsprachen, dann würde am nächsten Morgen nur ein Jäger hinter ihm hersein. Doch darauf konnte er sich nicht verlassen. Die Gilde änderte die Methoden sicher ständig. Die Jäger hatten eine feste Vorstellung davon, was er, Muto, morgen früh tun würde. Sicher begannen sie keine planlose Suche. Sie wußten genau, wie sich ein Ausgesetzter verhielt.

Ob man sie darüber informiert hatte, daß er einen Mutanten als Helfer gefunden hatte? Kannten sie Sicherheitsmaßnahmen, um ihre Ausstrahlungen vor Zortig zu verbergen?

Muto fiel ein, was der Mutant zu ihm gesagt hatte. Entweder verfügte Muto über keine Ausstrahlung, oder sie wurde auf rätselhafte Weise abgeschirmt. Was unterschied ihn von anderen Menschen, daß Zortig ihn erst aus der Nähe wahrnahm und auch dann nur schwach? Hatte es etwas mit den Kopfschmerzen zu tun, die er sehr oft in den Morgenstunden fühlte?

Gewaltsam führte Muto seine Gedanken zur bevorstehenden Flucht zurück. Jetzt war nicht die Zeit, sich mit nebensächlichen Problemen zu beschäftigen. Er hörte, wie Zortig sich leise bewegte. Die Nähe des Mutanten war ihm beinahe unheimlich. Was tat dieses seltsame Menschenwesen in der Dunkelheit des Zimmers?

Muto lauschte und hörte Zortig aufstehen. Das geschah fast völlig geräuschlos, aber Muto vernahm das Schleifen der Absätze auf dem Boden. Der Mutant ging offensichtlich auf die Wohnungstür zu.

„Wohin wollen Sie?" fragte Muto mit rauher Stimme und richtete sich auf.

Zortig atmete schwer. Seine Stimme klang für einen Mutanten ungewöhnlich erregt, als er antwortete: „Manchmal habe ich in den Nächten den Drang, irgendwohin zu gehen. Diesmal war es besonders schlimm." Er schien einen Augenblick in sich hineinzulauschen, dann sagte er fast enttäuscht: „Jetzt ist es vorüber."

„Haben Sie während dieser Zustände ein bestimmtes Ziel vor Augen?" wollte Muto wissen.

„Es ist . . .", Zortig suchte nach einem passenden Wort, „es ist alles so verschwommen. Ich fühle, daß da etwas ist, was ich unbedingt erreichen muß."

„Können Sie es näher definieren?"

„Nein, nein. Es gleitet mir immer davon." Die Stimme wurde bereits wieder ruhiger. Die gewohnte Gleichgültigkeit kehrte zurück.

Muto ächzte und ließ sich zurücksinken. Auch Zortig kam wieder zu seinem Platz.

Es schlug ein Uhr.

In sieben Stunden begann die Jagd auf Tyler Muto.

4

GEGEN sieben Uhr erwachte Muto aus unruhigem Schlaf, der für wenige Stunden mit wilden Träumen über ihn gekommen war. Zortig stand am Fenster und blickte in den dunstigen Wintermorgen hinaus. Er wandte sich um und schaute Muto ohne Interesse an. Muto fühlte sich elend. Das viele Dünnbier hatte die üblichen Kopfschmerzen noch verstärkt. Er stand auf und ging in die Kochnische. „Hungrig?“ fragte er Zortig.

„Nein“, erwiderte der Mutant. Mit Widerwillen bereitete Muto für sie beide Kaffee aus dem Extrakt, den man zu kaufen bekam. Das Warmwasserreservoir produzierte ausnahmsweise kochendes Wasser. Muto nahm die Gelegenheit wahr, sich gründlich zu waschen. Allmählich wurde ihm besser.

Die Uhr zeigte zwanzig Minuten vor acht, als Muto mit allem fertig war.

„Wir werden schnell aus dieser Umgebung verschwinden müssen“, sagte Muto. Er ging zum Fenster und las die Temperatur vom Thermometer am Fenstersims ab. „Es ist kalt“, bemerkte er. „Hoffentlich strengt Sie das Rennen nicht an.“

„Nein“, antwortete Zortig.

Was ging hinter dieser ausdruckslosen Maske vor? Warum waren die Gesichter aller Mutanten so häßlich, daß man sie hinter künstlichen Fassaden verbergen mußte?

„Werden Sie feststellen können, wenn ein Jäger in unsere Nähe kommt?“

Zortig nickte.

„Es kann sein, daß wir unter vielen Menschen sind. Können Sie einzelne Ausstrahlungen lokalisieren?“

„Ich kann es“, erwiderte Zortig.

Skeptisch schaute Muto ihn an. „Wie wollen Sie die Ausstrahlung eines Jägers von denen anderer Menschen unterscheiden?"

„Seine Gefühle werden ihn verraten", versicherte Zortig.

Muto blieb nichts anderes übrig, als ihm zu vertrauen.

„Sobald wir auf der Straße sind, werden wir bis zur Hauptstraße gehen", verkündete er. „Zehn Minuten nach acht Uhr werden wir bei dem großen Rondell angelangt sein. Von dort aus benutzen wir die Querstraße und unterqueren die Brücke. Wir werden versuchen, in das Güterlager einzudringen und von dort aus die Randgebiete des Toten Landes zu erreichen." Er fühlte, daß Zortig ihm kaum zuhörte. „Verstehen Sie mich?" fragte er verärgert.

„Natürlich", erwiderte der Mutant lakonisch.

„Also gut." Muto nickte. „Die Randgebiete sind gefährlich. Ich kann mir vorstellen, daß bereits andere Ausgesetzte diesen Weg gegangen sind. Die Jäger werden also damit rechnen. Es kommt nun darauf an, ob es uns gelingt, die Mitglieder der Gilde zu täuschen." Muto wußte zwar noch nicht, wie er das fertigbringen sollte, aber er hoffte, daß ihm noch etwas einfallen würde. In den meisten Fällen drangen nur Ausgesetzte, die den Jägern in den ersten beiden Tagen entkommen waren, ein Stück in das Tote Land ein. Muto beschloß, dieses Risiko sofort einzugehen. Natürlich wußte er nicht, was ihn erwartete. Er konnte seinen Plan erst dann vervollkommnen, wenn er sein vorläufiges Ziel erreicht hatte.

Als er genau um acht Uhr zusammen mit Zortig die Wohnung verließ, hatten sich vor der Tür einige Neugierige versammelt. Auch Duncan war unter ihnen. Man hatte Muto die Tür zum Lift bereits geöffnet. Sie alle starrten ihn erwartungsvoll an, als glaubten sie, daß er etwas Ungewöhnliches tun würde. Doch Muto packte den zögernden Mutanten am Arm und zog ihn in den Lift. Jemand rief einen Glückwunsch hinter ihnen her, dann glitt die Tür zu. Muto atmete auf.

Auf der Straße schlug ihnen kalter Wind entgegen. Der Pulverschnee wurde von den Dächern der Häuser gewirbelt und fiel als dünner Schleier herab.

„Schnell jetzt!" befahl Muto.

Er störte sich nicht an den einzelnen Passanten. Keiner von ihnen würde den Jägern helfen, aber auch niemand würde Muto unterstützen. Das war eines der wichtigsten Gesetze der Jagd. Wer es mißachtete, mußte mit harten Strafen rechnen.

Muto feuerte Zortig zur Eile an. Als sie in die Hauptstraße einbogen, stach die kalte Luft bereits mit Nadelschärfe in Mutos Lungen. Wenn er keuchend den Atem ausstieß, bildete sich vor seinem Mund eine Dunstwolke.

Die Hauptstraße war mit Menschen bevölkert, die sich fast ausnahmslos auf dem Weg zu ihren Arbeitsplätzen befanden. Unter anderen Umständen wäre Muto jetzt auch diesen Weg gegangen. Von einem Tag zum anderen hatte sich jedoch sein Leben verändert.

Die Passanten machten bereitwillig Platz, um die Flüchtenden durchzulassen. Zortigs Bioplastmaske ließ jeden erkennen, warum es die beiden Männer eilig hatten.

Die Uhr auf der Mitte des Rondells zeigte neun Minuten nach acht, als Muto und Zortig in die Querstraße einbogen, die zum Güterlager führte. In weniger als zehn Minuten würden die Jäger in Mutos Wohnung eintreffen, wenn sie sich überhaupt die Mühe machten, ihn dort zu suchen. Die Querstraße war für den privaten Verkehr gesperrt. Nur Last- und Transportwagen durften hier fahren. Zu beiden Seiten der Asphaltdecke wucherten kümmerliche Grasbüschel, die die Grenze zu den Fußgängerwegen bildeten. Die Häuser, die hier standen, stammten zum Teil noch aus der Zeit direkt nach dem dritten Weltkrieg. Die Fassaden sahen rissig und grau aus.

Die Fußwege waren mit schwarzer Schlacke aufgefüllt. Muto konnte bereits die Eisenbahnbrücke sehen, die den dritten Weltkrieg überstanden hatte. Natürlich verkehrten keine Züge mehr auf ihr. Meterhohes, zum Teil mutiertes Unkraut wuchs über den kaum noch sichtbaren Gleisen. Von der Oberleitung standen nur noch einzelne Masten. Vom Rost angefressen, verbogen oder umgeknickt, ragten sie in die Höhe.

In den Traumhäusern gab es oft Sendungen, die die Teilnehmer in die Zeit vor dem Krieg versetzten. Man konnte dort in einer fiktiven Eisenbahn durch unbekannte Länder der Erde reisen, deren Schönheiten längst in Schutt und Asche gefallen waren. Die Traumhäuser boten ein weitaus besseres Programm als die Traumhallen, die meist überfüllt waren. Wer einen angemessenen Betrag entrichtete, erhielt eine Glocke aus Plastik über den Kopf gestülpt. Verschiedene Elektrodenanschlüsse wurden vorgenommen. Die Betreffenden fielen in tiefe Bewußtlosigkeit. Der Sendeapparat begann zu arbeiten. Das Unterbewußtsein der Ohnmächtigen nahm alle Eindrücke auf. Die Menschen begannen zu träumen. Minutenlang, stundenlang – wieviel Geld man gerade für den verführerischen Spuk übrig hatte. Man konnte seine wirkliche Umgebung vergessen, führte ein anderes Leben in einer besseren Welt.

Mutos Geld hatte stets nur für wenige Minuten Aufenthalt in einer Traumhalle gereicht. Nach dem Erwachen war die Wirklichkeit stets mit elementarer Wucht über ihm zusammengeschlagen. Enttäuscht war er nach Hause gegangen . . .

Zu beiden Seiten der Brückenpfeiler wuchs Efeu. Die Brückendecke war feucht, Kalkablagerungen und Schimmel bedeckten die ursprüngliche Betonmasse. In dunklen Ecken wucherte Moos. Zwischen aufgebrochenen Endstücken der Pfeiler nisteten Fledermäuse.

Lediglich die Straße wurde in sauberem Zustand gehalten.

Muto und Zortig unterquerten die Brücke. Ihre Schritte erzeugten in dem hohen Bogen dumpfes Echo. Ratten huschten geräuschlos davon. Mutierte Spinnen, größer als Mutos Hände, krochen an den Wänden entlang und hinterließen klebrige Spuren. Das war alles, was ihnen von der Fähigkeit des Netzspinnens noch geblieben war. Kleinere Insekten blieben auf dieser schlüpfrigen Bahn hängen, hilflos zappelnd, bis die Spinne zurückkam, um sie zu fressen.

Der biologische Alptraum, in den das Leben durch die Strahleneinwirkung der Bomben verfallen war, zeigte sich hier unter der Brücke in seiner ganzen grausigen Auswirkung.

Muto warf seinem Begleiter einen scheuen Blick zu. War nicht auch er ein Bild dieser neuen Art des Lebens?

Alles Getier aus der Umgebung war unter die Brücke gezogen, um vor dem scharfen Wind geschützt zu sein. Der Ablauf des Lebens bei allen Tieren war durch Mutationen gestört worden. Tiere und Pflanzen, die normalerweise im Winter nicht lebensfähig waren, hielten nun Eis und Schnee stand.

Die schrecklichen Nachkommen eines unsinnigen Krieges schienen sich mit größerer Kraft an das Leben zu klammern als ihre normalen Vorgänger.

Nur bei den Menschen schien es umgekehrt zu sein. Die Mutanten der Toten Stadt zeigten sich als teilnahmslose, wenig aktive Wesen, die ständig der Hilfe anderer bedurften.

Muto war froh, als sie auf der anderen Seite des Viadukts herauskamen.

Ein Transportwagen brauste vorüber. Der Fahrer hatte einen Arm auf den Rahmen des offenen Fensters gelegt und starrte mit verbissenem Gesicht geradeaus.

Muto blickte auf seine Uhr. Es war sechzehn Minuten nach acht. Kurz nach halb neun würden sie das Güterlager erreichen. Vor dem Krieg war dort ein riesiger Umschlagbahnhof gewesen.

Sie gingen auf die andere Seite der Straße. Muto hatte das Tempo etwas verlangsamt, da es verkehrt war, wenn sie ihre Kräfte bereits jetzt erschöpften.

Tyler Muto ertappte sich dabei, daß er jetzt oft zurückblickte, um etwaige Verfolger zu sehen. Noch wußte er nicht, wie zuverlässig Zortig war.

Der Mutant folgte bereitwillig jeder Anordnung, aber er tat nichts aus eigenem Antrieb.

Auf ihrem Weg begegneten sie noch vier weiteren Lastwagen. Keiner der Fahrer beachtete sie. Innerhalb des Güterlagers mußten sich ungeheure Mengen Nährhefe befinden. Muto war zwar noch nie dort gewesen, aber er wußte, daß man hier Vorräte ansammelte, um eventuellen Notfällen begegnen zu können.

Das Güterlager war von drei Meter hohen Mauern umgeben, auf deren oberen Rändern drei Lagen Stacheldraht gespannt waren. Es gab nur einen Eingang, der mit einer Schranke gesperrt wurde. An der Seite stand eine Hütte, in der ein Portier saß. Im allgemeinen ließ der Mann jeden durch, ohne zu kontrollieren. Niemand hatte Interesse daran, seine ausreichende Ration an Nährhefe durch Diebstahl zu erhöhen. Der Portier kannte die einzelnen Fahrer gut, ein Winken aus dem Führerhaus genügte für sie, um ihn zu veranlassen, die Schranke hochzuziehen.

Muto und Zortig kamen ohne Lastwagen. Deshalb blieb ihnen nichts anderes übrig, als die schmale Pforte direkt neben dem Portierhaus zu benutzen. Der Portier hockte hinter dem Fenster und blickte Muto erwartungsvoll an.

Muto beugte sich zu der Sprechscheibe hinab und grüßte. Der Portier sah an ihm vorbei auf Zortig. Neugier zeichnete sich in seinem Gesicht ab.

„Dürfen wir hinein?“ fragte Muto.

„Haben Sie einen Ausweis?“ fragte der Mann.

Muto entschloß sich, ihm die Wahrheit zu sagen. „Ich bin ein Ausgesetzter. Der Mutant begleitet mich. Ich will versuchen, die Randgebiete des Toten Landes zu erreichen.“

„Die Jäger haben schon ein gutes Dutzend Ihrer Sorte innerhalb des Güterlagers geschnappt“, sagte der Portier. Er stand auf und kam heraus. „Ich sage Ihnen das nur, um Sie zu warnen. Möchten Sie trotzdem hinein?“

Obwohl Muto nicht damit gerechnet hatte, daß die Idee mit dem Güterlager neu war, deprimierte ihn die Nachricht des Portiers doch. Er mußte damit rechnen, daß man ihn früher oder später fand.

„Zwei oder drei konnten den Jägern hier schon entkommen“, fuhr der Portier fort, als Muto überlegend schwieg. „Es besteht also eine Chance.“

Natürlich durfte ihm der Mann nicht verraten, wie sich die drei Erfolgreichen verhalten hatten. Es war sinnlos, ihn danach zu fragen. Er hatte schon mehr gesagt, als er nach der strengen Auslegung des Gesetzes durfte.

„Versuchen wir es“, sagte Muto zu Zortig.

Der Portier kehrte in sein Häuschen zurück. Muto ging durch die Pforte. Auf der rechten Seite des Lagers erstreckten sich die Hallen mit den Verladerampen. In der Mitte führte eine stark beschädigte Straße, die von den Lastwagen benutzt wurde, weiter in das Lager hinein. Links davon lagen die alten Schienenstränge, von Schnee bedeckt und von dürren Stauden überwuchert. Die Straße wurde durch unterirdische Heizschlangen von Schnee und Eis freigehalten.

„Die Jäger können von der Brücke an unsere Fußspuren im Schnee verfolgen", sagte Muto zu Zortig. „Kurz vor dem Güterlager vermischen sie sich mit den Spuren der Autoreifen. Jetzt haben wir Gelegenheit, auf der trockenen Straße zu gehen. Dort werden wir keine Spuren hinterlassen."

Wie in den meisten Fällen, so schwieg der Mutant auch jetzt. Muto schlug seine vor Kälte klammen Hände gegeneinander, um sie zu erwärmen. Dann klappte er den Kragen seiner Jacke hoch. An vier der Verladerampen parkten Lastwagen. Ihre Fahrer warteten darauf, daß man sie abfertigte. Kleine Stapelfahrzeuge brachten die Ballen mit Nährhefe aus den Lagerhallen heraus. Schwenkkräne hoben die Last auf die Ladefläche der Fahrzeuge.

Wieder blickte Muto auf die Uhr. Es war bereits neun. Seit einer Stunde wurde er von drei Männern gejagt, die jeden Trick der Ausgesetzten kannten.

Eine Stunde. Verglichen mit der Dauer der gesamten Jagd erschien sie geradezu lächerlich.

Die Temperatur schwankte um den Gefrierpunkt. Graue Wolken bedeckten den Himmel. Bald würde es wieder zu schneien anfangen.

An den hinteren Lagerhallen war kein Betrieb. Die großen Tore waren geschlossen, die Verladerampen lagen verlassen da. Im Schnee neben der Straße zeigten sich keine Reifenspuren. Wahrscheinlich standen diese Räume leer, oder ihr Inhalt wurde nicht benötigt.

Muto entdeckte ein Heizungsrohr, das aus dem Boden herauskam und zu einer Halle führte. Es war so heiß, daß es den Schnee in einer Breite von einem halben Meter weggetaut hatte.

„Dort!" befahl Muto und zog den Mutanten mit sich. Dicht neben dem Heizungsrohr gingen sie auf die Halle zu. Auf diese Weise vermieden sie es, verdächtige Spuren zu hinterlassen.

Die Verladerampen waren mit vorgebauten Dächern geschützt. Die Halle schirmte die beiden Männer vor dem kalten Wind ab.

Sie kletterten auf die Rampe. Muto versuchte, einen Seitenflügel des Hallentors aufzudrücken. Es war jedoch abgeschlossen.

Wenn sie die Randgebiete des Toten Landes erreichen wollten, mußten sie an den Hallen vorüber. Hinter der anderen Seite des Güterlagers lag die Stadt – gefährlich für jeden Ausgesetzten, da die Jäger jedes einzelne Versteck kannten. Zum größten Teil hatten sie dort Abhörvorrichtungen einbauen lassen, so daß sie feststellen konnten, wo sich eines ihrer Opfer verbarg.

Da die Hallen aneinandergebaut waren, konnte Muto von Rampe zu Rampe springen. Doch auch die Tore der beiden nächsten Gebäude waren verriegelt.

Beim vierten Versuch sagte Zortig: „Da drin ist jemand!"

Muto zuckte zusammen. Er fühlte das Blut in seinen Kopf steigen.

„Ein Jäger?" hauchte er erschreckt.

„Eine Frau", sagte Zortig gleichgültig. „Sie hat Angst. Sie ist auf der Flucht – genau wie Sie."

„Sie wollen sagen, daß es eine Ausgesetzte ist?" erkundigte Muto sich.

„Ich glaube, ja", erwiderte der Mutant.

Bewegungslos stand Muto auf der Rampe. Das Gesetz der Gilde besagte, daß sich Ausgesetzte auf keinen Fall gegenseitig helfen durften. Es war ihnen auch verboten, zusammen zu flüchten. Jeder Ausgesetzte wurde von drei anderen Jägern verfolgt.

Die Frau in der Halle bewies jedoch, daß es einen Weg gab, um hier einzudringen.

Muto packte die Halterungen des Tores und drückte mit dem ganzen Körpergewicht dagegen. Der Seitenflügel rollte zur Seite. Muto drang in die Halle ein. Wie er erwartet hatte, war sie fast leer. Nur in einer Ecke standen Holzkisten. Eine Frau hockte darauf und starrte Muto aus angstvoll geöffneten Augen entgegen. Ihr Blick nahm Muto vollkommen gefangen. Niemals zuvor hatte er solche Angst in menschlichen Augen gesehen.

Sie denkt, daß wir Jäger sind, schoß es ihm durch den Kopf.

Er schob die Tür wieder zu. Zortig stand neben dem Eingang und verhielt sich ruhig.

Muto ging auf die Frau zu. Sie rutschte von der Kiste herunter und flüchtete vor ihm in die äußerste Ecke der Halle.

„Seien Sie unbesorgt", sagte er rauh. „Ich bin kein Jäger. Man hat mich ebenfalls ausgesetzt."

Sie trug einen Wollmantel und einen bunten Schal. Ihr Haar hatte sie zu einem kunstvollen Knoten zusammengesteckt. Ihr Gesicht war bläulich vor Kälte.

„Was wollen Sie?" fragte sie mit schriller Stimme.

„Ich bin auf der Flucht", sagte Muto. „Ich muß auf die andere Seite der Halle. Sie dürfen nicht hierbleiben."

„Mr. Heggins sagte, daß ich hier auf ihn warten soll", murmelte sie unsicher.

„Wer ist Mr. Heggins?"

„Ein Helfer der öffentlichen Versicherung. Er muß noch sieben andere Ausgesetzte betreuen. Ich glaube, drei sind schon auf der Strecke geblieben." Sie sprudelte die Worte plötzlich hervor, als befürchte sie, jemand könnte sie dabei unterbrechen.

Muto sah sie mitleidig an. „Wie viele Tage sind Sie bereits auf der Flucht?"

„Seit gestern morgen. Heggins hat mich sofort in das Güterlager gebracht. Er meinte, daß ich hier wenigstens am ersten Tag sicher sei, da die Jäger zuerst die Stadt durchsuchen würden. Er wollte heute morgen wiederkommen."

„Es ist halb zehn", unterrichtete sie Muto. „Mr. Heggins scheint sich zu verspäten."

Mit neu erwachter Angst blickte sie zu ihm auf. „Wir dürfen uns nicht unterhalten", sagte sie. „Lassen Sie mich in Ruhe."

Muto war entschlossen, ihr irgendwie zu helfen. Sie war vollkommen eingeschüchtert und wußte nicht, was sie tun sollte. Ihre einzige Hoffnung schien Mr. Heggins zu sein, der überlastete Helfer der öffentlichen Versicherung.

„Es stimmt, daß wir nicht zusammen gesehen werden dürfen", stimmte Muto zu. „Trotzdem will ich Ihnen helfen. Wenn Sie in der Halle bleiben, kommen die Jäger vielleicht schneller als Mr. Heggins. Gehen Sie mit uns in die Randgebiete des Toten Landes. Dort können wir uns trennen."

„Lassen Sie mich", flehte sie. „Ich will nicht mit Ihnen gehen."

Muto stieß einen Fluch aus. Das war also dieses unfehlbare System des MACK. Was konnte an einem Gesetz gut sein, das Menschen derart in die Enge trieb? Muto glaubte nicht länger daran, daß die Jagd nur geschaffen worden war, um Krieg und Not zu verhindern. Diese Begründung wurde den Einwohnern der Stadt von ihrer Geburt an immer wieder eingetrichtert, bis sie daran glaubten. Der MACK und die Jagd gehörten zu ihrem täglichen Leben wie der Sonnenaufgang.

„Nieder mit dem MACK!" schrie Muto in die Leere der Halle. Er hatte ein Ventil benötigt, um den Groll, den er in sich aufgestaut hatte, loszuwerden.

„Sie sind krank", sagte die Frau. „Gehen Sie!"

Obwohl sie am Ende war, hungrig, erfroren und ohne Hoffnung, glaubte sie noch immer an die Richtigkeit dieses verdammten Systems, das sie regelmäßig mit Nährhefe, Dünnbier und politischen Reden versorgte.

Muto hatte das unsichere Gefühl, daß die Bevölkerung der Stadt der Regierung vollkommen gleichgültig war. Emmerich und seine zehn Minister hatten nur Interesse für die Tote Stadt und die Mutanten. Dort wurden moderne Häuser gebaut, man brachte den Mutanten Essen und kümmerte sich ständig um sie. Der Beweis war jenes Plakat, das Muto im Lift von Zortigs Haus gelesen hatte.

SIE SIND DIE ZUKUNFT!

Warum aber existierten der MACK und sein unmenschliches System? Warum waren die Mutanten für die Regierung von so großer Bedeutung?

Die normale Bevölkerung erschien Muto nur noch zu dem Zweck zu leben, die Existenz der Mutanten zu garantieren. Man versorgte sie mit Nährhefe, Dünnbier und Parolen. Wer mehr wollte, bekam es in den Traumhallen oder Traumhäusern als Spiel geboten.

Muto war sicher, daß Emmerich genau wußte, warum dies alles geschah. Der Friedenslord besaß Kenntnis über jedes

Geheimnis. Er wußte, warum jeden Tag die Jäger auszogen. Er wußte, nach welchem System der MACK die Wahl der Ausgesetzten traf.

Welche Ziele verfolgte Emmerich? War er ein machtbesessener Diktator, der glaubte, daß man eine Horde stumpfsinniger Mutanten leichter regieren konnte als normale Menschen?

„Ist Ihnen schlecht?" fragte die Frau.

Muto schüttelte den Kopf. Er spürte, daß sie mehr Angst davor hatte, daß er zusammenbrechen und in ihrer Nähe bleiben könnte, als daß sie sich um seinen Zustand Sorgen machte. Er konnte sie nicht aus dieser Stimmung reißen. Ergeben würde sie auf Heggins warten und sterben, wenn die Jäger zuerst eintreffen sollten.

„Kommen Sie!" rief er Zortig zu.

Der Mutant löste sich von der Wand. Die Frau beobachtete die beiden Männer gespannt. Muto zog eine Kiste zum Fenster und stellte eine andere darauf.

„Helfen Sie mir hinauf!" befahl er Zortig.

Der Mutant stellte sich mit dem Rücken gegen die Kisten und faltete die Hände, so daß Muto sie als Stütze benutzen konnte. Muto zog sich auf die Kisten und richtete sich auf.

Er zog einen Schuh aus und schlug die Scheibe ein. Direkt hinter der Halle führte die Mauer vorbei. Mit einem geschickten Sprung konnte man die Böschung dahinter erreichen. Der Hang, auf den sie führte, war so hoch, daß Muto nicht auf die andere Seite sehen konnte. Wahrscheinlich schlossen sich bereits die Randgebiete daran an.

Ohne zu zögern, entfernte Muto die Scheibenreste. Er schwang sich in den Rahmen und blickte zurück.

„Sie folgen mir!" sagte er zu Zortig.

Die Frau blickte zu ihm herauf. Gewaltsam unterdrückte Muto seine Gefühle. Es blieb ihm nichts anderes übrig, als die Ausgestoßene hier zurückzulassen.

„Wie heißen Sie?" fragte er.

Der Wind kam durch das zerstörte Fenster und wehte ihm seine schwarzen Haare ins Gesicht. Er fror.

„Marine", sagte sie leise.

„Grüßen Sie Mr. Heggins, Marine", sagte Muto und sprang. Sein rechtes Hosenbein wurde vom Stacheldraht aufgerissen, aber er landete wohlbehalten auf der Böschung und rollte bis zur Mauer zurück. Schnee rieselte seinen Nacken hinab. Wie ein schwarzer Schatten kam der Mutant über die Mauer. Er prallte auf und hielt sich sofort fest.

Muto kletterte die Böschung bis zu ihm hinauf. Noch einmal blickte er zum Fenster, dann zuckte er mit den Schultern. „Weiter!" keuchte er.

Sie stiegen die Böschung hoch, bis sie den höchsten Punkt erreicht hatten.

Vor Muto und dem Mutanten lag das Tote Land.

Es war von Schnee bedeckt, aber überall zeigten sich dunkle Stellen und Vertiefungen.

Ein wildes, zerrissenes Land lag vor ihnen. Detonationen hatten es umgepflügt, Feuerstürme hatten es ausgetrocknet, Strahlungen hatten es vergiftet.

Ein Schauer lief durch Mutos Körper. Das waren nur die Randgebiete, die eigentliche Einöde begann erst einige Kilometer dahinter.

Der Wind kam über das flache Land, Schnee und getrocknete Blätter vor sich hertreibend. Kalt schnitt er Muto ins Gesicht. Der Ausgesetzte gab sich einen Ruck.

Jetzt war es zehn Uhr. „Wir müssen uns bald einen Unterschlupf suchen", sagte er zu Zortig.

Die Augen des Mutanten waren weit aufgerissen, das konnte Muto trotz der Bioplastmaske erkennen.

„Was ist los?" erkundigte Muto sich. „Frieren Sie?"

Zortig streckte die Arme aus, als wollte er etwas unschätzbar Wertvolles ergreifen. Seine Finger krümmten sich. „Dort ist es!" stieß er hervor.

Muto blickte auf das schneebedeckte Land, das niemandem Wärme oder Schutz bot.

„Wovon sprechen Sie?" fragte er.

„Es ist wie in den Nächten, nur stärker", sagte Zortig. Seine Stimme bebte. Muto wich unwillkürlich vor dem anderen zurück. Er war nicht gewohnt, daß Zortig Gefühle zeigte.

„Was fühlen Sie?"

Doch da erstarben Zortigs Bewegungen, die Gestalt des Mutanten sank in sich zusammen.

„Dort ist alles tot und verlassen", sagte Muto schwer und zeigte mit ausgestrecktem Arm auf das Tote Land.

Zortig drehte sich langsam um und schaute zum Güterlager zurück.

„Was ist jetzt schon wieder?" fragte Muto ungeduldig.

„Die Jäger", sagte der Mutant.

5

MUTO unterbrach seine blindlings begonnene Flucht und blieb stehen. Er atmete schwer. Zortig trat neben ihn, er stützte beide Arme in die Hüften. Die Panik in Muto machte allmählich wieder einer ruhigen Überlegung Platz. „Wo waren sie?" fragte er.

„Sie drangen gerade in das Güterlager ein", berichtete Zortig teilnahmslos.

„Dabei dachte ich, daß sie immer nur einzeln jagen", murmelte Muto.

„Sie sind zu zweit", sagte Zortig. „Einer ist hinter Ihnen her, der andere verfolgt Marine."

Die Frau war verloren. Er hätte sie dazu zwingen müssen, die Halle zu verlassen. Jetzt war es zu spät.

„Wir müssen weiter", sagte er.

Der Jäger würde wertvolle Minuten mit der Durchsuchung des Güterlagers verlieren. In der Zwischenzeit mußte Muto seinen Vorsprung vergrößern.

Es war eigentlich vollkommen gleichgültig, in welche Richtung sie sich wandten. Ihre Spuren im Schnee sprachen eine deutliche Sprache. Mühelos würde der Jäger sie verfolgen können, wenn er erst das zerstörte Fenster entdeckt hatte und auf die Böschung gestiegen war.

Trotzdem wollte Muto nicht aufgeben. Vielleicht gab es früher oder später eine Möglichkeit, weitere Spuren zu vermeiden.

Obwohl sie die letzte Strecke fast nur gerannt waren, wirkten Mutos Füße vor Kälte gefühllos. Bis zu den Knöcheln versanken sie im Schnee. Das primitive Schuhwerk wurde vom Schneewasser aufgeweicht.

Alles auf dieser Welt bestand aus billigem Material. Muto wußte, daß Rohstoffe knapp waren. Er empfand es daher als doppelte Ungerechtigkeit, wenn die besten Produkte an die Mutanten gingen.

Sie kamen an einem Krater an, der einen Durchmesser von mindestens hundert Metern besaß. Er reichte dreißig Meter in die Tiefe. An den Hängen lag eine dünne Schneedecke. Noch weiter unten sah Muto Höhlen von irgendwelchen mutierten Tieren.

Das bewegte ihn, um den Krater herumzugehen. Er verspürte keine Lust, dort unten von einer Horde halbverhungerter Ratten angefallen zu werden.

Er blickte zurück. Sie waren jetzt weit genug vom Güterlager entfernt, daß der Hügel, hinter dem es lag, nicht mehr im Dunst zu sehen war. Die weißen Flächen des Landes lagen leer hinter ihnen. Noch war der Jäger ihnen nicht auf den Fersen.

Ob Emmerich, der Friedenslord, etwas von einem vor Kälte steifen Tyler Muto wußte?

Plötzlich gab der Boden unter Mutos Füßen nach. Er sackte in eine vom Schnee zugewehte Vertiefung ab. Fluchend machte er sich frei. Zortig half ihm beim Herausklettern. Muto klopfte den Schnee von den Kleidern. Er durfte seine Gedanken jetzt nicht abschweifen lassen. Überall lauerten Gefahren.

„Wir dürfen nicht zu dicht nebeneinander gehen", sagte er zu dem Mutanten. „Wenn einer von uns einbricht, kann ihm der andere helfen."

Sie hatten den Krater umrundet und drangen tiefer in das Tote Land ein. Muto ahnte, daß hier, hinter dem Krater, die eigentliche Einöde begann. Sie hatten die Randgebiete hinter sich gelassen.

Muto hatte noch nie von einem Ausgesetzten gehört, der weit in das Tote Land gegangen war. Doch das besagte wenig. Sicher hatte die Verzweiflung schon viele Menschen hierhergetrieben, bevor sie dann doch von den Jägern erwischt wurden.

Die Bevölkerung der Stadt wußte nicht viel über dieses Land. Es sollte hier noch Gebiete mit tödlicher Strahlung geben. Raubgierige Tiermutationen durchstreiften die Ruinen längst zerfallener Städte.

Niemand wußte, ob diese Geschichten der Wahrheit entsprachen. Ein Teil davon mochte stimmen, anderes war vielleicht nur Erfindung.

Wahrscheinlich würde er, Tyler Muto, die Tatsachen nie erfahren.

Muto warf einen Blick auf die Uhr. Es war bereits kurz nach elf. Es wurde Zeit, daß sie einen Unterschlupf fanden, wo sie sich ein wenig erholen konnten. Muto packte die mitgeführten Nahrungsmittel aus und gab auch Zortig etwas ab.

Der Mutant nahm das Essen nur widerstrebend an. Muto mußte ihn mehrfach auffordern, etwas zu sich zu nehmen.

„Wahrscheinlich sind Sie bessere Dinge gewöhnt als Nährhefe", meinte Muto spöttisch.

„Ja", erwiderte Zortig. „Soweit ich mich erinnern kann, gab es bei uns nicht dieses graue Zeug."

Das bedeutet gar nichts, sagte Muto zu sich selbst. Wenn sie ihn vor drei Tagen mit Hefe vollgestopft haben, dann weiß er das jetzt nicht mehr.

Er glaubte jedoch, daß die Mutanten eine bessere Nahrung erhielten. Sie wurden in allen Dingen bevorzugt.

„Kennen Sie Emmerich, den Friedenslord?" erkundigte Muto sich.

„Nein", antwortete Zortig.

Sie mußten an zwei kleineren Kratern vorbei. Muto sah eine unterirdische Höhle in der Nähe, aber er hielt es für besser, dort nicht hineinzugehen.

Die graue Farbe des Himmels wechselte in schmutziges Gelb über. Es sah aus, als sollte an diesem Tage noch die Sonne herauskommen. Muto und Zortig hinterließen eine deutliche Spur im Schnee. Obwohl ein Sturm tödliche Gefahren in sich barg, wünschte Muto ihn sehnlichst herbei. Innerhalb weniger Minuten würden ihre Spuren zugeweht sein.

Sie gingen bis zum späten Nachmittag weiter, ohne daß sie

von dem Jäger eingeholt wurden. Längst befanden sie sich inmitten des Toten Landes. Zortig sprach noch immer sehr selten, aber Muto glaubte eine zunehmende Unruhe bei ihm festzustellen.

Die Sonne hatte die Wolken nicht durchdringen können. Jetzt wurde es bereits wieder dunstig. In weniger als zwei Stunden würde es dunkel sein.

Muto fürchtete die Nacht. Sie waren ihren Gefahren praktisch hilflos ausgesetzt. Wenn sie keine Unterkunft fanden, bestand die Gefahr, daß sie erfroren.

Warum mußte die Wahl des MACK ihn ausgerechnet im Winter treffen?

Erbarmungslos trieb Muto den allmählich schwächer werdenden Mutanten an. Er selbst fühlte, daß auch seine Kräfte in zunehmendem Maß nachließen.

Als die Dämmerung einsetzte, stießen sie auf die Ruinen einer ehemaligen Stadt. Zuerst dachte Muto, er hätte nur Schneeverwehungen vor sich, dann konnte er jedoch eingefallene Mauern und Gebäude unterscheiden.

„Dort bleiben wir während der Nacht", sagte er zu Zortig.

Sie drangen in die zerstörte Stadt ein, die kaum noch als solche zu erkennen war. Nur stellenweise ragten groteske Gebäudereste empor. Der Krieg war zwar nur kurz, aber in seiner Wirkung um so gründlicher gewesen. Die ABC-Waffen sämtlicher Nationen hatten die Erde in ein Chaos gestürzt.

Muto fand einen verschütteten Keller. Nachdem er einige Steine weggeräumt hatte, konnten sie durch ein Loch in die Tiefe kriechen. Modriger Geruch schlug ihnen entgegen.

Muto entzündete ein Streichholz, um sich zu vergewissern, daß sie ihre Unterkunft nicht mit Tieren teilten. Im flackernden Licht wurden mit Pilzen überzogene Wände sichtbar. Auf dem Boden lag eine dünne Ascheschicht.

Muto suchte Holz- und Papierreste in den Trümmern. Mit viel Geduld gelang es ihm, neben der Öffnung, durch die sie gekommen waren, ein Feuer zu entfachen.

Er legte einige Bretter zusammen und breitete seine Jacke darauf aus. Ein gleiches Lager richtete er für Zortig her.

Der düstere Raum erwärmte sich schnell. Die beiden ungleichen Männer nahmen einen Teil der mitgeführten Nahrung zu sich und legten sich nieder. Das Feuer prasselte und warf einen hellen Widerschein auf die brüchige Decke.

Muto kauerte sich auf dem primitiven Lager zusammen. Er hatte den ersten Tag der Jagd überstanden.

6

MUTO erwachte von der Kälte, die durch die Öffnung in den Keller eindrang. Tageslicht fiel durch den Schlitz. Das Feuer war längst ausgegangen. Zortig hockte daneben, als könnte er sich an den verkohlten Brettern erwärmen.

Ächzend stand Muto auf und streckte sich. Wider Erwarten hatte er sich gut erholt.

Vorsichtig ging er ins Freie. In der Nacht hatte es wieder geschneit. Muto kam das gelegen, denn ihre Spuren waren dadurch unkenntlich geworden.

Er rief Zortig heraus. Da die starre Bioplastmaske das Gesicht des Mutanten vollkommen bedeckte, war nicht zu erkennen, wie er die Nacht überstanden hatte.

„Wie fühlen Sie sich?" fragte Muto.

Zortig nickte nur.

„Vielleicht sollten wir hierbleiben", meinte Muto nachdenklich. „Sobald die Jäger auftauchen, können wir uns im Keller verstecken." Doch sogleich verwarf er diese Idee wieder. „Nein, damit begeben wir uns freiwillig in eine Falle. Wir werden weitergehen."

Irgendwo im Dunst des frühen Morgens, Kilometer von hier entfernt, lag die Stadt. Ihre Existenz erschien Muto unwirklich. Plötzlich wurde ihm übel.

Sollte er bereits von Strahlen verseucht sein?

Grimmig sagte er sich, daß dieser Tod erstrebenswerter erschien als der durch die Waffen der berufsmäßigen Jäger.

Er wälzte Steine über den Kellereingang, um ihn vor den Verfolgern zu verbergen. Die Tarnung war nicht perfekt, aber nach dem nächsten Schneefall würde kein Mensch dieses Loch finden.

Die Temperatur war etwas angestiegen. Der Wind blies nicht länger mit eisiger Schärfe über das Land.

Sie bewegten sich über eine kaum noch erkennbare Straße in Richtung zum Stadtrand. Der Wind kam erneut auf und schnitt Muto ins Gesicht. Er verspürte den Wunsch, einfach stehenzubleiben und aufzugeben. Es hatte doch alles keinen Sinn. Die Jäger würden ihn erwischen.

Seine Blicke entdeckten eine dunkle Stelle zwischen den Trümmern am Straßenrand. Es war der Eingang einer Höhle. Muto sah, daß er bis vor einiger Zeit noch verschüttet gewesen war. Jemand hatte Schutt und Erde zur Seite geräumt.

Muto deutete hinüber.

„Sehen Sie sich das an!" forderte er Zortig auf. „Vor uns scheint schon einmal jemand hier gewesen zu sein. Vermutlich ein Ausgesetzter."

Der Mutant antwortete nicht.

Muto verließ die Straße und begab sich zu der Öffnung zwischen den Trümmern. Es war kein Kellereingang, wie er zunächst angenommen hatte, sondern Teil einer ehemals viel größeren Öffnung. Muto entdeckte verrostete dicke Eisenträger, die abgeknickt und verbogen waren. Unter dem Schutt sah er die Überreste einer Treppe.

„Wohin mag sie führen?" Er hatte die Frage mehr an sich selbst gerichtet, denn von dem Mutanten erwartete er keine Antwort.

Muto spürte Neugier in sich aufsteigen. Er wäre gern in das Loch eingedrungen und hätte sich in der Tiefe umgesehen. Die unterirdischen Räume konnten sich jedoch als Falle erweisen.

„Spürst du Impulse der Verfolger?" erkundigte er sich bei Zortig.

Sein Begleiter verneinte.

Nach kurzem Zögern stieg Muto in die Bodenöffnung und winkte Zortig, ihm zu folgen.

Kaum, daß er in die Höhle eingedrungen war, legte sich ein beklemmendes Gefühl auf seine Brust. Feuchte Luft, die nach

Moder und Fäulnis roch, geriet in seine Lungen. Fast wäre er zurückgeklettert, aber Zortig kam ihm nach und versperrte den Eingang.

Muto rutschte über eine Geröllhalde ein Stück weiter in die Tiefe. Zu seiner Überraschung tat sich vor ihm eine geräumige Halle auf. Durch verschiedene Ritzen und Spalten fiel genügend Licht herein, um Einzelheiten sichtbar werden zu lassen.

Muto und Zortig befanden sich in einem Tunnel, der unter der Erdoberfläche in die Stadt hinein- und auch aus ihr herauszuführen schien. Als sie weitergingen, stießen sie auf rostbraune Stahlschienen, die parallel nebeneinander in zwei Richtungen führten.

Muto zog sein bescheidenes Wissen über die Zeit vor dem Krieg zu Rate. Es konnte sein, daß sie einen alten U-Bahn-Schacht entdeckt hatten. Womöglich war das eine Chance, den Jägern zu entkommen. Allerdings lagen die weiter entfernten Teile des Tunnels in beiden Richtungen in völliger Dunkelheit, so daß Muto es schwer haben würde, sich dort zu orientieren. Den Jägern dagegen war diese Stelle bestimmt bekannt. Sie besaßen auch eine entsprechende Ausrüstung, um sich hier zu bewegen.

Muto wanderte ein paar Schritte den Schienenstrang entlang. Auf der anderen Seite sah er ein Stück erhaltene Wand. Bunte Papierfetzen hingen an ihr herab. An einer Stelle war das Plakat unbeschädigt. Ein spärlich bekleidetes Mädchen lächelte Muto zu. Sie hielt eine mit dunkler Flüssigkeit gefüllte Flasche in der Hand. Quer über ihren Körper verlief ein dicker Schriftzug. HOL DIR DIE GROSSE FRISCHE buchstabierte Muto.

Während er das Plakat noch fasziniert betrachtete, vernahm er ein seltsames Geräusch, das aus der Tiefe des Tunnels zu kommen schien.

„Hören Sie das?“ wandte er sich an den Mutanten.

Zortig schüttelte den Kopf.

„Ich höre nur den Wind über dem Loch, durch das wir hereingekommen sind“, sagte er.

„Sind Menschen in der Nähe?“

„Nein“, sagte Zortig.

Im Halbdunkel sah er mit seiner Bioplastmaske wie ein fremdartiges Wesen aus.

„Es kam aus dieser Richtung“, sagte Muto und deutete in den Tunnel. Unschlüssig stand er zwischen den Schienen. Vielleicht stieß er hier unten auf ein Geheimnis von Friedenslord Emmerich. „Wir gehen in den Tunnel“, sagte er.

Er schaute sich um und fand zwischen Schuttbergen ein kurzes Rohrstück, das er als Knüppel benutzen konnte.

Zortig sah ihn erschrocken an. „Wozu das?“ fragte er.

„Für den Fall, daß wir kämpfen müssen“, antwortete Muto.

Die Jäger besaßen Schußwaffen, so daß er ihnen mit seiner primitiven Schlagwaffe kaum gefährlich werden konnte. Aber es war ein beruhigendes Gefühl, etwas in den Händen zu haben.

Wieder hörte er das Geräusch, und diesmal war ihm, als hätte der Boden unter seinen Füßen leicht vibriert.

Zortig zeigte jedoch keine Reaktion.

Muto warf einen letzten Blick zurück zu dem Loch, durch das sie in den Schacht eingedrungen waren, dann schritt er entschlossen voran. Sehr schnell gelangten sie tiefer in den Tunnel. Es wurde zunehmend dunkler. Zwischen den Schienen hatten sich Wasserlachen gebildet, die mit einer dünnen Eiskruste überzogen waren. Bei jedem Schritt, den sie machten, sanken die beiden Männer darin ein. Dann gelangten sie in einen Tunnelabschnitt, in dem es offensichtlich wärmer war, denn hier hatte sich kein Eis gebildet.

Der helle Streckenabschnitt, in den sie eingestiegen waren, lag bereits so weit zurück, daß er nur als ferner grauer Schimmer zu sehen war. Bald würde es völlig dunkel sein. Muto bedauerte, daß er keinen Scheinwerfer besaß.

Sie tasteten sich vorsichtig weiter. Geräusche konnte Muto nicht mehr hören, aber er litt zunehmend unter der Vorstellung, daß sie sich in einer Sackgasse befanden. Irgendwo würde der Tunnel plötzlich aufhören.

Muto hielt einen Arm weit nach vorn gestreckt. Seine Hand umklammerte das Rohrstück. Plötzlich stieß er damit gegen einen festen Gegenstand.

„Da ist etwas vor uns“, sagte Muto. Seine Stimme erschien ihm übermäßig laut. Sie hallte weit durch den Tunnel. Er schlug ein paarmal mit dem Rohr gegen das Hindernis. Metall prallte gegen Metall. Mutos Hände bekamen eine glatte Fläche zu fassen. Er tastete sich an ihr entlang. Irgend etwas stand auf den Schienen. Vielleicht war es ein Wagen der alten U-Bahn.

Muto bewegte sich seitwärts. Zwischen der Tunnelwand und dem Objekt auf den Schienen gab es eine etwa eineinhalb Meter breite Lücke, durch die sie weitergehen konnten. Muto hielt sich eng an der Tunnelwand, während er mit dem Rohrstück in der rechten Hand über die Außenfläche des Wagens tastete. Plötzlich stieß seine Rechte ins Leere. Der Wagen war jedoch nicht zu Ende, wie Muto gleich darauf feststellte.

„Da ist eine Tür“, sagte er zu Zortig. „Man kann durch sie ins Wageninnere gelangen. Warten Sie hier draußen auf mich, vielleicht finde ich drinnen etwas Brauchbares.“

Als er den Wagen betrat, hörte er schrilles Quieken. Er blieb abrupt stehen und hob das Rohr. Er wußte, daß es im Toten Land gefährliche Rattenmutationen gab. Etwas raschelte im Hintergrund des Wagens, dann wurde es wieder still.

„Bleiben Sie nicht zu lange dort drinnen!“ rief Zortig ängstlich.

Muto fand eine weitere Tür. Sie gehörte offenbar zu einem Abteil. Er spürte das Glas unter seinen Händen. Es fühlte sich stumpf an. Im Innern des Abteils war der Gestank nach Moder fast unerträglich. Muto tastete nach den Sitzen und stieß dabei auf etwas Hartes. Es schien eine Art Gestell zu sein.

Dann fuhr Muto bolzengerade hoch und gab einen entsetzten Laut von sich.

Ein Skelett!

Er taumelte aus dem Abteil und stieß gegen die Tür. Der Lärm, den er machte, übertönte Zortigs ängstliche Frage.

„Was ist passiert?“

Muto floh förmlich aus dem Wagen. Er klammerte sich an Zortig fest und rang nach Atem. „Es muß sie während der Fahrt erwischt haben!“ ächzte er. „Luftdruck oder Hitze hat sie getötet.“

„Wir sollten umkehren", schlug Zortig vor. „Noch sind keine Jäger zu spüren."

Muto hatte den Zeitbegriff verloren. Er hätte nicht zu sagen vermocht, wie lange sie sich nun bereits innerhalb des Tunnels aufhielten.

Sie bewegten sich weiter zwischen Tunnelwand und U-Bahn, aber obwohl weitere Wagentüren offenstanden, blieb Muto im Tunnel. Als sie am Zugende ankamen, wurde der Boden uneben. Ein Teil der Decke schien herabgekommen zu sein.

Muto kletterte über einen Hügel hinweg, als plötzlich der Boden unter seinen Füßen nachgab. Er strauchelte. Seine Hände, die nach einem Halt suchten, griffen ins Leere. Hinter ihm kam Zortig ins Rutschen. Sie stürzten übereinander, überschlugen sich und prallten schließlich hart auf.

Benommen blieb Tyler Muto liegen. Nur allmählich wurde ihm bewußt, daß sie in einen noch tieferen Bereich der unterirdischen Anlage abgestürzt waren.

„Sind Sie in Ordnung?" fragte er.

„Ja", sagte Zortig.

„Wir können froh sein, daß wir uns nicht das Genick gebrochen haben", meinte Muto.

Er verspürte jedoch keine Erleichterung. Zu allen anderen Problemen, die sie hatten, kam jetzt noch die Frage, wie sie jemals wieder hier herausfinden sollten.

ALS ER sich langsam aufrichtete, hörte Tyler Muto wieder das Geräusch. Er hatte den Eindruck, daß es jetzt wesentlich näher gekommen war. Es hörte sich an wie das dumpfe Stampfen schwerer Maschinen. Ab und zu entstand eine kurze Pause.

„Es ist keine Täuschung", sagte er zu Zortig. „Irgendwo laufen Maschinen."

„Ich höre es ebenfalls", bestätigte der Mutant. „Aber ich kann nicht feststellen, aus welcher Richtung es kommt."

„Wir müssen herausfinden, wo wir hier sind", entschied Muto. „Hoffentlich ist es keiner der Riesenkrater, die es überall im Toten Land geben soll."

Der Boden fühlte sich hart an, als wäre er betoniert. Das

sprach gegen Mutos Vermutung, sie könnten in einen Krater gestürzt sein. Zortig hatte Muto eine Hand gereicht, um ihn nicht zu verlieren. Ab und zu blieben sie stehen, um zu lauschen. Das Geräusch der Maschinen veränderte sich nicht.

Der Raum, in dem die beiden Männer gelandet waren, mußte riesige Ausmaße haben, denn es verging einige Zeit, bis sie an eine Wand stießen.

Muto beschloß, an dieser Wand entlangzugehen.

Die jüngsten Ereignisse beschäftigten ihn so sehr, daß er die Jäger fast vergessen hatte. Er begann sich ein wenig sicherer zu fühlen.

„Vielleicht wäre es am klügsten, wenn wir uns hinsetzen und nach Ablauf der Sechzigstundenfrist den Weg, den wir gekommen sind, wieder zurückgehen", überlegte er.

„Gut", sagte Zortig sofort. „Setzen wir uns und warten. Wenn ich einen Jäger spüre, können wir die Flucht immer noch fortsetzen."

Muto war verärgert über die Teilnahmslosigkeit des Mutanten.

„Ich habe nur so dahergeredet", erklärte er barsch. „Mich interessiert der Maschinenlärm. Ich will wissen, ob hier im Toten Land etwas geschieht, wovon ich nichts weiß."

Zortig antwortete nicht. Seine auf die jeweils beiden letzten Tage reduzierte Erinnerung ließ es nicht zu, daß er sich mit solchen Problemen auseinandersetzte.

Sie gelangten in eine Ecke des unterirdischen Raumes. Die Wand bog im rechten Winkel ab. Muto folgte ihr weiter. Er hatte den Eindruck, daß die Lärmquelle auf der anderen Seite der Wand lag, an der sie nun entlanggingen.

Kurz darauf stießen sie auf ein Tor. Muto spürte den Rahmen unter seinen Händen. Er ertastete den Öffner, der sich jedoch nicht bewegen ließ. Er war verbogen und rostig. Wenn er ihn mit dem Rohrstück bearbeitete, mußte er Lärm machen, und davor hatte er unbewußt Scheu.

„Warten Sie hier!" befahl er Zortig. „Ich gehe allein weiter und versuche, einen weiteren Durchgang zu finden."

Sein Tun bereitete ihm mehr und mehr Befriedigung. Es war

etwas, was von den Herrschenden unter Friedenslord Emmerich nicht kalkuliert werden konnte. Allein die Tatsache, daß er hier unten Nachforschungen anstellte, war ein Sieg über Emmerich und den MACK.

Die Erinnerung an den MACK brachte ihn auf einen Gedanken. War es möglich, daß die Maschinen, die er hörte, zum MACK gehörten? Wurden sie von ihm kontrolliert?

Er wußte längst nicht alles über den MACK. Den Menschen wurde viel zuviel verborgen gehalten. Das System wurde von einer Handvoll Eingeweihter regiert, die über das Schicksal der restlichen drei Millionen Menschen entschieden. Das war verwerflich.

Mutos Groll wuchs. Er fühlte sich mit einemmal von dem Wunsch beseelt, etwas gegen das System zu unternehmen.

Seine Suche ging weiter, aber er fand keine Tür, sondern einen schmalen Gang. Muto blinzelte. Am Ende des Ganges leuchtete eine kleine Lampe und verstrahlte ihr spärliches Licht auf feuchte graue Wände.

Muto begann vor Erregung zu zittern. Dort hinten war eine Tür! Und wenn hier Licht brannte, mußte es auch Menschen geben.

So leise wie möglich rief er nach Zortig. Er hörte, wie der Mutant durch die Dunkelheit auf ihn zugetappt kam. Trotzdem zuckte er zusammen, als Zortig ihn am Arm berührte.

„Licht!" stieß Zortig hervor und starrte angestrengt in den Gang.

„Ja", flüsterte Muto. „Sind Menschen in der Nähe?"

„Nein", sagte Zortig.

„Täuschen Sie sich auch nicht? Wäre es möglich, daß sie sich abschirmen?"

„Ich kann nur sagen, was ich spüre", entgegnete Zortig. Seine Maske schimmerte im schwachen Lichtschimmer, der aus dem Gang drang. „Hier ist niemand."

Sie drangen in den Gang ein und standen schließlich vor der Tür. Jemand hatte mit einem spitzen Gegenstand Buchstaben in den abblätternden Lack geritzt.

VERDAMMTER MACK! las Muto.

Er erschauerte. Wer hatte hier gestanden und seine verzweifelte Botschaft hinterlassen? Es konnte nur ein Ausgesetzter gewesen sein. Also war er doch nicht der erste, dem die Flucht bis hierher gelungen war. Das bedeutete aber auch, daß die Jäger diesen Weg kannten und früher oder später hier auftauchen würden. Seine Entschlossenheit und sein Optimismus schwanden jäh dahin. Er lehnte sich gegen die Tür. „Es hat keinen Sinn", sagte er zu Zortig. „Wir entkommen ihnen nicht."

Muto stützte sich mit seinem ganzen Körpergewicht gegen die Tür. Sie gab nach und öffnete sich. Taghelles Licht umflutete die beiden Männer.

Von einem Augenblick zum anderen war das Geräusch der Maschinen lauter geworden. Es kam direkt aus dem Raum vor Muto. Seine Augen waren von der strahlenden Helligkeit geblendet. Er brauchte einige Zeit, um sich daran zu gewöhnen.

Breitbeinig und geduckt stand er da, als warte er auf einen Angriff.

Doch kein lebendes Wesen war zu sehen.

Zortig und er befanden sich in einer riesigen, anscheinend völlig intakten Halle. Hier gab es keinerlei Zerstörungen.

Die Anlage war neu! Sie gehörte nicht zu den alten Einrichtungen der zerstörten Stadt, das sah Muto auf einen Blick. Als nächstes fiel ihm auf, daß die Luft sauber, warm und trocken war.

Er schaute sich um. Überall standen Maschinen, zwischen denen Förderbänder montiert waren. Alles schien hier mehr oder weniger automatisch zu funktionieren. Die Förderbänder standen still und waren leer. Entweder war eine Produktionspause eingetreten, oder die Anlage war verlassen worden. Fast alle Maschinen waren abgeschaltet. Der Lärm kam von schweren Generatoren, die zur Energieversorgung gehörten und offenbar immer arbeiteten.

„Was ist das hier?" flüsterte Muto. „Was wird hier hergestellt?"

Jedenfalls nichts, was Menschen wie ihm zur Verfügung gestellt wurde, beantwortete er die Frage selbst, denn sonst hätte man nicht eine geheime Produktionsstätte im Toten Land errichten müssen. Hier entstanden Dinge, von denen nur der Friedenslord und vielleicht noch eine kleine Clique Auserwählter wußten.

Muto setzte sich in Bewegung. An der der Tür gegenüberliegenden Wand stand ein Regal. Zu seiner Überraschung sah Muto, daß dort Bioplastmasken gelagert wurden. Vermutlich wurden sie sogar hier angefertigt.

„Das sind Masken, wie Sie eine tragen", sagte er zu seinem Begleiter. „Was halten Sie davon?"

Zortig wußte darauf nichts zu sagen. Manchmal hatte Muto den Eindruck, daß Zortigs Fatalismus nur gespielt war. Vielleicht wußte der Mutant genau über alles Bescheid, was hier geschah. Mißtrauen stieg in Muto auf. „Verschweigen Sie mir etwas?" fuhr er Zortig an.

Die dunklen Augen unter der Maske blickten ihn traurig an.

„Schon gut", sagte Muto besänftigend.

Neben dem Regal befand sich ein Durchgang in einen benachbarten Raum. Er war unverschlossen. Als Muto hindurchging, hörte er ein eigenartiges Knistern. Gleichzeitig wurde er von einem Stromstoß getroffen. Er schrie auf und taumelte in den vor ihm liegenden Raum. Als er zu Boden ging, öffneten sich beiderseits des Durchgangs Schlitze in den Wänden. Stählerne Klammern wurden sichtbar. Sie glitten auf Muto zu und umfaßten ihn. Er wurde am rechten Bein, um die Hüfte und im Nacken ergriffen, so daß er sich kaum noch rühren konnte.

„Bleiben Sie zurück!" rief er Zortig zu. „Eine Falle!"

Er blickte wild um sich, denn er rechnete jeden Moment mit dem Auftauchen eines Jägers. Zortig schaute ratlos zu ihm herüber.

„Eine mechanische Falle", sagte Muto verbissen. „Bleiben Sie, wo Sie sind, sonst wird sie auch Sie erwischen."

Die Klammern hielten ihn an Ort und Stelle fest. Sobald er sich bewegte, wurde ihr Zugriff noch erbarmungsloser. Muto hoffte, daß diese Sicherheitsvorrichtung zur Anlage gehörte und mit den Jägern nichts zu tun hatte. Aber wie sollte er von hier entkommen?

Wenn er sich nicht befreien konnte und niemand kam, um ihn herauszuholen, war er verloren.

„Wir müssen den Mechanismus abschalten", sagte er so ruhig wie möglich zu dem Mutanten. „Dazu müssen wir die Kontrollen finden."

Er inspizierte die Wände seiner Umgebung, konnte aber keine Schalter entdecken. Vermutlich lagen alle Kontrollen weit außerhalb seiner Reichweite, irgendwo in einer Zentrale.

Wurde er schon über unsichtbare Kameras beobachtet? Vielleicht hatten unbekannte Peiniger Gefallen daran, ihn so zu sehen?

Muto stieß eine Verwünschung aus. Er überlegte, wie Zortig, der immer noch unschlüssig auf der anderen Seite des Durchgangs stand, ihm helfen könnte.

„Vielleicht können Sie über mich hinwegklettern und in den Raum vordringen", meinte er. „Dann haben Sie eine Chance, die Stelle zu finden, von der aus man dieses verdammte Ding abschalten kann."

Zortig machte eine ängstliche Geste.

„Kommen Sie her!" befahl ihm Muto.

„Ich kehre lieber wieder um", verkündete der Mutant. „Sie sind verloren, Tyler Muto. Ich werde versuchen, den Weg zurückzugehen und die Tote Stadt zu erreichen."

Muto beschimpfte ihn hemmungslos, aber schließlich schwieg er, weil er sich seiner Ohnmacht bewußt wurde.

„Da kommt jemand!" stieß Zortig hervor.

Gleich darauf war er verschwunden. Muto hätte vor Verzweiflung am liebsten geweint. In dem Mutanten hatte Muto seinen einzigen Verbündeten gesehen. Mehr als ihm bewußt gewesen war, hatte er sich innerlich an Zortig geklammert, hatte gehofft, daß der Mutant ihn retten könnte.

Nun hatten die Jäger ihn aufgespürt, und Zortig zog sich einfach zurück.

Wild zerrte Muto an den Fesseln, mit dem Erfolg, daß sie um so schmerzhafter in sein Fleisch schnitten. Ermattet gab er auf.

Schritte wurden laut. Sie kamen aus dem Raum, den Muto vergeblich zu erreichen versucht hatte.

Am Ende des Durchgangs tauchte ein untersetzter Mann auf. Er trug einen blauen Overall und ein kariertes Hemd. In einer Hand hielt er einen Gegenstand, eine Waffe oder ein Werkzeug. Er hatte ein rundes, volles Gesicht und hellblaue Augen. Seine schütteren Haare waren blond. Er blieb stehen und sah Muto nachdenklich an.

Angesichts seiner Niederlage war Muto nicht in der Lage, den Blick zu erwidern. Er senkte den Kopf und wartete, daß der Jäger ihn erschoß. Seine Gedanken bewegten sich im Kreis. Er fühlte Zorn auf Zortig und eine schreckliche Leere. Unwillkürlich fragte er sich, warum er sich den Strapazen der Flucht unterzogen hatte, wo deren Ende doch vorhersehbar gewesen war.

Der Jäger kam jetzt näher.

„Was sind Sie denn für ein komischer Vogel?" wandte er sich an Muto.

Die Frage irritierte den Ausgesetzten. Wollte der Jäger ihn quälen?

„Ohne diese Falle hättet ihr mich nicht geschnappt", sagte er dumpf. „Und Sie können von Glück sagen, daß dieser verdammte Mutant ein so großer Feigling ist."

„Was?" fragte der Mann verwundert.

War es möglich, daß er ihn nicht verstand? fragte sich Muto verwirrt. Dann war er vielleicht kein Jäger, sondern jemand, der hierhergehörte, zu dieser Anlage.

Muto hob den Kopf und fragte vorsichtig: „Arbeiten Sie hier?"

„Klar", sagte der Untersetzte. „Ich bin Schaltmeister Rudin. Sie gehören vermutlich zur dritten Schicht."

„Ja", erklärte Muto kläglich.

Der andere dachte stirnrunzelnd nach und schüttelte schließlich den Kopf.

„Das kann nicht sein", entschied er schließlich. „Wenn Sie einer von den anderen Schichten wären, hätten Sie sich hier nicht festsetzen lassen."

„Mein Gott!" stöhnte Muto. „Ist das nicht egal? Helfen Sie mir aus diesem widerlichen Apparat, bevor er mir den Rest gibt."

„Sie sind ein Ausgesetzter, nicht wahr?"
„Ja, verdammt!"
„Es ist verboten, Ausgesetzten zu helfen." Der Mann kam noch näher. „Es ist das erste Mal, daß einer von euch hier unten auftaucht. Wie haben Sie die Fabrik nur gefunden?"
Muto erwiderte grimmig: „Ich hatte einen Lageplan."
Der Mann verstand ihn nicht.
„Niemand wird je erfahren, wenn Sie mir jetzt helfen", drängte ihn Muto. „Ich werde so schnell wie möglich von hier verschwinden."
Rudin kam noch näher und beugte sich über Muto. Er begann, sich an den Klammern zu schaffen zu machen. Muto atmete erleichtert auf. Er hoffte, daß Rudin es sich im letzten Augenblick nicht noch anders überlegte.
Plötzlich erhielten sie beide einen heftigen Stoß. Jemand war gegen sie geprallt. Zu seinem Erstaunen sah Muto Zortig, der jetzt auf Rudin lag und sich mit ihm am Boden wälzte.
„Sie hirnverbrannter Idiot!" schrie Muto außer sich. „Haben Sie nicht gesehen, daß er mir helfen wollte?"
Die beiden Männer keuchten und schlugen wild aufeinander ein. Zortig hatte das Rohrstück, das Muto entfallen war, in einer Hand und traf den Schaltmeister damit am Hinterkopf. Rudin sank bewußtlos zurück, während der Maskierte sich ächzend aufrichtete.
Muto erwartete, daß weitere Klammern aus der Wand schnellten, um Zortig zu ergreifen, aber nichts geschah.
„Ich werde Ihnen helfen", sagte Zortig triumphierend.
Muto unterdrückte seinen Groll. Er ersparte es sich, Zortig zu erklären, was er angerichtet hatte.
Zortig begann an den Klammern zu fingern, um Muto zu befreien. Dieser beobachtete ihn nervös. Als Rudin leise stöhnte, unterbrach Zortig seine Bemühungen und beugte sich über den Schaltmeister. Drohend hob er das Rohrstück und zielte damit auf Rudins Kopf. „Sie werden ihn jetzt losmachen!" befahl er.
„Ja, ja", versicherte der Mann im blauen Overall. Er richtete sich auf und befreite Muto mit ein paar Handgriffen aus der

Falle. Muto trat hastig einige Schritte zur Seite. Die Klammern schnellten in die Wand zurück.

„Was geht hier unten überhaupt vor?" fragte Muto den Untersetzten und rieb sich den schmerzenden Nacken. „Gehört diese Fabrik Emmerich?"

„Alles wird von dem MACK gesteuert." Rudin preßte die Lippen aufeinander, als hätte er schon zuviel verraten. Dann fügte er hinzu: „Ihr werdet nicht entkommen."

Muto nahm Zortig das Rohrstück aus den Händen. Im stillen leistete er dem Mutanten Abbitte. Zortig hatte sich für ihn eingesetzt und das eigene Leben riskiert. Das war mehr, als er von dem Mann mit der Maske erwartet hatte.

Muto hob die primitive Waffe und trat auf Rudin zu. „Gibt es hier einen direkten Weg an die Oberfläche?"

Rudin nickte eifrig. Die Hoffnung, die beiden Eindringlinge möglichst schnell loszuwerden, munterte ihn sichtlich auf. „Ich werde Sie führen", versprach er. „Sie brauchen sich keine Sorgen zu machen. Niemand wird uns sehen. Ich werde auch mit niemand über diesen Zwischenfall sprechen."

„Und wenn die Jäger eintreffen?"

Rudin zuckte mit den Schultern. „Glauben Sie, ich würde mir selbst Schwierigkeiten machen?"

„Gut!" Muto nickte. „Dann bringen Sie uns jetzt hinaus."

Rudin führte sie schnell durch einige Montagehallen. Muto ließ seine Blicke aufmerksam umherschweifen, aber er sah nichts, was ihm bei seinen Fragen geholfen hätte. Auf einigen Förderbändern lagen große Stahlteile, die offenbar zusammengebaut werden sollten. Es war rätselhaft, wozu sie benötigt wurden. Alles sah sehr kompliziert aus, ganz anders als die einfachen Gebäude und Einrichtungen in der Wohngegend, aus der Muto kam. Dort wurden die hier gefertigten Dinge bestimmt nicht benötigt.

Aber wozu wurden sie hergestellt? Um Emmerich und einigen Regierungsmitgliedern in einer abgeschiedenen Gegend ein sicheres Aufenthaltsgebiet zu schaffen?

Das erschien Muto noch als die plausibelste Antwort. Sein Haß auf den Friedenslord wuchs, denn es war klar, daß die

Menschen mit allen Entbehrungen, die sie auf sich nehmen mußten, den Preis für die geheimnisvolle Produktionsstätte zahlten.

Rudin blieb vor einem Lift stehen. „Damit werde ich Sie nach oben schicken", sagte er. „Sie werden in einem Lager herauskommen. Es liegt zu ebener Erde. Die Eingänge sind getarnt, aber nur von außen. Sie werden leicht den Weg ins Freie finden."

Muto musterte ihn mißtrauisch. „Und wenn es eine Falle ist?"

Er erhielt keine Antwort. Wie hätte ihm Rudin auch garantieren sollen, daß alles, was er sagte, der Wahrheit entsprach? Hier unten konnten sie jedenfalls nicht bleiben. Immerhin hatten sie einiges herausgefunden.

„Wo werden wir uns befinden, wenn wir das Lager verlassen?" erkundigte sich Muto.

„Am Rande der zerstörten Stadt." Rudin schüttelte bedauernd den Kopf. „Es ist uns verboten, oben umherzustreifen. Ich kann Ihnen deshalb nicht sagen, was Sie erwartet und wohin Sie sich wenden können." Zögernd fügte er hinzu: „Viel Glück bei der weiteren Flucht."

Er öffnete die Tür zum Lift. Muto und Zortig traten ein. Das letzte, was sie von der Fabrik sahen, war Rudins erleichterter Gesichtsausdruck. Im Lift wurde es dunkel. Es gab kaum ein Fahrgeräusch, und der Korb bewegte sich sehr langsam.

„Ob er uns verraten hat?" überlegte Muto laut. „Was sagen seine Gedanken?"

„Ich glaube, er ist ehrlich", sagte Zortig.

Es wurde wieder hell, und die Lifttür öffnete sich. Muto und der Mutant traten hinaus. Wie Rudin erklärt hatte, befanden sie sich in einer großen Lagerhalle. Hier war nichts von der peinlichen Ordnung und Sauberkeit zu sehen, die unten in der Fabrik herrschten.

Muto hielt sich nicht damit auf, das Lager zu inspizieren, denn er fürchtete, daß Rudin es sich anders überlegen und seine Mitarbeiter alarmieren würde. Es gab mehrere Ausgänge, befestigte Stollen quer durch Trümmerhalden. Muto und Zortig wählten den nächstgelegenen. Sie mußten Steine und einen Bretterverschlag wegräumen, ehe sie ins Freie gelangten.

Sie standen mitten zwischen Trümmerbergen.

„Wir suchen die Straße und gehen weiter", sagte Muto.

Seine Gedanken beschäftigten sich mit den Ereignissen, die sie gerade erlebt hatten. Ihm war, als lebte er plötzlich in zwei Welten, von denen ihm die eine erst einen kleinen Teil ihres wahren Gesichts gezeigt hatte. Dies war die Welt von Friedenslord Emmerich.

„Wenn du dich nur erinnern könntest", seufzte Muto.

Wenig später stießen sie auf eine verschüttete Gasse, die aus der Ruinenstadt hinausführte. Ab und zu blieb Muto stehen und schaute sich um. Von Verfolgern war nichts zu sehen. Auch Zortig schien nichts zu spüren.

Die Stille zwischen den Ruinen war Muto unheimlich.

Sie kamen gut voran, wobei Muto darauf achtete, daß sie schneefreie Stellen benutzten.

Eine Stunde nachdem sie die Ruinen hinter sich gelassen hatten, wurden sie von zwei mutierten Ratten überfallen. Die Ungeheuer brachen unerwartet aus einem Erdloch hervor. Eines der Tiere hatte einen riesigen kahlen Kopf, aus dem Schneidezähne hervorragten. Es war schwanzlos und so groß wie ein junges Schwein. Die andere Ratte sah bis auf zwei verstümmelte Gliedmaßen, die aus ihrem Nacken wuchsen, normal aus.

Die Bestien stießen schrille Pfiffe aus. Mit einem Satz brachte sich Muto vor dem ersten Ansturm in Sicherheit. Mit animalischem Instinkt erkannten die Ratten, daß Zortig weniger Widerstand leisten würde. Gemeinsam fielen sie über den Mutanten her.

Vergeblich blickte sich Muto nach einem Stein oder einem Knüppel um. Ohne sich zu regen, erwartete Zortig den Angriff der Tiere. Das Ungeheuer mit dem dicken Schädel verbiß sich in Zortigs Schuhen, das andere sprang bis zum Oberschenkel des Mutanten.

Von Ekel gepackt, stürmte Muto los. Er trat nach der kahlköpfigen Ratte, die ihm jedoch geschickt auswich und sich an

Zortig festhielt. Da packte Muto mit beiden Händen das kleine Tier und riß es von Zortigs Bein weg. Es biß ihn in die Hände. Der Schmerz brachte Muto zur Raserei. Er schleuderte die Ratte mit voller Wucht zu Boden. Sie prallte hart auf und ergriff die Flucht.

Blut lief über Mutos Hände.

„Wehren Sie sich doch!" schrie er Zortig an.

Die große Bestie hatte den Schuh des Mutanten fast völlig aufgeschlitzt. Geschickt wich sie Mutos Tritten aus und verbarg sich hinter Zortigs Beinen. Zortig blickte an sich herunter, als könnte er nicht begreifen, was um ihn herum vor sich ging.

Diese Apathie steigerte Mutos Wut. Mit einem heftigen Tritt traf er die Ratte. Sie schrie auf und wandte sich gegen Muto. Ihr widerlicher Kopf mit den glühenden Augen hob sich vom hellen Untergrund ab. Sie sprang Muto an, doch ihre Zähne schnappten ins Leere.

Schneller als erwartet, warf sie sich herum und ging erneut zum Angriff über. Der Hunger ließ sie jede Vorsicht vergessen. Muto traf sie mitten im Sprung. Die Wucht seines Trittes schleuderte sie fast sechs Meter davon. Halb betäubt blieb sie liegen. Ihre Kiefer schnappten aufeinander.

„Weg von hier!" stieß Muto entsetzt hervor.

Sie rannten, bis der bohrende Schmerz in der Hand den Ausgesetzten zum Halten zwang. Er untersuchte die Bißwunde. Im Augenblick konnte er nichts tun, um seinen Zustand erträglicher zu machen.

Er blickte Zortig an, der stumm neben ihm stand. Tränen der Wut traten in seine Augen. „Warum haben Sie sich nicht gewehrt?" schrie er außer sich.

GEGEN Mittag sahen sie in der Ferne eine langgezogene Hügelkette auftauchen, die erste Unterbrechung des ausnahmslos flachen Landes. Muto, der in den letzten Stunden kaum noch mit Zortig gesprochen hatte, blieb stehen.

Dort gab es sicherlich Verstecke, in denen sie vor den Jägern vorerst sicher waren.

Muto blickte zurück, aber die schneebedeckte Ebene zeigte keine Spuren von Leben. Nirgendwo erschien ein dunkler, sich langsam bewegender Punkt, der auf einen Verfolger hingewiesen hätte.

Muto schlug die Richtung auf die Hügelkette ein. Die flachen Berge rückten nur langsam näher, ein Zeichen dafür, daß sie weiter entfernt waren, als Muto im ersten Augenblick gedacht hatte.

Die Bißwunde in seiner Hand hatte zu bluten aufgehört. Muto hoffte, daß sie sich nicht entzünden würde. In der Zwischenzeit hatte er Zortigs Schuh notdürftig reparieren müssen, denn die Bestie hatte den Kunststoff völlig zerbissen. Mit seinem Schal hatte Muto den Schuh umwickelt, so daß er nicht auseinanderfallen konnte.

Zortig ertrug alle Geschehnisse mit offensichtlicher Gelassenheit. Seine träumerische Art entfachte in Muto den Haß gegen den MACK und Friedenslord Emmerich noch mehr.

Das Plakat, das diese Mutanten als die Zukunft bezeichnete, schien ihm bitterer Hohn zu sein. Er war entschlossen, unerbittlich gegen die geheimnisvollen Machenschaften anzugehen, wenn es ihm gelang, den Jägern zu entkommen.

Am Nachmittag machte die Sonne einen schüchternen Versuch, die Wolkendecke zu durchbrechen. Im Gegensatz zum Vortag hatte sie damit teilweise Erfolg. Ihre Strahlen verwandelten die Schneedecke in einen glitzernden Kristallteppich.

Mutos ganze Aufmerksamkeit wurde jedoch von der Hügelkette in Anspruch genommen. In etwa zwei Stunden würden sie die ersten Ausläufer dieser flachen Berge erreichen.

Bevor sie jedoch dort ankamen, wurden die lang erwarteten Verfolger sichtbar. Zortig sagte plötzlich in seiner tonlosen Art: „Hinter uns spüre ich Ausstrahlungen."

Muto fühlte, wie sich seine Kehle zuschnürte, als er zwei dunkle Flecken auf der weißen Ebene erkannte.

Sie waren noch weit zurück, aber das bedeutete wenig. Sie hatten Mutos Spur aufgenommen. Es war unmöglich, diese erfahrenen Männer abzuschütteln.

Mutos letzte Chance lag jetzt in den Bergen.

Die beiden Männer schlugen wieder eine schnellere Gangart an. Sicher hatten die Verfolger sie bereits ausgemacht. Es war anzunehmen, daß die Jäger über Ferngläser verfügten.

Der zweite Tag der Jagd war nun fast vorüber, und Muto hatte zu hoffen begonnen, daß er den letzten Tag ebenfalls überstehen könnte. Bisher war es noch nicht zu einem Zusammenstoß mit einem Jäger gekommen.

Sein Plan, weit in das Tote Land vorzudringen, hatte sich bisher bewährt. Entschlossen, bis zuletzt um sein Leben zu kämpfen, strebte Muto den Hügeln zu, die immerhin eine gewisse Sicherheit verhießen.

Jedesmal, wenn Muto sich umwandte, glaubte er, daß die Verfolger ein Stück näher gekommen waren. Vielleicht trugen sie Skier, die ihnen ein schnelleres Vorwärtskommen ermöglichten. Auf jeden Fall waren sie ausgeruht. Ihre trainierten Körper widerstanden jeder Strapaze.

Die Sonne verschwand wieder vom Himmel. Muto konnte bereits die einzelnen Hügel unterscheiden. Er und Zortig würden genau zwischen zwei langgezogenen Bergen in ein Tal eindringen, von dem sie jetzt noch nichts sehen konnten. Sobald sie ihr Ziel erreichten, würden sie zwangsläufig außer Sicht der Verfolger geraten. Die Jäger waren dann darauf angewiesen, sich ganz auf die Spuren zu konzentrieren, und würden dadurch ihre Geschwindigkeit vermindern müssen.

Endlich spürte Muto, daß der Boden unter ihren Füßen leicht zu steigen begann. Sie waren bei den Ausläufern der Berge angekommen.

Muto steuerte direkt auf das verborgene Tal zu. Es war sinnlos, durch ein Täuschungsmanöver Zeit zu verlieren. Früher oder später fanden die Jäger doch heraus, wo sie zu suchen hatten.

Ein Hase mit verkrüppelten Ohren und rostrotem Fell sprang vor ihnen auf und flüchtete in langen Sätzen über den Schnee.

Der Weg, den die beiden Männer eingeschlagen hatten, führte sie in schräger Linie zwischen den beiden Bergen hindurch. Das eigentliche Tal lag hinter einer scharfen Krümmung, so daß man es nicht einsehen konnte. Der Taleingang war von relativ steilen Bergwänden umgeben. Die Schroffheit der Felsen war aus der Ferne nicht zu erkennen gewesen.

Seltsamerweise erhöhte die Tatsache, daß er die Verfolger nicht mehr sehen konnte, die Unruhe in Muto. Er beschleunigte das Tempo. Seine Hoffnung, hier Sicherheit zu finden, schien nicht unbegründet gewesen zu sein, denn an den Hängen konnte er Höhlen und tiefe Einschnitte erkennen.

Er beabsichtigte jedoch, zunächst in das eigentliche Tal einzudringen, da sich dort wahrscheinlich noch bessere Verstecke boten.

Ohne zu protestieren, hielt Zortig mit ihm Schritt. Momentan machte sich Muto keine Gedanken über die Eigenarten des Mutanten. Jetzt stand sein eigenes Leben im Vordergrund.

Der Boden wurde zunehmend unebener. Sie stolperten häufiger. Baumstümpfe versperrten ihnen den Weg. Kümmerliche Bäume wuchsen in unregelmäßigen Abständen zwischen den Felsen.

Trotz allem erschien Muto diese Umgebung weniger trostlos als die Ebene, die sie durchquert hatten. Hier hatte die Natur etwas von ihrer Ursprünglichkeit bewahren können.

Der Taleingang verengte sich. Plötzlich blieb Muto wie angewurzelt stehen. Direkt vor ihnen zeigten sich halbverwehte Reifenspuren im Schnee! Vor nicht allzu langer Zeit war hier ein Fahrzeug vorübergekommen.

Die Stelle, an der die Spuren zu sehen waren, lag etwas unter einem Felsvorsprung verdeckt, der weiter oben über den schluchtartigen Einschnitt ragte. Deshalb hatte der Neuschnee sie noch nicht ganz bedecken können.

Wie kam es, daß hier, inmitten des Toten Landes, Fahrzeuge existierten?

Wenn es sie gab – und daran bestand kein Zweifel –, dann mußten auch irgendwo die Menschen sein, die sie steuerten.

Die Aufregung ließ Muto zittern. Er näherte sich den Spuren und beugte sich hinab. Das Profil war teilweise noch zu erkennen. Er rief Zortig zu sich.

„Sehen Sie das?" fragte er den Mutanten.

Zortig nickte.

„Wissen Sie, was das bedeutet?"

„Nein!"

Natürlich nicht! Enttäuscht richtete sich Muto wieder auf. Das zeitlich begrenzte Erinnerungsvermögen der Mutanten verhinderte, daß Zortig etwas zu dieser Entdeckung sagen konnte.

Unschlüssig blieb Muto stehen. Sollte er weiter in dieser Richtung fliehen? Es blieb ihm kaum eine andere Wahl. Er verwischte die Reifenspuren mit den Füßen. Er wollte nicht, daß die Jäger sie sahen.

Oder waren die Jäger die Urheber dieser Spur? Benutzten sie auch Fahrzeuge, um einen Ausgesetzten zu jagen?

Muto wußte, daß er die Antwort auf seine Fragen im Augenblick nicht finden würde, und er setzte seine Flucht fort. Hinter der Krümmung wurde das Tal wieder breiter. Muto strengte die Augen an, um weitere Spuren zu entdecken, doch der Neuschnee lag überall, abgesehen von wenigen unzugänglichen Stellen, in deren Nähe niemand ein Fahrzeug hätte steuern können.

Muto ging um den letzten Felsvorsprung herum und blickte in das Tal. Im ersten Augenblick glaubte er, einer Halluzination erlegen zu sein, doch als er die Augen schloß, um sie gleich darauf wieder zu öffnen, sah er die gleichen unglaublichen Dinge erneut.

Innerhalb des Tales lag ein riesiger metallischer Körper von ovaler Form auf einem langgestreckten Gerüst. Zu beiden Seiten dieses Körpers standen flache Gebäude. Muto sah sogar Straßen, auf denen sich Menschen in geschäftiger Eile bewegten.

Wie gebannt starrte der Ausgesetzte auf dieses phantastische Bild.

Das ovale Ding aus Metall gab Muto Rätsel auf. Es war schwer, ihm irgendeine Bedeutung beizumessen. Zu welchem Zweck man es auch baute – es sollte vor der Stadt verborgen bleiben.

Wer waren die Menschen, die in diesem Tal arbeiteten? Kamen sie aus der Stadt, oder handelte es sich um andere Überlebende?

Muto wurde durch ein aufgeregtes Murmeln des Mutanten

aus seiner Starre gerissen. Er warf einen Seitenblick auf Zortig.

Der Mutant weinte. Aus den Augenlöchern in der Bioplastmaske quollen Tränen. „Das ist es!" brach es aus Zortig heraus. „Von diesem Platz habe ich geträumt."

Er hat den Verstand verloren, dachte Muto.

Der Mutant hatte unverhofft seine Lethargie abgelegt. Er machte Anstalten, in das Tal einzudringen, ohne auf Muto zu warten.

Muto packte ihn am Arm und hielt ihn fest. „Was ist das für eine Stadt?" fragte er heiser.

Zortig wollte sich losreißen. „Ich weiß es nicht", erwiderte er. „Sie warten auf mich. Ich darf nicht zu spät kommen."

Nur mit Gewalt konnte Muto den anderen noch festhalten. Er drehte Zortigs Arm nach hinten, so daß der Mutant einen Schmerzensschrei ausstieß.

„Wie kommen Sie auf die Idee, daß man Sie hier erwarten könnte?" zischte er. „Was wird hier gespielt?"

Wenn Zortig überhaupt die Antwort kannte, dann blieb ihm keine Gelegenheit, sie auszusprechen.

„Lassen Sie ihn los!" rief eine scharfe Stimme.

Muto fuhr herum. Über ihm, auf dem Felsvorsprung, stand ein Mann und richtete eine Waffe auf ihn. Er war groß und breitschultrig. Seine Hände, die die Waffe umklammerten, wurden von Handschuhen geschützt. Die Augen lagen im Schatten eines breitrandigen Hutes.

Muto ließ Zortig frei. Unwillkürlich wich er zur gegenüberliegenden Felswand zurück. Der Lauf der Waffe folgte jeder seiner Bewegungen.

„Kommen Sie nicht auf den Gedanken, von hier zu flüchten", warnte der Bewaffnete. „Ihre Flucht ist vorüber."

Diese Worte sagten Muto genug. Der Mann dort oben war ein Jäger! Er war seinen Gegnern direkt in die Falle gegangen.

„Ich muß Ihnen gratulieren", sagte der Mann. „Sie sind erst der vierte Ausgesetzte, der hierhergekommen ist."

Stockend fragte Muto: „Sind Sie ein Jäger?"

Das Gesicht unter dem Hut verzog sich zu einem spöttischen Lächeln.

„Einer von ihnen", sagte der Mann. „Ich heiße Tobbins, aber das wird Sie bestimmt nicht mehr interessieren."

Muto brachte keinen weiteren Ton hervor. Er sah, wie Zortig weiter in das Tal rannte, ohne aufgehalten zu werden. Sollte er ihn an seiner Niederlage schuldig sprechen, weil der Mutant den Jäger nicht bemerkt hatte?

„Als Sie Ihr Nachtquartier in den Ruinen aufschlugen, wußten wir, daß Sie früher oder später hierherkommen würden. Während zwei andere Jäger Sie verfolgten, erwartete ich Sie bereits." Tobbins sprach völlig nüchtern, als schildere er den Verlauf eines harmlosen Wettrennens.

„Werde ich . . . getötet?" brachte Muto mit brüchiger Stimme hervor.

„Sie erleiden das gleiche Schicksal wie alle Ausgesetzten, die wir vor Ablauf der Frist fangen konnten", sagte Tobbins.

Muto gab sich keiner Illusion über die Möglichkeit einer weiteren Flucht hin. Er war hoffnungslos verloren. Ohne zu überlegen, war er in die Falle gestolpert. Die Spuren hätten ihn warnen müssen. Doch zu solchen Überlegungen war es jetzt zu spät. Sein Plan, das Rätsel der Toten Stadt und ihrer Bewohner zu lösen, konnte nicht mehr durchgeführt werden. Tyler Muto war ein weiteres Opfer eines verbrecherischen Systems, das von Friedenslord Emmerich und einer seelenlosen Maschine, dem MACK, aufrechterhalten wurde.

„Bevor Sie mich töten – was geschieht in diesem Tal?" fragte Muto, der sich wieder gefangen hatte.

„Wir bauen ein Raumschiff!" sagte Tobbins.

„Ein Raumschiff? Was ist das?"

Tobbins grinste. „Das ist ein Ding, mit dem man zu den Sternen fliegen kann", erklärte er.

Ein Schwindelgefühl überkam Muto. Waren auf dieser Welt nur noch Verrückte zu Hause? Träumte er etwa? Lag er auf der Couch in seiner Wohnung und würde gleich die Augen aufschlagen?

„Genug geredet", sagte Tobbins. Ohne Hast hob er die Waffe und richtete sie auf Mutos Brust.

In diesem schrecklichen Augenblick wollte Muto irgend

etwas tun, um das Unausbleibliche zu verhindern – aber er konnte nur unbeweglich an seinem Platz stehen und zu Tobbins emporstarren.

Als Tobbins schoß, blinzelte er schwach mit den Augen. Muto sah diese kleine Bewegung mit unglaublicher Deutlichkeit. Dann kam etwas Helles auf ihn zugerast, hüllte ihn ein und warf ihn zu Boden. Er fiel in den Schnee, spürte noch die Kälte des Bodens in seinem Nacken – dann war es vorbei.

Ohne sich zu rühren, lag Tyler Muto im Schnee.

Tobbins schulterte seine Waffe und stieg langsam zu dem Ausgesetzten hinab. Eine Weile stand er nachdenklich neben ihm, dann stieß er Muto an.

Muto reagierte überhaupt nicht darauf.

Tobbins seufzte, schlug den Kragen seiner Pelzjacke hoch und ging, ohne sich noch einmal umzusehen, ins Tal hinein.

7

ER LAG nackt auf einer Holzpritsche, die Hände fest gegen die Hüften gepreßt. Sein Atem ging ruhig und gleichmäßig. Als er die Augen aufschlug, sah er über sich eine roh gezimmerte Decke. Er wollte den Kopf heben, um zu sehen, wo er sich befand, aber seine Muskeln folgten dem Befehl der Nerven nicht.

Er lebte!

Die Erinnerung brach über ihn herein. Er wollte hochfahren und schreien, aber er konnte noch nicht einmal die Lippen öffnen. In Gedanken sah er Tobbins' große Gestalt wieder auf dem Felsen stehen. Er erinnerte sich an den Schuß und daran, daß er zu Boden gestürzt war. Doch er war nicht tot!

Hatte der Schuß ihn verfehlt? Oder gab es Tobbins, Emmerich und das Tal überhaupt nicht?

Etwas in seinem Bewußtsein sträubte sich mit aller Macht gegen die Erinnerung. Es war, als riefe eine innere Stimme ihm zu: Vergiß! Vergiß!

Doch Tyler Muto wollte sich erinnern. Es erschien ihm

ungeheuer wichtig, daß er herausfand, was oder wer ihn vor dem sicheren Tod bewahrt hatte.

In Mutos Fingerspitzen breitete sich ein leichtes Prickeln aus. Er konzentrierte sich darauf, seine Finger zu bewegen.

Es gelang! Anscheinend ließ die rätselhafte Lähmung allmählich nach. War er etwa schwer verwundet? Nach einer Weile vermochte Muto die Arme anzuwinkeln. Er hob sie hoch, so daß er sie leicht mit dem Blick verfolgen konnte. Es bereitete ihm Freude, dem Spiel der Finger zuzusehen.

Das Prickeln hatte sich über den ganzen Körper ausgedehnt. Es dauerte nicht lange, bis er auch seine Füße wieder bewegen konnte. Er hätte fast vor Freude aufgeschrien. Doch er beherrschte sich.

Noch wußte er nicht, wo er sich befand. Es war leicht möglich, daß ihn jemand gerettet hatte. Warum sollte er diesen Unbekannten durch unsinniges Geschrei in Gefahr bringen?

Je besser er seinen Körper unter Kontrolle brachte, desto größer wurde der Wunsch danach, aufzustehen und sich umzusehen.

Tyler Muto wandte den Kopf nach links.

Er erschrak. Neben ihm, bis zum Ende des Raumes, lagen nackte Menschen. Einige bewegten sich, andere verhielten sich ruhig. Muto blickte langsam nach der anderen Seite. Dort bot sich ihm das gleiche Bild. Seine Furcht kehrte zurück.

Was bedeutete das? Was hatte man mit ihm vor? Es hielt ihn nicht länger auf seinem Platz. Er stützte sich auf die Ellenbogen. Niemand kümmerte sich um ihn. An der Kopfseite der Pritsche, auf die man ihn gelegt hatte, war ein Zettel geklebt. Muto las:

> Mein Name ist Kalin. Ich bin dreiunddreißig Jahre alt und besitze die Fähigkeit, Ausstrahlungen jeder menschlichen Person auf große Entfernung wahrzunehmen. Ich trage eine Bioplastmaske, da mein Gesicht schrecklich verunstaltet ist. Diese Maske darf ich niemals abnehmen – es wäre tödlich.

Verständnislos las Muto den Zettel noch einmal. Irgendwie kam ihm dieser Text bekannt vor. Wieder sträubte sich sein

Bewußtsein gegen die aufkeimende Erinnerung. Er forschte in seinen Gedanken.

Da fiel ihm ein, daß Zortig, der Mutant, ihm ein solches Schreiben vorgelesen hatte.

Muto schwang die Beine über die Pritsche und blickte nachdenklich auf den blanken Boden. Er konnte hier nicht in der Toten Stadt sein, denn die Wohnungen der Mutanten waren ungleich komfortabler.

Ein unverständlicher Drang veranlaßte Muto, den Zettel noch einmal genau zu lesen. Dieser unbekannte Kalin war dreiunddreißig Jahre alt, genau wie er.

Genau wie er!

Ein eiskaltes Gefühl rann Muto den Rücken hinab. Er begann heftig zu zittern.

Das konnte nur Zufall sein. Es durfte nur Zufall sein!

Ganz langsam führte er die Hände gegen sein Gesicht. Seine Fingerspitzen berührten etwas Kühles, Unnatürliches.

Mutos entsetzter Aufschrei hallte durch den großen Raum. Er trug eine Bioplastmaske!

Er war nicht mehr Tyler Muto. Ein schreckliches Schicksal hatte ihn in Kalin verwandelt. In Kalin, den Mutanten!

Einige Meter von Muto entfernt, richtete sich ein Mann von seiner Pritsche auf und blickte Muto verständnislos an. Er trug ebenfalls eine Bioplastmaske. Seine Bewegungen waren typisch für einen Mutanten.

Allmählich gewann Muto seine Überlegung zurück. Das mußte ein entsetzlicher Irrtum sein, dem er zum Opfer gefallen war. Man verwechselte ihn mit diesem Kalin.

Oder nicht? Obwohl sich sein Innerstes dagegen wehrte, glaubte Muto, daß man ihn mit voller Absicht hierhergelegt hatte. Jene, die diesen Zettel geschrieben hatten, wußten nicht, daß Muto seine Erinnerung behalten hatte.

Mit klopfendem Herzen erhob Muto sich völlig. Duncans Frau fiel ihm ein und ihre Behauptung, daß Zortig ihr Bruder sei. Sie hatte recht. Das bedeutete, daß weder Duncans Schwager noch er von den Jägern getötet worden war. Aber warum nicht? Was geschah wirklich mit den Ausgesetzten?

Muto fiel ein, daß er noch nie die Leiche eines Opfers gesehen hatte. Man hörte zwar ständig, daß die Jäger Verfolgte niederschossen, aber noch niemand schien einen Toten gesehen zu haben. Muto war sicher, daß der Schuß aus Tobbins' Waffe ihn nur bewußtlos gemacht hatte. Danach hatten ihn Unbekannte wegtransportiert.

Warum? Wohin? Fragen, nichts als Fragen.

Ein Bewohner der Stadt konnte nicht unterscheiden, ob der Körper eines Menschen, der von Jägern weggeschafft wurde, tot oder nur bewußtlos war.

Mit schwachen Knien huschte Muto von Pritsche zu Pritsche. Überall Bioplastmasken, überall Schilder mit Namen, Alter und den übrigen Angaben.

Da stieß er auf Marine!

Sie war bereits wach, und er erkannte sie sofort wieder. Er beugte sich über die Pritsche und las, daß sie jetzt Runtag hieß.

Er strich über ihr Haar und flüsterte: „Marine!"

Ihre Augen, das einzige, was von ihrem Gesicht zu sehen war, blickten ihn ohne Verständnis an. Die Art, wie sie ihr Haar trug, hatte Muto sofort erkennen lassen, wen er vor sich hatte.

„Marine!" wiederholte er drängend.

Vielleicht erkannte sie ihn nicht, weil er diese verdammte Maske aufhatte. Er zögerte jedoch, sie herunterzureißen, denn die Warnung auf dem Zettel konnte der Wahrheit entsprechen.

„Wer sind Sie?" fragte sie.

„Erinnern Sie sich an den Mann, der zu Ihnen in die Halle im Güterlager kam?" Sie mußte ihn doch erkennen. Ihre Erinnerung brauchte vielleicht nur einen schwachen Anstoß, damit sie zurückkehrte.

„Marine!" rief er in aufsteigender Verzweiflung.

Er sah ein, daß es zwecklos war. Keiner in diesem Raum würde sich erinnern. Nur er. Als einziger konnte er länger als zwei Tage in die Vergangenheit zurückkehren. Das bedeutete, daß sie schon längere Zeit hier waren, mindestens jedoch zwei Tage.

Gemessen am Hunger, den Muto empfand, mochte dies stimmen. Die Temperatur innerhalb des Raumes war angenehm. Es gab kein Fenster, nur Luftschlitze im Dach und Türen, die jedoch geschlossen waren.

Muto ließ von der Frau ab und sah sich unentschlossen um. Was sollte er nun unternehmen? Er hatte eine ungeheuerliche Entdeckung gemacht. Die Mutanten – die angeblichen Mutanten, die in der Toten Stadt lebten, waren Ausgesetzte, die von jedermann für tot gehalten wurden.

Das war der Grund, warum Friedenslord Emmerich behauptet hatte, daß Mutationen bei Frauen nach dem zwanzigsten, bei Männern nach dem dreißigsten Lebensjahr einträten. Nur Leute, die jene Altersgrenze überschritten hatten, wurden von dem MACK ausgewählt.

Je länger Muto darüber nachdachte, desto besser fügten sich die einzelnen Stücke zu einem logischen Ganzen zusammen.

Die Bioplastmasken dienten sicherlich nur dazu, daß niemand in einem angeblichen Mutanten einen ehemaligen Freund oder Verwandten erkannte. Aus dem gleichen Grund raubte man den Ausgesetzten die Erinnerung. Es blieben ihnen lediglich zwei Tage, um sie nicht völlig aktionsunfähig zu machen.

Eines blieb jedoch unerklärlich: Aus welchem Grund konnten normale Menschen plötzlich über die Fähigkeit verfügen, Ausstrahlungen eines menschlichen Gehirns festzustellen?

Welchen Zweck verfolgten Emmerich und seine Helfer mit diesem Unternehmen? Die Kardinalfrage war: Warum geschah dies alles?

Unwillkürlich griff Muto nach der Maske, um sie abzunehmen. Doch seine Hände führten die Bewegung nicht zu Ende. Wer immer ihn hierhergebracht hatte, mußte annehmen, daß auch er die Erinnerung verloren hatte und glaubte, Kalin, der Mutant, zu sein.

Muto kannte den Grund nicht, der ihn vor dem gleichen Schicksal bewahrt hatte, das diese armen Menschen ereilt hatte. Er nahm sich jedoch vor, alles in seinen Kräften Stehende zu tun, um Emmerich und den MACK zu bekämpfen.

Noch wußte er nicht, wie er dabei vorgehen sollte, aber er würde gegen dieses verbrecherische System ankämpfen, selbst wenn es ihn das Leben kosten sollte.

Hastig kehrte Muto zu seiner Pritsche zurück. Es war nicht gut, wenn man ihn mitten im Raum auffand. Mit ein wenig Schläue mußte es ihm gelingen, den harmlosen „Mutanten" zu spielen. Nur auf diese Weise würde er mehr über die Hintergründe dieser Sache erfahren.

Muto faßte den Entschluß, Friedenslord Emmerich umzubringen. Dieser Mann war der Hauptschuldige, die Zahl seiner Mitwisser konnte nicht groß sein. Muto wußte, daß es sinnlos war, einen offenen Kampf gegen Emmerich zu beginnen. Sobald er in die Stadt ging, um die Bevölkerung aufzuklären, würde man ihn für verrückt erklären und davonschleppen. Als einzelner konnte er nur im Untergrund arbeiten.

Vor allem durfte er durch nichts verraten, daß er über die wirklichen Vorgänge informiert war.

Wenn er Emmerich tötete, bestand die Gefahr, daß ein anderer dessen Amt übernahm, ohne daß Muto dagegen einschreiten konnte. Es gab jedoch keine Alternative. Er konnte Emmerich in keiner Weise unter Druck setzen.

Die Tür ging auf. Mutos Gedanken wurden jäh unterbrochen. Er unterdrückte den Wunsch, sich aufzurichten, um zu sehen, wer hereingekommen war. Ein Mutant zeigt für nichts Interesse, dachte er.

Eine Stimme sagte: „Jetzt sind alle erwacht."

Eine andere Stimme erwiderte: „Chet soll mit den Kleidern kommen!"

Gleich darauf wurde die Tür wieder geöffnet und geschlossen.

„Alles aufrichten!" befahl die erste Stimme.

Muto schielte nach seinem Nebenmann. Erst als dieser von der Pritsche hochkam, folgte Muto der Anordnung.

Direkt hinter der Tür stand ein schlanker Mann, der einen weißen Kittel trug. Er musterte die „Mutanten" mit ernsten Augen. „Ich spreche im Auftrag von Friedenslord Emmerich", sagte er. „Mein Name ist Rodman, doch Sie werden ihn nach zwei Tagen wieder vergessen."

Ich nicht! dachte Muto grimmig.

Rodman fuhr fort: „Sie alle wurden von der Stadt hierhergebracht, nachdem bei jedem von Ihnen eine Mutation festgestellt wurde. Sie werden noch einige Tage in Behandlung bleiben. Danach kommen Sie in die Tote Stadt, wo gut für Sie gesorgt wird." Rodman räusperte sich. „Auf jeder Pritsche wurde von uns ein Zettel befestigt, den jeder an sich nehmen wird. Darauf finden Sie alles, was Sie wissen müssen. Wir haben dafür gesorgt, daß Sie diesen Zettel in regelmäßigen Abständen lesen. Sie können also nie vergessen, was darauf steht. Das ist wichtig, denn es darf auf keinen Fall passieren, daß Sie die Bioplastmaske abnehmen."

Mutos Finger zuckten. Er fühlte ein übermächtiges Verlangen, diesen Kerl zu verprügeln. Seelenruhig erzählte Rodman ihnen diese Lüge, genau wissend, daß er nicht widerlegt werden konnte.

Zorn und Haß stiegen in Muto auf. Unter Emmerichs Führung wurden die Menschen wie Tiere behandelt. Sie alle hatten die persönliche Freiheit verloren, waren zu willenlosen Puppen geworden, mit denen Emmerich nach Belieben verfahren konnte.

Rodman verließ seinen Platz und ging auf eine Pritsche zu. Der Mann, der darauf saß, blickte ihm ohne Interesse entgegen.

Rodman riß den Zettel von der Pritsche und drückte ihn dem Mann in die Hand. „Lesen Sie!" befahl er.

Mit ausdrucksloser Stimme las der Mann seinen neuen Namen und die übrigen Sätze. Danach ordnete Rodman an, daß jeder diesem Beispiel folgen müsse. Auch Muto kam an die Reihe.

Als die Aktion beendet war, erschien ein alter Mann mit einem Handwagen. Auf der Ladefläche lagen Kleider.

„In Ordnung, Chet." Rodman nickte. „Teile sie aus. Achte darauf, daß jeder etwas Passendes erhält."

Chet brummte mißmutig und begann, in den Kleidern zu wühlen. Rodman ging wieder hinaus. Muto sah sofort, daß Chet nur ein Helfer war, der nicht über große Intelligenz verfügte. Als der Alte mit dem Wagen neben Mutos Pritsche angelangt war und dem Ausgesetzten Unterwäsche zuwarf, fragte Muto: „Wo sind wir hier?"

Chet richtete sich überrascht auf. Offenen Mundes starrte er Muto an, der bereits befürchtete, einen schweren Fehler begangen zu haben.

Doch Chet sagte nur: „Im Tal natürlich, wo sonst?"

„Ich erinnere mich nicht", erwiderte Muto leise.

„Kein Wunder", knurrte Chet. „Man hat dafür gesorgt, daß Sie sich . . ." Er unterbrach sich und starrte Muto mürrisch an. „Ach, wozu erzähle ich Ihnen das alles, es interessiert Sie doch nicht."

Jetzt konnte Muto nicht riskieren, weitere Fragen zu stellen. Wenn Chet Verdacht schöpfte, würde er Rodman oder einen anderen wichtigen Mann holen, und dann war alles aus.

Immerhin wußte er jetzt, daß er sich noch im Tal befand, in dessen Nähe der Jäger ihn niedergeschossen hatte. Es war unwahrscheinlich, daß Chet einen anderen Ort gemeint hatte.

Muto schlüpfte in die Unterwäsche, während Chet ihm Hose, Hemd, Pullover und Pelzjacke auf die Pritsche packte.

„Schuhgröße?" fragte Chet grinsend.

Fast hätte Muto darauf geantwortet. Der dumme Spaß des Alten hätte ihn verraten können. Muto zuckte die Schultern. Chet suchte ein Paar aus, das paßte.

Dann zog er mit dem Wagen weiter. Muto kleidete sich vollständig an.

Was hatte Rodman sagen wollen, als er von einer weiteren Behandlung sprach? Standen ihnen etwa medizinische Tests bevor? Dabei würde man Muto auf jeden Fall entlarven.

Immer wieder blickte Muto zu den anderen Ausgesetzten, um sich ihren Bewegungen genau anzupassen. Die meisten verrichteten das Anziehen langsam, fast widerwillig. Muto sah ein, daß er sich zu sehr beeilt hatte, aber außer Chet war niemand im Raum.

Der Alte beendete seine Arbeit und verschwand. Das Schweigen unter den Gefangenen bedrückte Muto. Er hätte sich gern unterhalten, sagte sich aber, daß jeder Versuch scheitern mußte.

In dieser Beziehung hatte er bereits schlechte Erfahrungen mit Zortig gemacht. Wo mochte sich Duncans Schwager jetzt befinden? Unbewußt mußte er sich an dieses Tal erinnert haben, denn er hatte es offensichtlich wiedererkannt. Sollte es auch in seiner Behandlung eine Lücke gegeben haben, oder zeigten sich diese Ausbrüche bei allen Bewohnern der Toten Stadt?

Muto ließ die Beine von der Pritsche baumeln. Im Augenblick bestand keine Gefahr für ihn.

Nach einer Weile kehrte Rodman mit einem Begleiter zurück. „Das ist Dr. Terjesen", sagte er und deutete auf den anderen Mann. „In den nächsten Tagen werden Sie hauptsächlich mit ihm zu tun haben."

Dr. Terjesen war ein gutmütig aussehender Mann mit Tränensäcken unter den Augen und eckigen Schultern. Er lächelte den „Mutanten" zu.

„Die Zeit, die Sie hier verbringen, soll lediglich zur Beobachtung dienen", erklärte er. „Sie brauchen nicht zu befürchten, daß man Sie schlecht behandeln könnte."

Rodman lächelte spöttisch bei diesen Worten. Anscheinend hielt er sie gegenüber den Ausgesetzten für völlig unangebracht. Gegen seinen Willen empfand Muto für Dr. Terjesen Sympathie. Er spielte mit dem Gedanken, sich dem Arzt zu offenbaren.

Doch sogleich verwarf er diese Idee. Sicher war Dr. Terjesen loyal. Seine offensichtliche Gutmütigkeit besagte noch nicht, daß er ein Gegner Emmerichs war. Im Gegenteil – es war möglich, daß er falschen Idealen nachhing.

„Wir werden Sie nun nacheinander in andere Räume bringen", sagte Dr. Terjesen. „Wenn Sie Wünsche haben, können Sie sich damit an mich wenden."

Niemand sagte etwas. Muto schwieg ebenfalls, denn er durfte seine Wünsche auf keinen Fall äußern, wenn er sich nicht verraten wollte.

Terjesen und Rodman gingen zu den beiden vordersten Pritschen, um die darauf Liegenden aus dem Raum zu führen. Gleich darauf kam Chet und holte einen dritten „Mutanten".

Mutos Nerven waren bis zum Äußersten gespannt. Er fürchtete, daß er sich durch einen Fehler verraten könnte.

Als einige Minuten verstrichen waren, kehrten Rodman, Terjesen und der alte Chet zurück. Diesmal befand sich auch Marine unter den Abgeholten. Muto rechnete sich aus, daß er beim übernächsten Mal dabeisein würde.

Als es soweit war, konnte er nicht verhindern, daß sein Herz stark zu klopfen begann. Er hatte jedoch Glück, daß er von Chet geholt wurde. Rodman schien ihm am gefährlichsten zu sein. Muto ging mit Chet als erster. Da er Rodman und Terjesen hinter sich wußte, wagte er nicht, dem Alten noch eine Frage zu stellen.

„Hier entlang", sagte Chet, nachdem sie den Raum verlassen hatten.

Durch den Druck seiner Hand steuerte er Muto in einen langgezogenen Korridor, an dessen Ende durch eine geöffnete Tür Tageslicht hereinfiel. Muto hoffte, daß man ihn hinausführen würde. Doch kurz vor dem Ausgang bog Chet in einen seitlichen Gang ein.

Runde Fenster in den Wänden ließen genügend Licht hereinfallen, doch die Scheiben bestanden aus undurchsichtigem Glas, so daß Muto nicht sehen konnte, was im Freien vorging.

Ungefähr in der Mitte des Ganges rief Rodman, der direkt hinter ihnen ging: „Halt, Chet!"

Muto beging einen Fehler, als er schneller als der Alte auf den Befehl reagierte. Zum Glück schien es niemandem aufzufallen.

Rodman erschien an ihrer Seite und stieß eine Tür auf. „Hier hinein mit ihm!"

Chet schob Muto über die Schwelle. Muto befand sich in einem kleinen, aber sauberen Zimmer, dessen Wände weiß getüncht waren. Ein einfaches Bett, Tisch und Stühle sowie ein Spind bildeten die gesamte Einrichtung.

Auch hier hatte man das Fenster mit blinden Scheiben versehen.

Chet rückte den Tisch zurück und drückte Muto auf den Stuhl.

Er lächelte Muto an, als sei dieser ein unverständiges Kind. „Es gibt bald etwas zu essen", sagte er.

Muto verkniff sich eine spöttische Antwort. Chet humpelte aus dem Zimmer und warf die Tür hinter sich zu. Muto wartete, bis die Schritte des Mannes verklungen waren, dann huschte er zur Tür. Erleichtert atmete er auf, als sie sich unverschlossen zeigte.

Der Zustand, in dem sich die ehemaligen Ausgesetzten befanden, ließ jede Vorsichtsmaßnahme überflüssig erscheinen. Keines dieser willenlosen Wesen würde den Gedanken zur Flucht fassen.

Vorerst war Muto zur Untätigkeit gezwungen. Bevor es nicht dunkel wurde, konnte er nichts riskieren. Er hatte jedoch nicht vor abzuwarten, bis die mehrtägige Behandlung, von der Rodman gesprochen hatte, beginnen würde. Die Gefahr einer Entdeckung war zu groß.

Nach ungefähr einer Stunde wurden Schritte laut. Muto, der unruhig im Zimmer auf und ab gelaufen war, huschte zum Stuhl und ließ sich darauf nieder.

Die Tür wurde aufgestoßen. Chet schob einen Wagen herein, auf dem mehrere Töpfe mit dampfendem Essen standen.

Der Alte stellte Muto zwei Teller auf den Tisch und füllte sie. Muto konnte sich nicht erinnern, jemals derartig reichhaltig gegessen zu haben.

Trotzdem begann er erst, nachdem Chet ihn dazu aufforderte. Der Alte sah ihm eine Weile zu.

„Es schmeckt Ihnen, was?" fragte er befriedigt.

„Ich weiß nicht", erwiderte Muto gleichgültig.

Chet kicherte. Muto warf einen Blick auf den Wagen und sah im unteren Fach einige Pakete Nährhefe. Ein Gedanke schoß durch seinen Kopf. Er beschloß, bei Chet ein kleines Risiko einzugehen.

„Kann ich etwas davon haben?" fragte er.

Chet schaute ihn erstaunt an. „Nährhefe? Na, von mir aus."

Er legte ein Paket auf den Tisch und sagte: „So, jetzt muß ich weiter."

Kaum war Chet verschwunden, als Muto aufsprang und das Paket unter der Bettdecke verbarg. Er wollte nicht, daß es von jemandem, der unverhofft in das Zimmer trat, gesehen wurde.

Als Muto fertig gegessen hatte, kam Chet mit einer Kanne Kaffee und mehreren Bechern. Einen davon stellte er vor Muto hin und füllte ihn. Der Alte sah niedergeschlagen aus.

„Rodman schimpft immer, wenn ich mit Mutanten spreche", sagte er verärgert. „Ich habe eben Mitleid mit euch Burschen."

„Warum?" fragte Muto.

„Wenn ich mir vorstelle, was mit euch geschehen soll", murmelte Chet.

Bevor Muto weitere Fragen stellen konnte, humpelte der Alte zur Tür. „Heute komme ich nicht mehr", sagte er und ging hinaus.

Mutos Hoffnung, daß man ihn ungestört lassen würde, erwies sich jedoch als falsch. Sein nächster Besucher war Dr. Terjesen. Er nickte Muto freundlich zu und hockte sich auf die Bettkante.

„Es ist nicht so, daß Ihre Erinnerung total ausgelöscht wurde", begann er. „Ihr gesamtes grundlegendes Wissen blieb erhalten. Sie können also lesen und schreiben und wissen auch um die Bedeutung der meisten Begriffe. Lediglich Ihre eigene Rolle, die Sie in der Vergangenheit spielten, ist Ihnen entfallen. Sie können sich nur daran erinnern, was vor zwei Tagen geschah – weiter reicht Ihre Erinnerung nicht zurück." Der Arzt schien mehr zu sich selbst zu sprechen. „Wenn ich Ihnen jetzt erkläre, wo sich Bad und Toilette für die Mutanten befinden, dann wissen Sie zwar, worum es sich handelt und für welche Zwecke solche Einrichtungen existieren, aber Sie können mir nicht sagen, zu welchem Zeitpunkt Sie sie zum letztenmal benutzt haben, es sei denn, es wäre in den zurückliegenden beiden Tagen geschehen. So ist es mit allem."

Muto bemühte sich, mit stumpfsinnigem Gesichtsausdruck auf den Boden zu starren. So ersparte er sich, Dr. Terjesen anblicken zu müssen.

„Das Bad befindet sich übrigens auf der anderen Seite des Ganges", erklärte Dr. Terjesen lächelnd. „Ich habe von Anfang an darauf gedrungen, daß den Mutanten jede Freiheit erhalten bleibt, auch wenn sie sie aus bestimmten Gründen nicht voll auszuschöpfen vermögen."

Es schien Muto, als klänge in Terjesens Stimme eine gewisse Auflehnung mit. Wieder fragte er sich, ob er sich diesem Mann anvertrauen sollte. Zusammen mit Dr. Terjesen konnte er ungleich mehr erreichen, als wenn er allein seine unsicheren Pläne durchführen mußte.

Doch die nächsten Worte Terjesens zerschlugen dieses Vorhaben jäh.

„Ich bin von meiner Arbeit und dem Ziel, dem sie dient, restlos begeistert", erklärte Terjesen. „Natürlich können Sie das nicht verstehen, Kalin. Aber eines Tages werden Sie und die anderen ermessen, welche Aufgabe wir uns gestellt und schließlich auch bewältigt haben."

Muto entschied sich für ein gleichgültiges „Ja" als Antwort.

Dr. Terjesen legte einen Zettel auf das Bett. Er kam dabei mit der Hand in gefährliche Nähe der verborgenen Hefe. „Auf diesem Zettel steht alles, was Sie während Ihres Aufenthalts wissen müssen", sagte er. Er zog den Ärmel seines Kittels zurück und warf einen Blick auf die Uhr. „Es wird bald Abend. Sie können sich schlafen legen, die Untersuchungen beginnen morgen früh."

Er stand auf, klopfte Muto auf die Schulter und verließ den Raum.

Der Zettel, den er zurückgelassen hatte, war nach Mutos Begriffen eine Enttäuschung. Noch einmal wurde er auf die Bioplastmaske hingewiesen, die Lage der sanitären Einrichtungen wurde erklärt, und eine Art Speisekarte bildete den Abschluß.

Muto schlug die Bettdecke zurück und zog das Hefepaket hervor. Auf den Inhalt konnte er verzichten, die Verpackung sollte ihm jedoch wertvolle Dienste leisten. Jederzeit darauf gefaßt, die Decke mit einem Ruck zuzuziehen, sobald jemand auftauchte, löste Muto die Nahrung aus der Hülle.

Er knetete die Hefe zu einem grauen Klumpen zusammen und rollte diesen unter das Bett. Dann löste er das breite Klebeband von der Hülle. Er riß es in zwei gleich lange Teile. Nachdem er auch die Verpackung bis auf das Klebeband unter das Bett befördert hatte, schob er den Tisch unter das Fenster.

In der unteren rechten Ecke der Scheibe klebte er das Band im rechten Winkel auf, so daß es mit dem Fensterrahmen ein Quadrat bildete.

Muto kletterte wieder vom Tisch herab und ging zur Tür. Auf dem Gang regte sich nichts. Unschlüssig blieb er stehen. Wenn er Pech hatte, würde man die Sache sofort entdecken. Doch er mußte, wenn er während der Nacht flüchten wollte, bei Tageslicht einen Blick ins Freie geworfen haben. Er konnte nicht blindlings durch die Dunkelheit rennen.

Entschlossen ergriff er den Trinkbecher und stieg wieder auf den Tisch. Mit der Unterkante des Bechers schlug er genau in der Mitte des abgezeichneten Feldes auf die Scheibe. Das Geräusch erschien ihm unerträglich laut, aber er hoffte, daß es überhört würde.

Diagonal durch das von Muto umrahmte Quadrat führte jetzt ein Sprung. Muto löste die beiden Klebestreifen und drückte den einen genau über den Riß im Glas. Den anderen klebte er im rechten Winkel davon auf, so daß er in die Ecke des Fensterrahmens führte.

Muto klopfte fest gegen die Scheibe. Der Becher war dazu nicht besonders geeignet, aber Muto hatte nichts Besseres zur Verfügung. Der erste Versuch schlug fehl, doch beim zweitenmal zersprang die Scheibe. Die Scherben blieben, wie Muto gehofft hatte, an den Klebestreifen hängen.

Indem er die Klebestreifen ablöste, zog er die Glasteile mit herein. Lediglich ein kleines Stück fiel nach draußen. Muto hatte ein Guckloch in der Größe einer Hand geschaffen.

Scherben und Klebestreifen wurden von Muto ebenfalls unter das Bett geschafft. Hoffentlich kam jetzt nicht Chet, um das Zimmer zu reinigen. Doch der Alte hatte erklärt, daß er heute nicht mehr auftauchen würde.

Muto kletterte wieder auf den Tisch und preßte den Kopf gegen das Fenster.

Kalter Wind wehte durch die kleine Öffnung herein.

Muto blickte hinaus.

Hundert Meter von ihm entfernt stand das Raumschiff. Es sah noch gewaltiger aus, als er es in Erinnerung hatte. Von seinem

Standort aus sah er es von der Seite. Die ovale Form war deutlich zu erkennen. Das Gerüst, auf dem das Schiff lag, war eine Konstruktion aus Profilstahl. In regelmäßigen Abständen führten Transportlifts zu verschiedenen Stellen des Schiffes hinauf. Überall an der Außenhülle sah Muto kleine Lichtbogen. Es wurde noch intensiv gearbeitet, obwohl die Sonne bereits untergegangen war. Der Tag war klar, aber anscheinend kalt gewesen. Zubringerfahrzeuge parkten unterhalb des Gerüsts. Unzählige Männer waren über das gesamte Schiff verteilt. Das Bild wirkte eindrucksvoll und rief ein Gefühl von Ehrfurcht in Muto hervor. Hier wurde etwas Gewaltiges geschaffen.

Durch das Loch in der Scheibe konnte Muto nicht viel erkennen. Auf der anderen Seite des Schiffes standen ebenfalls Gebäude. Sie umschlossen das Raumfahrzeug wie ein schützender Wall. Die gesamte Fläche des ausgedehnten Tales war offenbar genutzt worden.

Muto wußte, daß er die Entfernung bis zur Stadt niemals aus eigener Kraft zurücklegen konnte, ohne gefaßt zu werden. Es gab nur eine Möglichkeit für ihn: Es mußte ihm gelingen, mit einem Fahrzeug in die Stadt zu kommen.

Es bestand kein Zweifel, daß zwischen der Stadt und dem Tal reger Verkehr herrschte, der sich jedoch aus Sicherheitsgründen nur nachts abspielte. Das bedeutete, daß die ersten Transporte in später Abendstunde hier eintreffen würden. Gleichzeitig, so hoffte Muto, würden leere Fahrzeuge in die Stadt zurückfahren. Das Tal war auf die Stadt angewiesen. Erbittert erkannte Muto, daß die Armut der Stadtbewohner nicht nur auf die falschen Mutanten, sondern auch auf die Ansprüche des Tales zurückzuführen waren. Hier wurden die meisten Rohstoffe verwertet, die man in der Stadt dringend benötigt hätte.

Friedenslord Emmerich schreckte nicht davor zurück, den größten Teil der Menschen darben zu lassen, um irgendein verrücktes Projekt zu vollenden.

Wollte Emmerich etwa mit diesem Raumschiff von der Erde flüchten? Muto schüttelte den Kopf. Aus welchem Grund sollte der Friedenslord das tun?

Vor allem jedoch – wohin sollte er flüchten?

Zwischen Emmerich, dem MACK, den „Mutanten" und diesem Schiff bestand ein Zusammenhang, dessen Hintergründe Muto nicht verstehen konnte. Aus welchem Grund ließ Emmerich ein so ungerechtes System wie das der Aussetzung bestehen, nur um einige Menschen in apathische Geschöpfe zu verwandeln, die er dann in eine separate Stadt schickte, wo es ihnen verhältnismäßig gutging?

Warum duldete Emmerich private Versicherungen, die manchmal mit Erfolg verhinderten, daß ein Ausgesetzter gefangen wurde?

Bis die Dämmerung hereinbrach, stand Muto auf dem Tisch und blickte zum Raumschiff hinaus. Seine Gedanken kreisten immer um die gleichen Probleme, ohne daß er Antworten auf die brennenden Fragen fand.

Nur eines stand fest: Emmerich betrog rücksichtslos die Bewohner der Stadt, indem er ihnen fast alles vorenthielt, was das Leben erleichtern konnte. Billiger Ersatz wurde mit den Traumhäusern und -hallen geboten. Das Tal und die Tote Stadt verschlangen wahrscheinlich Unsummen. Das bedeutete für die Bevölkerung Nährhefe, Dünnbier und Extrakte. Das bedeutete schlechte Wohnverhältnisse, Kälte, lange Arbeitszeit und geringer Lohn. Es bedeutete die ständige Gefahr der Aussetzung.

Die Kälte, die durch die gewaltsam geschaffene Öffnung hereinkam, hatte Mutos Gesicht bereits gerötet, als er endlich vom Tisch heruntterstieg. Im Zimmer herrschte Dämmerlicht.

Die Aussichtslosigkeit seines Vorhabens deprimierte ihn. Das gut funktionierende System, das Emmerich ohne Wissen seiner Untertanen entwickelt hatte, bewies nur zu gut, daß dieser Mann an alles dachte. Wahrscheinlich war Emmerich ein Genie, wenn er auch seine Kräfte nicht für das Allgemeinwohl einsetzte.

Muto vermutete, daß der Friedenslord die zehn Minister fest in der Hand hatte. Zusammen mit dem MACK herrschte Emmerich über die Stadt. Allmählich begann Muto zu ahnen, warum der riesigen Rechenmaschine keine Zeit blieb, sich anderen

Problemen zu widmen. Ihre gesamte Kapazität wurde von Emmerich dazu ausgenutzt, seine verbrecherischen Projekte zu fördern. Der Bau dieses Raumschiffs war ohne Hilfe des MACK überhaupt nicht möglich.

Muto wußte nicht, wer mehr zu bedauern war: die Bevölkerung, die nur mit dem Notwendigsten versorgt wurde, oder die „Mutanten", deren Lebensverhältnisse zwar bedeutend besser waren, die jedoch dafür mit dem Verlust des eigenen Willens bezahlt hatten.

Beide Gruppen wurden also von Emmerich hintergangen.

Es gab keinen einleuchtenden Grund, der die Taten des Friedenslords verständlich erscheinen ließ. Emmerich verfolgte offenbar nur Ziele, die ihm eine persönliche Befriedigung boten. Zwar erschien sein Machtstreben in manchen Punkten unsinnig, aber Muto hoffte, auch dafür noch Erklärungen zu finden.

Muto legte sich auf das Bett, um vor seiner Flucht Kräfte zu sammeln. Als es dunkel wurde, flammten draußen Lichter auf. Die Arbeit am Raumschiff ging offensichtlich auch während der Nacht weiter.

Die Gefahr, daß er gesehen wurde, vergrößerte sich damit. Der Lärm der Arbeit würde jedoch stark genug sein, so daß er sich nicht geräuschlos bewegen mußte.

Schließlich hielt Muto den Zeitpunkt für gekommen, das Zimmer zu verlassen. Er stand auf und ging zur Tür. Vorsichtig preßte er das Ohr gegen das Holz. Draußen auf dem Gang rührte sich nichts. Von den ehemaligen Ausgesetzten drohte ihm keine Gefahr, aber Rodman, Terjesen und Chet konnten ebenfalls in der Nähe sein.

Lautlos öffnete Muto die Tür. Der Gang selbst war nicht beleuchtet, aber durch die Rundfenster fiel genügend Licht von den Arbeitsplätzen herein, so daß Muto sehen konnte.

Niemand war zu entdecken. Muto schlüpfte hinaus und schloß die Tür hinter sich.

Er hatte sich die Stelle gemerkt, wo der Ausgang der Halle zu finden war. Zusammen mit Chet war er nahe daran vorbeigekommen, als ihn der Alte zum Zimmer geführt hatte.

Muto war jetzt ganz ruhig. Die Ereignisse der letzten Tage hatten ihn mehr und mehr abgestumpft. Innerlich hatte er sich mit dem Tod abgefunden.

Der Plan jedoch, Emmerich umzubringen, um Rache für die betrogene Menschheit zu nehmen, verwuchs immer tiefer mit Mutos übrigen Gefühlen. Im Grunde genommen trieb ihn lediglich sein grenzenloser Haß an, ein Haß, den jeder empfindet, der feststellen muß, daß er sein ganzes Leben im Dienst einer falschen Sache gestanden hat. Hinzu kam noch der Versuch, aus ihm ein willenloses Geschöpf zu machen, wie Zortig eines war.

Muto bog in den Haupteingang ein. Er konnte die großen Türen trotz der Dunkelheit sehen. Durch kleine Fenster über dem Eingang fiel das Licht einer an der Außenwand befestigten Lampe herein. Muto hastete zum Tor. Erleichtert stellte er fest, daß es nicht verschlossen war. Er glitt in die Nacht hinaus. Sekundenlang wurde er von der Lampe hell angestrahlt, dann tauchte er im Schatten unter.

Er stand jetzt eng an die Hauswand gepreßt auf der Veranda des Gebäudes. Wenige Meter von ihm entfernt befand sich ein Fenster, durch das Licht herausfiel. Vielleicht hielten sich Rodman und Terjesen in diesem Zimmer auf.

Sichernd blickte Muto um sich. Er mußte sich beeilen, von hier wegzukommen. Jeden Augenblick konnte jemand auftauchen. Von der Veranda führte eine Treppe hinab, aber diese lag genau im Lichtkreis.

Mit zwei Schritten erreichte Muto den Rand des Gebäudes. Das Dach verlief mehrere Meter über die Wände hinaus und war mit Pfeilern abgestützt.

Muto schwang seine Beine über die Veranda, während er sich mit den Händen am Rand festhielt. Seine Füße trafen auf dem Boden auf. Die Temperatur lag mehrere Grad unter Null, doch Muto fror nicht. Seine Hände lösten sich vom Holz. Er kroch ein Stück im Schatten des Gebäudes weiter. Schließlich hatte er sich weit genug von allen Lichtern entfernt, daß er wagen konnte, sich aufzurichten.

Angestrahlt von unzähligen Scheinwerfern, bot das Raumschiff ein überwältigendes Bild. Überall reflektierten polierte Metallplatten den Schein der Lichter. Die Arbeiter in ihren dunklen Anzügen hoben sich deutlich von der Außenhülle ab. Jetzt konnte Muto durch mehrere Öffnungen sehen, aus denen Licht drang.

Ununterbrochen rollten die Zubringerfahrzeuge von den Lagerhallen herüber, um wichtiges Material heranzuschaffen. Die Lichtbogen der Schweißmaschinen flackerten überall auf, blauviolette Flämmchen auf dem gigantischen Schiff.

Gebannt von diesem Anblick blieb Muto stehen. Die Kosten für dieses Projekt erschienen ihm unvorstellbar. Anstatt der darbenden Bevölkerung zu helfen, verschleuderte Emmerich Geld für seine undurchsichtigen Pläne.

Mutos Körper erwachte aus der Bewegungslosigkeit. Er mußte die Transportfahrzeuge finden, von denen er annahm, daß sie jede Nacht zwischen der Stadt und dem Tal verkehrten.

Wenn er sich täuschte, war er verloren.

Der Gedanke, daß diese Transporte nicht in jeder Nacht durchgeführt wurden, sondern nur in unregelmäßigen Abständen, ließ Muto erschauern. Doch dann sagte er sich, daß die Arbeit am Schiff ständigen Nachschub erforderte.

Stets im Schatten der Gebäude bleibend, schlich Muto weiter. Der Lärm der Arbeiter überdeckte jedes Geräusch, das er verursachte.

Vor ihm ertönten Stimmen. Schnell versteckte sich Muto unter der Veranda des Gebäudes, an dem er gerade vorüberging. Drei Männer bewegten sich vor ihm in der Nacht. Er konnte ihre Stimmen hören. Sie unterhielten sich jedoch so leise, daß er den Sinn des Gesprochenen nicht verstand.

Er sah sie vorbeigehen, dunkle Schatten mit sicheren Schritten.

Muto konnte das Versteck verlassen. Er fragte sich, wie Emmerich die vielen Arbeiter veranlassen konnte, seinen Anordnungen zu folgen. Sie alle arbeiteten hier anscheinend ohne Zwang.

Nun, immerhin ging es den Menschen hier im Tal wesentlich besser als den Bewohnern der Stadt. Muto dachte an das vorzügliche Essen, das ihm Chet gebracht hatte. Wenn alle Mitarbeiter an Emmerichs Projekt so gut versorgt wurden, dann war ihre Loyalität zum Teil verständlich.

Trotzdem fragte Muto sich, warum noch keiner auf die Idee gekommen war, Emmerich zu verraten.

In knapper Entfernung heulte ein Motor auf, und Mutos Gedanken wurden dadurch unterbrochen. Plötzlich wurde er von aufflammenden Lichtern geblendet. Instinktiv warf er sich zu Boden.

Etwa dreißig Meter vor ihm startete ein großer Transportwagen. Die Scheinwerfer beleuchteten gefrorenen, zum Teil von Schnee bedeckten Boden. Muto rollte zur Seite, um aus dem Lichtkreis zu gelangen. Er hoffte, daß der Fahrer ihn noch nicht gesehen hatte.

Der unsichtbare Fahrer schaltete das Abblendlicht ein, und der Transporter ruckte an. Als er an Muto vorüberrollte, sah der Ausgesetzte, daß der Motorwagen einen Anhänger schleppte. Muto war davon überzeugt, daß der Lastzug auf dem Weg zur Stadt war. Doch seine Geschwindigkeit war schon zu hoch, als daß Muto es wagen konnte, auf den Anhänger zu springen.

Wo jedoch ein Fahrzeug war, mußten sich noch andere befinden.

Muto erhob sich und ging vorsichtig weiter. Stimmen wurden hörbar. Hastig zog sich Muto dicht an ein Gebäude zurück. Das waren anscheinend die Fahrer, die jetzt nacheinander zu ihren Wagen gingen. Er mußte sich beeilen, wenn er noch als blinder Passagier unterkommen wollte.

Jetzt blendeten mehrere Scheinwerfer auf. Muto sah drei Wagen, die hintereinanderstanden. An der Motorhaube des zweiten stand ein Mann, der eine Pelzmütze trug. Er wartete anscheinend darauf, daß der vordere Wagen losfuhr.

Von den drei Fahrzeugen schleppte nur das hintere einen Anhänger. Doch Muto zögerte, dorthin zu gehen. Bei der eisigen Kälte, die in dieser Nacht herrschte, bestand die Gefahr, daß er auf der Ladefläche erfror.

Das gleiche Schicksal stand ihm bevor, wenn er sich auf die

Pritsche eines Motorwagens begab. Es war jedoch unmöglich, in die einzelnen Führerhäuser einzudringen, ohne bemerkt zu werden.

Der vordere Wagen fuhr ab, sein Fahrer winkte und stieß einen Pfiff aus. Das war das Signal für den Mann mit der Pelzmütze, ebenfalls einzusteigen. Der Motor des zweiten Transporters sprang an.

Muto wußte, daß ihm nicht mehr viel Zeit zum Überlegen blieb. Als der zweite Wagen losfuhr, war Muto in verzweifelter Stimmung. Er schwankte zwischen dem Drang, einfach auf den hinteren Wagen loszurennen und sich auf den Anhänger zu schwingen, und dem Gefühl der Vernunft, das ihm riet, sich nicht für Stunden der unerbittlichen Kälte auszusetzen.

Mutos Probleme wurden von einem Konvoi weiterer vier Fahrzeuge gelöst, die von der Seite herangefahren kamen und hinter dem Wagen mit dem Anhänger hielten. Die vier hinzugekommenen Transporter waren Fahrzeuge, deren Ladeflächen mit Planen abgedeckt waren.

Der Lärm der vielen Motoren erstickte jeden anderen Laut. Muto beobachtete, wie der Fahrer des hinteren Wagens seinen Platz verließ, um nach vorn zu gehen. Dort kletterte der Mann zu einem seiner Kollegen hinein.

Muto rannte an den Gebäuden entlang, bis er auf gleicher Höhe mit dem letzten Fahrzeug stand. Er schaute sich um, sah jedoch niemanden. Mit wenigen Sprüngen erreichte er den Wagen. Die Plane war mit der Bordwand des Laderaums verschnürt. Mutos Hände waren von der Kälte so steif, daß er die Knoten kaum zu lösen vermochte.

Er hörte, wie weitere Wagen an der Spitze der Kolonne abfuhren. Endlich gab der erste Knoten seinen Bemühungen nach. Er konnte die Plastikschnur aus der Schlaufe ziehen.

Da kam der Fahrer des Wagens zurück. Muto tauchte unter die Ladefläche und kauerte sich zwischen die Reifen. Hoffentlich unterzog der Mann den Wagen keiner Kontrolle mehr. Der Fahrer stieg jedoch ein, ohne Muto zu bemerken.

Weitere Fahrzeuge setzten sich in Bewegung. Muto hörte die

Wagentür zuschlagen und sprang aus dem Versteck hervor. So schnell es ging, zerrte er die Schnur aus weiteren Schlaufen, bis er Platz genug zum Durchschlüpfen hatte.

Er hörte, wie der Fahrer einen Gang einlegte. Mit beiden Händen packte Muto die Bordwand. Gleichzeitig schob er seinen Kopf unter die Plane, um diese nach hinten zu drükken.

Der Transporter ruckte an. Muto stieß einen Fluch aus und wäre fast abgeworfen worden. Dann zog er sich hoch und ließ sich einfach ins Innere kippen.

Der Wagen fuhr langsam über unebenen Untergrund. Mutos Hände tasteten nach der Schnur. So gut es ging, zurrte er die Plane wieder fest. Unweigerlich würde der Fahrer feststellen, daß sich jemand an seinem Fahrzeug zu schaffen gemacht hatte, aber er würde die Schuld mit Sicherheit einem seiner Kollegen geben.

Muto kroch bis zur Rückwand des Führerhauses. Dort war es relativ warm. Der Boden der Ladefläche war mit Holzwolle bedeckt. Muto trug soviel zusammen, wie er zum bequemen Sitzen benötigte. Eine Weile verstrich, dann beschleunigte der Transporter das Tempo.

Muto tat einen tiefen Atemzug. Er war aus dem Tal geflohen.

Er stellte sich vor, wie Chet am nächsten Morgen die Tür öffnen und das Zimmer leer finden würde. Rodman und Dr. Terjesen würden schnell von ihm alarmiert werden. Diese beiden würden die zerstörte Scheibe sehen und sich denken können, was passiert war.

Sie würden Friedenslord Emmerich benachrichtigen, daß ein Mutant namens Kalin aus dem Tal geflohen war, bevor man ihn zur Toten Stadt gebracht hatte.

Ein Mutant, der eigentlich willenlos in seinem Zimmer hätte sitzen müssen.

So würde Emmerich anfangen, sich über Kalin, der eigentlich Tyler Muto hieß, Gedanken zu machen. Aber er würde nie auf die Idee kommen, daß der Flüchtling auf dem Weg zur Stadt war, um ihn zu töten.

8

Die Wagenkolonne benutzte einen anderen Weg zur Stadt als jenen, den Muto bei der Flucht zum Tal eingeschlagen hatte. Muto schloß das aus der Tatsache, daß er, während er vor den Jägern flüchtete, weder ausgefahrene Wege noch Spuren entdeckt hatte.

Aus irgendeinem Grund benutzten die Fahrer nicht den kürzesten Weg. Weiter fand Muto heraus, daß die Transporter in einer Nacht nicht hin- und zurückfuhren. Muto hatte Glück, daß seine Flucht in einer Nacht begonnen hatte, in der die leeren Fahrzeuge zur Stadt fuhren. Erst in der darauffolgenden Nacht würden sie beladen ins Tal zurückkehren.

Die Fahrt dauerte länger, als Muto geglaubt hatte. Er kauerte längst an der Bordwand, um sofort abzuspringen, wenn der Transporter hielt. Er verspürte keine Lust, vom Fahrer gefunden zu werden.

Nachdem mehrere Stunden verstrichen waren, ließ das Holpern nach. Muto vermutete, daß die Wagen jetzt bei der Stadt angekommen waren und nicht länger über unebenes Land fuhren.

Er löste die Schnur der Plane und hielt sich bereit. Lautes Hupen ertönte. Dann betätigte der Fahrer die Bremsen. Mit einem Ruck kam der Transporter zum Stehen.

Muto schwang sich über die Bordwand. Es war noch dunkel. Er sah, daß sie sich in einem Hof befanden. Fast alle Fahrzeuge hatten sich hier versammelt. Die Motoren waren abgestellt. Muto sah die Umrisse eines Gebäudes vor sich, das sich weit in die Dunkelheit hinein zu erstrecken schien. Doch das konnte ihm nur recht sein. Er rannte zwischen den Wagen darauf zu. Ohne angehalten zu werden, erreichte er die Verladerampe, an die gerade das erste Fahrzeug gebracht wurde.

Männer kamen aus dem Gebäude. Licht flammte auf. Unverhofft lag der gesamte Hof in strahlender Helligkeit. Mutos Herz schlug bis zum Hals. Warme Luft strömte ihm aus einem

Kellerfenster entgegen. Es war vergittert und gewährte ihm keine Möglichkeit, von hier aus ins Innere des Hauses zu gelangen. Unter der Rampe kroch er weiter.

Er stieß auf eine Art Belüftungsschacht. Auf die Ellenbogen gestützt, robbte er voran. Lauwarme Luft blies ihm ins Gesicht. Von irgendwoher kam das Geräusch eines Ventilators.

Der Schacht machte eine Krümmung. Es wurde dunkel. Muto kroch weiter. Irgendwann mußte er schließlich herauskommen.

Plötzlich begann der Schacht zu schwanken. Keuchend verhielt Muto in seinen Bewegungen. Anscheinend führte die Belüftung jetzt ohne Befestigung unter der Decke eines Raumes weiter, in den Muto nicht einsehen konnte. Die Erbauer des Schachtes hatten natürlich nicht damit gerechnet, daß ihr Produkt eine schwere Last zu tragen hatte.

Vorsichtig arbeitete Muto sich weiter. Das Schwanken wurde stärker. Muto befürchtete, jeden Augenblick mit der Belüftung nach unten zu stürzen.

Seine Hände fühlten plötzlich Rillen im dünnen Blech. Er tastete seine Umgebung ab. Anscheinend war er auf eine Klappe gestoßen, die von außen zu öffnen war.

Muto preßte beide Hände gegen die Klappe, aber sie gab nicht nach. Es blieb ihm nichts anderes übrig, als weiter den unsicheren Weg entlangzukriechen.

Das Schwanken hörte auf. Er hoffte, daß er jetzt besser vorankam.

Nachdem er mehrere Meter zurückgelegt hatte, stieß er wiederum auf eine Klappe. Diese stand jedoch offen. Muto blickte hindurch. Unter ihm mußte sich ein völlig im Dunkel liegender Raum befinden. Er streckte seine Hände aus dem Schacht, bekam aber nichts zu fassen. Vielleicht war der Boden viele Meter unter ihm, so daß er ihn nicht erreichen konnte. Doch das hätte das Vorhandensein der Klappe unlogisch erscheinen lassen.

Muto kroch über die Öffnung hinweg und schob dann die Beine hinaus. Er rutschte weiter, bis sein gesamter Körper aus dem Schacht hing. Er klammerte sich jetzt nur noch mit den Händen fest.

Trotzdem spürte er keinen Boden unter den Füßen. Muto wußte, daß er nicht mehr die Kraft besaß, um sich in den Schacht zu ziehen.

Es blieb ihm nur eine Möglichkeit: Er mußte sich fallen lassen.

Muto schloß die Augen und ließ los.

Er traf nicht sehr hart auf. Es war vollkommen finster. Er blieb stehen und lauschte, konnte jedoch nicht das geringste Geräusch vernehmen.

Er bückte sich und tastete den Boden ab. Dieser war mit einer Plastikmasse überzogen. Mutos Umgebung war angenehm warm.

Er wußte nicht, was er jetzt tun sollte. Plötzlich erschien ihm sein Vorhaben, irgendwie in die Nähe Emmerichs zu gelangen, undurchführbar. Zu viele Schwierigkeiten waren zu erwarten. Er wußte noch nicht einmal, wo er sich im Augenblick befand.

Mit ausgestreckten Händen tastete er sich weiter. Nach einer Weile stieß er auf einen metallischen Gegenstand. Das schrankähnliche Gebilde wies viele Unebenheiten auf. Muto wußte sich keinen Reim darauf zu machen.

Er ging weiter. In regelmäßigen Abständen traf er jetzt auf Metallschränke. Er widmete ihnen keine besondere Aufmerksamkeit mehr.

Dann gewahrte er einen schwachen Lichtschein vor sich. Dieser drang durch einen Spalt herein, der sich offensichtlich zwischen dem unteren Teil einer Tür und dem Boden befand.

Mißtrauisch blieb Muto stehen. Licht bedeutete Menschen. Und Menschen waren in diesem Augenblick eine Gefahr für ihn. Trotzdem ging er bis zur Tür und lauschte. Aus dem Nebenraum drangen keine Geräusche herüber.

Minutenlang blieb Muto stehen, aber kein Laut war zu hören. Allmählich begann er zu glauben, daß sich niemand nebenan aufhielt.

Seine suchenden Hände fanden den Türdrücker. Mit angehaltenem Atem öffnete er den Durchgang um einen Spalt und spähte hinaus.

Vor ihm erstreckte sich eine Halle, die kein Ende zu haben

schien. Hunderte, Tausende von Metallschränken standen dort in langen Reihen hintereinander.

Doch Muto wußte sofort, daß es keine Schränke waren.

Vor sich sah er die Datenspeicher des größten Rechenzentrums, das jemals auf der Erde existiert hatte.

Muto befand sich inmitten des MACK.

TYLER MUTO hatte schon vieles von dem MACK gehört. Wie die meisten Stadtbewohner hatte er das gewaltige Gebäude des Rechenzentrums oft von außen gesehen, aber er war noch niemals im Innern gewesen. Nur der Friedenslord hatte Zugang zu den verschiedenen Räumen. Mitglieder der Gilde durften sich ebenfalls innerhalb des MACK bewegen, aber Emmerich war der einzige Mensch, der Zutritt zu den wichtigsten Datenbanken hatte.

Die Erkenntnis, daß er, ohne es zu wollen, in diesen riesigen Komplex eingedrungen war, erschütterte Muto schwer. Es schien ihm, als begehe er damit eine Blasphemie. Er erkannte, daß sein von Jugend an beeinflußtes Gehirn sich noch nicht von den Vorstellungen gelöst hatte, die Emmerich und seine Minister in der Bevölkerung verbreiteten.

Er durfte jetzt nicht schwach werden. Der MACK war kein Heiligtum oder mysteriöses Gespenst, sondern technische Realität. Mit diesem Gedanken mußte er sich schnell vertraut machen.

Muto wußte, daß ihn hier praktisch niemand entdecken konnte. Zwischen den einzelnen Speicherbänken gab es unzählige Verstecke. Sobald jemand auftauchte, mußte er lediglich hinter einem Metallschrank Deckung suchen.

Muto fragte sich, ob zu diesem Raum nur Emmerich oder auch die Mitglieder der Gilde Zutritt hatten. Früher oder später würde er das herausfinden.

Muto klappte die Tür hinter sich zu und trat in die beleuchtete Halle. Seine Unsicherheit fiel von ihm ab. Schneller als erwartet war er an seinem Ziel angekommen. Die Lastwagen wurden im Hof des Rechenzentrums beladen. Dort waren sie vor den Augen der Einwohner am sichersten.

Muto wußte, daß er nicht einfach warten konnte, bis der Zufall den Friedenslord in diesen Teil des MACK führte. Er mußte, wenn er Emmerich töten wollte, sein Opfer suchen.

Wahrscheinlich war Emmerich bewaffnet. Doch er rechnete nicht mit einem Angriff. Sicher war es noch nie geschehen, daß ein Fremder in die Zentrale eingedrungen war.

Wie alt mochte Emmerich sein? Bei den wenigen Malen, die er ihn gesehen hatte, war Muto das Aussehen dieses Mannes immer gleich vorgekommen. Der Friedenslord hatte eine untersetzte Gestalt und war sicher kräftiger als Muto.

Überlegend stand der Ausgesetzte in dem langen Gang, der zwischen den Rechnern hindurchführte. Jetzt, so nahe vor seinem Ziel, durfte er keinen Fehler mehr begehen.

Muto verließ den Hauptgang und verschwand hinter einem Datenspeicher. Vor ihm blinkten die Kontrollen des Speichers. Muto hielt unwillkürlich inne. Ihm war, als würde er aus mehreren hundert Augen angestarrt. Ein unheimliches Gefühl beschlich ihn.

Der MACK war eine riesige elektronische Maschinerie, aber er besaß womöglich Fähigkeiten, von denen Muto nicht einmal etwas ahnte. Vermutlich gab es hier Sicherheitseinrichtungen. Womöglich hatte der MACK Mutos Eindringen schon registriert und Gegenmaßnahmen getroffen.

Muto blickte auf die blitzende Speicherwand.

Wieviel Zeit in Freiheit blieb ihm eigentlich noch?

Er ging langsam weiter, die Sinne zum Zerreißen gespannt. Einmal hörte er ein polterndes Geräusch, dann war wieder Stille.

Wie sollte er Emmerich jemals finden?

Wenn er Pech hatte, irrte er womöglich tagelang umher, ohne Erfolg zu haben.

Ein surrendes Geräusch ertönte. Gleich darauf bog eine seltsame Apparatur auf Gummirollen in den Gang, wo Muto sich befand. Der hagere Mann wich zurück.

Nun war er entdeckt worden. Dies war ein robotischer Wächter. Der Roboter besaß mit Sicherheit Waffen.

Muto preßte sich eng gegen die Speicherwand.

Der Mechanismus machte unmittelbar vor ihm halt. Auf vier

Rollen ruhte ein Gestell mit einer halbkugelförmigen Kapsel zwischen den Hauptgestängen und einer Art Ablage als oberer Abschluß. Einige Lichter blinkten Muto an.

Plötzlich ertönte eine Stimme. „Was wünschst du?"

Muto war zusammengezuckt. Er schaute wild um sich. Nur allmählich begriff er, daß der Apparat ihn angesprochen hatte.

„Was wünschst du?" wiederholte der Roboter.

War diese Frage nur gedacht, den Eindringling zu irritieren, oder sprach aus ihr eine gewisse Stupidität?

„Ich weiß nicht", sagte Muto langsam, denn er war sicher, daß es besser für ihn war, wenn er eine Reaktion zeigte. „Ich muß noch darüber nachdenken."

„Ich warte!" sagte die Maschine.

Ihre Stimme klang blechern und unbeteiligt. Sie stand einen halben Meter von Muto entfernt und blinkte ihn an.

Was sollte er tun? überlegte Muto angestrengt. Was würde geschehen, wenn er diese Maschine einfach ignorierte und weiterging?

Er entschloß sich, das herauszufinden.

Als er sich in Bewegung setzte, glitt der Roboter hinter ihm her, wobei er immer den gleichen Abstand zu Muto hielt.

Muto blieb stehen. Er sah ein, daß er die Maschine auf diese Weise nicht loswerden konnte.

Er änderte seine Taktik. „Besorge mir etwas zu trinken!" befahl er. Er war stolz auf seine Schläue, denn er rechnete damit, daß der Apparat nun davonrollen würde, um den Auftrag auszuführen. In der Zwischenzeit konnte Muto von hier verschwinden.

„Natürlich", sagte die Maschine dienstbeflissen.

Mutos Kinnlade sank vor Staunen herab, als er sah, wie sich die Kapsel zwischen den Gestängen öffnete und einen Becher herausreichte, den sie auf der Ablage abstellte.

Mißmutig griff Muto nach dem Getränk. Es war kühler Saft.

„Vermutlich führst du auch Essen mit dir", sagte Muto.

„Natürlich", erwiderte die Maschine.

„Kein Bedarf", sagte Muto. „Was würdest du tun, wenn ich dich darum bitte, mir eine Handfeuerwaffe zu beschaffen?"

„Das gehört nicht zu meinen Aufgaben", belehrte ihn die Apparatur.

Muto brummte vor sich hin. Dieser eifrige Robotdiener war nicht unbedingt gefährlich, aber er war lästig. Vor allem konnte Muto nicht wissen, wann das Ding herausfand, daß es den falschen Mann bediente.

„Wer bist du eigentlich?" erkundigte er sich.

„Ein kleiner MACK", lautete die Antwort. „Nummer siebzehn."

„Mhm!" machte Muto. War es möglich, daß Friedenslord Emmerich einen ganzen Schwarm robotischer Diener besaß? Das würde vieles erklären, zum Beispiel die Frage, wie ein einzelner Mann diese unglaubliche Aufgabenfülle bewältigen konnte.

„Würdest du mich unauffällig zu Friedenslord Emmerich führen?" fragte Tyler Muto.

Kaum, daß er die Frage ausgesprochen hatte, wußte Muto auch schon, daß er einen verhängnisvollen Fehler begangen hatte.

Die Maschine begann aufgeregt zu blinken.

„Natürlich", sagte sie. „Nein, natürlich."

Sie setzte sich in Bewegung und rollte auf Muto zu. Er war nicht auf diesen plötzlichen Angriff gefaßt und konnte nicht schnell genug zur Seite ausweichen.

„Natürlich, nein", sagte der Apparat und preßte Muto gegen die Wand.

Die Kapsel zwischen den Gestängen öffnete sich und spie eine Ladung Speisen und Getränke über Mutos Hosen. Der Druck der Maschine wurde stärker. Muto stemmte sich gegen sie. Er bekam kaum noch Luft. Muto begriff, daß dies kein gezielter Angriff war. Er hatte die Aktion mit seiner unüberlegten Frage herausgefordert. Die Maschine war völlig verwirrt. Sie war konstruiert worden, um Friedenslord Emmerich zu dienen. Eine andere Aufgabe kannte sie nicht. Mutos Frage hatte vermutlich ihre gesamte Programmierung durcheinandergebracht.

„Geh weg!" keuchte Muto. „Verschwinde von hier!"

Der Apparat knirschte. Er wackelte auf seinen Rollen, dann bewegte er sich ein Stück seitwärts. „Natürlich", sagte er. Seine Kapsel öffnete und schloß sich in einem fort, aber sie war längst völlig geleert.

„Bleib, wo du bist!" stieß Muto hervor und kroch auf allen vieren aus der Gefahrenzone.

Argwöhnisch beobachtete er den kleinen MACK Nummer 17. Der Roboter stand da. Er rührte sich jetzt nicht mehr.

Muto wußte, daß er einen zweifelhaften Sieg errungen hatte. Der MACK würde mit Sicherheit den Ausfall eines Robotdieners registrieren und Emmerich alarmieren. Was danach geschah, hing davon ab, welche Bedeutung Emmerich einem derartigen Zwischenfall beimaß.

Muto bog in einen anderen Gang ein. Er atmete auf, als der kleine MACK außer Sichtweite war.

Es hatte wenig Sinn, wenn er weiter planlos durch die Gänge irrte. Nur überlegtes Vorgehen half ihm jetzt weiter. Er hätte sich gern auf seinen Instinkt verlassen, aber dieser riet ihm nur zur schnellen Flucht aus dem Bereich des MACK.

Neuer Lärm lenkte ihn ab. Erschrocken lauschte er auf das Surren vieler Gummirollen. Er wußte, was es bedeutete. Ein ganzer Pulk kleiner MACKs war in der Nähe aufgetaucht.

War das bereits Emmerichs Wachmannschaft?

Muto ging ein paar Schritte zurück. Er mußte sich Gewißheit verschaffen. Vorsichtig spähte er in den Gang, aus dem er gekommen war. Da sah er die kleinen MACKs. Es waren insgesamt acht. Sie bemühten sich um den Roboter, mit dem Muto zusammengetroffen war. Muto beobachtete, wie sie den kleinen MACK Nummer 17 regelrecht abschleppten.

Wenn das die Reaktion auf den Zwischenfall war, konnte er zufrieden sein. Emmerich schien an einen Unfall zu glauben. Vielleicht wußte der Friedenslord nicht einmal etwas von dem Ereignis. Es war immerhin denkbar, daß die kleinen MACKs ein eigenes Alarmsystem besaßen, das sie auf den Plan rief, wenn einer der Ihren ausgefallen war. Muto glaubte, daß es so war, denn Emmerich hatte wohl kaum Zeit, sich ständig um die Wartung seiner Roboter zu kümmern.

Muto sah die kleinen MACKs verschwinden. Er überlegte, ob er ihnen folgen sollte. Sie würden ihn allerdings kaum zu Emmerich führen. Ihr Ziel war vermutlich eine Werkstatt.

Muto schaute sich zwischen den Speicherbänken um. Die Vorstellung, welch ungeheures Wissen sie repräsentierten, wirkte niederschmetternd auf Muto, denn es war gleichzeitig ein Beweis für Emmerichs Machtfülle. Es hieß, der MACK beherberge das gesamte Wissen der Menschheit. Für Emmerich war es jederzeit abrufbar. Er besaß ein Instrument, das ihn praktisch unbezwingbar machte.

Muto erschien es mit einemmal unwahrscheinlich, daß er Emmerich etwas anhaben könnte.

Er preßte die Lippen fest aufeinander. Der MACK gehört allen Menschen! dachte er. Emmerich durfte nicht länger der einzige Nutznießer des Rechenzentrums sein.

Wahrscheinlich ließen sich viele Probleme lösen, wenn man den MACK dazu einsetzte.

Muto setzte sich wieder in Bewegung. Im gleichen Augenblick preßte sich ein harter Gegenstand in seinen Rücken, und eine haßerfüllte Stimme sagte: „Nehmen Sie diese verdammte Maske ab, Emmerich!"

Muto war so erschrocken, daß er zu keiner Bewegung fähig war. Er wagte nicht, sich umzuwenden, um festzustellen, wer ihn bedrohte. Der Unbekannte verwechselte ihn mit dem Friedenslord, dem er keine besonderen Sympathien entgegenzubringen schien.

Wenn er jetzt vorsichtig zu Werke ging, konnte er vielleicht einen Helfer gewinnen. Er konnte sich zwar nicht vorstellen, wem es außer ihm noch gelungen war, in den MACK einzudringen, aber er mußte sich schnell auf die neue Situation einstellen.

„Los!" forderte der Mann in Mutos Rücken. „Die Maske ab, Friedenslord!"

Muto hob die Hände.

„Ich bin nicht Emmerich", sagte er langsam.

Der Druck der Waffe verstärkte sich. Muto lief ein Schauer über den Rücken. Wenn dieser Narr die Nerven verlor, würde keiner von ihnen den Friedenslord töten können.

„Keine Tricks!“ zischte die Stimme. „Ich warte nicht mehr lange.“

Muto sagte verzweifelt: „Mein Name ist Tyler Muto oder Kalin, wenn Sie wollen. Ich bin ein Mutant.“

Der Sicherungsflügel der Waffe schnappte ein. Muto fuhr sich mit der Zunge über die ausgetrockneten Lippen. Seine Gedanken wirbelten durcheinander. Was sollte er tun?

Er sah ein, daß ihm nichts anderes übrigblieb, als die Bioplastmaske abzunehmen, die man ihm im Tal aufgesetzt hatte.

„In Ordnung“, sagte er. „Ich nehme sie ab.“

Wenn nun die Warnung der Wahrheit entsprach und er tatsächlich sterben würde? Muto zuckte die Achseln. Ihm blieb keine andere Wahl. Die Wahrscheinlichkeit, daß er durch den Verlust der Maske sterben würde, erschien ihm geringer als die, von der Waffe getötet zu werden.

Das Bioplastmaterial hatte sich fest an seiner Haut festgesogen. Er hatte Mühe, die Maske vom Gesicht zu reißen. Doch dann hatte er sie los. Nichts geschah. Er fühlte lediglich, daß seine Gesichtshaut prickelte, als sei sie entzündet.

„Gehen Sie drei Schritte vor, und drehen Sie sich um!“ befahl der Unbekannte. „Beim geringsten Laut schieße ich Sie nieder.“

„Erschrecken Sie nicht, wenn ich mich umwende“, sagte Muto. „Es ist möglich, daß ich ein häßliches Gesicht präsentiere.“

Dann wandte er sich um. Er starrte genau in das Gesicht von Cosslert, den er einen Tag vor Beginn der Jagd im Wartegang der öffentlichen Versicherung getroffen hatte.

„Muto!“ entfuhr es Cosslert. „Ihr Name kam mir bekannt vor, doch ich glaubte nie, daß Sie es tatsächlich sein könnten.“

Erleichtert sah Muto, wie der breitschultrige Mann die Waffe sinken ließ.

Es fiel ihm ein, daß Cosslert für Montag ausgesetzt war, aber dieser Termin konnte natürlich schon vorüber sein. Muto wußte nicht, welcher Tag heute war, da er im Tal eine unbestimmte Zeit ohne Bewußtsein gelegen hatte.

Cosslert zog Muto hinter eine Speicherbank. „Ihre Zeit ist

doch längst um", sagte er. „Warum treiben Sie sich noch hier herum?"

„Das würde viel Zeit kosten, es zu erklären", sagte Muto. „Welcher Tag ist heute?"

„Dienstag", antwortete Cosslert verständnislos. „Wissen Sie das etwa nicht?"

Muto schüttelte den Kopf. „Wie kommen Sie hier herein?" fragte er Cosslert. „Die Todesstrafe droht jedem Ausgesetzten, der versucht, in das Zentrum einzudringen. Außerdem sind Sie bewaffnet, was wiederum Ihren Tod bedeutet."

Cosslerts brutal wirkendes Gesicht verzog sich. „Sterben werde ich auf jeden Fall", sagte er. „Ich dachte jedoch daran, Friedenslord Emmerich, der für alles verantwortlich ist, zuvor noch ein wenig zu behelligen."

Muto hielt es für überflüssig, dem Ausgesetzten zu erklären, daß er nicht mit dem Tod zu rechnen hatte, wenn er in die Hände der Jäger fiel.

„Ich dachte, Sie seien Mitglied bei einem privaten Schutzinstitut?" erkundigte er sich bei Cosslert.

Der Mann winkte verächtlich ab. „Sie hatten mir einen Helfer geschickt, der angeblich mit allen Wassern gewaschen war. Als er jedoch von meinem Plan hörte, in den MACK einzudringen, hat er es vorgezogen, mich im Stich zu lassen."

„Wie kamen Sie herein?"

Cosslert grinste. „Über den Hof. Dort fand ich einen Belüftungsschacht. Ich kroch hindurch und hätte ihn fast zum Einsturz gebracht. Ich fand eine Öffnung und drückte sie auf. Dann war ich hier."

Deshalb hatte also die Klappe offengestanden. Cosslerts starken Händen hatte der Riegel nicht widerstehen können.

„Ich habe den gleichen Weg hinter mir", sagte Muto.

„Auch das gleiche Ziel?" fragte Cosslert grimmig.

„Ich glaube nicht, daß wir das System beseitigen können", erwiderte Muto. „Aber Emmerich ist verwundbar."

Cosslert hielt ihm die Hand hin. „Es wird nicht einfach sein", sagte er.

Sie schüttelten sich die Hände. Muto fragte sich, ob nicht

schon in früherer Zeit Ausgesetzte hier eingedrungen waren – mit dem gleichen Ziel, das sie hatten. Sollte der Zufall die beiden ersten Rebellen gegen den Friedenslord hier zusammenführen? Oder war es Emmerich gelungen, andere zu töten, die das gleiche Ziel verfolgt hatten?

Es wäre tröstlich für Muto gewesen zu wissen, daß noch andere das verbrecherische Spiel durchschauten, das Emmerich mit der Bevölkerung trieb.

Wahrscheinlicher war jedoch, daß Cosslert ein Einzelgänger war. Muto erkannte, daß dieser Mann ungewöhnlich primitiv dachte. Er hatte sich aus reinem Selbsterhaltungstrieb hierherbegeben, ohne an die Folgen zu denken. Ein Akt der Rache erschien ihm wahrscheinlich wichtiger als die eigene Sicherheit.

Muto gestand sich ein, daß er es nur dem Zufall zu verdanken hatte, daß er hier stand. Wenn ihn das Schicksal nicht vor dem Gedächtnisschwund gerettet hätte, würde er jetzt im Tal auf seinen Abtransport in die Tote Stadt warten.

Sie beide, Muto und Cosslert, waren Anachronismen in einem gut funktionierenden System. Es war reines Glück, daß sie beide zur gleichen Zeit mit ihrer Revolte begonnen hatten.

„Sind Sie bereits lange hier?" fragte Muto.

„Seit Einbruch der Nacht", antwortete Cosslert. „Ich warte darauf, daß Emmerich hier erscheint."

„Warum sollen wir warten, bis der Friedenslord zu uns kommt?" fragte Muto. „Gehen wir doch zu ihm."

„Natürlich", schnaubte Cosslert. „Genau das müssen wir tun."

Er fragte nicht, wie Muto auf den Gedanken gekommen war, Emmerich zu töten. Er erkundigte sich noch nicht einmal, warum Muto als Mutant verkleidet war. Sein einziges Problem schien Emmerich zu sein.

;„Wo können wir Emmerich finden?" fragte Cosslert.

Das wußte Muto auch nicht. Gleichzeitig erkannte er jedoch, daß Cosslert eine Gefahr für ihn darstellte. Der schwere Mann handelte unüberlegt, das bewies schon die Vertrauensseligkeit, mit der er Muto jetzt entgegenkam.

„Es wird besser sein, wenn wir uns trennen", schlug Muto vor. Er beachtete Cosslerts enttäuschtes Gesicht nicht, sondern fuhr fort: „Zwei Hauptgänge führen zwischen den Datenspeichern hindurch. Jeder wird einen benutzen, bis wir auf einen anderen Raum stoßen. Wenn einer von uns Emmerich trifft, muß er versuchen den anderen zu alarmieren. Ist keine Zeit mehr dafür, kann der Betreffende den Friedenslord vielleicht ohne Hilfe töten."

Cosslerts Gesichtsausdruck war zu entnehmen, daß er diesen Worten nur schwer folgen konnte. Er nickte langsam. „In Ordnung", stimmte er zu. „Ich hoffe, daß es klappt."

Sie trennten sich. Muto fühlte sich erleichtert, als Cosslert zwischen den Datenspeichern verschwand. Er beschloß, jetzt vorsichtiger ans Werk zu gehen. Cosslerts Überfall hatte bewiesen, daß die vielen Möglichkeiten für einen Hinterhalt auch von anderen ausgenutzt werden konnten.

Muto fragte sich, was jetzt im Tal vorgehen mochte. Ob man seine Abwesenheit bereits entdeckt hatte? Er wußte nicht, ob draußen der Tag schon wieder angebrochen war.

Vielleicht war Rodman oder Terjesen bereits unterwegs zur Stadt, um den Friedenslord über den ungewöhnlichen Vorfall zu informieren.

Muto kniff die Lippen zusammen. Er hatte die Bioplastmaske abgenommen, und Cosslert hatte ihn sofort erkannt. Das bedeutete, daß ein Verlust der Maske nicht tödlich war und daß die Geschichte mit den verunstalteten Gesichtern in das Reich der Fabel gehörte. Alles, was sich Emmerich ausgedacht hatte, bestand aus Lügen. Der Friedenslord hatte die Einwohner der Stadt in jeder Beziehung betrogen.

Dafür gab es nur eine Strafe: den Tod!

Muto war entschlossen, der Richter zu sein.

9

ALS MUTO am Ende der langen Reihe von Datenspeichern angelangt war, konnte er von Cosslert weder etwas hören noch sehen. Der Ausgesetzte hatte also einen weiteren Ausgang gefunden und ihn benutzt.

Muto ging an der Wand entlang weiter, bis er den anderen Hauptgang erreichte, den Cosslert benutzt hatte. Er sah, daß hinter den sieben vorderen Speichern ein Nebengang abzweigte. Es war nicht sicher, ob Cosslert diesen Weg eingeschlagen hatte.

Die unheimliche Stille, die in der Halle herrschte, veranlaßte Muto, sich nur mit äußerster Vorsicht zu bewegen. Er fürchtete, daß man es weithin hören konnte, wenn seine Füße über den Plastikboden schleiften.

Doch niemand hielt ihn auf. Er kam an der Abzweigung an. Sie führte an den Speichern vorüber in einen unbeleuchteten Seitengang. Muto sah farbige Tafeln an den Wänden, die mit Ziffern bedruckt waren. Für Muto, der keine Vorstellung davon hatte, was Kybernetik eigentlich war, bedeuteten die Zahlen nichts.

Emmerich wußte sicher, was dies alles zu sagen hatte. Dieser Gedanke rief in Muto ein Gefühl der Minderwertigkeit hervor und verstärkte seinen Haß. Der Friedenslord besaß Zugang zu allem, was die Menschheit sich an Wissen erarbeitet hatte. Er benutzte diese Erkenntnisse jedoch nicht, um das Elend der Stadt zu mildern, sondern förderte damit seine eigenen Pläne.

Einige Meter weiter stieß Muto auf die Darstellung des Sonnensystems. Er wußte nichts damit anzufangen, denn die Existenz anderer Planeten war ihm unbekannt. Er versuchte, die Beschriftung im Halbdunkel zu lesen, doch er hatte keinen Erfolg.

Je tiefer er sich in den Seitengang vorarbeitete, desto weniger Licht fiel von der Haupthalle herein. Doch dann sah er vor sich einen Lichtschimmer, der unter einer Tür nach außen drang. Die Tür bildete gleichzeitig das Ende des Korridors.

Da er keine Geräusche hörte, nahm Muto an, daß das Zimmer dahinter verlassen war. Trotzdem zögerte er, bevor er die Tür langsam aufdrückte.

Der Raum, der sich vor ihm ausbreitete, wurde von einem gewaltigen Globus ausgefüllt, der genau in der Mitte auf einem Sockel ruhte. Von dieser Kugel ging das Licht aus, das das Zimmer erhellte. An den Wänden hingen Landkarten, die mit bunten Stecknadeln versehen waren. Sonst war das Zimmer leer.

Unwillkürlich fühlte Muto sich von dem Globus angezogen. Er ging darauf zu, um ihn zu betasten. Er war drehbar und gab dem Druck von Mutos Fingern sofort nach. Die Außenhülle fühlte sich warm an.

Muto erkannte, daß überall auf dem Globus Leuchtziffern eingraviert waren. Das war also die Erde. Mutos Finger glitten über die Kontinente hinweg, und er las Begriffe, die ihm fremd waren.

Neben einer Leuchtziffer stand NORDAMERIKA, neben einer anderen, weiter unten, BRASILIEN. Die Wörter bedeuteten Muto nichts, und obwohl er noch andere las, wußte er nicht, was sie ausdrücken sollten.

Der Gedanke, daß auf dieser riesigen Welt die Stadt die letzten Menschen beherbergte, rief in Muto ein lähmendes Gefühl hervor.

Auf welchem dieser Kontinente lebte er, Muto?

Der Globus drehte sich träge weiter. Europa, las Muto.

Die Kontinente und Ozeane verschwammen vor seinen Augen, als er die Kugel anstieß, so daß sie schneller rotierte.

War es möglich, daß alles, diese ganze Welt, Totes Land war?

Warum gingen sie nicht hinaus, um festzustellen, ob es noch andere gab, die in ähnlichen Städten lebten wie sie? Plötzlich war Muto sicher, daß Emmerich schon überall geprüft hatte, ob es Überlebende gab. Aus welchem anderen Grund sollte sonst dieser Globus existieren?

Auf der anderen Seite des Sockels war eine Messingplatte eingelassen. Muto las, was darauf eingraviert war: UNSERE HEIMAT IM JAHRE 1970.

Was bedeutete das? War die Erde jetzt nicht mehr ihre Heimat? Es schien, als sei dieser Globus für jemand bestimmt, der sich in späteren Zeiten einen Begriff von dieser Welt machen wollte.

Auch die Jahreszahl war unverständlich. Nach Mutos Wissen lebte er im Jahre 126.

Unterhalb der in den Sockel eingelassenen Messingplatte befand sich ein Schaltbrett. Die einzelnen Lichtelemente waren beschriftet, aber Muto konnte mit den Begriffen nicht viel anfangen. Die Verlockung, eine der Schaltleisten zu berühren, war für Muto jedoch sehr groß. Der gesamte Raum übte eine zunehmende Faszination auf ihn aus.

Er versuchte sich vorzustellen, daß Friedenslord Emmerich oft hier stand und sich mit der Geschichte der Menschheit beschäftigte.

Über einer der Leisten stand das Wort FILM. Muto zögerte einen Augenblick, dann berührte er das Schaltelement.

Seine Hand zuckte zurück. Er mußte verrückt sein, ein solches Risiko einzugehen. Aber er hatte der Versuchung einfach nicht widerstehen können. Er spürte instinktiv, daß die Einrichtungen dieses Raumes keine Gefahr für ihn bedeuteten. Hier gab es keine Fallen oder Waffen. Das Ganze ähnelte viel mehr einem Archiv.

Zwischen den Landkarten an den Wänden entstand ein helles Rechteck. Dort begann ein Film abzulaufen. Der Raum wurde automatisch verdunkelt.

Muto betrachtete die Bilder an der Wand. Er ahnte, daß er einen Teil menschlicher Geschichte sehen konnte. Längst verstorbene Kamerateams hatten sie im Film festgehalten. Die Bilder waren farbig und von erstaunlicher Qualität.

Muto sah gutgekleidete Männer, die in luxuriös ausgestatteten Räumen an runden Tischen saßen und erregt miteinander diskutierten. Es war nicht zu sehen, worüber sie stritten, aber dafür wurde um so deutlicher, daß sie sich nicht einigen konnten.

Das Bild blendete um. Muto sah große breite Straßen, die von Menschen gesäumt wurden. Muto hatte bisher weder solche prächtigen Straßen noch derartige Menschenansammlungen gesehen. Eine Tribüne wurde sichtbar. Wieder sah Muto gutgekleidete Männer, aber auch zahlreiche Uniformierte. Sie grüßten zu Truppen hinab, die an ihnen vorbeizogen. Die Parade war endlos lang, und sie führte in ihren Reihen verschiedene Waffen mit sich. Raketen waren zu sehen.

Muto hielt den Atem an. Waren dies die Atomraketen, die die große Katastrophe verursacht hatten? Wie war es möglich, daß sie damals in aller Öffentlichkeit und dazu noch voller Stolz gezeigt worden waren?

Muto hatte immer geglaubt, solche Waffen wären von den Menschen voller Scham in sicheren Verstecken aufbewahrt worden.

Die Soldaten, die an der Tribüne vorbeikamen, bewegten sich in Reih und Glied. Irgendwie erinnerten sie Muto an die kleinen MACKs, die ihm hier begegnet waren. Flugzeuge donnerten über die Straße hinweg. Die Menschen schwenkten Fähnchen und lachten. Es war unglaublich, aber sie schienen sich am Anblick der Waffen zu erfreuen.

Unvorstellbar! schoß es Tyler Muto durch den Kopf. Waren das alles Verrückte? War das die Erklärung, daß es überhaupt zu einem dritten Weltkrieg hatte kommen können?

Die Bilder auf der Leinwand wechselten. Muto sah ein wüstenähnliches Land. Unglaublich magere Kühe fraßen Blätter von ein paar dürren Bäumen. Die Sonne brannte erbarmungslos auf dieses Land nieder. Ein paar armselige Hütten wurden von der Kamera eingefangen. Schwarzhäutige Menschen saßen apathisch in ihren Schatten. Muto sah Kinder mit großen Augen und vor Hunger aufgetriebenen Bäuchen.

Ein anderes Bild erschien. Muto erblickte die Silhouette einer großen Stadt. Niemals zuvor hatte er so große Gebäude gesehen. Sie reichten zum Teil hundert Meter und mehr in den Himmel.

Dazwischen sah Muto große Schlote, die unablässig graue Rauchwolken in den Himmel stießen. Die Stadt lag schon unter einer regelrechten Glocke aus diesem grauen Dunst. Die Kamera schwenkte und erfaßte eine Straße. Nicht enden wollende Fahrzeugschlangen bewegten sich über die Straße. In jedem Fahrzeug saßen Menschen. Die Stadt schluckte sie und spuckte gleichzeitig Tausende von ihnen wieder aus.

Ein Gefühl schrecklicher Einsamkeit überkam Muto.

Die Anonymität der unbekannten Menschen erschien ihm unerträglich. Er fing an zu glauben, daß sie nicht wirklich gelebt hatten, daß der ganze Film nur ein Trick war.

Ein neues Bild fesselte ihn. Er sah einen Fluß. Schaumberge trieben darauf. Ölige Lachen mit verendeten Vögeln und Fischen darin bildeten sich an den Ufern. Ein Schiff erschien. Ein beweglicher Kran, der auf seinem Deck montiert war, schwenkte über die Reling und ließ Fässer ins Wasser fallen. Am Ufer standen Menschen und hoben drohend ihre Fäuste.

Dann erschien der Müllberg auf der Leinwand. Es war ein kolossaler Hügel am Rand einer Stadt. Sein Gipfel war zu einem großen Plateau eingeebnet. Eine Straße führte auf dieses Plateau hinauf. Große Transportfahrzeuge fuhren zum Gipfel und kippten immer neue Fuhren Müll über den Rand des Plateaus die Hänge hinab. Muto hatte den Eindruck, daß der Berg wuchs, während er zuschaute.

Aber das niederschmetterndste an diesen Bildern waren die Menschen. Sie lebten in großen Gruppen auf dem Plateau. Die meisten waren zerlumpt und schmutzig. Hühner, Schweine und Ziegen liefen zwischen ihnen umher und scharrten und wühlten im Müll. Jedesmal, wenn ein neuer Müllwagen kam, umringten ihn die Menschen und warteten offenbar sehnsüchtig darauf, daß er seine Last abwarf. Dann begannen sie darin zu wühlen, als vermuteten sie Schätze in diesem Unrat.

Muto fühlte sich elend. Die Kameraführung erlöste ihn. Prunkvolle Gebäude erschienen auf der Leinwand. Sie lagen inmitten parkähnlicher Gärten. Auf den Terrassen und am Rand von großzügig angelegten Schwimmbädern standen Männer und Frauen in kostbaren Kleidern. Sie hielten Gläser in den Händen und schienen sich zwanglos zu unterhalten. Die Zufahrten zu diesen Häusern waren mit schweren, chromblitzenden Fahrzeugen verstopft. Die Kamera wanderte über ein Büfett, auf dem exotische Nahrungsmittel gestapelt waren. Muto kannte sie nicht einmal dem Namen nach, und der Überfluß war unvorstellbar für ihn.

Er erinnerte sich, in welcher Umgebung und Situation er sich befand. Der Film hatte ihn völlig in Bann geschlagen. Die Zeit war schnell verstrichen.

Die untergehende Sonne beleuchtete eine Küstenlandschaft. Plötzlich zuckte ein Lichtblitz über die Leinwand. Eine Explosionswolke von gewaltigen Ausmaßen hüllte das Land ein. Sie schoß in die Höhe und formte sich zu einem Gebilde, das Muto von anderen Berichten her kannte – zu dem typischen Atompilz.

Hinter der Leinwand ertönte eine Stimme. „Die Völker taumelten immer tiefer in den verhängnisvollen Kreislauf von Mißtrauen und nationalen Egoismen", sagte sie. „Hemmungslose Ausbeutung des Planeten Erde schuf schließlich eine für alle Völker deprimierende Lage. Die Kluft zwischen Arm und Reich wurde immer größer. Die Regierungen steckten immer mehr Geld in die Rüstung, obwohl soziale Spannungen überall zu revolutionären Prozessen führten. Computer entschieden nicht nur über das Schicksal einzelner Menschen, sondern schließlich auch über Krieg und Frieden. Bis an die Zähne bewaffnet, standen sich die Staaten gegenüber, so daß es schließlich gleichgültig war, was die Katastrophe auslöste. Vermutlich beruhte der Ausbruch des dritten Weltkrieges auf einem Irrtum. Niemand hatte den Krieg wirklich gewollt, aber er hatte schließlich zwangsläufig kommen müssen."

Muto berührte das Schaltelement. Die Stimme verstummte. Das Bild fiel in sich zusammen.

Muto konnte das Gesehene nicht sofort verarbeiten. Bisher hatte er viel zuwenig über die Vergangenheit gewußt. Vielleicht war es ein Wunder, daß es überhaupt noch Menschen gab.

Muto richtete seine Aufmerksamkeit auf die anderen Schaltelemente. Auf einem stand das Wort MACK.

Muto zog seine Hand, die er schon danach ausgestreckt hatte, wieder zurück. War dies eine Kontaktstelle für Friedenslord Emmerich, um mit dem MACK in Verbindung zu treten?

Was geschah, wenn ein Fremder mit dem MACK Kontakt aufnahm?

Der trockene Knall eines Schusses riß Muto aus seinen Überlegungen. Er fuhr zusammen und sprang hinter den Globus. Es war niemand im Zimmer. Der Schuß mußte an anderer Stelle gefallen sein. Cosslert!

Der Ausgesetzte hatte eine Waffe bei sich. Entweder hatte er

Emmerich gefunden, oder er war mit Mitgliedern der Gilde zusammengestoßen.

Muto versuchte zu bestimmen, von welcher Seite der Knall gekommen war. Doch das war nicht zu ermitteln. Dort, wo er herkam, konnte sich Cosslert nicht aufhalten.

Muto verließ den Raum durch die zweite Tür auf der anderen Seite des Globus. Er gelangte in eine kleine erleuchtete Kammer, von der aus vier andere Räume zu erreichen waren.

Muto wählte die größte der Türen und stieß sie hastig auf. Er blickte in die Dunkelheit. Muto gab jede Vorsicht auf. Wenn Cosslert auf Männer der Gilde getroffen war, dann half nur noch blitzschnelles Handeln.

Muto griff zur Klinke der nächsten Tür. Er sah ein einfaches Zimmer. Eine Deckenlampe verbreitete warmes Licht.

In der Mitte des Raumes stand Cosslert, breitbeinig, die Waffe in der Hand. Er schien Muto nicht zu hören. Mit starren Augen blickte er zum Schreibtisch, hinter dem ein Mann zusammengesunken war.

Der Mann saß auf einem Sessel, seine Jacke hatte sich umgeschlagen, als er nach vorn gefallen und mit den Schultern auf dem Schreibtisch hängengeblieben war. Blut sickerte unter seinem seitlich verdrehten Kopf hervor. Der Mann bewegte sich, als versuche er aufzustehen.

Mutos Kopf dröhnte. Sein Mund war vollkommen ausgetrocknet. Cosslert gab einen dumpfen Laut von sich, und seine Arme sackten nach unten.

Der Mann hinter dem Schreibtisch war Friedenslord Emmerich.

Muto fühlte sich vollkommen leer. Er war unfähig, irgend etwas zu tun. Er hatte sich noch nie im Leben so elend gefühlt. Ein sicheres Gefühl sagte ihm, daß soeben etwas Entscheidendes geschehen war, etwas, was nicht nur sein Leben, sondern auch das unzähliger anderer Menschen verändern würde.

Da drehte sich Cosslert langsam zur Tür um. Er blickte Muto an wie einen Fremden. Seine Lippen bewegten sich, und die Worte kamen nur langsam und stoßweise. „Ich habe ihn erschossen“, sagte Cosslert.

Er warf einen verzweifelten Blick hinter sich. „Er lebt noch. Sehen Sie, Muto, er bewegt sich." Er schien von Grauen geschüttelt.

„Als ich hereinkam, saß er hinter dem Schreibtisch. Er sah auf und schien sich nicht darüber zu wundern, daß ich einfach in dieses Zimmer eindrang. Ich glaube, er lächelte . . ., ja, er lächelte. Und sein Lächeln galt mir, der ich gekommen war, um ihn umzubringen." Cosslert biß sich auf die Unterlippe. „Emmerich fragte ruhig: ‚Wie sind Sie in dieses Zimmer gekommen?' ‚Ich will Sie erschießen, Emmerich', sagte ich, ‚Sie haben den Tod verdient.' Er war ganz still, sah mich nur über den Tisch hinweg an, als sei er sich bewußt, daß er nichts an seinem Schicksal ändern könne. ‚Ich wußte, daß es eines Tages soweit kommen würde', sagte er. ‚Ich bin nicht allein!' rief ich ihm zu, als hätte ich ihm beweisen müssen, daß ich nicht der einzige Mensch war, der ihm nach dem Leben trachtete. Er fuhr fort, mich anzulächeln. Da schoß ich. Ich glaube, daß er überhaupt keine Angst hatte. Er versuchte sogar, noch aufzustehen und etwas zu sagen. Ich wollte noch einmal auf ihn feuern, aber meine Hände zitterten so stark, daß ich nicht dazu fähig war. Da fiel er nach vorn, und sein Kopf schlug auf den Schreibtisch." Cosslert sprach wie in Trance. „So liegt er jetzt noch."

Muto ging langsam an Cosslert vorbei. Vor dem Schreibtisch blieb er stehen und blickte auf den Friedenslord. Emmerichs Hände zuckten, als wollten sie nach etwas greifen.

Muto ging um den Tisch herum und griff dem Sterbenden unter die Arme. Vorsichtig zog er ihn hoch und lehnte ihn in den Sessel zurück. Am Halsansatz sah Muto die stark blutende Einschußstelle.

Emmerich schlug die Augen auf. Überraschend deutlich sagte er: „Sie sind nicht der Mann, der auf mich geschossen hat?"

„Nein", erwiderte Muto. „Aber ich war mit dem gleichen Ziel in die Zentrale gekommen, Friedenslord. Ich wollte Sie umbringen."

„Die Jäger werden Sie früher oder später greifen", sagte

Emmerich. Er schien keinen Haß gegenüber Muto zu empfinden.

Muto zog die Bioplastmaske aus der Tasche und hielt sie Emmerich vor die Augen.

„Ihr Spiel ist durchschaut", sagte er grimmig. „Die Jäger hatten mich bereits geschnappt, aber ich flüchtete aus dem Tal. Es gelang Ihren Leuten nicht, mich in einen Mutanten zu verwandeln, wie Sie die armen Menschen zu nennen pflegen."

In Emmerichs Gesicht zeigte sich zunehmendes Entsetzen. „Wissen noch andere Ausgesetzte von Ihren Entdeckungen?"

„Nein", sagte Muto. Er fühlte den Drang in sich, Emmerich zu verletzen und zu ängstigen, aber er brachte es nicht fertig, ihn zu belügen.

„Wie kommt es, daß Sie den Behandlungen widerstehen konnten?" fragte Emmerich. „Haben Sie nicht Ihr Gedächtnis verloren?"

„Nein!" schrie Muto. „Ich habe mich auch nicht in eins der apathischen Wesen verwandelt, die in der Toten Stadt dahinvegetieren. Ich habe mich nicht in einen der hilflosen Sklaven verwandelt, von denen Sie behaupten, daß sie die Zukunft seien."

„Sie sind es tatsächlich", erwiderte Emmerich. Er lächelte schmerzlich. „Vielmehr – Sie waren es", verbesserte er sich. „Denn jetzt ist alles vorbei." Er starrte Muto an. „Sie müssen ein natürlicher Mutant sein. Das ist die einzige Erklärung dafür, daß Sie die Behandlung ohne Resultate überstanden."

„Ich bin kein Mutant", knurrte Muto. „Es ist etwas anderes. Als ich in der Toten Stadt war, stellte einer Ihrer ‚Mutanten' fest, daß er meine Ausstrahlung nicht erfassen konnte. Sicher hat es damit zu tun."

Emmerich stöhnte vor Schmerzen. „Das bestätigt nur meine Vermutung", brachte er hervor. „Sie zeigen deutliche Symptome."

„In dieser ganzen Stadt gibt es keinen einzigen Mutanten", sagte Muto.

„Doch, einen gibt es bestimmt", erklärte Emmerich.

„Wer sollte das sein?"

„Ich", entgegnete der Friedenslord. Er griff in sein Gesicht und zog die Haut über den Wangen zusammen. Fassungslos sah Muto ihm zu. Er konnte beobachten, wie die Haut sich von Emmerichs Gesicht löste. Mit einem letzten Ruck entfernte der Verletzte die vollendete Bioplastmaske von seinem Gesicht.

Muto schrie auf. Er sah vor sich eine rosarote Masse mit dunklen Augen. Emmerichs Gesicht – sein richtiges Gesicht – trug kaum menschliche Züge. Das Fleisch war aufgedunsen und formlos, die Nase existierte nur als häßlicher Klumpen, der Mund besaß keine Lippen.

Doch dieser ungeheuerliche Mund sprach: „Jetzt werden Sie mir sicher Glauben schenken."

Irgendwo im Hintergrund des Raumes stöhnte Cosslert auf. Muto wich unwillkürlich vom Tisch zurück.

„Ich könnte die Männer der Gilde rufen", sagte der Mutant. „Doch ich spüre, daß meine Verletzung tödlich ist. Wenn meine Kräfte ausreichen, dann sollen Sie erfahren, was Sie zerstört haben, als Sie hier eindrangen."

10

EINEN Augenblick saß Emmerich schweigend im Sessel, als wollte er Kräfte sammeln. Wie gebannt blickte Muto zu dem sterbenden Friedenslord hinüber. Was war das für ein Mensch?

„Ich trage Prothesen, da sich meine Beine nicht voll entwickelten", sagte Emmerich. „Körperlich gesehen, bin ich eine negative Mutation. Solche Fälle traten nach dem dritten Weltkrieg oft ein. Doch fast alle Menschen, die solche körperlichen Veränderungen aufwiesen, starben bereits kurz nach der Geburt. Sie waren nicht lebensfähig. Manche wurden auch von ihren Eltern getötet. Es ist natürlich Unsinn, daß eine Mutation erst in einem gewissen Alter beginnt. Genau das Gegenteil ist der Fall. Mutanten werden als solche geboren – genau wie ich." Er unterbrach sich und rang nach Atem.

„Allerdings bin ich nicht nur körperlich, sondern auch

geistig mutiert. Wenn Sie wollen, können Sie mich also auch als positive Mutation bezeichnen, obwohl ich bezweifle, daß es ein Vorzug ist, mit meinen Gaben geboren zu werden."

„Wieso haben Sie nicht bemerkt, daß wir in den MACK eingedrungen sind, wenn Sie besondere geistige Kräfte besitzen?" fragte Muto verwirrt.

„Ich bin kein Telepath", erklärte Emmerich. „Ich verfüge über keinerlei paranormale Gaben. Ich bin ein Genie, wenn Sie es so ausdrücken wollen. Wahrscheinlich bin ich der intelligenteste Mensch, der jemals auf diesem Planeten gelebt hat."

„Wie kommt es, daß die Menschen in der Toten Stadt die Fähigkeit besitzen, Gedanken anderer Menschen aufzuspüren?" fragte Muto dazwischen.

Emmerich hustete.

„Jeder Mensch besitzt diese latenten Fähigkeiten. Es hat nichts mit Gedankenlesen zu tun, sondern dient lediglich dazu, die Gefühle anderer zu erkennen. Ich habe im Verlauf meiner Forschungen herausgefunden, wie es möglich ist, diese latenten Kräfte zu wecken." Er suchte nach Worten, um Muto in einfachen Sätzen zu erklären, worum es sich handelte.

„Ein Mensch, bei dem diese Fähigkeit ausgebildet ist, kann feststellen, ob Sie zornig, glücklich oder verliebt sind", sagte er. „Er kann jedoch nicht Ihre einzelnen Gedanken erfassen."

Muto erinnerte sich an Zortig. Der „Mutant" hatte nie echte Telepathie beherrscht.

„Weshalb gaben Sie den Ausgesetzten diese Fähigkeit?" fragte er den Friedenslord.

Der Mutant schloß einen Augenblick die Augen.

„Um das zu verhindern, was diesen Planeten in einen radioaktiv verseuchten Trümmerhaufen verwandelt hat: einen neuen Atomkrieg." Ein Hustenanfall schüttelte ihn, und er spuckte Blut. „In Zukunft wird jeder Mensch die Gefühle seines Nachbarn kennen. Keiner kann verbrecherische Gedanken in sich verbergen, ohne daß es die anderen bemerken."

„Aus welchem Grund besitzen Sie diese Fähigkeit nicht?"

„Ich bin ein Mutant – genau wie Sie. Es ist offensichtlich,

daß diese Behandlung bei uns nicht anspricht." Emmerich schwankte im Sessel. Muto sprang auf ihn zu und hielt ihn fest.

„Erklären Sie mir alles", verlangte er.

Emmerich nickte. Cosslert stand gegen die Tür gelehnt und hörte schweigend zu. Er schien nicht zu verstehen, was sich vor ihm abspielte.

„Die Erde ist eine sterbende Welt", sagte der Mutant. „In wenigen Generationen wird sie keine Lebensmöglichkeiten mehr für die Menschheit bieten. Der fürchterliche Krieg hat nichts zurückgelassen, was uns Hoffnung geben könnte. Die Menschen werden aussterben. Viele Frauen können keine Kinder mehr zur Welt bringen. Die Nahrung wird immer knapper. Wir können keine Agrarwirtschaft betreiben, da der Boden verseucht ist und jede Aussaat mutiert."

„Warum haben Sie das der Bevölkerung nicht gesagt?" wollte Muto wissen.

„Das hätte zweifellos zu einer Panik geführt", sagte Emmerich. „Das wäre das endgültige Ende der Menschheit gewesen."

Muto glaubte Trauer in den Augen des Mutanten zu sehen. Die Augen waren das einzige Menschliche in dem entstellten Gesicht des Friedenslords.

„Es gab nur einen Weg, um den drohenden Untergang zu verhindern", fuhr Emmerich fort. „Der noch lebensfähige Teil unserer Stadt muß im Weltraum einen anderen Planeten finden, auf dem Leben möglich ist." Er rang nach Atem. „Nach dem dritten Weltkrieg versuchten einige völlig verwirrte Politiker, aus den Resten der Menschheit etwas Neues zu formen. Neue Zeitrechnungen wurden eingeführt, neue Begriffe und Wertvorstellungen. Mit aller Gewalt sollte die Zeit vor dem Krieg vergessen werden. Und sie wurde vergessen, wenn auch nicht vollständig. Doch der Versuch, auf der Erde einen neuen Anfang zu finden, mußte zwangsläufig fehlschlagen. Allmählich entwickelte sich jedoch ein neues Sicherheitssystem, das jeden weiteren Krieg verhinderte. Der MACK, ein Überbleibsel aus der Zeit vor dem dritten Weltkrieg, wurde von den Politikern bei ihren Entscheidungen zu Rate gezogen.

Das war die Zeit – ich war damals zwölf Jahre alt, besaß aber die Intelligenz eines erwachsenen Wissenschaftlers –, in der ich mein Interesse auf die Politik zu lenken begann. Längst trug ich eine Spezialmaske, die ich mir selbst hergestellt hatte, da ich genau wußte, wie meine Umgebung auf mein Aussehen reagieren würde.

Zwei Jahre später", Emmerich lächelte bei seiner Erinnerung, „wurde ich zum ersten Friedenslord der Stadt gewählt. Ich bin es heute noch."

„Aber . . .", begann Muto.

„Ich weiß", unterbrach ihn Emmerich. „Ich bin sehr alt – älter als jeder andere Mensch auf der Erde. Das muß mit der Mutation zusammenhängen."

„Es war also stets der gleiche Mann, der uns regierte?"

„Ja", erwiderte Emmerich. „Stets in einer anderen Maske. Unterbrechen Sie mich bitte nicht mehr, ich fühle meine Kräfte nachlassen. Nachdem ich mein Ziel erreicht hatte, begann ich mir Gedanken darüber zu machen, wie ich den Menschen helfen könnte. Mein Einfluß reichte aus, um die Minister zu überstimmen. Im gleichen Tal, aus dem Sie geflüchtet sind, begann ich mit zuverlässigen Männern ein Raumschiff zu bauen." Für einen Augenblick schien Emmerich seine Schmerzen zu vergessen. „Es ist schon lange unterwegs und wird hoffentlich ein Ziel finden."

„Sie haben . . ., Sie haben schon ein Schiff gestartet?" Muto starrte den Friedenslord ungläubig an.

Der Mutant schien ihn nicht zu hören. „Natürlich machten wir viele Fehler, das weiß ich jetzt. Es waren auch nur etwa dreißig Menschen an Bord, viel zuwenig, um das Fortleben einer Rasse zu garantieren. Ich mußte ein viel größeres Schiff bauen lassen, eines, das einige tausend Menschen aufnehmen konnte. Ich arbeitete ununterbrochen an den Plänen. Dabei wußte ich immer, daß ich der Bevölkerung nichts davon berichten durfte. Sie hätten mich als Verrückten angeprangert, behauptet, daß die Rohstoffe und Materialien besser auf der Erde verwendet würden. Außerdem hätte sich nach Fertigstellung des Schiffes niemand als Passagier gemeldet.

Da kam ich auf die Idee mit der Aussetzung. Die gleichen

Männer, die mir im Tal halfen, unterstützten mich auch hierbei. Wie erwartet, gab es unter der Bevölkerung keine Widerstände – im Gegenteil, man begrüßte die Aussetzung als eine Abwechslung im eintönigen Leben.

Aber nicht ein einziger Ausgesetzter wurde getötet. Einige, die Untauglichen, ließen die Jäger entkommen. Alle anderen, die dazu gerüstet waren, mit dem Schiff ins All zu starten, wurden von den Jägern gefangen und ins Tal gebracht. Dort unterzogen sie Fachleute der von mir entwickelten Behandlung. Die Beraubung ihrer Erinnerung war nur eine Sicherheitsmaßnahme, ebenso wie die Bioplastmasken. Natürlich konnten wir nicht alle Mutanten im Tal lassen oder gar in die Stadt zurückschicken, wo die Gefahr einer zufälligen Entdekkung meiner Pläne zu groß war. Also wurde die Tote Stadt geschaffen."

Mit Emmerichs Gesicht ging eine Veränderung vor. Es wurde zunehmend bleicher. Er schien kaum noch genügend Kraft zu haben, um seinen lippenlosen Mund zu bewegen.

Muto benutzte die Pause, um zu fragen: „Wie kommt es, daß alle Menschen, die in der Toten Stadt leben, apathisch gegenüber ihrer Umwelt sind?"

„Das Schiff im Tal ist das letzte, das wir bauen können", sagte der Mutant. „Es fehlt an Material, um noch weitere herzustellen. Das bedeutet, daß der größte Teil der Bevölkerung auf der Erde bleiben muß. Es läßt sich nicht ändern, aber ich habe alles getan, um möglichst viele mitzunehmen. Die Willenlosigkeit der Passagiere ist psychologisch begründet. Es ist unmöglich, aktive Menschen auf engstem Raum zusammenzupferchen, ohne daß es zu ernsten Streitigkeiten kommt. Gleichgültige Wesen jedoch, wie die Bewohner der Toten Stadt, können dicht beieinander leben. Ich will Ihnen nicht sagen, wie gering der Platz ist, der jedem auf dem Schiff zur Verfügung steht. Weiterhin bietet die Lethargie der Ausgesetzten den Vorteil, daß wir sie ohne Schwierigkeiten zum Schiff bringen können, wenn es soweit ist."

„Und wann", fragte Muto stockend, „ist es soweit?"

In dem unmenschlichen Gesicht zeichnete sich Enttäuschung

ab. Es war, als verliere der Mutant in diesem Augenblick jeden inneren Halt.

„Das Schiff sollte in drei Wochen starten. Wir hätten die ‚Mutanten' während der Nacht heimlich ins Tal geschafft. Ich habe eine gute Mannschaft ausgebildet, die das Schiff sicher in den Raum gebracht hätte. An Bord befinden sich Anlagen zur Herstellung von Nährhefe, hydroponische Tanks – praktisch alles, was die Passagiere benötigen, um zu leben, bis sie einen bewohnbaren Planeten erreichen." Ein Schatten huschte über Emmerichs Gesicht. „Doch das ist jetzt alles aus. Wir werden alle auf der Erde sterben müssen. Die Menschheit hat verloren. O nein!" rief er aus, als Muto etwas sagen wollte. „Sie und Ihr Freund sind nicht die Schuldigen, sondern ich, weil ich glaubte, daß nur ich es allein schaffen könnte. Ich war so von mir überzeugt, von meiner Intelligenz, daß ich nicht glaubte, daß noch andere Menschen die Wichtigkeit dieses Projekts einsehen würden. So vertraute ich nur wenigen. Ich belog die Bevölkerung immer dann, wenn ich sie hätte informieren sollen. Ich dachte mir immer neue Varianten aus, um meine Pläne geheimzuhalten. Ehrlich gesagt machte es mir Spaß, meine Überlegenheit zu beweisen. Das war alles falsch. Das Projekt scheiterte an meinem mangelnden Vertrauen zur Menschheit."

Erschüttert richtete sich Muto auf. Es paßte alles genau zusammen. Er konnte die einzelnen Zusammenhänge jetzt begreifen und verstehen, was Emmerich wirklich getan hatte. Der Friedenslord war kein Verbrecher, der Tod würde ihn unverdient ereilen. Doch jetzt war es für Gedanken der Reue zu spät.

Wie ein blinder Narr hatte er, Muto, gefühlsbedingt gehandelt, anstatt zu überlegen.

Emmerich krümmte sich vor Schmerzen. „Das Schiff sollte mehrfache Lichtgeschwindigkeit erreichen", sagte er mühsam. „Ich habe eine Methode entwickelt, die sich die Raumkrümmung zunutze macht. Wenn alles funktioniert, kann diese Generation noch eine andere Welt erreichen." Er schien plötzlich nicht mehr zu wissen, wo er sich befand. Seine Hände umschlossen imaginäre Schalter und drückten sie nach unten.

„Was für ein Schiff", flüsterte er. „Wie ein Phantom wird es zwischen den Sternen dahingleiten." Er blickte Muto aus verschleierten Augen an. „Terjesen", sagte er erleichtert, „sind Sie das?"

Muto schluckte. „Ja", sagte er rauh.

Emmerich versuchte, seine Hand zu umfassen. „Es ist gut, daß Sie jetzt bei mir sind. In diesem Augenblick des Starts. Wir müssen zurückbleiben, alter Freund, damit andere Platz haben. Diese Menschen sind die Zukunft."

Muto erkannte, daß der Friedenslord die Erde nicht verlassen hätte. Er wäre bei den Todgeweihten geblieben. Auf seinem eigenen Schiff wollte er keinen Platz beanspruchen.

„Sie werden ganz neu anfangen", murmelte Emmerich unsicher. „Es wird keine Kriege mehr geben, und sie werden ohne Übermenschen wie mich auskommen." Er hob lauschend den Kopf. „Hören Sie die Maschinen arbeiten?" fragte er, kaum noch verständlich.

„Man kann sie hören", sagte Muto. „Sie lassen das ganze Schiff erzittern."

„Sprechen . . . Sie doch . . . weiter", brachte Emmerich hervor. Sein Kopf sank nach vorn. Diesmal hielt Muto ihn nicht fest.

„Ich sehe, wie es sich erhebt", sagte Muto mit fester Stimme. „Es scheint sich auf feurigen Wolken abzustützen. Jetzt schwingt es sich hinauf, wird kleiner und immer kleiner, bis . . ."

„Hören Sie auf damit", sagte Cosslert von der Tür her. „Der Kerl ist tot."

„Ja", sagte Muto tonlos. „Er ist tot."

Cosslert kam langsam auf den Schreibtisch zu und betrachtete angeekelt den Mutanten.

„Noch im Sterben hat er versucht, uns zu belügen", sagte er zornig.

„Alles, was er sagte, entsprach der Wahrheit", sagte Muto ruhig. „Ich weiß es, denn ich habe das Tal und das Schiff gesehen."

Mit wenigen Schritten war er bei Cosslert und riß dem

verblüfften Mann die Waffe aus der Hand. Er richtete die Pistole auf den Ausgesetzten.

„Bewegen Sie sich nicht", sagte er scharf.

„Was bedeutet das?" fragte Cosslert verwirrt. „Sind Sie übergeschnappt?"

„Drehen Sie sich um, und gehen Sie bis zur Wand", ordnete Muto an. „Bleiben Sie dort stehen, und bewegen Sie sich nicht."

Fluchend kam Cosslert dem Befehl nach.

Muto versuchte, seine aufgewühlten Gedanken zu ordnen. Er wollte so vieles auf einmal tun, aber er wußte nicht, wo er beginnen sollte. War jetzt alles verloren, was Emmerich begonnen hatte?

Diese gewaltige Anstrengung durfte nicht umsonst gewesen sein. Das Raumschiff sollte in drei Wochen starten, war also praktisch schon fertig. Es mußte einen Weg geben, um die Arbeit zu Ende zu führen.

Emmerich war der Kopf des Ganzen gewesen, von ihm waren alle Befehle gekommen. Jeder wartete darauf, daß der Friedenslord weitere Anordnungen geben würde. Sicher waren Emmerichs treue Helfer, wie Dr. Terjesen oder Rodman, nicht die einzigen Fachleute, die sich im Tal befanden. Das Schiff konnte auf jeden Fall gestartet werden, wenn es nicht bekannt wurde, daß Emmerich tot war.

Die Nachricht, daß man ihn ermordet hatte, würde jedoch das Projekt erschüttern und zum Scheitern bringen.

Muto sah erst im letzten Augenblick, daß Cosslert sich auf ihn stürzte.

Er wich zur Seite, aber die mächtige Gestalt des Ausgesetzten streifte ihn noch. Die Wucht genügte, um ihn von den Beinen zu reißen.

Mit einem gereizten Knurren warf sich Cosslert herum und stürzte sich wieder auf Muto.

Muto konnte die Waffe nicht festhalten. Sie polterte zu Boden. Cosslert schlang beide Arme um Mutos Hüften und riß ihn mit sich zu Boden.

Muto wußte, daß er den überlegenen Körperkräften dieses

Mannes nicht viel entgegenzusetzen hatte. Und Cosslert war außer sich. In seinen Augen stand Mordlust. „Verräter!" schrie er. „Sie sind ein Verräter!"

Natürlich war Cosslert von seiner Sache überzeugt. Muto durfte nicht vergessen, daß er bis vor ein paar Minuten auf der Seite dieses Mannes gestanden und gemeinsame Sache mit ihm gemacht hatte.

Nein! verbesserte sich Muto, während er verbissen kämpfte. Im Grunde genommen hatte er nie auf der Seite von Menschen wie Cosslert gestanden. Für Cosslert war alles ganz einfach. Er konnte auf Erklärungen verzichten. Sie verunsicherten ihn nur.

Cosslert und Muto rollten über den Boden. Muto bekam immer schwerer Luft.

„Ich bringe Sie um!" keuchte Cosslert. „Sie haben keine Gnade verdient."

Er kam auf Muto zu liegen. Nun erschien er noch größer, fast wie ein Felsen. Er hob den Arm. Muto zog die Beine an und rammte sie gegen Cosslerts Leib. Es gelang ihm, den Mann abzuwerfen. Blitzschnell kam er wieder hoch und warf sich auf Cosslert. Er traf ihn mit einem Schlag gegen den Hals.

Cosslert schrie überrascht auf. Er wich einen Meter zurück und begann Muto zu beobachten. Mit einemmal schien er Respekt vor ihm zu haben.

„Cosslert", ächzte Muto. „Machen Sie keinen Unsinn. Hören Sie mich an. Warten Sie, was ich Ihnen zu sagen habe. Ich bin kein Verräter. Es sieht alles ganz anders aus. Lassen Sie uns reden."

„O nein!" rief Cosslert. Sein Oberkörper war nach vorn gebeugt. Seine Arme pendelten. „Ich kann dieses Gerede nicht mehr hören. Emmerich ist endlich tot. Sie werden sein Schicksal teilen, und dann ist alles vorbei."

Muto sagte verzweifelt: „Nichts ist vorbei! Es kommt nicht darauf an, ob man einen Menschen tötet. Es ist unsere Situation auf diesem Planeten. Wir können nicht länger auf der Erde leben. Die Erde ist tot, zerstört durch den Atomkrieg. Wir brauchen einen neuen Anfang. Emmerich wußte das und hat alles getan, um diesen Anfang zu erreichen. Er wußte jedoch, daß er sehr vorsichtig operieren mußte, denn die Menge wäre ihm kaum freiwillig gefolgt. Nicht nach einem solchen Krieg."

„Schwätzer!" schrie Cosslert und sprang Muto an. Mit seinem Gewicht riß er Muto abermals zu Boden.

Einen Augenblick hatte Muto gehofft, Cosslert beruhigen zu können. Aber der andere hatte kaum zugehört. Sein Verstand war vernebelt von Haß, Aggression und Furcht.

Ein zweites Mal würde er den starken Armen dieses Mannes nicht entkommen, erkannte Muto entsetzt.

Cosslert preßte ihn fest auf den Boden. Er schwitzte vor Anstrengung und Erregung.

Was würde Cosslert nach dem Mord tun? fragte sich Muto unwillkürlich. Einfach hinausgehen und den Menschen berichten, was geschehen war?

Muto konnte sich die Konsequenzen ausmalen. Ein Mob würde sich zusammenrotten und in das Gebiet des MACK eindringen. Die aufgepeitschte Menge würde alles zerstören, was Emmerich aufgebaut hatte – und ihre eigene letzte Chance dazu.

Diese Vorstellung war für Muto niederschmetternder als sein eigenes Schicksal.

Er hätte den Tod hingenommen, wenn er dafür die Sicherheit erlangt hätte, daß Emmerichs Pläne realisiert werden konnten. Doch davon konnte keine Rede sein. Er würde von Cosslert getötet werden, und in ein paar Monaten würde niemand mehr über Emmerich reden. Der Zerfall würde noch schneller vorangehen, das Ende war dann unausweichlich.

Muto stöhnte dumpf. Cosslert begann ihn zu würgen. Er hatte nicht mehr die Kraft, sich gegen den schweren Mann zu wehren. Seine Arme wurden schlaff und sanken herab. Seine Hände tasteten krampfhaft auf dem Boden umher.

Halb bewußtlos spürte Muto, daß er einen festen Gegenstand berührte. Noch einmal flammte sein Lebenswille auf. Die Waffe!

Muto bekam sie zu fassen und hob sie langsam hoch. Cosslert saß rittlings auf ihm. Muto sah das Gesicht direkt über sich und schoß.

Ohne einen Laut von sich zu geben, stürzte Cosslert nach hinten, stieß gegen den Schreibtisch und fiel neben dem Friedenslord zu Boden.

Muto kam auf die Beine. Seine Kehle war wie zugeschnürt. Nun gab es zwei tote Männer in diesem Zimmer. Er hatte Cosslert nicht töten wollen, aber es war ihm keine andere Wahl geblieben.

Muto erinnerte sich, daß die Mitglieder der Gilde niemals in die Räume des Friedenslords eindringen durften. Darin lag seine Chance – und die Chance des gesamten Projekts. Bis zum Start mußte er Emmerichs Rolle übernehmen. Er durfte diese Räume nicht verlassen. Sicher gab Emmerich seine Anordnungen über das Sprechgerät auf dem Schreibtisch.

Muto mußte vortäuschen, daß er schwer erkrankt sei und deshalb beim Start fehlen würde. Fachfragen mußte er ausweichend beantworten. Es würden unzählige Schwierigkeiten auftauchen. Er hatte jedoch vor, jedes Problem zu überwinden.

Da Emmerich meist zurückgezogen lebte, würde auch die Öffentlichkeit keinen Verdacht schöpfen. Sicher gab es hier ausreichend Nahrung und alles andere, was er zum Leben benötigte. Die beiden Toten konnte er vorerst zwischen den Datenspeichern verstecken.

Der große Globus mußte hierbleiben. Er konnte dieses Geschenk Emmerichs an die Passagiere unmöglich abholen lassen. Das konnte zu seiner Entlarvung führen. In den kommenden Tagen würde ihm ein plausibler Grund einfallen, warum er ihn hierbehalten wollte. Er konnte einwenden, daß dafür Platz für weitere Menschen geschaffen würde.

Er konnte dem toten Friedenslord keinen größeren Dienst erweisen als den, das Schiff seiner Bestimmung zuzuführen. Muto wußte durchaus, was ihm bevorstand, aber er würde jedes Risiko eingehen.

Die Menschheit mußte weiterleben, wenn auch auf einem anderen Planeten.

Später, wenn das Schiff sein Ziel erreicht hatte, würden die Passagiere aus ihrer Lethargie erwachen, und die Mannschaft würde ihnen von Emmerich erzählen, der ihnen diese lange Reise in ein besseres Leben ermöglicht hatte.

Niemand würde etwas von Tyler Muto erfahren, der auf der Erde zurückbleiben würde.

Muto lächelte. Er fühlte die Zuversicht in sich wachsen.

Das Schiff würde in drei Wochen wie geplant starten.

Nach Ablauf der drei Wochen würde es ihm leichtfallen, hinauszugehen und sich den Jägern zu stellen. Er fürchtete sich nicht vor der Verantwortung. Wahrscheinlich würde man ihn erschießen, aber das erschien ihm völlig bedeutungslos.

Da summte das Sprechgerät, und eine kleine Kontrollampe flammte auf. Muto erstarrte. Der Augenblick, in dem er sich bewähren mußte, kam früher als erwartet.

Muto blickte zu Emmerich und wurde plötzlich ganz ruhig. Es schien ihm, als springe von dem Toten eine Kraft auf ihn über.

Tyler Muto beugte sich über das Sprechgerät und sagte mit fester Stimme: „Hier spricht der Friedenslord . . .“

William Voltz

Schon im Alter von zwanzig Jahren veröffentlichte der 1938 unter dem Namen Willi Voltz in der Nähe von Frankfurt am Main geborene Autor seinen ersten Roman. Es war der Beginn einer ungemein produktiven schriftstellerischen Tätigkeit, die zahlreiche pointierte Kurzgeschichten und Hunderte von Heftromanen erbrachte. Für Science-fiction-Fans ist der 1984 verstorbene Autor untrennbar mit der erfolgreichen „Perry-Rhodan"-Serie verbunden, für die er viele Jahre lang Hauptautor war und bei der er auch als Herausgeber fungierte.

Über die abenteuerliche Entstehungsgeschichte von „Die Tote Stadt" schrieb William Voltz in einem Vorwort: „Zu jener Zeit hockte ich hoch oben in der Kabine eines Krans, den ich nach Zurufen und Handzeichen der unter mir Arbeitenden zu manövrieren hatte. In den Pausen arbeitete ich verbissen an meinen Manuskripten, manchmal so darin vertieft, daß ich Rufe aus den ‚Niederungen' überhörte. Wenn ich dann, endlich aufgeschreckt, zu den Schaltungen griff, passierte es, daß ich mich versteuerte und den Kran gegen eine Wand fuhr. Einmal blies mir der Wind zwölf Seiten aus der ‚Toten Stadt' aus der Kabine, und ich hatte keine andere Wahl, als zuzuschauen, wie sie langsam in die Tiefe segelten und am Boden landeten, wo sie von Maschinen niedergewalzt wurden. Ordentliche Menschen kann ich aber beruhigen: die Bearbeitung des Romans fand später streng nach den Regeln der Schriftstellerei an einem richtigen Schreibtisch mit einer richtigen Schreibmaschine statt."

Wasser für die Wüste?
Eisberg ist schon unterwegs!

Drei Viertel der Süßwasserreserven unserer Erde sind im Eispanzer der Antarktis gespeichert. Schon lange beschäftigen sich Wissenschaftler mit der Frage, wie Eisberge mit Spezialschiffen aus dem Südpolarmeer zu jenen Küstenländern geschleppt werden können, in denen Wassermangel herrscht. Bislang scheiterte das Projekt am technischen Aufwand, mit dem die „Eisbergfänger" zu Werke gehen wollen.

„Guten Morgen, meine Damen und Herren", sagt der UN-Admiral. „Willkommen in der Eisberg-Auffangstation Falklandinseln. Wir befinden uns an der nördlichen Treibeisgrenze. Hierher, wo das Wasser höchstens acht Grad warm ist, schleppen wir laufend Eiskolosse mit bis zu dreihundert Meter Tiefgang und einem Mindestgehalt von hundert Millionen Kubikmeter gefrorenem Süßwasser. Der Grund ist bekannt: Für etwa zweieinhalb Milliarden Menschen in sechsundzwanzig Ländern ist lebensbedrohende Wasserknappheit ein Dauerzustand . . ."

Erinnert Sie diese Schilderung ein wenig an Science-fiction? Ihr Gefühl trügt Sie nicht – und doch: Sehr weit in der Zukunft befinden wir uns nicht. Die genannten Zahlen liegen den Vereinten Nationen heute schon amtlich vor. Bereits in den fünfziger Jahren begann die Geschichte der Eisbergforschung; seit Ende der siebziger Jahre werden eisige Ungetüme mit Spitzenumfängen von 300 Metern bis zu 170 Kilometer weit von Ölbohrinseln weggezogen; seit den achtziger Jahren wird daran geforscht, wie man die kalten Riesen am besten „einfängt" und am sichersten transportiert. Dazu gehört zum Beispiel die Beobachtung natürlicher Treibgeschwindigkeiten und -richtungen von Eisbergen mit Hilfe von Satelliten.

Kann man jemals Eisberge aus der Antarktis dorthin schleppen, wo lebensbedrohender Wassermangel herrscht? Eis ist genügend vorhanden. Die Antarktis liegt unter einer Eisschicht, die zwischen 2000 und 3000 Meter dick ist. Das sind 27 Millionen Kubikkilometer gefrorenes Wasser. Die Schicht ist zum großen Teil seit 50000 Jahren gefroren und vom eigenen

Mit vielen solcher Hochseeschlepper ließen sich Eisberge ziehen.

Gewicht zusammengepreßt. Da sich Eis unter seinem ungeheuren Gewicht ständig über die Küsten hinausschiebt, stürzen fortlaufend riesige Brocken ins Meer, besonders von den Gletschern, die wie Eisflüsse ins Meer münden.

So kann jährlich mit 5000 neuen Eisbergen gerechnet werden, die sich in der Nähe der Antarktis jahrelang halten. Die Arktis ist für ein solches Vorhaben schlechter geeignet, weil Eisberge dort seltener vorkommen und außerdem unregelmäßiger geformt sind als in der Antarktis.

Die meisten antarktischen Eisberge entstehen im Weddell-Meer und im Ross-Meer. Strömungen sorgen dafür, daß die Weddell-Eisberge langsam im Uhrzeigersinn davontreiben, die Ross-Eisberge zunächst gegen den Uhrzeigersinn. Unweit von ihrem Entstehungsort sollen sie „eingefangen" und mit einer Geschwindigkeit von gut drei Stundenkilometern zur Sammelstation, den Falklandinseln, geschleppt werden. Dazu will man die alles beherrschende Zirkumpolarströmung nutzen. In der „antarktischen Konvergenz", einem Wassergürtel von 40 Kilometer Breite, bewegen sich die Eisberge auf die Falklandinseln zu, indem sich kältere antarktische Wassermassen unter wärmeres atlantisches Wasser schieben. Die Weddell-Eisberge treiben von Anfang an im Uhrzeigersinn mit der Zirkumpolarströmung fast ganz um die Antarktis herum, bis sich ihr Kurs etwa auf der Höhe von Grahamland mit dem der Ross-Eisberge vereint, nachdem diese die Zone der antarktischen Konvergenz erreicht und ihre Richtung geändert haben.

Für die Eisberge aus dem Weddellmeer gäbe es natürlich auch einen viel kürzeren Weg zu den Falklandinseln. Doch gegen die zirkumpolare Strömung kämen die Schlepper mit ihrer Last nicht an. Die Kraft der Strömung ist so groß, daß sie selbst im bitterkalten Winter das gesamte Packeis – der Gürtel ist bis zu 500 Kilometer breit – in eine Karussellbewegung zieht. Bei diesen Verhältnissen würde der Eisberg wie ein störrischer Maulesel ständig in die andere Richtung wollen.

Das kann man sich leicht vorstellen, wenn man bedenkt, daß der Eisberg mit Trossen und Tauen am Schleppschiff befestigt ist. Kunststofftrossen, die ganz um ihn herumgelegt wer-

Angesichts solcher – gefrorener – Wassermassen in der Antarktis muß man sich schon die Frage stellen, wie man sie sinnvoll nützen könnte.

den, überziehen ihn mit einem kilometerlangen Netzsystem. Zum Schleppgeschirr gebündelt, verbinden Trossen und Taue den Eisberg mit einem größeren Hauptschlepper und mehreren kleineren Schiffen.

Der gefährlichste Punkt der Schlepproute liegt zwischen dem berüchtigten 40. und 50. Breitengrad. Dort ziehen ständig kräftige Tiefdruckgebiete von Westen nach Osten, und jedes Schiff, das von der Antarktis kommt, muß sich auf mindestens einen Orkan gefaßt machen. Bis zu 20 Meter hohe Wellen können Brocken aus den Eisbergen herausbrechen. Diese hausgroßen Trümmer – im Vergleich mit dem Eisberg sind sie allerdings klein – können mit den Schleppern zusammenstoßen, sie leckschlagen oder manövrierunfähig machen. Dann gilt es, rasch das Schleppgeschirr zu kappen. Andernfalls könnte die riesige Last das Zugschiff „überfahren", denn ein kilometerlanger und viele Meter breiter Eisberg, der einmal in Fahrt gekommen ist, schwimmt unbeirrt stundenlang weiter.

Es wird Aufgabe einer Besatzung sein, diese Gefahr zu erkennen. Drei Eis-Ingenieure mit Spezialausbildung fahren in einer sturmfest verankerten Metallhütte auf dem Eisberg mit. Sie müssen die Oberflächenverankerung ständig überprüfen, Instrumente ablesen und die Satelliten-Ortungsgeräte in Gang halten. Ob das Monstrum unter ihnen auseinanderzubrechen droht, sollen sie mittels Funkmessungen rechtzeitig feststellen. Kündigt sich diese Gefahr an, steht an Bord des großen Zugschiffs immer ein Hubschrauber bereit, der die „Eistronauten" notfalls in Sicherheit bringt.

Nehmen wir einmal an, die Eisriesen gelangen unbeschädigt zur Sammelstation Falklandinseln. Von dort geht es weiter in wärmere Gefilde, zum Beispiel in den Atlantischen oder Indischen Ozean. Für diese Weiterreise werden die Eisberge präpariert: Die Seitenkanten werden mit einer lichtabweisenden Schicht besprüht, die das Schmelzen unter subtropischer Sonne in Grenzen hält.

Trotzdem wird die Kraft der Sonne den Eisberg von der Oberfläche her schmelzen lassen. Zuerst wird auf dem Plateau des Kolosses ein See entstehen. Deshalb denken Experten daran, die Eisberge von den Falklandinseln an von Supertankern weiterschleppen zu lassen. Mit Hilfe computergesteuerter, selbstbeweglicher Schläuche soll das Schmelzwasser in deren Tanks gesaugt werden. Sind diese voll, werden die Schiffe von leeren Tankern abgelöst. Außerdem versuchen die Fachleute den Abschmelzvorgang so genau zu berechnen, daß der ausgehöhlte Eisberg an der Küste eines Dürrelandes auf Grund gesetzt werden kann, wo er noch für Nebel und damit für Feuchtigkeit sorgt.

Stellt sich nur die Frage nach dem Preis für das so gewon-

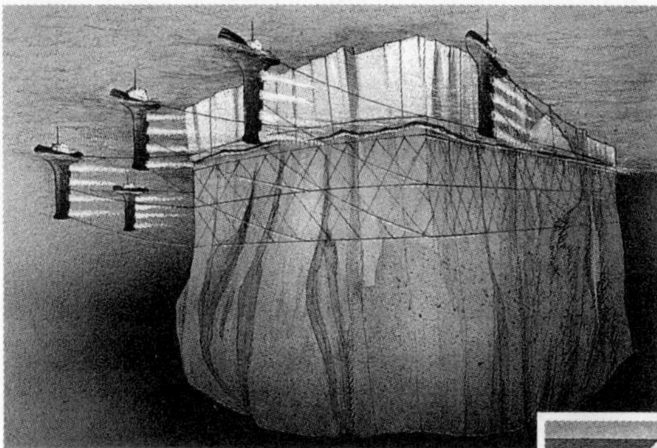

Links: Eisbergschlepp aus der Unterwasserperspektive. **Unten:** Auf dem Weg in warme Meeresgebiete soll das Schmelzwasser über Schläuche in Tanker abgesaugt werden.

nene Süßwasser. Gewiß wäre es sündhaft teuer, doch glauben arabische Fachleute, daß Eisbergwasser billiger wäre als entsalztes Meerwasser, das immerhin fünf Dollar pro Kubikmeter kostet. Außerdem müßten nicht alle Eisberge durch 25 Grad warmes Wasser nach Indien oder Arabien geschleppt werden. Auf einer solchen Strecke bliebe von ihnen natürlich nichts übrig, sofern man nicht Tanker einsetzt. Doch wenn zum Beispiel ein 1000 Meter langer und 500 Meter breiter Eisklotz nach sechsmonatiger Reise vor der westaustralischen Stadt Perth ankommt, ist erst die Hälfte weggeschmolzen – und sein Wasser reicht trotzdem noch aus, um eine Million Menschen ein Jahr lang mit Trinkwasser zu versorgen.

Noch ist das alles Zukunftsmusik. Doch wer weiß? Vielleicht gelingt es ja bereits in wenigen Jahren, die Dürrezonen dieser Erde mit Wasser aus der Antarktis zu versorgen.

Illustrierter Anhang:
„Wasser für die Wüste? – Eisberg ist schon unterwegs!
Eine Kurzfassung des Artikels „Hilfe, wir brauchen Wasser!“ – „Eisberg ist schon unterwegs!“
von Hagen F. Thorgesson, erschienen in „P. M.“ 4/1993